本书是国家社科基金重大项目"京津冀文脉谱系与'大京派'文学建构研究"（项目号：18ZDA281）的阶段性成果。

新中国70年

文学研究

刘 勇 谭 望 等著

70 Years of
Literature Research in
New China

北京师范大学出版集团
BEIJING NORMAL UNIVERSITY PUBLISHING GROUP
北京师范大学出版社

前　言

　　新中国 70 年的文学包括文学创作与文学研究两个维度。从文学史的角度梳理新中国 70 年文学的发展历程，从编年史的角度概括新中国 70 年文坛的重大事件是必要的，而从文学研究的学术史角度对新中国 70 年文学的研究加以探讨同样不可或缺。

　　文学的发展面貌反映着国家或民族发展的成熟与否，文学研究处在何种程度是体现文学发展层次的重要方面，甚至可以说，有什么样的文学就有什么样的文学研究。文学创作有不同思路、理论，还有不同思潮、流派、个性等，而文学研究也体现出不同的思路、理论，也有不同的研究流派，两者之间相辅相成。一方面，文学研究的成果繁荣了文学创作，促进了社会和时代审美理想的形成；另一方面，日益发展的文学创作又为文学研究提供了更多资源。

　　文学研究不仅是文学批评，还是一种学术沉淀与学术规范。文学研究在对文学作品加以阐释，对文学创作加以引导的同时也推进着学科建设格局的形成。新中国 70 年来，文学研究形成了较为成熟、完备、系统的学科发展态势。文艺学研究材料得到进一步挖掘与更为全面的梳理，研究领域的外延不断向外扩展，研究的内容不断细化，专题性话题的研究得到了更为深入的探讨。从研究倾向上看，学界原先的"西方中心论"的研究模式已经有了一定转变，在注重西方文论的同时也将眼光转移到世界其他区域。此外，学者们更加注重中国文论研究的自我特性，建设具有中国特色的马克思主义文艺理论体系的意识不断提高。

如果要概括 70 年来中国古代文学研究的业绩与特点，用"走向开放"是比较切合实际的。古代文学已经成为历史，古代文学研究依然在不断生长，并日益走向成熟。研究者承续传统的文学资源与理论研究方法，自觉承担起文化传承与文化建设的现实使命，追求研究格局的均衡化与立体化。在文学史编写和文学思潮的研究上更加细致全面，从文化视野对经典作家作品的研究更加多元，文献研究从理论到实践都走向了圆融自觉。总体而言，70 年来的古代文学及古典文献学研究呈现出更加开放的趋势。

在现当代文学研究方面，新中国成立以来是学术研究发展的关键时期，成绩显著。在与西方学术思想的不断碰撞中，文学研究的观念不断变化，作家作品研究不断深入，新方法、新思想被大量引进，文学批评的方式不断改进，学科意识不断强化，文学研究始终在不断地反思和探索中前进。中国现当代文学研究的历史意识、全球意识、经典意识、当下意识、跨学科意识不断增强，研究视野日益开阔。

在儿童文学研究方面，新中国 70 年是儿童文学研究深入发展的 70 年，随着儿童文学创作进入黄金期，儿童文学研究向多维度拓展，研究对象随着儿童文学创作的高涨而不断扩大，研究范式向多学科迈进。在新的时代发展背景下，儿童教育逐渐成为学界研究的热点话题，儿童文学与语文教学研究、儿童文学的影视化研究、儿童文学的绘本研究等问题都与儿童教育密切相关。儿童文学研究在保持其文学性的同时，向着更广的领域迈进。

新中国 70 年戏剧影视文学的研究可以用传统与现代交汇来概括，学者们不仅对戏剧与文学的关系、影视文学的文学性等经典问题进行了探讨，引入了比较研究、文化研究、心理学研究、类型学研究等新研究方法，而且还从现代性的角度分析和探讨了戏剧影视文学，拓宽了研究的视野。

70年来民间文学研究在作品的搜集整理、文本分析、理论体系的建构等方面都取得了长足的进步。在学科发展的过程中，大部分学者主要受到了两种研究思潮的影响：一种是以文以载道的中国传统文学价值观为引导和宗旨的文学研究和价值评判体系；一种是以西方人类学派的价值观和学术理念为引导和评价体系。这两种思潮既有对抗，又有借鉴，在一定程度上影响了新中国70年民间文学的主要研究向度，使得民间文学学科在类型学、文化学、人类学等多重研究视阈的观照下取得了众多有价值的学术成果。

少数民族文学研究的领域不断扩大，研究资料不断得到挖掘，具体的少数民族文学的研究不断增多，同时，概览性、总结性的研究成果也不断推陈出新。研究方向主要集中在少数民族文学作家作品研究、少数民族文学史研究、少数民族文学理论研究、少数民族文学神话母题研究、少数民族文学的当下性研究、少数民族文学研究范式研究等几个方面。热点话题围绕着少数民族文学作品经典化、少数民族文学史纳入中国文学史书写范畴以及少数民族女性文学、少数民族儿童文学的研究与探讨。

在这70年的文学发展进程中，虽然新文学占据着主导地位，然而处于边缘地带的通俗文学也走过了它曲折坎坷的道路。新中国成立后通俗文学研究阔别文坛30年，直到改革开放后，通俗文学又恢复了它的生机，呈现出多样性发展的面貌，对通俗文学较为客观的学术研究也逐步开展起来。虽然关于通俗文学的研究多集中在通俗文学有别于新文学的历史地位与时代价值的探讨上，但这几十年正是通俗文学研究发展的重要过渡阶段，从此建构了21世纪通俗文学研究的新格局。

比较文学与世界文学的研究经历了从1949年至1979年学科的边缘化、研究的匮乏化到改革开放后研究的全面复兴这一过程。近年来，中国的比较文学与世界文学研究也逐渐从"引进来"转向"走出去"，如何做好具有中国特色和独特贡献的比较研究，成为当前学界共同关注的重要问题。因此，当前这一学科的研究特点可以说是民族性与世界性的融合。

网络文学研究以其即时性和开拓性特征使得研究与创作几乎同时展

开，甚至超前于创作。近年来，网络文学研究的成果不断丰富，呈现出多点突破、百花齐放、纵深推进、蹄疾步稳、方兴未艾的发展态势。从对创作现状的考察与思考到研究成果的发表呈现短、平、快的样态，并因为与传播学研究、文化研究的紧密联系呈现出一定的学科间性。

总体来讲，纵观新中国 70 年的发展历程，从改革开放以来，尤其是在 21 世纪，文学研究呈现出新的姿态。

第一，思想飞跃的新。随着开放力度的不断加大，文学研究的思想观念也随之发生巨大变化。以戏剧影视文学研究为例，以前的话剧创作大都比较封闭，戏剧创作观念较为局限，而之后戏剧观大讨论的兴起以及写意戏剧观的概念被提出，打破了当时"写实"戏剧观的束缚，为当代戏剧观念的更新做出了重要的贡献。

第二，理论建构的新。新中国成立 70 年以来，经过几代学人的努力，理论建构方面相较以往也实现了极大的突破。以现当代文学研究为例，各种新理论逐渐进入研究者视野，后殖民理论、女性主义理论、结构主义理论、解构主义理论等都已经有所运用。再如网络文学，在 21 世纪面对网络文学这种新生的文学式样，传统文学批评体制不能对其进行全面有效的批评，网络文学的勃兴态势也呼唤着合适的批评体制的建构以彰显特色、确认自身价值和发展方向，进而引发学界对网络文学理论体系建构的关注。学者们在网络文学研究领域勤勉开垦并汇聚成巨大的理论合力，除了不断提高文论话语的阐释力、将对网络文学的批评与实践推向纵深，也加快了网络文学成为全新学科的形成进程。这是文论话语对网络文学的"收编"，折射出新时代中国文学研究的与时俱进、锐意开拓。

第三，视野拓展的新。新中国 70 年文学各学科在研究视野上的拓展上是史无前例的。以文艺学中的比较诗学研究为例，以往学界的比较视野往往聚焦于中西之间，而随着研究的不断推进，印度、波斯的文论也引起了学者们的注意，一些学者已经自觉将其纳入他们的比较视野之中，体现出学界越来越开阔的世界视野。

综上所述，新中国 70 年的文学研究一方面呈现出研究方法由单一到多元、研究成果由稀缺到丰硕、各学科由稚嫩到成熟的转变；另一方面也折射出 70 年来新中国与时俱进、开拓创新、丰富多彩的文化姿态。

目 录

第一章
融汇中西与守本创新的文艺学研究

纵观新中国 70 年文艺学研究，其总体上经历了一个由点到面、由疏入密、由表及里而不断完善、成熟、丰富的过程。具体来说，文艺学研究材料得到进一步挖掘与更为全面的梳理，研究领域的外延不断向外扩展，研究的内容不断细化，专题性话题的研究得到了更为深入的探讨，研究倾向也从最初的跟进西方转为注重自我特性。总之，在学科建构、马列文论、古代文论、西方文论与比较诗学五方面的研究上都取得了辉煌的成就。

一、拔节孕穗：文艺学学科的建立与发展

文艺学作为专门的学科在中国并非古已有之，而是从国外引介而来的。无论是晚清创办京师大学堂时期，还是五四后对外来文学知识大量引介阶段，都未产生文艺学学科。1953 年，季摩菲耶夫的《文学原理》被译介过来，成为那个年代"唯一"的大学文学理论教科书。

季摩菲耶夫的这部著作在中国学界产生了巨大影响，它在确立文艺学研究对象、研究范围等方面作出了开创性贡献。《中国大百科全书》（简明版）"文艺学"条基本是按照季摩菲耶夫的理念来构建文艺学学科的，主张文艺学由文学理论、文学批评、文学史三部分组成。[①]

1961 年，教育部召开全国文科教材会议，中国文艺学教材建设开始进入学步阶段。随后出现了蔡仪主编的《文学概论》（人民文学出版社 1979 年版）和以群主编的《文学的基本原理》（上海文艺出版社 1963 年、1964 年版）两部具有代表性的文艺成果。这几部教材虽然有明显借鉴之处，但是对文艺学教材建设具有重要开拓意义。教材的特点主要有两点：第一，在编写上注重从中国古代至当代的文艺作品中寻找素材，具有浓厚的中国特色；第二，在论述方面有显著的提升，且增加了如文学批评论、起源论等新内容。

对于《文学概论》，学者们充分肯定了其成就。有学者认为："从教材编写角度来看，《文学概论》虽然没有完全超出'苏联模式'，但'中国式'文艺学建设的痕迹还是明显的。语言上晓畅朴实，运用大量的中国'诗学'材料和'文论'知识，论述文学的本质、功能、内容、形式、起源等理论，既拓宽了文学理论的视野，也涵养了学生的人文素质。体例上循序渐进，把文学创作的过程和鉴赏批评放在一个重要的位置，凸显了文学的接受作用……对《文学概论》进行历史的评说，既是对其未来发展空间的一种肯定，也是对其生命力的一种认可。"[②]还有学者指出了该书的三个特点：第一，注重以客观事实为依据得出结论；第二，注重理论的历史继承性；第三，注重文学规律表现形态的复杂性与多样性。[③]

改革开放初期，我国文艺学教材建设有了新的进展。这段时期有几本教材值得一提：第一本是上海文艺出版社 1981 年版《文学理论基础》。该书曾是许多高校的通用教材。鲁枢元曾对该书作过积极评价："《文学理论基础》削冗去繁、条清目晰，并广采周纳了近年来文学创作中的新鲜经验和文学理论研究中的新鲜成果，为在文学理论教学领域拨乱反

① 付建舟、黄念然、刘再华：《近现代中国文论的转型》，177 页，上海，上海古籍出版社，2015。

② 刘忠：《历史地评说蔡仪本〈文学概论〉》，载《中国图书评论》，2007(4)。

③ 林宝全：《略评蔡仪主编的〈文学概论〉》，载《广西师范大学学报（哲学社会科学版）》，1980(1)。

正、开辟新的天地做出了积极的贡献。"①第二本是北京师范大学中文系文艺理论教研室于1984年编写的《文学概论》。该书曾作为北京师范大学的正式教材使用，影响较大。第三本是武汉大学出版社1989年出版的童庆炳主编的《文学概论》。该书一经发行便产生巨大的反响、取得了广泛的关注，在当时无论是在发行数量上，还是在社会效益方面都罕有能与其旗鼓相当的文学概论类书籍。有学者这样评论该书："本书在理论体系上选择了建国以来文学概论书籍最为通行的体系，使之达到完善。全书除导论外，共分为五论(五编)：本质论、构成论、创作论、发生发展论、鉴赏批评论。作为'概论'，该书十分完整。在理论阐述上，该书吸收了20世纪80年代以来从国外介绍来的不少合理的成分及国内研究者的新认识、新成果。总体来说，理论体系基本上是原来的(当然更完善了)，论述却是新的。应该说，这样的理论选择与定位是明智的，既符合中国国情，又具有'大众化'的特点，较为适合于一般学习者的学习。该书1994年修订时，编者坚持'基本观点和框架不变'的原则，是应该予以肯定的。"②

进入20世纪90年代后，随着国家改革开放力度的不断加大，学界学术氛围也变得更加活跃。作为对时代律动感知灵敏的学科，文艺学在教材建设上同样有着新的推进。

在这一阶段，国家对文艺教材建设更为重视。教育部曾牵头，委托文艺学领域的专家和相关出版机构一起大力推进文艺学教材的建设，并将成果逐渐推广到全国高校中使用，为促进文艺学学科建设带来了积极的影响。2000年，学界经过评审，将吴中杰的《文艺学导论》(江苏文艺出版社1988年版)，童庆炳的《文学理论教程》(高等教育出版社1992年版)，陈传才、周文柏的《文学理论新编》(中国人民大学出版社1994年版)作为教材面向全国推广。

吴中杰的《文艺学导论》具有去旧纳新的特质，在谈及一些重要理论问题时颇有新意。有学者指出："《文艺学导论》在理论方面的最大建树，就是把再现与表现统一起来，用融合、协调的方法来揭示文艺的本

---

① 鲁枢元：《〈文学理论基础〉(前三章)教学手记》，载《文艺理论研究》，1982(1)。

② 刘求长：《体系有长处，遗憾还存在——童庆炳主编〈文学概论〉修订本评说》，载《乌鲁木齐职业大学学报》，1999(4)。

质……再现论与表现论都有它的合理性，但又都有局限性。《文艺学导论》的作者吴中杰从这一点出发，把再现论与表现论两者结合起来，提出了'表现与再现的统一'。吴中杰指出：'文艺创作是再现与表现在某种程度上的结合。而其结合点，就是人对现实的审美观照。'这一理论具有整合、圆润、通达的作用，避免了偏执一端，为文艺理论研究提供了一个更为开阔、兼容的视野。吴中杰把表现与再现通过'审美观照'这一点结合起来，构成全书理论的逻辑起点。从这一个起点出来，该书提出通过把握审美特点来把握文艺的本质。从文艺的表现与再现的统一这一本质，推论出文艺的两大特征：情感和形象，并结合于文艺的审美属性。这样层层论证，让文艺的本质和特征紧密结合，并突显出文艺的审美特性。"①

20 世纪 90 年代的文学概论教材中，童庆炳的《文学理论教程》被视为我国当代第一部整体面貌稳妥且有较大改变的文学理论"换代教材"。这部教材在 1992 年发行后便被推广至全国几十所高校，以其较高的编写质量广受使用者好评。这部教材的出版标志着"改革"的文艺理论新体系的诞生，也体现了自 80 年代以来"文学概论"教材范式的革命取得了成功。作为"换代教材"，其突破的重要标志还在于：文学回到了自身，文学理论真正成为关于文学的理论。这部教材先后进行了四次编修，从而得以不断完善。童庆炳将自己在新时期以来各阶段所提出的诸多学说以及文艺理论界的许多新研究成果，都内化到了中国文学理论当代形态的生成机制与体系建构之中，并将其上升为文学理论的基本原理，编写进了这部《文学理论教程》之中。②

在编写特点方面，《文学理论教程》对自 1985 年开始中国以及世界文艺学研究中出现的新理论、新观点进行吸纳，通过马克思意识形态论、生产消费论与人类活动论三个不同视角对文学加以考察。在马克思意识形态论的视角下，文学和其他上层建筑、意识形态有着差别，是一种"显现在话语含蕴中的审美意识形态"；以生产消费论为视角观之，文学创作、文本流通、欣赏与产生社会作用，都具有物质、精神生产与消

---

① 邓金玉：《表现与再现的审美结合——吴中杰〈文艺学导论〉研究》，载《牡丹江大学学报》，2008(6)。

② 吴子林：《童庆炳评传》，177 页，合肥，黄山书社，2016。

费的二重性；再以人类活动论来审视，文学活动是人们的物质生活与精神生活中的组成部分，具备特殊的质的规定性。①

陈传才、周文柏的《文学理论新编》同样是这一阶段较为有代表性的文艺学教材，是文艺学教材建设的重要成果。全书共分为四篇：第一篇对文学活动的系统结构进行了细致的阐述；第二篇从文学本质的构成、文学的人学特质、文学价值与功能三方面展开探讨；第三篇是文学规律论，不仅对作品创作及生成有细致的论述，在文学接受、发展的规律上也有着深入的探究；第四篇则对文学批评的各要素展开了详细的解读。在特点上，该书以马克思主义文艺理论为指导，结合文学实际对具体文学现象和理论命题尝试新的理论探索，体现出较强的现实性。此外，该书在方法论方面体现出海纳百川、博采众长的特色。

总而言之，新中国70年来的文艺学教材建设至少可以概括为四个阶段。第一个阶段以译介、模仿苏式教材为主要特征；第二个阶段教材的编写以阶级论作为主线；第三个阶段的教材建设可以用"主体不变、局部微调"八个字予以说明；第四个阶段的教材建设大胆创新，进步巨大，但局限明显，反映了学者们在推进教材建设上的迫切心理。

作为文艺学学科建构与发展的重要一环，文艺美学研究在新中国70年中所取得的成绩是有目共睹的。关于文艺美学的研究可以追溯到朱光潜、宗白华等人。朱光潜的著作《西方美学史》是中国学者所撰写的首部美学史著作，具有开创性的学术贡献。《西方美学史》以马克思主义为指导，在编写上作者贯彻了历史唯物主义的原则，做到了史论的结合、材料和观点的统一；在关于一些美学思想的阐释与西方美学家的评价上作者有着独树一帜的见解，体现了著作的独创性。

宗白华是文艺美学研究的另一位大家，对文艺美学的发展作出了重要贡献。新中国成立后至20世纪60年代，宗白华发表了许多关于艺术学的文章，涉及音乐、戏剧、书法等多个领域，如《中国古代的音乐寓言与音乐思想》《中西戏剧比较及其他》《中国书法里的美学思想》等，对艺术研究作出了突出贡献。1981年出版的宗白华的《美学散步》更是一部美学研究的典范之作，该书从不同层面对中国古代多个艺术领域进行

---

① 李珺平：《文艺学学科建设与教材建设的思考》，载《文学评论》，2002(1)。

了梳理；在论述时作者采取文史互通、诗史互证的方式，旁征博引，不仅体现了作者深厚的学术积淀，还使著作显得宏大完备。《美学散步》对于中国美学研究的巨大推动作用不言自明。

1980 年首届中华全国美学学会召开，胡经之在会上倡言建构文艺美学学科的主张。之后为了进一步阐释自己的理念，胡经之以《文艺美学及其他》和《"文艺美学"是什么》对文艺美学的研究对象及其学科性质作了初步的界定。

1989 年，胡经之的《文艺美学》出版。在当时同类型的著作中胡经之的《文艺美学》是佼佼者。王岳川对它给予了高度评价："在我看来，这部《文艺美学》，是我国近 20 年来有一定体系和创见的文艺美学理论专著。作者面对美学研究的多元取向，提出自己的文艺美学理论。他将审美活动作为全书的逻辑起点，以审美体验艺术感兴为审美中介，最终在本体论上将艺术审美本体同人的审美生成联系起来。这里没有故弄玄虚和理论游戏，没有在诡辩中展开的伪问题，而是尽可能解答中西文艺实践中的具体问题，使自己的思考具有了人文精神的价值地基。"[1]

1992 年，由杜书瀛主编的《文艺美学原理》出版。该书分为"审美——创作""创作——作品""作品——接受"三编，构架简单明了。与胡经之的《文艺美学》一样，该书也将审美活动作为逻辑起点，可以看出学界对于美的探讨从它的实体性界定转向了关系性。

周来祥的《文艺美学》是新中国文艺美学研究领域的又一重要成果。该书对美学的内容、对象、范围等争议很多的重大理论问题都有着完备的解析。关于艺术接受的规律、艺术创作的特质等文艺美学的具体问题，作者的见解具有独创性，是一部深度与广度兼具、风格突出的重要著作。

2005 年，曾繁仁主编的《文艺美学教程》出版。该书首次将艺术的审美经验作为文艺美学学科的基本范畴，并对艺术的审美经验的内涵进行了新的阐释。应该说，这是文艺美学学科研究的一种新探索。

回顾 70 年的历程，文艺学学科不仅在教材建设上硕果累累，在文艺美学研究上有长足的进步，关于学科的回顾与反思也有大量成果。

---

[1] 王岳川：《当代中国文艺美学的学术拓展》，载《深圳大学学报》，2002(1)。

很多学科回顾与反思的文章出现在文艺学百年之际。陈传才的《文艺学百年》以其丰富的史料、严谨的逻辑、开阔的视野和适度的批评成为同类著作中的典型范例。这部著作从对文艺学发展造成深远影响的两次转型着眼，进而概括文艺学百年的演变。在论述上，该书既有宏观的整体论述，也兼具重要个案的分析。在分析上，该书注重全面性和辩证性，如关于古代文论向现代文论转换上的阐释。

童庆炳、陈雪虎的《百年中国文学理论发展之省思》通过回顾中国文学理论发展的几个时期，指出："只有在经济建设成为社会的中心的建设时代，我们才能克服在危机时代所形成的工具意识，冲破历史的惯性，改变思维定势，文学和文学理论才能从'中心'转到'边缘'。只有文学和文学理论不再有沉重的负载，文学理论才能进入发展的常态，我们也才可能把文学理论当作学科来建设，才有可能通过不受干扰的条件下的研究，去获取'非一时之真理'。"[①]

李衍柱的《百年中华崛起与文艺学范式转换》对百年来对文艺学发展起过重要作用的六种重要文艺学范式进行了简要的回顾。

其他相关成果还有董学文的《中国百年文学理论嬗变的反思》、钱中文的《曲折与巨变——百年文学理论回顾》、吴兴明的《现代性：检视 20世纪中国文论的一种思路》、谢冕的《百年中国文论述略》、金元浦的《文艺学的问题意识与文化转向》、夏中义的《"百年中国文论史案"研究论纲》、王一川的《百年中国现代文论的反思与建构》等，不一而足。

此外，学界还举办了一些学术研讨会：2012 年 11 月 10 日，北京师范大学文艺学研究中心主办了"百年文学理论学术路径的反思"学术研讨会；2014 年 10 月 17—19 日，北京师范大学举办了"百年文学理论研究中的中国话语"学术研讨会；2016 年 10 月 22—23 日，山东大学举办了"百年中国文艺理论的回顾与反思"学术研讨会；等等。

在改革开放 30 周年这个时间节点上，一些学者纷纷发表文章对文艺学学科这 30 年的发展予以反思。钱中文的《文学理论三十年——从新时期到新世纪》一文论述了改革开放后 30 年间文学理论研究的状况并提出了深刻的反思。钱中文指出，当前我们在文艺理论建设实践方面在每

---

① 童庆炳、陈雪虎：《百年中国文学理论发展之省思》，载《北京师范大学学报（社会科学版）》，1999(2)。

个问题上都存在着不足与歧见，他对这些年来理论创新和原创性观点的缺乏感到了焦虑，并且对于学界一些人争相追捧外国学者理论，而缺乏自己独立观点的现象表示了遗憾。

童庆炳在《延伸与超越——"新时期文艺学三十年"之我见》中先提出改革开放后 30 年间的中国文艺学大致经历了"由外而内"到"由内而外"的发展流程，并进行了详细的解读，接着针对当下文艺学发展现状提出了关于文艺学存续、文艺学研究的延伸或超越等一系列问题。童庆炳认为："我们的主张是，让艺术文学与社会文化在新的基础上实现互动与互构。学术要多样，各种不同的研究要延续，但也要着重考虑超越。因此，我觉得具有包容性的、关注文学的整体的'文化诗学'是一个新的起点。"①

鲁枢元的《河东，河西——也谈文学理论三十年》对改革开放 30 年来文艺学的发展表达了自己的心得体会，既肯定了文艺学发展的成就，也对社会中一些浮躁风气给文学理论研究带来的冲击表示了担忧。

董学文的《新时期文学理论回顾与反思的几个问题——纪念改革开放三十年》指出，30 年间文学理论的发展主要体现在五个方面：第一，文学观念上有了新的认识；第二，在借鉴和吸收外国文论、研究本国文论的基础上，文学理论研究日渐成熟，呈现多元并存的趋势；第三，研究视野更加开阔；第四，文学理论与其他学科间的联系更加密切；第五，文学理论研究较之先前无论是从质上还是从量上都有明显提升，并初步形成了具有中国特色的理论形态。在肯定成就的同时，文章也指出了一些问题，如原创性的文论研究缺乏，文学理论内部在基础理论研究、应用上存在严重的结构性不合理，存在浮躁之风等。

改革开放 30 年间与此相关的反思文章还有：童庆炳的《政治化—学术化—学科化—流派化——从三十年来文艺学学术的发展看高校学术组织任务的演变》、马龙潜的《论新时期文学理论发展进程回顾和反思的思想理论基础》、董学文的《怎样总结新时期文学理论的历史》《近三十年中国文学理论的趋势》《近三十年我国文学理论的"转型"问题》《新时期文学理论研究的基本经验》、蔡梅娟的《新时期 30 年文艺学学科建设的本土

---

① 童庆炳：《延伸与超越——"新时期文艺学三十年"之我见》，载《文艺争鸣》，2007(5)。

化进程》、卢衍鹏的《文艺学知识建构的批判性反思》、王元骧的《当今文学理论研究中的三个问题》等。

此外，还有一些相关的学术会议，如 2007 年 6 月 23—25 日全国中外文艺理论学会和华中师范大学联合主办的"文学理论三十年——从新时期到新世纪"学术研讨会暨中国中外文艺理论学会第四届代表会，2008 年 6 月 13—14 日由北京大学、吉林大学、南昌大学、《高校理论战线》杂志社及《社会科学战线》杂志社联合主办的"新时期文学理论研究的回顾与反思"学术研讨会，2010 年 6 月 18—21 日在苏州大学举行的"回顾与展望：三十年来文艺学跨学科研究学术研讨会"。

可以看出，这些研究成果有从学科历史层面着手的，也有从逻辑层面上进行探讨的。总而言之，相关的研究成果和学术会议对于推进文艺学学科更加科学化的发展作用巨大。

二、坚守重铸：马克思主义文论的中国化

马列文论对于中国特色文论的建设以及现代文化的发展具有重要的指导意义与现实价值，70 年来我国一直十分重视对马列文论的研究，并取得了丰硕的成果。

1951 年周扬主编的《马恩列斯论文艺》由人民文学出版社出版。该书是在之前周扬编写的《马克思主义与文艺》（延安解放社 1944 年版）这部书的基础之上编修完成的，选取了 20 多篇具有代表性的马克思主义文论家的作品。该书是新中国成立初期有关马列思想的重要范本，一经发行便产生了巨大的影响，多次重印。

1958 年，《列宁论文学》由人民文学出版社出版，该书是由曹葆华等翻译家根据苏联国家出版社 1957 年的版本译介而来的。1960 年人民文学出版社出版的《列宁论文学与艺术》同样是从苏联国家出版社 1957 年的版本翻译而来的。当时国内对于列宁全集的文献并没有全部翻译，而列宁有关文艺思想的文献研究方面更是有着很多的空白。因此，这些关于列宁文艺思想的翻译著作无疑对学界研究列宁文艺思想具有重要意义。

1960—1966 年，人民文学出版社陆续出版了《马克思恩格斯论艺

术》(共四卷)，这套著作是根据苏联米海伊尔·里夫希茨 1957 年版的《马克思恩格斯论艺术》翻译而来的，它的出版发行使得中国学界对于马克思主义文艺思想的认知更加深化了。

新中国成立初期，对于斯大林文艺思想的译介与研究也是一个热门。1950 年，斯大林的著作《马克思主义与语言学问题》由解放社出版，得到了学界的广泛关注。很多学者都对该著作有较高的评价。通过这部著作，国内学者获取了许多斯大林关于语言方面的思想和主张，如语言具有稳固的特性，语言是历史的、是全民性的等。可以说，斯大林有关文学理论的主张和在语言、民间文艺等领域的见解在当时的中国学界有着不可估量的影响，对当时还不够成熟的新中国文艺建设更是有着巨大的指导作用。

在 20 世纪 70 年代末，伴随着思想解放的新风，我国文学理论界也迎来了发展的良机，对于马列文论的研究不断深化并进入了新的阶段。一些有关马克思主义文艺经典的优秀读本被陆续推出，产生了较大的影响，对传播马克思主义文艺理论具有很大的促进作用。这些作品主要包括：北京大学中文系文艺理论教研室的《马克思、恩格斯、列宁、斯大林论文艺》(人民文学出版社 1980 年版)，该书曾多次再版；陆梅林辑注的《马克思恩格斯论文学与艺术》(人民文学出版社 1982 年版)，该书注重全面性的编写原则，但在全面整体的前提下，又能够突出重点，对马恩美学和文艺思想发展的关键节点予以侧重；杨柄的《马克思恩格斯论文艺和美学》(文化艺术出版社 1982 年版)；纪怀民、陆贵山等编著的《马克思主义文艺论著选讲》(中国人民大学出版社 1982 年版)，该书作为马列文论的代表性教材曾多次再版；中国社会科学院文学研究所文艺理论研究室的《列宁论文学与艺术》(人民文学出版社 1983 年版)；中国艺术研究院马克思主义文艺理论研究所与《文艺研究》编辑部合编的《马克思主义文艺理论著作选读》(文化艺术出版社 1990 年版)；等等。

20 世纪 80 年代，西方文艺著作被源源不断地引进国内，其中就包括很多研究马克思文艺理论的著作。正是在这样的背景下，一些具有代表性的国外研究马克思主义的学者进入国内研究者视野，引起了学界的重视，国内研究者开始了对这些学者重要成果的译介。

1980 年，柏拉威尔的《马克思和世界文学》由生活·读书·新知三联书店出版，该书以时间为序，叙述了马克思在每一时期关于文学的论述并介绍了马克思的文艺和美学观点；1982 年，梅林的《论文学》由人民文学出版社出版；1983 年，里夫希茨的《马克思论艺术和社会理想》由人民文学出版社出版；1984 年，曹葆华翻译的《普列汉诺夫哲学著作选集》第五卷由生活·读书·新知三联书店出版；1984 年，乔·米·弗里德连杰尔的《马克思恩格斯和文学问题》由上海译文出版社出版，该书在马克思主义美学思想的起源、文学和美学理论问题、文学史问题等方面都有重要的论述，为苏联研究马列文艺思想的重要成果；1989 年，梅·所罗门的《马克思主义与艺术》由文化艺术出版社出版；1990 年，董学文、荣伟的《现代美学新维度——西方马克思主义美学论文精选》由北京大学出版社出版。

这一阶段对这些著作的引进与介绍一方面拓展了国内学者对马克思主义文艺理论研究的学术视野，给予了他们有价值的启发；另一方面也使得学界掌握了国外有关马克思主义文论研究的动态。

正是在这样的背景下，我国学者对马克思主义文论进行了更为系统、深入的探析，根据文论中的基本观点、基本原理、重要命题以及对文艺现象的阐释展开了许多有针对性的研究，取得了大量的成果。比较具有代表性的成果包括：中国社会科学院文学研究所编的《马克思哲学美学思想论集——纪念马克思逝世一百周年》（山东人民出版社 1982 年版）、蔡仪等所著的《马克思哲学美学思想研究》（湖南人民出版社 1983 年版）、董学文的《马克思与美学问题》（北京大学出版社 1983 年版）、赵宪章主编的《马克思主义文艺美学基础》（南京大学出版社 1992 年版）、王善忠主编的《马克思主义美学思想史》（中央编译出版社 1999 年版）等。

同样是在这一阶段，相关刊物也不断发行，主要有全国马列文论研究会主编的《马列文论研究》、中国艺术研究院外国文艺研究所的《马克思主义文艺理论研究》、中国社会科学院文学研究所文艺理论研究室的《美学论丛》等，涌现出许多优秀的关于经典马克思主义文艺理论的论文，对于我们深化马克思主义文论的认知、推进马克思主义文论的研究具有巨大作用。

20 世纪 90 年代后，学界对于马克思主义文艺理论的研究发展进入了新的阶段。

学者们对于建设具有中国特色的马克思主义文艺理论体系的意识不断提高，阐述了很多具有相当价值的文论思想。相关著作有朱立元的《思考与探索——关于当代马克思主义文艺学体系的建构》(上海社会科学院出版社 1991 年版)、谭好哲的《文艺与意识形态》(山东大学出版社 1997 年版)、包忠文主编的《当代中国文艺理论史》(江苏教育出版社 1998 年版)、董学文主编的《文艺学当代形态论——"有中国特色马克思主义文艺学"研究》(北京大学出版社 1998 年版)、陆贵山和周忠厚主编的《马克思主义文艺学概论》(花山文艺出版社 1999 年版)等，不一而足。可以看出，中国学者为建立中国的马克思主义理论体系作出了不懈的努力，这些成果不仅体现了马克思主义精神，还反映出学者们的创新态度，为我国的马列文论研究作出了重要贡献。

在西方马克思文论的研究方面，学界同样取得了重大进展，具有代表性的研究成果有 1989 年至 1997 年间重庆出版社陆续出版的由徐崇温主编的"国外马克思主义和社会主义研究丛书"。这套丛书对许多西方马克思主义的经典著作进行了译介，如霍克海默的《批判理论》、卢卡奇的《历史与阶级意识》等，成为学界了解、研究西方马克思主义文论的重要文献。除了译介外，丛书还收录了一些国内学者研究西方马克思主义的重要成果，如冯光宪的《"西方马克思主义"美学研究》等。

此外，还有朱立元主编的《法兰克福学派美学思想论稿》(复旦大学出版社 1997 年版)、马驰的《"新马克思主义"文论》(山东教育出版社 1998 年版)、杨小滨的《否定的美学——法兰克福学派的文艺理论和文化批评》(上海三联书店 1999 年版)等重要著作。

进入 21 世纪后，学界对于西方马克思主义的研究继续向前推进，这不仅体现在西方马克思主义理论家个案研究方面，在西方马克思主义文献上的梳理和归纳同样如此。以本雅明为例，中国知网上 1988 年至 1998 年关于本雅明的论文仅有寥寥可数的 11 篇，① 到了 2019 年，以本雅明为篇名的研究文章已过千。

关于西方马克思主义文献梳理有俞吾金、陈学明所著的《国外马克思主义哲学流派新编·西方马克思主义卷》(复旦大学出版社 2002 年

---

① 周启超：《新中国对马克思主义文论的引介与研究述评(二)》，载《华中学术》，2015(2)。

版)、潘天强主编的《新编马克思主义文艺学》(复旦大学出版社 2005 年版)、许政的《西学东鉴：西方马克思主义评介》(中国社会出版社 2007 年版)、陆建德主编的《马克思主义文艺理论研究·第 5 辑》(中国社会科学出版社 2016 年版)、文苑仲的《人类解放的审美之维——当代西方马克思主义政治美学思想研究》(中国文联出版社 2018 年版)等。

综上所述，新中国 70 年的发展过程也是学界对马克思文艺理论研究不断丰富的过程。学界对经典马克思主义文艺理论的研究取得了丰硕成果，对西方马克思主义文艺理论的研究也在不断深化；再者，学界在不断吸收经典马克思主义文论与西方马克思主义文论的基础之上，有意识地追求建立具有中国特色的马克思主义文艺理论体系，并积极推进，这同样是 70 年间马列文论研究的重要突破。

三、贯古通今：古代文论的深耕与创新

自新中国成立至今，中国古代文论的研究取得了长足的发展。在理论批评与史料建设的双向建构上，新中国 70 年间涌现出许多优秀古代文论研究批评史、通史著作，这些著作从整体着眼，不仅在史料建设上有着新的突破，在理论批评的方法与理念上也有新的呈现。

20 世纪 50 年代较为突出的成果是郭绍虞的《中国文学批评史》。这本书是郭绍虞在前作的基础上稍作改编而来的，在篇目、体例方面都作了一些改动。该著作细致梳理了中国古代文学理念流变的情况，并对其中一些重要问题诸如神和气、文和道等进行了详细的阐释，给学界提供了一种范例，在中国文学批评史学科的发展中具有非凡的意义。

1962 年黄海章编著的《中国文学批评简史》出版。该书涉及了从先秦到清具有代表性的文论家，简明扼要地论述了他们的文学主张、理论思想，并较为关注传承和流变情况。在对王国维等学者文论思想的阐释上，这部著作具有一定学术上的突破。

刘大杰主编的《中国文学批评史》(上册)，以各个时代重要的文论家以及重要的话题为中心来进行阐释。这部著作是当时古代文论研究的重要成果，无论是史料的择取，还是文论流变的剖析都独具匠心，体现了作者扎实深厚的学术功底。该书较之前人的研究更加全面、深入，比如

关于《文心雕龙》的研究，作者专门以单章进行论述，在当时十分难得。张海明对这部著作作出了较高的评价："该书在将社会学的方法应用于古代文论研究时，注意到了问题的复杂性，能够尊重客观史实，采取一种较为审慎的态度，所以该书对分属于不同情况的古代文论家及其观点的介绍比较全面，理论也较为公允。应该说，这部文学批评史是继郭绍虞、罗根泽著作之后又一部具有较高学术价值的批评史。"[①]

改革开放以后，古代文论的研究进一步向纵深迈进。1981 年，敏泽的《中国文学理论批评史》由人民文学出版社出版，较之于先前类似的著作，其所涉及的范围更加广阔，近代批评史也在其中。书中所研究的内容并不局限于诗文，对于传统小说批评和戏曲批评同样有所涉略，所占篇幅也较大，扩大了传统文论研究的范围。理论分析方面，敏泽在古代文论的研究上以辩证唯物主义与历史唯物主义为依托，在古代文艺思想和思潮的论述和评析上都有了较大突破。此外，该书在编写中特意在重要阶段前添加了绪论，从而更好地从整体上把握古代文论的研究。

这部著作的出版获得了广泛的关注并产生了极其深远的影响，即使是在出版多年后学者仍对其高度肯定："《中国文学理论批评史》的出版，在前辈学者的研究基础上，将中国文学批评史的研究向前推进了一大步。该著以翔实的历史文献为支持，以文论家为经，以理论问题和概念范畴为纬，进行了多维度的新的体系建设。著者长于从纷纭复杂的史料中，理清脉络，分清主次，剪裁取舍，善于理论方面的分析概括和整合建构。该著的问世，为我们提供了一个既符合中国古代文论的历史原貌又充满现代阐释特点的关于传统文学理论批评发展演变历史的文本。"[②]

蔡钟翔、黄保真、成复旺合著的《中国文学理论史》论述了先秦至近代的文学理论史。这部著作具有相当的学理深度，比如编者们从历史的复杂性这一角度切入来进行分析，对于后来的研究者具有启示作用。陈传才、袁济喜对这部著作评价较高："这套卷帙浩繁、内容宏富的著作，既闪烁着深沉睿智的理性光芒，又有着广泛的阅读适应性，是一部融专著的学术性与教材的通俗性于一体的著作。"从特点上看，其"具有精邃

---

① 张海明：《回顾与反思——古代文论研究七十年》，29 页，北京，北京师范大学出版社，1997。

② 党圣元：《敏于思 勇于行——敏泽先生的中国古代文论研究》，载《文学遗产》，2007(6)。

宏大的体系与结构"，该书的"体系周全，其含义还在于它的深层哲理意识。这种哲理意识就是试图以历史唯物主义为指导，对丰富的中国文学理论遗产作出实事求是的清理与分析，总结出一定的规律"。再者，"本书的另一个特点是义理与考据的有机结合。对司空图、苏轼、严羽等人文学理论的分析，运用了美学与心理学的分析方法，从义理上详加阐释，并且与当时的社会环境、学术思潮结合起来分析，使研究水平达到一个新的层次。"①

王运熙、顾易生主编的《中国文学批评通史》可以被视为中国首部全面、系统的古代文论典范之作。这套著作对中国文学批评发展史、历代文学批评的情况、历代文学批评家及其论著都以系统论研究法进行了深入剖析，并且发掘了许多珍贵的罕见史料，对原来尚未引起注意的文论家及其文学理念也有所论述，极大地拓宽了人们的学术视野。该书的显著特点是论述某一批评家的同时兼顾了该批评家各种文学理念间的联系，关注其理论与批评实践的关联；如果该批评家同时是作家，则还常常将其文学理论批评与其创作相比照、印证。此外，该书还注意比较有关的批评家的同中之异、异中之同，并密切注意同一时代、前代文学创作间的关系，注意文学与其他艺术门类的关系；然后又将文学批评放在整个社会、文化背景之下加以考量，注意它与政治、学术、生活等方面的联系。可以说，《中国文学批评通史》所展现的是历史悠久的中国文学批评理论的博大精深以及其取得的辉煌成就，为当代文艺理论研究和创作提供了历史的借鉴和有益启示，使古典文论探索的思维空间大为拓展。

此外，还有罗宗强主编的《中国文学思想通史》。该书以较为新颖的思路来进行古代文论研究史的编写，反映出作者在古代文论研究上又取得了新的突破。

这一时期文学批评史编撰方面取得了许多重要成果，其中之一便是分体文学理论史类图书的不断出版。比较具有代表性的是王先霈、周伟民合著的《明清小说理论批评史》。在这部著作中，作者从整体着眼全面把握明清古代小说文论的发展轨迹，论述上既注重在小说理论史上具有

---

① 陈传才、袁济喜：《遍览千古墨客　通论万斛精华——简评〈中国文学理论史〉》，载《中国图书评论》，1989(4)。

一定影响的学者的著述，也重视凸显在该领域有重要价值的大家之言，深度剖析其文论特色。在文学批评史的撰写中，文献的搜集与归纳无疑是最艰巨、繁杂的工作，作者在编写中做了大量的筹备工作，不仅对于所突出的大家有着详尽的介绍，对许多人们关注较少的论者同样有所涉略，例如，章太炎、黄小配、金松岑、黄摩西等人的相关观点，书中都有所叙述。值得一提的是，作者在对某一文论家的文学主张进行评述时往往能够引申出深刻的理论命题，引人深思，这不仅体现出作者独到的见解，也给后人以启发。

《明清小说理论批评史》是我国首部小说理论批评史，填补了该领域研究的空白。在这部著作的代序中，黄海章开门见山地指出："王先霈、周伟民两同志合著《明清小说理论批评史》，近七十万言，这在中国文学批评史的研究上，是一种重要的贡献。"①

《明清小说理论批评史》问世后又有数部研究成果面世：陈谦豫的《中国小说理论批评史》、方正耀的《中国小说批评史略》、刘良明的《中国小说理论批评史》、陈洪的《中国小说理论史》。这四部著作规模相当，各有千秋，也具有一定的影响。

这一时期古代文论评论史的编写呈现出简约的趋向，出现了一些文学批评简史成果。具有代表性的是周勋初的《中国文学批评小史》。这部著作对先秦到清朝中后期的文学理论和批评发展史作了简明的梳理与探析。虽然著作只有 20 万字左右，篇幅较为有限，但却短小精悍，重要的议题几乎都得以涵盖。这部著作不仅在国内，在海外也影响广泛，有学者这样评价道："《中国文学批评小史》一书，篇幅较其他几部批评史小，但因有深厚渊博的学识作底里，其高屋建瓴的立意，宏肆博辩的议论，仍给人留下深刻的印象。海外汉学界每以为了解中国古文论的锁匙……韩国理论与实践出版社还有译本，数所大学用为教材，在日本也至少有两位学者正着手翻译，于此可见它在海内外的影响正日趋扩大。"②此外，还有徐寿凯的《古代文艺思想漫话》、谌兆麟的《中国古代文论概要》和朱恩彬主编的《中国文学理论史概要》等。

---

① 王先霈、周伟民：《明清小说理论批评史》，1 页，广州，花城出版社，1988。

② 蒋凡、汪涌豪：《发现中国文学批评理论的独特会心——评周勋初〈中国文学批评小史〉》，载《社会科学战线》，1997(5)。

改革开放之后，古代文论研究的另一重要进展反映在其文论体系与专题研究的多维阐释上。不仅从整体上把握的古代文论研究成绩斐然，从横向按照专题形式进行的古代文论研究同样取得了很大的进展。

除了对重要文论家、重要理论问题的专项研究外，还有从古代文论文体框架进行切入的，如郭绍虞的《宋诗话考》、赵景深的《曲论初探》、肖驰的《中国诗歌美学》、黄霖的《古小说论概观》、陈洪的《中国小说艺术论发微》、胡晓明的《中国诗学之精神》、陈良运的《中国诗学体系论》。这些研究往往另辟蹊径、别开生面，并且较之前人的研究在理论分析上更加细致。

有学者从中国文化、思想领域与古代文论相关联进行研究，如漆绪邦的《道家思想和中国古代文学理论》。该书以道家思想为楚文化思想的内核作为立足点，对道家思想之于古代文论的影响进行了深入剖析。此书的一个最重要的观点，就是认为道家思想影响中国古代文学理论的，并不是它的文学观念，道家是否定文艺的，但是道家否定文学艺术的言论中却包含了文学艺术是什么，文学艺术应该如何的深刻思想。这一点正是当时道家文学观念研究的一个重要理论进展。此类著作还包括如韩经太的《中国诗学与传统文化精神》、张伯伟的《禅与诗学》、张文勋的《华夏文化与审美意识》等。

70年间，一些会议的召开对于古代文论的研究也具有重要意义。例如，1978年《中国历代文论选》编写组与云南大学中文系联合举办的中国古代文学理论学术讨论会及教材编写会。该会议对于古代文论研究领域影响深远，不仅因为该类型的会议在国内尚属首次，更因为在会中学界积极推动了古代文论研究的发展方向，对先前古代文论研究的局限进行了反思与修正，并对怎样更好厘清研究中的古今联系、中外联系等形成了新的思路。中国古代文学理论学会也在这次会议上成立，对于古代文论研究具有里程碑式的意义。

1980年，中国古代文论学会第二次年会召开。这次会议学界对原来的一些错误认识如将古代文论简单化等进行了修正，从思想层面给予人们对于文艺规律和古代文论的当代意义全新的认知，从而促进了古代文论研究的健康发展。

综上所述，新中国70年的古代文论研究曾有过一些波折，走过一些弯路，但更取得了辉煌的成绩。通过大致梳理 70 年间古代文论的研究可以看出，相较于 20 世纪 50 年代对于西方研究模式的盲目效仿，学者们更加注重中国传统文论自身的特性与价值，而且随着我国开放力度的不断加大，古代文论的研究视野也必将愈发开阔。

四、他山之石：西方文论的接受与阐释

对于外国文化的引介我国古已有之，但是对于西方文论的引进则是在清末开始的，并在五四时期、20 世纪 30 年代不断发展。新中国成立初期，我国开始了大规模的西方文论引介与学习。受当时风气的影响，所接受的西方文论以苏联为主。改革开放之后，学界对于西方文论研究的重心已转移到北美与西欧地区。20 世纪 90 年代后，西方后现代文论开始大规模地进入中国学界，对我国当代文论建设产生了巨大影响，从而形成了当代文论建构多元的现状。

大量西方文论的涌入推动了中国文论的发展，而作为中西文论交流的媒介，西方文论的译本无疑扮演着重要角色。

杨守森的《新编西方文论教程》择取了古希腊以来西方文论中具有代表性的文论家及其理论主张进行解读，清晰地梳理了西方文论的演变历程。该书不仅满足了高校教学之用和文学爱好者的需求，对文论研究者也有一定的启示，做到了理论性、操作性与趣味性的有机结合。

《21 世纪西方文论译丛》是由河南大学出版社出版的一套学术价值很高的西方文论丛书。以王逢振、蔡新乐主编的《理论、方法与实践》为例，该书将西方文论译介过来，并且很多研究成果都是在出版前近五年内产生的，可以说是与时俱进的。例如，该书收录了 2007 年至 2012 年詹姆逊、三好将夫等多位学者所写的有关西方文论的文章，使读者能够从人文社会生态、网络文化、法律、后殖民文化、文学研究等多个方面了解当代西方文论的发展状况。

由高建平、丁国旗主编的《西方文论经典（第 5 卷）——从文艺心理研究到读者反应理论》梳理和介绍了 19 世纪以来西方文论演变历程中具有重要影响力的文论家的著作，其中一些选文在国内是首次引介的。

徐亮和苏宏斌主编的《西方文论作品与史料选》相较于其他西方文论

作品选编书籍具有以下特色：第一，它在精心选取文论作品的基础上，特意匹配了关于该作品的背景及意义的史料，从而使读者更易理解；第二，该书关于史料的筛选十分细致，不仅具备经典性与权威性，而且照顾了学理层面；第三，现当代西方文论在该书的比例较高。

除了西方文论的译介，学界对西方文论史等方面的研究同样成果颇丰。

马新国的《西方文论史》作为一部全史，其跨度大、内容全面且结合了大量文献资料，论述了西方世界从古希腊时代直到当代具有代表性的文论家的重要思想并介绍了西方文论的演变过程，对于文艺研究者具有重要的参考价值。

罗钢的《历史汇流中的抉择——中国现代文艺思想家与西方文学理论》系统、全面地分析了西方浪漫主义、自然主义、现实主义、人道主义等文艺思想，并颇有新意地探讨了这些思想对于中国文艺思想的影响，具有较高的学术价值。

刘捷等人编著的《二十世纪西方文论》对于 20 世纪西方的主要理论思潮和流派都有所论述，具有很高的参考价值。

周小仪的《从形式回到历史——20 世纪西方文论与学科体制探讨》运用结构主义和精神分析的方法，对文艺学的理论及学科体制建设进行了细致的探讨。在研究方法上，该书还提倡文学研究应走出形式主义，从形式层面回归历史研究，让文学研究与社会相结合，拓宽了文学研究的视野。

王一川主编的《西方文论史教程》是西方文论研究的又一力作。该书把西方文论的演变概括为五次"转向"，即人学转向、神学转向、认识论转向、语言论转向和文化论转向。从表面来看，该书是通过时间顺序来阐述西方文论的发展历程的，但从本质上来看，其编写脉络是西方文论的五次重大转向，从五次转向的过程中总结和摸索出当代西方文论研究中的规律性变化。

朱志荣的专著《西方文论史》汇集了作者在该领域研究、教学的心得体会，对古希腊时期直到当代的西方文论发展流程有着细致论述，不仅涵盖了对西方文论家生平、重要著作和文艺思想的论述，也有对具体作品的分析和文学规律的阐释。总体来说，这部著作以史为基、史论融合、层次分明、视野宽广，是一部西方文论研究佳作。有学者从三方面对该著作给予了高度评价：第一，依史而著，立论公允。《西方文论史》更倾向于站在历史的事实中把握文学理论的发展脉络，坚持唯物史观的辩证法，以史为基，对基本材料的阐释力求做到客观、明晰，编写有理有据，立论公允。第二，重点突出，提纲挈领。该书取材具有一定的典型性和代表性，例如，在启蒙运动时期，面对众多的文学理论启蒙者，朱著主要选取了卢梭、狄德罗、维柯、鲍姆嘉通、莱辛和赫尔德等人的理论观点，集中阐释他们的文论思想，尽量避免涉及美学、哲学、宗教等内容，体现文论的纯粹性和明晰性。第三，逻辑严密，表达自如。当我们用文学理论何以成为文学理论的视角来看待西方文论的时候，它的理论要素才被我们真正关注和重视，这也是《西方文论史》所采用的逻辑思路。通过剖析不同时期的文学理论因素以及呈现出的理论观点，明确文学理论的发展脉络。①

杨慧林、耿幼壮的《西方文论概览》以西方文论的演变为脉络，对从古希腊到 20 世纪的各种学说进行了概括性解读，尽可能追踪西方思想与文化的整体线索，并使"诗性"的价值在这一线索中得以展示。

赵一凡等人主编的《西方文论关键词》是由《外国文学》西方文论的关键术语与概念专栏里的文章所集结、修订而来的，是一本工具性理论辞书，也是国内最早系统介绍西方文论关键词的著作。该书收录的关键词在译名上尽可能保持统一，对每个词条其来源、演变过程、特点等方面都有细致的梳理。陈平原对此书有过较好的评价："要说主旨明确，体例统一，学问渊深，还推赵一凡等主编的《西方文论关键词》。""作为一本'大型工具性理论辞书'，此书中规中矩，可圈可点。"②

卢絜的《新历史主义批评与实践——基于西方文论本土化的一种考察》涉及的研究范围较大，不仅囊括了中国现当代文学和西方文论，还涉及了社会学、历史学等诸多领域，可以看出作者在中国本土文化的基础上试图从多角度审视新历史主义在中国的实践及批评。值得一提的是，该书在材料的挖掘与梳理方面较为全面、细致，所参考的数百种文

① 参见张硕：《依史而论，纲举目张——评朱志荣〈西方文论史〉》，载《关东学刊》，2017(12)。

② 陈平原：《学术史视野中的"关键词"(上)》，载《读书》，2008(4)。

献几乎都在新历史主义范畴中，并非泛泛引用参考。张荣翼对这部著作给予了肯定，指出该书既是在时间中的思考也是在空间中的思考。在时间上，书中追溯了新历史主义批评的发展脉络；在空间上，书中涉及了新历史主义批评的译介与阐述、新历史主义批评在中国的本土化的梳理、运用新历史主义批评对中国当下的文学与影视作品进行考察。①

范永康的《当代西方文论的政治转向研究》角度新颖，创新程度较高，在一些问题上有独到的学术见解，是西方文论研究的重要成果，在西方文论研究的学术拓展上有重要的启示价值。王宁指出，该书"对当代西方'后理论时代'的文学理论'向外转'的倾向作了实事求是的描述和评价"；有关西方马克思文论/文学的发展现状和它对于中国的意义这方面内容的探讨在书中占据着较高比例；对中国当代的马克思主义文论研究及整个文论方法与话语创新给出了建设性的意见。②

西方理论与中国关系这一话题是最近几年学界热议的话题，吴娱玉的《西方文论中的中国》围绕这个主题，从"西方理论对中国文化的阐释和征用""围绕中国左翼问题的中西对话和交锋""中国问题对后殖民理论提出的挑战""西方理论影响下的对中国文学的解读和艺术建构"四方面进行论述，探究作为对象与方法的中国在西方理论中的角色、起到的作用以及中国文化在西方理论中的生存、变异、生长与运作。在西方文论诸多层面的阐释上，该书多有独到之处。

综上所述，在碰撞与不断调整中，当代西方文论已经拥有进入一个稳定新阶段的基本要素。这种新的趋向是理论发展到一定程度自然而然的结果，并已成为当代西方文论未来走向的应有范式。可以预见，文学理论将向着系统发育的趋势发展，这不仅是理论成长的内生动力，也是学科不断成熟的标志。

五、多元镜鉴：比较诗学的建构与转向

早在 20 世纪初，通过比较诗学的视角进行文学理论研究已在我国

---

① 参见卢絮：《新历史主义批评与实践——基于西方文论本土化的一种考察》，1~3 页，北京，中国社会科学出版社，2016。

② 参见范永康：《当代西方文论的政治转向研究》，2~3 页，北京，中国社会科学出版社，2018。

出现，但关于比较诗学的研究在很长一段时间都不温不火，直到 20 世纪 80 年代以来，随着学术氛围的活跃，比较诗学重新回归人们的视野，与其相关的研究开始迅速增加，并如雨后春笋般涌现出大量的成果。

1979 年，钱锺书的《管锥编》出版。该书对《太平广记》《焦氏易林》《左传正义》等古代著作展开了细致的考辨，以世界视野进行审视，并采取中外互证的形式来探究人类普遍性的文艺现象和人文现象。钱锺书引用大量中外文献，仅在西方文献材料的引用上便有数千种条目，涵盖了英语、德语、法语、拉丁语等数个语种，体现了钱锺书宽阔开放的学术视野。而且，无论是在比较诗学研究的学理思路上，还是方式方法的运用上，该书都有着突破性的贡献。总之，《管锥编》对比较诗学研究有着开创性的意义，它的问世标志着比较诗学学科的复兴，拉开了中国比较诗学研究的大幕。

同样是在 1979 年，王元化的专著《文心雕龙创作论》出版，这是国内比较诗学研究领域的又一典范性著作。该书不仅在《文心雕龙》的研究上颇有建树，在比较诗学研究上也有着巨大的创新。该书将中国古代文论置于世界文论之中加以审视，以中外文论间的对比来探究具有普遍性的艺术手法与规律。这部专著具有高度的跨文化比较意识，也反映出比较诗学研究的推进。

1981 年，宗白华的《美学散步》出版。这部著作以西方文论理念为参照对象，在中西互相参照中细致阐释一些主要的美学问题。该书在诗、画、音乐、书法等领域的比较研究别具一格、颇有新意，对于相关比较研究具有巨大的启示作用。

1981 年，周来祥在《东方与西方古典美学理论的比较》中，从西方美学理论的角度审视中国的美学理论，并在两者间进行对比与阐释，取得了较大的反响，很多学者都对其加以借鉴。

蒋孔阳在《中国古代美学思想与西方美学思想的一些比较研究》中对周来祥有关中西美学的思想进行了进一步的挖掘，从语言文字、思想源流等几个大层面分别展开了论述，细致地探讨了中西美学思想。

1983 年，杨周翰的《攻玉集》出版。作者主张将文学的各重要板块如文学思潮、文学类型、文学主体等都以比较的眼光来审视，从而发掘出共同的规律。这部书的名字出自"他山之石，可以攻玉"，体现出作者编写此书的宗旨便是借鉴外国文学的优秀特质,从而促进我国文艺事业的发展。

20世纪80年代末至90年代末,比较诗学的研究又进入了一个新的阶段,在研究的深度和广度上较先前都推进了一大步。

1986年,张隆溪的《二十世纪西方文论述评》出版。张隆溪对20世纪西方文论的主要流派进行了较为细致的解读与评点,并在介绍西方文论时引入了中国文论相类似的观点加以比较,给人以启发,对中西文论的研究作出了一定贡献。

刘小枫的《拯救与逍遥》在跨文化的背景下将文学批评与哲学、宗教相结合进而展开理论上的探究,其在比较诗学研究领域中的研究角度独具一格。

1988年曹顺庆的《中西比较诗学》出版。这部书是我国首次以"比较诗学"题名的专著。作者以整体性的方式对中西诗学进行对比分析,着重揭示两者各自文论中独特的理论价值,并对中国文论所具有的世界意义进行了论述。可以看出,中国的文论研究者已经有意识地将中西文论置于可供比较的平台上进行相互间的探究,从而发掘具有普遍意义的规律。

此后,又陆续出版了几部比较诗学方面的专著,具有代表性的有乐黛云、王宁主编的《超学科比较文学研究》(中国社会科学出版社1989年版),黄药眠、童庆炳主编的《中西比较诗学体系》(人民文学出版社1991年版),狄兆俊的《中英比较诗学》(上海外语教育出版社1992年版),马奇主编的《中西美学思想比较研究》(中国人民大学出版社1994年版),朱徽的《中英比较诗艺》(四川大学出版社1996年版)。以黄药眠、童庆炳主编的《中西比较诗学体系》为例,这部著作体系性强、结构宏大,既有对中西诗学各层面的对比分析,也有关于西方诗学对中国诗学的影响方面的解析。主张构建具有中国特色的诗学理论体系,从而给中西诗学间的平等交流创造理论平台。《中西比较诗学体系》影响深远,加深了人们对中西诗学的认识,是20世纪90年代中国比较诗学研究取得的重大成果。

1993年,乐黛云、叶朗、倪培耕主编的《世界诗学大辞典》出版。这部著作可以被视为中国比较诗学发展中的首部工具书,主要对世界上五大重要的文化区域的文论进行了较为系统的归纳。以印度诗学研究为例，编者们不仅对印度诗学的术语概念有着系统的梳理、介绍，对于印度诗学的文体风格、方法技巧、重要文论家、文论流派等方面也都有涉略。

1994 年张法的《中西美学与文化精神》出版。该书从文化精神的视角切入，对中西艺术实践进行了丰富的列举，并对相关概念如"崇高""和谐""典型与意境"等都进行了细致入微的比较与分析，以探究中西间美学的共同规律。

20 世纪 90 年代中期以来，中国比较诗学研究的发展更为迅速，在三个方面取得了重大进展。

第一，比较诗学研究范围的急剧扩大。这一时期出现了很多关于比较诗学研究范围方面的研究，比如王晓平、周发祥、李逸津合著的《国外中国古典文论研究》。该书上篇第一章便介绍了国外中国古典文论研究的情况，分别是中国古典文论研究在东方、中国古典文论研究在西方、中国古典文论研究在俄苏，由此可以看出，中国学者诗学研究所触及的范围已经相当之广。

1996 年，曹顺庆主编的《东方文论选》出版。这部著作精选了东方多国典型文论 100 余篇，其中许多文论都是首次被译为中文，对我国东方文论的研究作出了巨大贡献，也给中国学者以极大启发。在比较诗学的研究上，很多学者往往将焦点聚集在中国与西方两者之间，而关于其他东方国家的文论研究却并未引起重视，究其原因是受到西方中心主义的影响。《东方文论选》则改变了这样的固有思路模式，将东方许多国家的文论都归进文论格局中。郁龙余曾高度评价这部著作："象王国维的《人间词话》一样，曹顺庆主编的《东方文论选》在中国文论发展史上具有重要的意义。"[1]季羡林也在这部著作的序中赞誉有加："读此一书，东西兼通。有识有志之士定能'沉浸浓郁，含英咀华'，融会东西，以东为主，创建出新的文艺理论体系，把中国文艺理论的研究水平，东方的文艺理论的研究水平和世界的文艺理论的研究水平，大大地提高一步，提高到一个崭新的高度和水平上。"[2]曹顺庆的专著《中外比较文论史·上

---

① 郁龙余：《旧红新裁 熠熠生辉——简评〈东方文论选〉》，载《外国文学研究》，1998(1)。
② 曹顺庆：《东方文论选》，3 页，成都，四川人民出版社，1996。

古时期》(山东教育出版社 1998 年版)将日本、印度、越南、朝鲜的文论全都归置于研究视野之中，体现出作者广阔的世界视野。

在新的阶段，梳理、借鉴、研究中国文论在域外的研究情态成为比较诗学研究的一个重要方向。一些中国学者较早就有了这方面的研究意识并取得了一些研究成果。乐黛云、陈珏编选的《北美中国古典文学研究名家十年文选》选取了 14 位汉学家关于中国古典文学的研究论文，对于国内学者十分有借鉴意义。黄鸣奋的专著《英语世界中国古典文学之传播》指出："当前中国文学在跨文化传播中流传最广的是以英语为交际手段的文化圈，即'英语世界'。因此，研究中国文学在英语世界的流传情况……有助于加强中国文学史、中国文学批评史、比较文学和文化学等学科的理论建设。"①该书对于中国古典小说、戏剧、散文、诗歌在英语世界的研究都有着较为细致的介绍。王晓路的专著《中西诗学对话——英语世界的中国古代文论研究》以中西互鉴的模式，较为全面地梳理了中国古代文论在英语世界的接收、研究情况，向国内学者更为全面地介绍了西方汉学界对于中国文论的解读、关注焦点、研究方式等。

第二，研究方式与视角上由原先的较为单一逐步变得更为多元。比较诗学影响研究方面，学者通常对宏观研究更为注重，而一定程度上忽视了微观层面的问题。一般来说，范畴、概念虽然在理论建构中是最小的元素，但它往往在理论体系中有着重要作用。关于微观层面问题的研究也开始受到了学界的重视，比如王向远在这一领域的研究文章《中日古代文论中的"情""人情"范畴关联考论》《"理"与"理窟"——中日古代文论中的"理"范畴关联考论》。

第三，研究层次上提升明显。例如，杨乃乔所著的《悖立与整合：东方儒道诗学与西方诗学的本体论、语言论比较》以哲学和审美本体论的高度去关注跨文化的文艺理论问题。乐黛云对此书评价较高："我想这部著作最重要的贡献就在于从本体论和语言论的原初意义上对中国诗学和西方诗学进行了古今中外、纵横交错的比较研究……当今比较诗学的本义就在于将存在于一种文化的诗学置于其他多种文化诗学的脉络中，加以考察和鉴别，借'异质'的反照以识其本相，并彰显其独特之

---

① 黄鸣奋：《英语世界中国古典文学之传播》，1 页，上海，学林出版社，1997。

处……乃乔的博士后论文正是沿着这一路径，作出了极有价值的开拓。""中国儒家以具体阐释和实践伦理道德为特征，较少谈到抽象的'本体'问题，前期儒家更是如此。关于什么是儒家的本体论至今讨论得还很不够。乃乔对这一问题进行了相当深入的研究，认为儒家诗学皈依于'经'。""在语言论方面，本书通过儒家诗学的'立言'，追求不朽，通过道家诗学的'立意'，追求'言外之意'和'得意忘言'，以及两者之间的对立和互补，论述了中国古典诗学的发展，并在与西方语言论的比较中，得出了许多前所未有的、发人深省的结论。"①

在这一阶段，从思想史发展的不同脉络与学术史发展的文化差异视角进行各种文论关联的分析也是学者们研究的一个方向。

张隆溪所著的《道与逻各斯》以西方阐释学原理为前提，在比较文学的视野中细致地探究文学语言的性质和它之于文学阅读与创作的复杂关联。在阐释学机制中，作者以批判与发展的方式挖掘中西间一些既相互独立又有一定关联的话题的共通点，使中西文学相互关联。这部著作曾产生巨大的反响，对很多学者有启发意义。

2005 年陈跃红的专著《比较诗学导论》出版。该部著作围绕比较诗学展开论述，对它的定义、发展源流、学术语境、发展现状、发展趋势、研究范例等诸多方面有着全面、细致的解析，并对比较诗学研究中的深度研讨方式进行了归纳。

还有一些研究成果同样体现出研究的进展，比如张辉的《审美现代性批判》(北京大学出版社 1999 年版)、曹顺庆等著的《中国古代文论话语》(巴蜀书社 2001 年版)、史成芳的《诗学中的时间概念》(湖南教育出版社 2001 年版)、代迅的《断裂与延续——中国古代文论现代转换的历史回顾》(西南师范大学出版社 2002 年版)、刘耘华的《诠释学与先秦儒家之意义生成——〈论语〉、〈孟子〉、〈荀子〉对古代传统的解释》(上海译文出版社 2002 年版)、张沛的《隐喻的生命》(北京大学出版社 2004 年版)，不一而足。

《跨文化的文学理论研究》由数位精通不同语言的专家合力完成，对世界现代文论和其与中国文论的关联展开论述，对于推动比较诗学研究

---

① 杨乃乔：《悖立与整合：东方儒道诗学与西方诗学的本体论、语言论比较》，5 页，北京，文化艺术出版社，1998。

发展的重大意义不言而喻。论文集《跨文化研究：什么是比较文学》在2007 年由北京大学出版社出版。该书是"北大—复旦比较文学学术论坛"的合集，集中展示了北京大学、复旦大学比较文学的研究成果，同样具有重要价值。

回顾 70 年来的中国比较诗学研究，其真正开始起步是在 20 世纪 70 年代末 80 年代初，由之前较为分散式的、非学科化的研究开始走向了学科化、系统化、整体化的研究道路。比较诗学的发展虽然众说纷纭，但我们仍能看到比较诗学研究的稳步前进和其学科范式建构的不断完善。

第二章
走向开放的古代文学与
古典文献学研究

　　自新中国成立以来，如果要概括中国古代文学研究 70 年的历程，70 年来中国古代文学研究的成就与特点，"走向开放"一词是比较切合实际的。这一特点主要体现在以下几个方面：其一，研究姿态的独立与融合。古代文学已经成为历史，然而古代文学研究却仍然是一个不断成长的学科，学者们既坚持学术研究的本位立场，尊重学术的独立性与严谨性，又兼顾古今，自觉承担起文化传承与文化建设的现实使命，将学术的独立性与现实性相融合。其二，研究格局的日益均衡化与立体化。在文学史时段的选择上，逐渐由侧重先秦、唐宋而向着元明清时段转移，实现了各个历史时段研究力量的均衡化。在文体选择上，过去由于受到王国维"一代有一代文学"观念的影响，各历史时段研究的文体选择呈现出单一化的状况，如唐代偏重于诗歌，宋代偏重于诗词，元代偏重于杂剧、散曲，而明清则偏重于戏曲、小说等通俗文学。经过 70 年的探索与实践，唐宋时期的小说、变文、说唱等俗文学也得到了充分的重视；明清时期的诗文也被广泛关注；甚至以前较少被学界留意的明清辞赋及应用文体，都出现了许多有分量的研究成果。其三，研究理论与方法的圆融自觉。20世纪80年代的"方法论热"与90年代的"中国话语重建"，使古代文学研究呈现出多元的趋势。理论方法不以古今、中西为限，而以研究需要与时代需求为旨归，显示了方法论上的自觉。其四，中外学术交流的均衡与成熟。随着中国学界研究水平的提高与学术成果的积累，"中国文化走出去"成为学界的共识。中国学者的研究成果被大量地介绍到国外，在交流的过程中，也有了更多与外国学者进行学术讨论的机会，因而交流日益加深。

一、文学史编写的成熟与反思

70年来，各种各样的中国古代文学史著作已经有了几百部，这当中有按照体例写作的文学史（如通史、断代史），有按照文学体裁分类的文学史（如诗歌史、小说史、戏曲史、散文史），也有按照作者身份写作的文学史（如妇女文学史、僧侣文学史），还有按照艺术门类编写的文学史（如音乐文学史、宗教文学史），按照民族分类编写的文学史（如白族文学史、壮族文学史），此外，还有文学思想史、文学批评史、文学理论史、文学思潮史等多种类型。探究各个时期文学史编写的不同风格和特点，总结文学史编写的经验与教训，不仅能够为以后更好地编写文学史提供借鉴意义，还具有对21世纪古典文学研究成果进行总结的意义。

通常认为，古代文学走过了几千年的历史，对于它的研究也已经进入了相对稳定的状态，尤其是古代文学史的书写，应该达成一定的共识。其实不尽如此，20世纪末到21世纪初，随着古代文学研究的进一步深入，为了能够更加全面、深刻地探求文学史自身的发展规律，许多文学史的编写者越来越意识到，一味按照朝代分期书写古代文学史存在着致命的缺陷。郭英德先生认为，文学的发展与政治的变迁并非一直同步，更多情况下二者存在历史发展的不平衡性，而文学史叙述必须以文学为本位，不能以朝代兴衰为线索。回首新中国70年中国古代文学史的研究，其文学史长编、通史与断代史研究成果丰硕，不但研究体系逐步完备，且逐渐由"广度研究"走向"深入研究"。然而需要注意的是，"重写文学史""重绘中国文学地图"等口号与倡议同样出现在古代文学研究界，这说明学界对于古代文学史的书写与文学史时期的划分仍然在不停地进行着反思。

(一)文学史教材的发展与建设

自 1949 年以来，中国古代文学史教材在文学史著述中占据了很大的比重，这些教材主要服务于大学课堂。它们在发挥向学生普及专业知识的作用之余，也引起了学界对中国古代文学史编写思路与体例的思索。研究这些教材类文学史可以分析古代文学史编撰的利弊得失，为今后文学史编写的发展提供借鉴。

新中国成立至 1957 年前后，文学史著作以高等学校的教材为主体，主要是为适应高校文学史课教学的需要而编写的，带有强烈的使命意识。如李长之的《中国文学史略稿》，林庚的《中国文学简史》(上)，游国恩等合编的《中国文学史教学大纲》，詹安泰等合编的《中国文学史》(先秦、两汉部分)，杨公骥的《中国文学》(第一分册)。这个时期还出版了一些对新中国成立前的旧著进行改写的修订本。陆侃如、冯沅君合著的《中国文学史简编》(作家出版社 1957 年版)对 20 世纪 30 年代出版的《中国文学史简编》进行了较大幅度的修订，对中国文学的历史进行了新的分期，并在每个分期前增加了"历史背景"和"文学概况"的综述，然后分体评论作品的思想内容和艺术特点，注重揭示前后的传承和差异，展示出中国文学基本的历史面貌；古典文学出版社于 1957 年出版的刘大杰的《中国文学发展史》(上卷)所涵盖的内容上起殷商，下迄清，较为全面地反映了中国文学的发展历程。

1958 年到 1961 年是一个以群众性集体编写为主的阶段，这一时期产生了一批群众性集体编著的文学史，主要有北京大学中文系文学专门化 1955 级集体编著的《中国文学史》，复旦大学中文系古典文学组学生集体编著的《中国文学史》，北京师范大学中文系三、四年级同学及古典文学教研组教师合编的《中国文学讲稿》，吉林大学中文系中国文学史教材编写小组编著的《中国文学史稿》，北京大学中文系文学专门化 1957 级编著的《中国文学发展简史》，北京师范大学中文系 55 级学生集体编写的《中国民间文学史》，北京大学中文系一九五五级《中国小说史稿》编辑委员会编著的《中国小说史稿》，而个人著述的文学史寥寥，有影响的仅是人民文学出版社 1958 年出版的谭丕模的《中国文学史纲》(上册)。

20世纪70年代末80年代初，随着高等教育办学需求的提高，文学史教材的编写重新走向繁荣。北京大学中国语言文学系中国古文学教研室的《中国文学史纲要》作为与游国恩等的《中国文学史》的配套教材，深受学生欢迎，因而影响颇为广泛。到了80年代末，于非主编的《中国古代文学》(高等教育出版社1988年版)是为培训在职中学语文教师而编写的中国文学史教材。该书全面系统地讲授了中国古代文学的基本理论与基础知识，注重培养中学教师阅读、分析和评价古代文学的能力，因而具有较强的实践性和指导性。辽沈书社1989年出版的宋嗣廉等编著的《中国古代文学史》则明显体现出对浪漫主义的推崇。

步入90年代以后，改革开放与社会经济的发展推动着国家教育事业的飞速进步，这一时期的文学史著作有相当一部分成为高校教材。马积高、黄钧的《中国古代文学史》(湖南文艺出版社1992年版)成为一些高校的指定书目。郭预衡主编的《中国古代文学史长编》(首都师范大学出版社1992年版)因其完备的体例与简要的叙述风格引起了学界极大的关注。这一文学史长编主要适应了三种需要：第一是给讲授中国文学史的教师提供讲课的方便；第二是给大专院校中文专业的学生提供学习的方便；第三是给自学中国文学史的读者提供自学的参考。该书既有文学史的基本论述，又附以相关资料。论述部分引而不发，资料部分力求精当。郭英德等著的《中国古典文学研究史》(中华书局1995年版)是90年代的重要著作，其独特之处在于对古典文学的研究成果进行了全面系统的梳理与探究。该书的主要部分没有采取以往的以研究者和研究著作为主、依序逐一评述的方法，而是针对不同时期古典文学研究相对集中的一些领域、方法和问题，进行专题性的描绘和评述。这种写法不但有利于展现各个时期古典文学研究的整体状况，揭示各个时期古典文学研究的主要成就和贡献，还有利于体现出历代古典文学研究发生发展的基本线索。章培恒、骆玉明主编的《中国文学史》(复旦大学出版社1997年版)以其清晰的思路、新颖而鲜明的观点在古代文学史研究中占据着重要地位，该书为此后文学史探究的走向提供了明确的道路，可谓兼顾了"体大"与"思深"。

90年代末有两部文学史著作成为这一时期的代表性成果：一是由郭预衡主编的《中国古代文学史》(上海古籍出版社1998年版)，二是袁行需的《中国文学史》(高等教育出版社 1999 年版)。郭著为国家教委"七五规划"所定高校文科教材，是古典文学爱好者、古文学史研究者及高等院校文科师生的参考教材。郭著既吸收了先前编写的教材的内容，也是古代文学史研究的新成果。对于多个历史阶段的理论阐述，该书先设专章"总论"，概述该阶段的时代背景和文学概况，然后分述各期的文学概况。此外，该书在微观方面也有进一步的阐述。袁著倡导以文学为本位，将文学置于广阔的文化背景之中，翔实地描述了中国古代文学的发展历程，进行了一些创新的考证和论述。各章均有详细的附注，以介绍各家之说，各卷之后附有研修书目，为读者提供进一步研究的线索，具有鲜明的开放性且信息量巨大。

进入 21 世纪以来，古代文学史研究取得了更为显著的成就，著述的编撰朝着更为开放与多元的方向发展。林继中的《文学史新视野》(北京大学出版社 2000 年版)从宏观角度提出文化与文学是系统与子系统的关系，并将中国传统文论中的情志、意象等概念放在同构的关系中考察，进而从外部环境及自身具备的功能性两方面着眼，描述了文学史蔓状生长的生命秩序，开辟了文学史研究的新领域与新视角。在面对教师教学以及本科生的学习需求方面，陈向春主编的《中国古代文学史》(东北师范大学出版社 2005 年版)针对性较强。郭预衡的《中国古代文学史简编》(上海古籍出版社 2003 年版)脉络清晰，叙述精当，发掘了大量新材料，汲取了国内新的研究成果，注重从史的角度及各类文体自身的衍变发展指出历代作家作品不同于前代的新成就和新特点，不进行一般的文学评论或作品赏析，而进行动态的历史考察，是该书异于同类著作的显著特点。郭英德与过常宝合著的《中国古代文学史》(四川人民出版社 2003 年版)自觉地遵循一种崭新的文学史叙述原则，以现代人对古代文学的心灵感受和审美体验重构了古代文学的历史进程。其特点如下：一是坚持以文学作品作为文学史叙述的主要对象，通过现象学的还原，以历史上诸多文学文本所组成的整体序列清晰展现中国古代文学史的存在方式。二是坚持以历史演进为时间线索，以文体演变为空间场景，在特定的时空环境中展开对文学作品的审美阐释。三是坚持以审美阐释为中心，从不同的角度、不同的侧面，运用不同的方法，尽可能言简意赅地揭示作品的内在含义。此外，为丰富讲述内容，拓展文学知识，该书还引入了大量图片、文献资料和文学逸事，努力在阐述中国古代文学发展历程的同时，为读者营造一个良好的文学氛围。

（二）文学史格局的成熟与完备

21世纪以来，中国古代文学史的研究著作在延续以历时线索梳理各朝代的文学现象与文学成果的研究方法的基础上，打开了崭新的格局与视域。袁世硕与张可礼合著的《中国文学史》（中国人民大学出版社2006年版）依历史顺序叙述中国古代文学发展的历史进程，突出了各个时期最具代表性的文体和重要作家作品，兼论其他文体和作家作品，充分展现了中国古代文学的特色与成就。在评述作家作品时，该书着力于从传承的关系上揭示其创作特征，注重探求各种文学现象产生的源头及其发展过程中的嬗变。在体例上，该书突破了按照朝代分编的体式，省去一般文学史各编的"概论"，将"社会背景""文学概貌"等内容融入各章节对作家作品的述评中，使二者结合得更加密切。同时，书中精选插图数十幅，包括作家小像、传世墨迹和作品古本书影，图文并茂，从而增强了读者对古代文学的直观感受，读者可以学习相关的文献、文物知识。同样取得创新性成果的研究著述，还有章培恒、骆玉明主编的《中国文学史新著》（复旦大学出版社2007年版）。该书打破此前同类著述按朝代论述的惯例，将先秦至1900年的中国文学分为上古文学、中世文学和近世文学三个阶段。此外，作者对中国文学史上的不少现象也进行了新的阐述。例如，以往文学史大多把《孔雀东南飞》视为建安时期的作品，该书则考证其为从建安到南朝的演变产物。该书还对许多作品进行了新的解读，尤其对一些长期被忽视的重要作家进行了介绍和评价。

此外，随着文学史编撰日益走向成熟，学界还涌现了一批大型文学史系列丛书，如由中国社会科学院文学研究所总纂的"中国文学通史系列"。这套丛书由人民文学出版社从1991年开始陆续出版。丛书采用主编或编著者负责制，虽然服从于统一的编写方针，但各册内容、体例都相对独立，编写方式也不一致，各册的学术观点和学术质量统一由主编或编著者把关，所以各个分册合在一起为文学通史，分开则为文学断代史。

张松如主编的"中国诗歌史论"丛书1995年由吉林教育出版社出版，是我国第一套全面、系统总结中国诗歌发展的文学史。丛书各册相对独立，可视为断代诗歌史，合则成为完整的中国诗歌通史。与一般的诗歌史相比，这套丛书极大地突出了"论"的方面，编著者更加注重对诗歌理论的挖掘。

1990 年，现代出版社开始出版"大文学史观丛书"，从心理学、宗教学等角度对中国文学进行了新的理论探索。上海古籍出版社出版的由王运熙、顾易生主编的《中国文学批评通史》，梳理、归纳各个时期文学批评的发展历程，展示中国古典文学批评理论产生、发展的历史及规律，并对文学史上有所建树的批评家与论著进行评价。辽宁人民出版社出版的"中国小说史研究丛书"对中国的武侠、公案、志人、言情、历史演义等小说的起源和演变进行了详尽的阐述。上海文艺出版社出版的"中国民俗文化研究丛书"从民俗文化的角度阐述社会生活与文学的关系及其复杂变化。中国社会科学出版社出版的"宏观文学史丛书"、山西人民出版社出版的"中国文学史进修丛书"，都对中国文学发展进程中特定的文学思潮、文学流派、文学体裁的演变以及其他文学现象加以综合把握，拓展了研究视野，开辟了新的研究领域。

当然，非系列丛书中也涌现了不少经典的文学史著作，如郭预衡的《中国散文史》（上海古籍出版社 1986 年版）、王钟陵的《中国中古诗歌史》（江苏古籍出版社 1988 年版）、葛晓音的《八代诗史》（陕西人民出版社 1989 年版）、罗宗强与郝世峰主编的《隋唐五代文学史》（高等教育出版社）、许总的《宋诗史》（重庆出版社 1992 年版）和《唐诗史》（江苏教育出版社 1994 年版）、林继中的《文化建构文学史纲（中唐—北宋）》（海峡文艺出版社 1993 年版）、郭延礼的《中国近代文学发展史》（山东教育出版社）等。除了常见的通史、断代史、分类史、专史、史论等，还有史料考辨，如赵景深的《中国戏曲初考》（中州书画社 1983 年版）、于省吾的《泽螺居诗经新证》（中华书局 1982 年版）、程千帆的《古诗考索》（上海古籍出版社 1984 年版）、张元勋的《九歌十辨》（中国广播电视出版社 1991 年版）等。

中国古代文学的通史研究中，不但有上述对历朝历代文学成果的总体审视，在古代文学文体专史领域也不断地深入、拓展。例如，在诗词方面，20 世纪 90 年代便已取得一些重要成果。陈玉刚的《中国古代诗词曲史》（百花洲文艺出版社 1995 年版）便是古代诗词曲研究方面的代表性研究成果。自古以来诗文并重，诗可言志，文可载道，因而学界对古代散文的研究也予以了充分的关注，尤其在 21 世纪取得了较为显著的成果。刘衍在《中国古代散文史》（高等教育出版社 2004 年版）一书中对中国古代散文的源头、萌芽、成型、发展、演变及其理论建构的历史进行了梳理，并从本体论视角对纵向历时性发展规律和横向共时性特点进行了阐述，对散文学理论和传统散文创作的经验与教训也作了简明、深刻的总结。陈飞主编的《中国古代散文研究》（福建人民出版社 2005 年版）指出了有关此书的几个"要点"及"注意事项"：一、根据傅璇琮先生的指示，复鉴于"散文"概念及界限的相对含混与古今差异，该书在整体上采取了某种简化处理，将考察的范围主要限定在"古代"；将关注的重心放在"文学"上；避免一般"史"类著述面面俱到，而是进行专题性的重点考察。因此亦可名为《中国古代散文研究学术史要》。二、明确该书是一部关于古代散文研究的"学术史"，而不是一般的散文史或研究介绍。因此，研究重点应放在对学术性问题的梳理、评论和阐释等学术史的把握上，努力避免单纯的"综述"和撰者自己的研究的介绍。除以上对古代散文的研究思路外，谭家健撰写的《中国古代散文史稿》（重庆出版社 2006 年版）既吸纳海内外的不同学术见解，又独抒己见，客观地对中国古代散文发展流变的总体趋势和轨迹作了全面深入的探索。其论述范围的阔大宽广、注释的丰富考究，较之以往的同类著作更为可观。

小说研究同诗词文研究一样，自 20 世纪初开启了现代学术意义上的中国古代小说研究。在这一历程中，古代小说由 20 世纪前的"小道"逐步擢升为古代文学研究领域内的"显学"，成果丰硕。在小说的通史研究方面，1949 年以前，除鲁迅的《中国小说史略》外，以通史眼光对古代小说进行研究的成果极为稀少。改革开放后，关于中国古代小说的通史类研究成果显著增加，以谈凤梁的《中国古代小说简史》（江苏教育出版社 1988 年版）为起点，齐裕焜主编的《中国古代小说演变史》（敦煌文艺出版社 1990 年版）改变了过去中国古代小说史的编写体例，突破了鲁迅《中国小说史略》的框架，将类型学引入小说史研究，采取了分类编写的路子，梳理小说发展的脉络，凸显"演变"的前因后果。既阐明了每一门类在中国古代小说演变史上的地位和影响，又反映出不同门类小说之间的影响。从全新的角度分析和探讨了中国古代小说的理论问题与创作实践，所论述的各类小说涉及范围甚广，有许多是此前小说论著中从未提到过的作品，且作者都给予了恰当的评价。可以说，《中国古代小说演变史》以"不破不立"的研究态度既有发展的观点，又有问题的意识，因而成为古代小说研究的代表性著作。

20 世纪 90 年代初，徐君慧的《中国小说史》（广西教育出版社 1991 年版）梳理了中国小说的发展历程及规律，对中国古代小说的研究和中国小说史的编撰具有积极的启发作用。在对具体的古代小说作品进行梳理与探究的同时，王恒展从理论层面切入，在《中国小说发展史概论》（山东教育出版社 1996 年版）中详细地说明了古代小说理论的历史演进，并重点从中国小说理论的产生与发展、中国小说理论的成熟与繁荣、中国小说理论的深化与回归三大方面系统梳理、论述了现代小说理论的发展历程，总结了每个历史时期的小说理论的"现代性"特征。到了 90 年代末，古代小说研究所取得的成果以杨义的《中国古典小说史论》（中国社会科学出版社 1995 年版）为代表。作者从古典小说的本体阐释和文体发生发展论的研究视角出发，以其深邃的文化学思考和精湛的叙事学解释，在中国古典小说史研究领域别开生面、独树一帜地提出了"中国小说发端于战国"的观点，并认为在其发生过程中存在"多祖现象"，从而把中国小说史的开端向上延伸了近千年。与此同时，该书又从文化学和叙事学的角度，论述了中国小说的发展与儒、释、道文化及诸子文化、民间信仰、地域文化的关系，阐明了中国小说在世界文学中独具一格的艺术表现体系。

前沿的学术思潮拓展了古代小说研究的新视野，其中，中西结合的文化眼光在夏志清的《中国古典小说导论》（安徽文艺出版社 1988 年版）中发挥了巨大的作用。在该著作中，夏志清对中国古典小说进行重新梳理、阐释与评价，使之成为具有世界眼光的中国小说史论专著。夏志清以其开创性的思维方式、融贯中西的学识、独特的批评视野和见解，使《中国古典小说导论》成为西方汉学界研究中国小说的奠基之作和经典之作。2005 年，中国社会科学院文学研究所中国古代小说研究中心的《中国古代小说研究》出版，在几部经典的古代小说已有专门的学术刊物，且断代研究还有明清小说研究专刊的情况下，《中国古代小说研究》的编订意义何在呢？从宏观来看，现存的古代小说研究刊物所形成的研究格局还有需要提高之处：首先，小说研究不应当完全集中在几部经典作品上。其次，文言小说研究和白话小说研究由于历史的原因，长期处于分离状态，形成各自独立的两个研究领域，这种人为的区分割裂了文言小说与白话小说互动的亲缘历史关系，不利于小说研究的深入。最后，明清是小说发展的成熟期和鼎盛期，但明清小说不是无源之水，小说有源远流长的承传因革的历史，研究的目光不能仅仅凝聚在明清小说之上，应当通观历史，把握历史发展的脉络，全局在胸，方能对局部的问题进行合理的判断。基于上述几点认识，《中国古代小说研究》能从大量的研究中揭示出古代小说的发展历程以及文学史上在小说研究方面取得的重大成就，因而成为中国古代小说研究的重要参考文献。

就古代小说的断代研究而言，在先唐小说研究方面，以李剑国的《唐前志怪小说史》(南开大学出版社1984年版)为开端。改革开放以来所出版的先唐小说研究著作有十多部，侯忠义的《汉魏六朝小说史》(春风文艺出版社1989年版)以及《汉魏六朝小说简史》(辽宁教育出版社1992年版)、王枝忠的《汉魏六朝小说史》(浙江古籍出版社1997年版)魏世民所著的《魏晋南北朝小说史》(安徽大学出版社2011年版)都是关于这一时段的小说史研究著作。20世纪90年代有关隋唐五代的小说研究，则以程毅中的《唐代小说史话》(文化艺术出版社1990年版)和侯忠义的《隋唐五代小说史》(浙江古籍出版社1997年版)为代表。在古代文学范围内，明清小说一直同唐诗、宋词、元曲相并列，所以其研究成果也最为丰硕。明清之际的小说研究兴起于20世纪80年代，如阿英的《晚清小说史》(人民文学出版社1980年版)紧密结合社会政治背景，较为中肯地介绍和评论了晚清重要作家、作品。着重提到了一些反映重大社会生活、艺术性较高的重要作品，特别着重论述了谴责小说和资产阶级革命派的小说和一向不甚为文学史家谈及的清末翻译小说，同时注重一部作品与其他同类型作品的比较，分析异同与优劣。作为一部断代专史，这部书对晚清小说的发生、发展进行了较全面深入的讨论。同时，方正耀的《晚清小说研究》(华东师范大学出版社1991年版)、齐裕焜的《明代小说史》(浙江古籍出版社1997年版)、张俊的《清代小说史》(浙江古籍出版社1997年版)、欧阳健的《晚清小说史》(浙江古籍出版社1997年版)是这一时期明清小说断代研究的重要代表。其中，欧阳健的《晚清小说史》以史为经,以作品为纬,经纬结合,力求概括晚清小说史的全貌,通过多角度、多侧面、纵横交错的研究,希冀把中国小说史的研究向前推进一步。

就戏曲史而言,研究队伍不断壮大,研究方法不断更新,学术视野进一步拓宽,研究的范围也不再囿于传统的文学范畴,而是以更加开阔、多元的研究视角向社会学、历史学、艺术学、人类学等领域延伸、拓展,取得了一系列突破性的研究成果。薛瑞兆的《宋金戏剧史稿》(生活·读书·新知三联书店 2005 年版)是一部极具代表性的宋金断代戏曲史著作。该书对宋杂剧、南戏、金院本的生成进行了详细介绍,同时对促成其生成、发展的社会历史背景与文化背景也进行了较为全面的考察与探究。针对南宋戏曲发展过程的研究则以徐宏图的《南宋戏曲史》(上海古籍出版社 2008 年版)为代表。在该著作中,作者系统地论述了中国戏曲在南宋时期的发展。南宋时期作为中国戏曲的生成期,南戏、宋杂剧、傀儡戏、影戏等形式的戏曲争奇斗艳,共同构成了南宋戏曲的繁盛局面。《南宋戏曲史》对这一状况进行了精彩的叙述,并力争从细节方面再现昔日的胜景,从中我们可以感受到中国文化的勃勃生机。除对宋金戏剧史的梳理与研究,宋金以前戏曲的生成与发展也在新时代得到了学界的关注。赵兴勤在《中国早期戏曲生成史论》(北京大学出版社 2015 年版)一书中以先秦至南宋为研究时限,对早期戏曲的发展与形成进行了空间的、立体的、多方位的观照。作者在叙述构架上,首先论述"先秦—秦汉伎艺的生成及流播",着重厘清在戏曲生成过程中诸艺术门类之间相互影响的复杂关系,对戏曲的起源、生成问题提出了自己的看法。在元代戏曲研究中,李修生的《元杂剧史》(江苏古籍出版社 1996 年版)在前人研究的基础上将元杂剧分为前、中、晚三期,按照时间线索分别介绍了不同时期的作家作品。

在中国古代戏曲发展史中,明清戏曲占据着重要的地位,取得了辉煌的艺术成就,因而有关明杂剧与明清传奇的研究著述不在少数。徐子方在《明杂剧史》(中华书局 2003 年版)一书中着重探究了明杂剧的演变情况与社会思潮之间的关系。涉及明传奇的研究,著作多以"明清传奇"的方式呈现,以郭英德先生编著的《明清传奇综录》(河北教育出版社1997 年版)、《明清传奇史》(江苏古籍出版社 1999 年版)为代表。其中,

《明清传奇史》采取开放的形式，既回眸历史，总结过去，也放眼长远，着眼未来；全面描述了明清传奇的形成、发展和艺术特点及对后世的影响。这两部著作中阐述的许多观点为日后的学术思考提供了诸多的启示，也为日后的学术研究开启了诸多的门径。清代戏曲研究起步早，有关清代戏曲史的研究著作数量颇丰。其中以周妙中的《清代戏曲史》（中州古籍出版社 1987 年版）、秦华生与刘文峰主编的《清代戏曲发展史》（旅游教育出版社 2006 年版）为代表。在《清代戏曲史》中，周妙中以丰富的资料，系统全面地介绍了清代戏曲的发展情况，以作家为纲，作品为目，兼论剧种演变和流派，不但如实反映了清代剧坛的繁荣，也写出了许多剧种的衰落、清代的社会面貌以及经济和文化的概况，还详尽地介绍了对各地方戏、少数民族戏剧的吸取。

（三）文学史体例的开拓与创新

随着新时期文学史编写的深入与对文学史有关问题研究的拓展，一些古典文学研究人员和文学史编写人员开始不满于过去以社会发展、历史阶段为分期的文学史编写旧体例。他们认为这种体例虽适用于以社会学的方法研究文学史，便于阐明社会经济、政治、生活与文学的关系，但不便揭示文学自身的发展规律，存在着难以避免的弊端，因此它并不是唯一可行的体例。关四平在 20 世纪 90 年代就曾发表过这样的观点：

中国文学史，顾名思义，是文学的历史，也是历史的文学。它首先应是中国文学的发展史，而文学的发展史，又是由各种文体的兴衰嬗变史构成的。中国文学的文体系统，包含着既相互渗透、横向影响，又纵向发展、独立成章的各个子系统。其中诗歌与散文在人们的文学观念中虽一直居于正统地位，但也是有兴有衰，几起几落。而词、民歌、小说、戏剧，虽被某些人认为不能登大雅之堂，但也在不断发展、成熟，最终，词主宰了宋代的文坛，小说、戏剧成了元明清文学的主流。可见，在中国文学发展的总体轨迹中，各种文体呈现出"各领风骚数百年"的兴衰嬗变景象。它们都是由民间发源、滋生，到文人手里生长、成熟，走向高峰极致；它们都曾主盟过文坛，都有过自己璀璨的黄金时代；然后又在文人手里走向雕琢、僵化和衰落。这个由民间而文人，由通俗而典雅，由雏形而成熟，由高峰而衰落的运行规律，各种文体，莫不如此，形成了一个个抛物线形的运动轨迹。这些不同幅度、不同起落点的文体抛物线的交错排列，就建构起了中国文学发展史的多维立体图式。有鉴于此，新文学史的体例，就要以文体的兴衰嬗变规律为分期的主要依据，同时兼顾不同历史阶段给文学以重大影响的各种社会外力因素。①

在以文学体裁演化阶段为文学史分期依据而编写的文学史著作中，特别值得称道的是袁行霈的《中国文学概论》(高等教育出版社 1990 年版)。袁行霈将中国古典文学的发生发展划分为四个时期：第一个时期为诗骚时期。这个时期恰处于我国先秦时期，这个时期的文学以《诗经》和《离骚》为标志。《诗经》和《离骚》作为中国诗歌的源头，以其自身的特点确立了中国诗歌以抒情为主的传统。同时史传文与诸子文也很兴盛发达，神话传说也有其不可忽视的文学地位。第二个时期为诗赋时期。大约从秦汉到唐中叶(唐中叶可以公元 770 年杜甫逝世为具体下限)。这个时期的文学以诗赋为标志。杜诗标志着古、近体诗的高度成熟，赋至唐中叶已达极盛，散文骈化成为骈文，唐传奇小说也在孕育之中。第三个时期为词、曲、话本时期。大约从唐后期到元末。这个时期的文学以词、曲、话本小说为标志。中唐兴起的民间词到宋代已蓬勃发展起来，到元朝后又由词演化为曲，宋词、元曲成为与唐诗比肩的文学样式，成为中国文学史的辉煌里程碑。中唐传奇鼎盛，后来为话本所代替，至宋元时期，话本达到了空前的繁荣兴盛。在中唐、晚唐、宋元时期都有人想使诗歌创作再度"辉煌"，然而都未能达到杜甫时期那样的高度，诗的黄金时代已经过去，发展到了盛极难继的地步。第四个时期为传奇与长篇小说时期。大约从明初到五四运动前夕，这个时期的文学标志是体制宏大的戏曲(传奇)和长篇章回小说。比起宋元的戏曲、小说，这一时期的戏曲小说篇幅扩充了，内容增加了，创造了一些新的艺术表现方法，产生了不少代表中国古典戏曲小说水平的名著。相比以往以社会历史阶段、朝代更替为文学分期的文学史著作而言，《中国文学概论》更能深入

①　关四平：《中国文学史重构断想》，《东北师大学报(哲学社会科学版)》，1990(5)。

地揭示文学自身演化的特点与规律。例如，在该书的分论部分，作者分别论述了诗赋、词曲、小说、散文等不同文体的演变，指出每一体裁都有其自身发育、成熟并走向衰老的过程和规律，如此一来，文学史中一些令人费解或矛盾不清的现象就能够从文学体裁演化的阐释中得到确切答案。

尽管新时期的文学史著作多数的分期仍以社会历史阶段为依据，但越来越多的文学史编写者开始把注意力集中到文学本身的演化上来，文学史编写呈现出向揭示文学本身发展规律方面不断倾斜的特点。此时出版了一批用新体例编写的文学史著作，如姜书阁的《骈文史论》（人民文学出版社 1986 年版）、郭预衡的《中国散文史》（上海古籍出版社 1986 年版）、丁成泉的《中国山水诗史》（华中师范大学出版社 1990 年版）、中国艺术研究院曲艺研究所编的《说唱艺术简史》（文化艺术出版社 1988 年版）、程毅中的《唐代小说史话》（文化艺术出版社 1990 年版）、李庆与武蓉合著的《中国诗史漫笔》（中国文联出版公司 1988 年版）等。这些著作虽以文学体裁的演化来建构自己的文学史体例结构，但全书却并非仅仅论述体裁的形式变化，而是以文学体裁的演化为线索，来阐述文学体裁的演进与经济、文化心理等方面复杂而密切的关系。例如，诸子散文的兴起，与战国"诸侯力政""处士横议"的政治局面有关；赋的兴盛，离不开汉代的大一统背景。以文学体裁演化为依据来划分文学史发展的阶段，不仅深刻地揭示了文学自身发展的进程，而且也从一个侧面反映了文学与社会历史的关系，这比无视文学自身发展的实际状况，强制性地使文学自身的发展屈从于社会历史发展阶段，似乎更合乎文学发展的规律。

20 世纪 80 年代以来的"文化热"给人们重新观察、认识中国古典文学发展史提供了新的契机，为中国古典文学史的编写带来了活力。王钟陵的《中国中古诗歌史》（江苏教育出版社 1988 年版）、林继中的《文化建构文学史纲（中唐——北宋）》（海峡文艺出版社 1993 年版）、马积高的《宋明理学与文学》（湖南师范大学出版社 1989 年版）、李炳海的《道家与道家文学》（东北师范大学出版社 1992 年版）、许总的《唐诗史》（江苏教育出版社 1994 年版）等一批新著，就是"文化热"带来的成果。这些新著广泛吸收了 20 世纪 80 年代初以来"文化热"在文学史编写方面的成果，解决了以往文学史编写上遗留的不少难点问题。这些大胆的尝试与编写的成功，可以说是对这一"文化热"在文学史编写方面成绩的总结，并有新的深入与发展，因而这些著作出版后在学术界都引起了广泛的关注。赵明主编的《先秦大文学史》(吉林大学出版社 1993 年版)包括秦始皇统一中国以前漫长的原始社会、奴隶社会以及初期封建社会的全部文学发展史。《先秦大文学史》之"大"，一方面具有文史哲融为一体的综合形态；另一方面则包含蓄积久远的文化内容，突出表现为"大文学史"恢宏的文化面貌，强调文学的文化本质，确立了文史研究的文化视角。

从人类的心灵历程上把握文学史的进程也是新的探索，如张宏生的《感情的多元选择》(现代出版社 1990 年版)、韩经太的《心灵现实的艺术透视》(现代出版社 1990 年版)等书，都采用了这种新观念、新方法。人的内心活动、内心世界当然是社会存在与社会生活的反映，过去的文学史忽视或舍弃社会与文学之间作家心灵这一中间环节，仅以文学是社会存在与社会生活的反映这一直接、单向的关系来勾勒或描述文学发展的线索，易雷同。

纵观新中国 70 年中国古代文学史的研究，每一步跨越都是扎实的、深入的，每一次开拓都是必要的、科学的。在这伟大的研究历程中，中国古代文学的学科体系以"史"的方式，贯穿起古代文学的产生、发展与演进。可以说，中国古代文学史的重要著作是在动态的平衡中把握文学背后的深层脉络的，进而形成了中国文学史的宏大与精深、严整与开放。在回顾中国古代文学史的编撰过程时，我们能清楚地感知到其编写趋势，如文学史教材仍以多人合编为主，这种现象必有其存在的合理性，因为一部体系完备的中国文学史绝非是仅凭一人之力能够完成的，所谓"术业有专攻"，在涉及特定历史时期、具体文类的文学发展史时，须由熟识这个领域的专家的合作方能完成得更好。同时，大学课堂教学的实际情况决定了多人编写中国文学史的必要性与长久性，因为此种编撰方式既能为学生提供确凿的知识，同时又具备相当的深度与广度。但与此同时，我们也应当看到多人编写的局限性，比如编写风格难以完全统一、思想脉络难以无缝接续等。于是这就为我们提出未来中国文学史研究需注意、解决的问题，即在增加个人独立著作的同时，提高多人合编著作的学术性。成熟的中国文学史应努力实现主体性、关联性与审美性的融合，在兼顾"客观化"与"个人化"编写风格的基础上，重绘中国文学的崭新蓝图。

二、文学现象与文学思潮的多维阐释

在中国古代文学的发展进程中，每一历史时期内所产生的文学现象与文学思潮，都对古代文学的演进产生了广泛而深刻的影响。文学思潮作为一定历史时期和一定地域内形成的，与社会经济变革和人们的精神需求相适应的，具有广泛影响的文学思想和文学创作的潮流，代表着特定历史时期内文人群体甚至更为普遍的社会心态与思想动向。而中国古代文学同儒家思想贴合与背离的过程，则代表了古代文学思潮的不同阶段。可以说，中国古代文学思潮的变迁，主要受到儒释道三种不同思想文化的影响，而其中所体现的具体创作潮流与士人心态，则是特定社会背景的个性化展现。回首中国古代文学思潮研究的百年历程，最具时代特点的文学主潮始终是学界关注的焦点，这既体现着此类文学现象重要的历史地位，同时也说明了其在当今的现实意义与言说价值。因此，在梳理、整合古代文学思潮研究成果的过程中，将择取其中最具代表性的文学现象，作为新中国 70 年文学研究的典范。

(一)文人风骨的现代审视

在中国古典美学史上，"建安风骨"作为重要的美学范式，影响了一个时代的文学创作风格。在提及"风骨"这一特定概念时，罗宗强、叶朗、涂光社等人认为"风骨"是感情与理性、思想与逻辑的辩证结合。詹锳、郭绍虞等人认为"风骨"是一种文学风格、文学的情趣。这主要是从"风骨"的内部关系进行探究的。刘国盈、廖仲安等人从外部关系来研究"风骨"范畴的起源，认为"风骨"最早出现于汉魏时期的人物品鉴之中，而后才逐渐应用于文学艺术领域。张少康、牟世金等人则从"风骨"的总体特征入手进行研究，认为"风骨"是针对当时文学上的弊病而提出的一种文学审美理想，是指一种明朗刚健、积极向上的具体审美标准与要求。傅庚生在《中国文学批评通论》(商务印书馆 1947 年版)中则从心理学的角度对"风骨"进行了探究，认为"风骨"接近于一种想象创造作用。综观各类学说，学界对于"建安风骨"的研究与探讨，主要有如下几类观点：一是对艺术风格的研究。学者王运熙提出，"风"是文学作品中所表现的强烈的思想感情，"骨"是作品中质朴有力的、极富感染力的语言表达，而"建安风骨"正是指"风骨"结合下的，在建安这一特定时期中，文学作品所表现出来的慷慨激昂、明朗刚健的艺术风格特点。刘涛、彭文良等人也十分认同王运熙的观点。王少良认为"建安风骨"是一种"由现实生活所感发、所抽象和虚化出来的审美观念"①。二是对综合特色的研究。针对上述观点，周振甫则有不同的看法，他认为"建安风骨"只是建安文学所体现出来的风格之一，并不能笼统地将其概括为全部建安文学作品的艺术风格。他认为"建安风骨"继承了《诗经》与楚辞的文学传统，在建安文学家的慷慨激情之中，融汇建安乱世的风衰俗怨，进而形成了建安风骨。这种观点被学术界称之为"综合特色说"。三是对创作精神的研究。王许林和徐林英等人认为"建安风骨"是一种创作精神，体现了作品中所彰显的时代精神和社会价值，具有现实意义和深刻的社会性，而不仅是作家作品的艺术风格，更不是既有语言形式又有思想内容的全面综合的概念范畴。以王许林和徐林英为代表的学者，将"建安风骨"视为一种无形的精神支撑，扩充了"建安风骨"的指向性，使之成为更具包容性的文学思潮。四是对内容与形式统一的研究。在《魏晋南北朝文学史》(上海文艺出版社 1980 年版)一书中，胡国瑞指出，"建安风骨"即是用最朴实、最准确的言辞将现实的慷慨激情表现出来，以达到内容与形式的统一，这是最早的内容与形式统一说。其后孙敏强发展了此观点，认为建安风骨是一种"力之美"，是以自然简练的语言形式激发出的明朗刚健的思想感情，而呈现出的是一种艺术感染力。沈季林在《"建安风骨"简论》中也论及此种观点，并且认为这种力量能够产生社会教化的作用。五是 21 世纪以来对"建安风骨"的研究。步入 21 世纪后，学术界更加注重对于"建安风骨"内涵的时代性的研究与阐释，如涂波在《"建安风骨"辨思——对建安文学接受史的考察》一文中提出，"建安风骨"是"建安文学由抑到扬的接受历程的产物"。魏宏灿在《建安风骨的发展历程》中提出，"建安风骨"的含义在不断变化发展，不能用古人的观点来进行评价和阐释。

---

① 王少良：《建安风骨的原始意义》，载《辽宁师范大学学报(社会科学版)》，1990(6)。

总体看来，学界对"建安风骨"的研究较为全面且观点鲜明，但同时也存在一些不足，如对"建安风骨"与"风骨"两个概念的继承与发展关系论及较少，或只从文学创作角度和社会历史背景出发，而忽视了中国古典文化的连续性、社会整体需求与文人的思维方式等因素的影响。白姣的硕士论文《魏晋时期"建安风骨"研究》则注意到了以上提及的研究缺憾，注意从当下实践出发，结合网络文学对传统文化造成冲击的现实，重新审视"建安风骨"背后所蕴藏的浑融整体性思维对当今的现实意义，同时也注意到了"建安风骨"作为中国传统代表性文论的现代价值，因而其探讨与研究有利于解决 21 世纪所面临的文学理论重构的困境，即如何在继承"建安风骨"的基础上有所创新。至此，学界对"建安风骨"的研究在追求全面、深入的基础上，开拓了新的领域。

（二）文学运动的多元解读

作为中国古代文学现象的重要代表，"古文运动"集中体现着唐宋提倡文章复古、宗经、重政教的文学思潮。"古文运动"经由梁肃、权德舆而至中唐的韩愈、柳宗元，逐步发展成为影响深远的儒学变革和文体革新运动。从整体来看，自 20 世纪以来，"古文运动"始终是唐宋文学的研究重点，因而成果卓著。20 世纪三四十年代已出现了几部对古文运动进行系统研究的重要著作，如王锡昌的《唐代古文运动》、钱基博的《韩愈志》（商务印书馆 1935 年版）、龚书炽的《唐宋古文运动》（上海商务印书馆 1945 年版）。其中以钱基博的《韩愈志》为代表，该书涉及韩愈研究的方方面面。这一时期研究古文运动的专题论文较具深度的有罗根泽的《唐代早期古文文论》、叶圣陶的《略谈韩愈答李翊书》等。从宏观上看，20 世纪三四十年代是古文运动研究的起步阶段，专著、论文的数量非常少，研究的范围狭窄，仅限于古文健将韩愈、柳宗元。1949 年至 20 世纪 70 年代是古文运动研究的第二阶段。该阶段由于受到当时时代风潮的影响，古文运动研究处于低潮。这一时期的代表性研究著作是章士钊的《柳文指要》（中华书局 1971 年版）。该书研究了柳宗元的作品、生平和思想，出版以后在国内外引起巨大的反响。该书完全由文言文写成，文辞深奥，文字冷僻，且涉及的历史人物和典故众多，显示了作者深厚的古典文学功力与修养。《柳文指要》分为上下两部，上部为"体要之部"，按照柳集原文逐篇加以探讨，包括评论、考证、校笺等方面；

下部为"通要之部",分政治、文学、儒佛、韩柳等专题,讨论柳宗元诗文中所涵盖的各方面内容。从总体来看,章士钊扬柳抑韩,其观点虽存在一些偏颇,但视野开阔,常有新见,因而在今天看来,仍是古文运动研究的重要代表成果。改革开放后至今,为古文运动研究的第三阶段。这一阶段所取得的研究成就主要可分为三方面:一是对古文运动进行全面探究的学术专著,如陈幼石的《韩柳欧苏古文论》(上海文艺出版社1983 年版)、孙昌武的《唐代古文运动通论》(百花文艺出版社 1984 年版)、刘国盈的《唐代古文运动论稿》(陕西人民出版社 1984 年版)、葛晓音的《唐宋散文》(上海古籍出版社 1990 年版)、李道英的《唐宋古文研究》(北京师范大学出版社 1992 年版)。此外,一些文学史著作也涉及对古文运动的探讨,如郭预衡的《中国散文史》(上海古籍出版社 1986 年版)、朱世英等合著的《中国散文学通论》(安徽教育出版社 1995 年版)、罗宗强的《隋唐五代文学思想史》(上海古籍出版社 1986 年版)等。二是对古文运动发生的背景和原因、特点与文学成就进行归纳分析的专题论文,以蒋凡的《韩愈柳宗元与唐代古文运动的再评价》、罗宗强的《古文运动何以要到韩柳出来才开了新局面》《唐代古文运动的得与失》、葛晓音的《论唐代的古文革新与儒道演变的关系》《古文成于韩柳的标志》、吴相洲的《文以明道和中唐文的新变》、陶新民的《唐代古文运动再审视》为代表。其中,吴相洲在文章中认为,中唐文章相对于盛唐的多方面变化,其中最主要的就是思想倾向上明道意识的加强。不仅古文创作中提出了文以明道的创作纲领,就连传奇小说甚至古文家所反对的骈文也都表现出明道的倾向。可以说,在文章中加强明道的意识是中唐文章相对盛唐文章所产生的最大的变化。长期以来,学术界一直把有关文以明道的研究当作重点,也取得了大量的成果,但吴相洲认为仍有一些问题值得进一步研究,如儒学复兴的过程及其与现实的关系、文以明道形成过程中一些重要观念的确立、古文运动对前代文章的取舍、古文创作与传奇创作的关系等。可以说,吴相洲提出的上述问题,是从文学发展的连续性与互渗性来进行考量的,因而不但为古文运动的研究提供了更为广阔的视域,且使这方面的探究体系更为全面,基础也更为深厚、扎实。三是研究焦点由以往的以韩柳为主,变为对韩柳以外的古文作家群体的整体研究。这类著作主要包括汪晚香的《论唐代散文革新中的肖李集团》、屈光的《盛唐李萧古文集团及其与中唐韩愈集团的关系》、葛晓音的《中晚唐古文趋向新议》、查屏球的《天宝河洛儒士群与复古之风》。①

迄今为止，有关古文运动的研究已取得丰硕的成果，相关的著述数量颇丰，而且视角新颖，具有一定的学术创见。此外，学界还运用比较研究的方法，对唐宋古文运动进行类比分析。王维国在《唐宋古文运动比较谈》中指出，宋代古文运动作为唐代古文运动的延续，两者有着显著的相似之处，如均与当时的社会政治形势紧密相关，高举复古旗帜，主张文以明道。同时也指出宋代古文运动的领袖如欧阳修，由于身居要位，可利用职务之便以行政手段推广古文，再加之宋代古文运动在一定程度上契合了封建统治者的意愿，因而更易获得统治集团的支持。咸晓婷在《中唐儒学变革与古文运动嬗递研究》中指出了唐代古文运动研究的两点不足：一是综合研究的缺憾。二是一些对文道关系研究的论文并未触及唐代文道理论的演变，导致研究结论简单化。钱穆在《唐代古文运动》、徐复观在《儒道两家思想在文学中的人格修养问题》中揭示的韩愈以其儒家道德与修养开拓了文学创作的新境界，可以说，这种观点对韩愈寓道于文的古文成就有着更为深刻的理解。这提示我们，今后关于唐宋古文运动的研究，应立足于该历史时期的儒学发展背景以及儒学革新对文人思想所产生的影响等方面。

除古文运动外，新乐府运动作为中唐时期的另一文学运动、文学现象，始终在中唐文学研究中占据着重要地位。学界在 20 世纪五六十年代掀起了第一个新乐府运动的研究高潮后，在 20 世纪 80 年代初期至 90 年代中期又掀起了另一个研究热潮。综合诸多学者对这一文学现象的研究著作来看，可以将研究成果归纳为四个方面：新乐府运动的有无之辩、新乐府的概念界定、新乐府与其他文体的关系、新乐府的特点与价值。

有关新乐府运动的有无之辩主要集中于 20 世纪 80 年代中期至 90 年代初期。否认新乐府运动的学者主要以罗宗强、裴斐、王启兴为代表。1985 年，罗宗强在《"新乐府运动"种种》中认为白居易所提倡的现实主义创作理论"只在元和初年很短一段时间、在有限的一些作品里"有

---

① 参见咸晓婷：《中唐儒学变革与古文运动嬗递研究》，浙江大学博士论文，2011 年。

所表现，并且"时人的言论里没有任何反映"，因此"很难说存在过作为一个文学运动通常所必然表现出来的文学思潮"。① 上述观点表明，罗宗强先生从现实主义创作理论的影响范围与时限的角度出发，认为中唐并不存在新乐府运动。同样，裴斐在《再论关于元白的评价》中认为新乐府运动是"杜撰"的，中唐时期是否存在这一运动以及白居易是否领导了它，"是很可疑的"。王启兴从现实情况出发，论证了白居易的创作不可能影响到当时文坛上的张籍、王建、元稹、李绅等同代诗人，从而得出中唐诗坛不存在以白居易为"领袖"的、有理论指导的新乐府运动。持同样观点的还有周明、何天林、宿平等学者。在《论唐代无新乐府运动》中，周明认为"新乐府作为一种诗体的名称，概念很不确定，有相当的主观随意性"，进而否定了"新乐府运动"的存在。宿平在《也谈"新乐府运动"》中，从更为全面的角度指出所谓的"新乐府运动"，好诗歌数量少，无领导，时间短，因而实难称之为"运动"。综上，学者们主要是从诗体概念、诗歌数量、创作时限、影响范围以及领导人等方面质疑的。肯定新乐府运动的学者也从上述方面寻找理论支撑。吴庚舜在《略论唐代乐府诗》中认为陈子昂、杜甫以来的现实主义文学传统以及贞元、元和之际的社会、思想状况是新乐府运动产生的必然条件，而李绅《新乐府》二十首是新乐府运动产生的偶然因素，白居易、元稹提出了新乐府运动的战斗纲领，并在自己的创作中加以实践，对中晚唐产生了巨大的社会影响，因而吴庚舜认为新乐府运动是存在的。刘学忠不仅认同新乐府运动的存在，而且给予高度评价，认为其具有高于古文运动的艺术精神与社会价值。除上述根本否定与高度赞扬的相对观点外，还存在以葛晓音为代表的较为折中、委婉的观点。在《新乐府的缘起与界定》中，葛晓音指出"承认了从杜甫到白居易确有一批新乐府诗存在的客观事实以后，对这一现象用什么名词去说明，是可以重新考虑的。如果一时找不到更合适的名称，也不妨仍借用'运动'一词"。所以在文中她并没有去证实新乐府运动的有无，而是对新乐府这一概念加以重新界定。朱炯远对此观点极力赞成，认为这"既实事求是，又灵活而善解人意"。21 世纪以后，有关新乐府运动有无的问题探讨逐渐减少，但仍有新见。赵乐

---

① 罗宗强：《"新乐府运动"种种》，《光明日报》，1985-11-19。

在《元白新乐府运动再论》中认为，"无论从元白的主观意愿还是从客观效果来考虑，新乐府运动的存在都不可能被抹杀"，但与学界之前的研究视角不同，赵乐从新乐府运动的宗旨、功用、创作规范三方面进行分析，认为新乐府运动是一场政治运动而非文学运动。新乐府运动是否确实存在，学界至今仍无定论，但对于其有无之辩的讨论的确加深了对新乐府这一问题的思考与探究。

有关新乐府的概念与界定的研究，在 20 世纪 80 年代以前，学界一般概括为"用新题、写时事、不以入乐与否为衡量标准"三方面。80 年代以后，有学者对这种观点提出异议，周明在《新乐府运动三题》中除对"写时事"这点没有异议外，对另外两点均提出新见，"所谓新乐府就是唐代诗人继承《诗经》、汉乐府的精神，自拟新题并采用部分乐府古题进行写作，以反映和评论社会现实，而实际并未入乐的一种乐府式的诗"。陈才智在《新乐府名义辨析》中指出"所谓'新乐府'除白居易的《新乐府》五十首外，还包括元白新题乐府和张籍、王建和刘猛、李馀、元白等人的某些古题乐府（古乐府）"。与扩大新乐府概念相对，高玉昆、宿平等学者将新乐府缩小到元稹的《和李校书新题乐府十二首》、李绅的《新题乐府》二十首、白居易的《新乐府》五十首，甚至于仅仅是白居易的《新乐府》五十首。对新乐府概念的限定，学界一般采用从不同角度分层的方式。陈才智在《新乐府名义辨析》中将其分为四个层次：第一层次，从最广义看，只要在其中一方面具有新的因子即可称为新乐府。第二层次，张籍、王建和刘猛、李馀、元白等人的某些古题乐府（古乐府）。第三层次，新题乐府。第四层次，从最狭义上看，新乐府就是指白居易的《新乐府》五十首。葛晓音在《新乐府的缘起和界定》中通过对新乐府的演变过程进行分析后认为，"所谓新乐府，包含广义和狭义两种概念。广义的新乐府指在唐代歌行发展过程中，从旧题乐府中派生的……新题歌诗。狭义的新乐府指广义的新乐府中符合'兴谕规刺'内容标准的部分歌诗"。以上学者均从诗歌角度来考察新乐府的定义。除此之外，另有一些学者从音乐文学的角度来审视新乐府的概念。尚丽新在《论新乐府的界定》中认为"如果站在音乐文学的立场上，就会发现新乐府不单纯是传统的作家文学，它是一种介于音乐文学与作家文学之间的过渡状态的特殊的诗歌样式，其实质是拟歌词"。朱炯远从文献的角度确定新乐府的概念，在《论新乐府运动争议中的几个问题》中，他认为"只要在古人的典籍里有所依据，我们便可承认某篇是新乐府。如果没有……任何一条作凭借，尽管某一首诗从诗题、内容、体制到笔法均与新乐府毫无二致，我们也不必惋惜，完全可以将它划归于新乐府之外"。综合上述研究可见，从不同的立场出发所得出的结论很可能完全不同，正因为新乐府概念的难以界定，才显现出其研究的价值与学者们可贵的探究精神。

由于学界对新乐府的概念争议颇多且难以厘清，20 世纪 90 年代初，部分学者开始寻求新乐府研究的新思路，转而探究新乐府与其他文体的关系，以期开拓该研究领域的新视野。一是有关讽喻诗与新乐府的关系，以王运熙的研究为代表。在《讽喻诗和新乐府的关系和区别》中，王运熙通过区分"古体诗"与"乐府体"、"古题乐府"与"讽喻诗"这几个概念以及对"律讽"的分析，认为讽喻诗在表达上具有诸种样式，新乐府体只是其中的一种样式；新乐府大致可分为两大类：一类是讽喻性的；另一类是非讽喻性的。讽喻诗与新乐府二者，既有关联又有区别，不能混为一谈。程保荣在《讽喻诗与新乐府》中也持同样的观点，认为新乐府的内容也有很多非讽喻性的，因而不能将二者等同。二是有关古文运动与新乐府运动的关系，以王春庭的研究为代表。在《浅论唐代古文运动与新乐府运动的关系》中，他指出了两者的诸多相似之处，如历史背景相同，两个运动的领导人相互穿插，都主张文学为现实政治服务等。但值得注意的是，王春庭也明确表达了两者之异主要体现在政治目标的不同上，他指出古文运动是"为削平藩镇割据实现国家统一制造舆论"，新乐府运动是"为了救济人病，裨补时阙，以引起统治者的警觉和重视，对朝政作部分改良"。因此，王春庭认为两者在干预现实的方式以及广度和深度上，具有明显差异。

无论新乐府运动是否存在，学界始终从不同角度挖掘、探讨新乐府的艺术特色与独特价值。邓全明在《论汉乐府、新乐府的叙述发展》中，从叙事学的角度研究了新乐府的叙事特征，指出了从"乐府"到"新乐府"，叙述人的职能增多且叙述方式发生了巨大转变。除叙事学的角度外，刘建龙在《千古盛传不衰　敢问魅力安在——试论新乐府的新闻性》中认为，新乐府的显著特色在于其新闻性，即真实性、典型性、及时性与公开性。除上述较为新颖的研究视角外，学者们还将新乐府运动放置于整个唐乐府的背景下进行考察，如周振甫的《唐代乐府的继承和发展》以及赵淑平的《乐府诗的绝唱——唐代乐府诗成就探说》。

在研究专著方面，20 世纪 90 年代以钟优民的《新乐府诗派研究》（辽宁大学出版社 1997 年版）为代表。该书从两个方面考察新乐府与《诗经》、汉魏乐府以及中唐独特的社会历史文化环境的联系，并且对各成员的创作特色进行了分析，突出了新乐府在中国文学史上的独特价值。21 世纪以来，有关新乐府研究的论著则以张煜的《新乐府辞研究》为代表。该书从文献、音乐、文学三个方面对新乐府进行了综合研究。作者证明了新乐府并非都是不入乐的文人诗，探讨了唐代翰林学士与新乐府创作之间的关系，并重新考察了张籍、王建、元稹、白居易创作新乐府的互动关系，指出是张王古乐府开启了元白新乐府的创作，而元白新乐府创作则影响了张王新乐府的创作。

（三）文学与思潮的互动研究

儒学作为中国古代封建社会的正统思想，深刻地影响着古代文学发展历程中的各个阶段。儒学的分化和遭到反叛的过程，往往导致古代某种社会思想倾向的产生，从而助推了相应的文学思潮、热潮或特定创作倾向的产生。如先秦时期孟、荀的尚气劝学主张与宏辩性的文学思潮。玄学在发展过程中逐渐与道家、佛家合流，便引发了尚简嗜异的文学热潮，魏晋时期大量志人、志怪小说的出现，就是此种文学思潮的产物。魏晋时期开始，中国古代文学的发展，始终与以儒家思想为统摄、以道家与佛家为辅而产生的文学思潮有着千丝万缕的联系，两者的互渗与交融，共同构成了古代文学的辉煌与壮丽。

以宋代为例，儒家思想在北宋发生新变，从而形成了新儒学，即"理学"或"宋学"。理学作为中国封建社会的主要思想意识形态之一，一直延续到五四时期，其对中国社会影响的广度和深度是极为巨大的。新中国成立后，宋明理学作为封建社会的意识形态曾受到严厉批判，直到"国学热"兴起，理学研究才迎来"破冰时代"。回顾以往的理学研究，总体可归纳为以唯物史观为指导的理学研究范式和以哲学史范式为主导的理学研究，两类研究方法发挥着各自的作用，贡献了丰硕的研究成果。在以唯物史观为指导的理学研究中，侯外庐主编的《中国思想通史（第四卷）》（人民出版社 2011 年版）鲜明体现了坚持唯物史观为主导，将唯心史观视为对立的研究方法。侯外庐认为程朱的理学思想属于唯心主义，因而对其作了否定的评价。侯外庐、邱汉生、张岂之主编的《宋明理学史(上)》(人民出版社 1997 年版)仍坚持以唯物史观的方法研究理学，但对理学的评价有所改变。该书不再提豪族地主与庶族地主的对立，也不再提唯物主义与唯心主义两条路线的斗争。在论及朱陈之争和朱陆之争时，该书认为"朱与陈、朱与叶辩论的性质，是属于理学与功利之学的争论，它不同于朱、陆之间只是在理学内部的分歧"①。相似的观点在漆侠的《宋学的发展和演变》(河北人民出版社 2002 年版)一书中也有所体现。该书的总观点是否定以程朱为主流的理学，肯定包括王安石新学和陈亮、叶适事功学派在内的宋学，认为"宋学可以包蕴理学，而理学则仅仅是宋学的一个支派"。② 同样坚持以唯物史观为指导进行研究的还有冯友兰与张岱年两位先生。冯友兰认为"宋明道学是一个时代的思潮，其中有唯心主义的派别，也有唯物主义的派别，不可一概而论"，"宋明道学中的三派，气学是唯物主义，理学和心学是唯心主义"。③ 张岱年认为，在中国哲学史中"确实有两种基本倾向即两条路线的对立斗争"，程朱一派主张"以理为本"，可称为客观唯心论；陆王主张"以心为本"，属于主观唯心论；张载、王廷相主张"以气为本"，属于唯物论。④ 从侯外庐把理学整体认定为唯心主义而予以全盘否定，到冯友兰、张岱年对理学各派别进行具体的分析，对理学的认识更趋深化。学界对理学的研究从五四以后基本延续以哲学史范式为主导的探究方向，只是在1949 年以后被打断了，这种哲学史研究路向在改革开放以后得到了回归，正如陈来先生在《宋明理学》(华东师范大学出版社 2004 年版)中所指出的："中国的儒学研究和对'儒学'的理解，在内容上是以注重'思想'为主流，在方法上是以'哲学'的取径为主导的。甚至可以说，中国的儒学研究是'哲学史的研究'主导的，而不是'思想史的研究'主导的。"⑤纵观以往的理学研究，以唯物史观为指导的理学研究和哲学史范式的理学研究各有优缺点。如何使理学研究在新时期焕发新生机成为学

---

① 侯外庐、邱汉生、张岂之：《宋明理学史(上)》，420 页，北京，人民出版社，1997。
② 参见漆侠：《宋学的发展和演变》，5 页，石家庄，河北人民出版社，2002。
③ 参见冯友兰：《中国哲学史新编(上卷)》，210 页，北京，人民出版社，2007。
④ 参见张岱年：《中国哲学大纲》，2～4 页，北京，商务印书馆，2015。
⑤ 陈来：《宋明理学》，3 页，上海，华东师范大学出版社，2004。

界需要合力探索的重要课题。杨世利在《从范式转变展望宋代理学研究的发展前景》中提供了解决方案，即坚持以马克思主义哲学为指导诠释理学，从而确立中国特色、中国风格、中国气派的理学研究。这种研究范式既传承和繁荣弘扬了中国哲学的优良传统，又吸收了西方哲学研究范式的有益成果，又有马克思主义哲学的正确指引，意义深远。[①]

从宋至元，中国古代文学思潮经历了一个巨大转型。总体而言，元代经历了文道离合的文学思潮变动。查洪德在《文道离合与元代文学思潮》中指出，道统与文统说形成于南宋，元承宋后，道统与文统的关系问题就成为影响元代文学思潮特别是文章观念的一个重要的理论问题。宋理学家认为"文章害道"，于是形成义理之学与辞章之学的对立。宋末及元代之人认为，这种文道分离，造成了文道俱弊的局面，于是倡导文道合一。元中期代表性的文风就是在文道合一的理论背景下形成的。但元中后期道统衰微，文人们又有离道的倾向，文道又呈分离之势。在文人离道倾向的影响下，生发出元末文学思想解放的萌动。[②] 黄仁生在《杨维祯与元末明初文学思潮》（东方出版中心 2005 年版）中选择杨维祯作为个案研究对象，对其进行了深入而系统的研究。从其政治态度、思想倾向，到人格和心态、文学主张，从其诗文辞赋，到散曲小说，该书都进行了细致的探讨。该书联系元前期以降社会意识和文学风尚的变迁，以杨维祯的活动与影响为中心线索，深入阐释元末明初文学思潮的进程和原因。杨维祯作为元末明初文坛领袖，一生主要致力于诗文辞赋等传统文学样式的革新，是元代成就最高的诗人和辞赋大师。尤其在诗歌领域，他倡导古乐府运动，并以他为首形成了一个颇具规模的铁崖诗派，从而把元末诗歌创作推向了高潮。面对元代方兴未艾的戏曲、散曲和小说，他也从理论上给予了热情的关注和扶植，并且在散曲创作方面取得了突出的成就。杨维祯及其流派的理论主张和创作成绩，为元代文学的发展做了一个光辉的总结，并直接开启了明初文学的新局面，间接影响到中晚明和清代文学的理论与创作。

儒学发展至清代，以乾嘉学派为突出代表。该学派作为清代乾隆、

---

① 杨世利：《从范式转变展望宋代理学研究的发展前景》，《黄河科技大学学报》，2018（4）。

② 查洪德：《文道离合与元代文学思潮》，《晋阳学刊》，2000（5）。

嘉庆时期思想学术领域中出现的一个以考据为治学内容的学派,采用了汉代儒生训诂、考订的治学方法。该学派文风朴实简洁,以证据的罗列为主,而较少理论分析,因而被称为"朴学""考据学"。回顾整个清代的文学主潮,经世致用的考据学占据着极为重要的地位。20 世纪 90 年代以前,有关乾嘉学派的研究成果数量较少。1964 年,尤置的《关于乾嘉学派的评价(综述)》对乾嘉学派的文学地位与影响进行了初步的分析与概括。90 年代以后,"国学热"的社会背景使乾嘉学派的研究迎来了春天。这一时期学界主要将目光集中在乾嘉学派的成因探究上,以于鹏翔的《论乾嘉学派形成中的民族因素》、王俊义的《关于乾嘉学派的成因及派别划分之商榷》、王琼的《乾嘉学派的成因及其评价》为代表。步入 21 世纪,有关乾嘉学派的研究视角更为开放,从文学的连续性角度切入,审视乾嘉学派对其他文体、对不同历史时期的文学所产生的跨时代与跨国度的影响,如林茂森的《清代乾嘉学派对现代文学的影响》、曹旻的《乾嘉学派对东亚儒学的影响》、相晓燕的《乾嘉学派与清代戏曲》等。相晓燕在《乾嘉学派与清代戏曲》中指出,乾嘉时期,朴学思潮风靡全社会,渗透到经史、文学等众多领域,对清代戏曲产生了深刻的影响。这主要表现在不少学者参与戏曲创作。乾嘉曲家学识深厚,出现了鲜明的学者化倾向。在"以曲为史"的戏曲观主导下,乾嘉曲家彰举戏曲的教化功能,戏曲的社会地位获得显著提升。他们以"著书者"之笔作曲,以学问为曲,创作了一批谈忠说孝、征实尚史的戏曲作品。而考据征实的思维模式束缚了曲家的艺术想象与创造,加速了传奇、杂剧等古典戏曲样式的凝固与衰落;与此同时,花部戏获得了迅猛发展,这直接促成了中国戏曲的近代转型。

纵观新中国 70 年古代文学思潮研究,学界始终将研究方向聚焦于中国古代最具代表性的文学思潮,从以儒家思想为主导的建安风骨、古文运动,到儒学的新变即宋明理学,再到商品经济发展的影响下心学与市民文学的兴盛,中国古代文坛在不断演进的文学思潮的助推下产生了一座又一座文学高峰。与此同时,在新的历史背景下,学界对文学现象与文学思潮的探究,也在积极地做出研究方法方面的现代化转变。综合以往的研究成果,中国古代文学思潮的探索应始终保持与时俱进的研究思想,在中国特色社会主义文化方针的指导下,使该学科呈现根基深厚、开放包容的崭新面貌。

三、经典作品的新定位与再解读

中国古典文学研究随着历史的发展而发展，在不同的历史时期形成了不同的研究重点和研究风格，但总体而言，贯穿 70 年来古典文学研究的核心问题是认识并处理传统文化与现代化的关系。在解决这一问题的过程中，古代文学研究领域取得了丰硕的成果，而这些成果的取得主要得益于方法论的更新与运用。一方面力求还原经典作品的思想文化背景，解读其复杂性；另一方面立足于现代社会的时代背景，运用多重方法与视角重新定位古典文学的经典作品，为古代文学研究的现代化建构提供长足的发展动力。

(一) 在历史中还原：文学与思想文化的互动研究

新中国成立以来，以社会学的方法研究古典文学取得了很大的成就，但由于受到极左思想的影响，文学的社会批评变成了狭隘的政治批评和阶级批评。随着思想的解放，人们开始重新界定社会学的批评方法，社会学的批评内容也从政治批评和阶级批评走向更为宽广的领域，文化学批评自然成为文学研究的方法之一。此外，改革开放之后，随着我们自己对文化的反思，一些西方现代的文化学批评方法被介绍到中国，且很容易被接受，受到现代世界文化思潮的影响，古典文学研究领域出现了思想文化研究的热潮。

首先是将具体问题还原到相关的思想文化背景中进行探讨。例如，玄言诗是魏晋玄学的产物，但西晋玄风盛行，玄言诗反而没有得到发展。关于这一现象的原因，葛晓音在《山水方滋　庄老未退——从玄言诗的兴衰看玄风与山水诗的关系》中指出，西晋尚玄重在讲究言谈风度，普遍存在舍本逐末的弊端，诗坛上自然无法出现深入探究玄理的诗歌；当时的玄学家如王衍、乐广等不擅长诗赋创作，因此玄言文学也就不可能大行于世；西晋前期经学势力很大，充斥于诗坛的反倒是儒家的教条而不是玄理的宣传。徐尚定在《南朝文学思想演变的逻辑起点——刘宋诗歌思想初探》中说，西晋文学追求主体的玄学品格，重在言行之间的玄远风度，而很少深究玄学的理论实核；对玄学既无深究，那么也就难于在诗中表现深奥的玄理了；东晋时期玄言诗的再度兴盛，原因就在于当时出现了一批既能诗善赋而又精通玄理的文学家，其次是玄言与山水的结合，对玄言诗起了推动作用。但两家提出的这些理由恐怕都不算很充分，因为"未必非要玄学理论家，才能写出玄言诗"，而"作为文学创作，并不需要对玄学理论本身有太多太深的研究"。① 徐公持认为，玄学在鼓励文士追求高旷放达闲适精神境界之同时，也使他们与现实生活发生疏离，为达到个人闲适而遗落世事，导致社会责任感的减弱。同时，玄学也使文士在人生态度上趋向淡漠，泯灭人生应有之热情。由于缺乏社会责任感与人生热情，所以沉溺于玄学者大多缺乏文学创作激情。他认为，东晋文学改变了与玄学的疏离状态，所以玄言诗才大量出现。② 但其实玄言诗人的社会责任感和人生热情未必就比西晋的玄学家们多多少。在这个问题上，陈允吉的分析是比较深入的。他指出，玄言诗与我国《诗》《骚》以来诗歌传统之歧异，从根本上来说实为一体制问题。在他看来，玄言诗兴起的关键，不只在于玄学本身，更重要的还在于"作诗观念的转变"；大量佛经的翻译促成了"把诗歌当做直接谈玄论道的工具"的观念的产生。③

此外，从思想影响创作的角度研究作家也成为一种风尚。在李白研究领域，陈贻焮提出了"功成身退说"，他既肯定李白"对社会现实有较深刻的认识"以及"有救世济人的大志和理想"，同时又认为李白是将积极入世的政治抱负和消极出世的老庄思想、隐逸态度结合了起来，构成了"以前者为用，以后者为体""由隐出仕而终归于隐"的思想，目的在于使自己能并获"兼济"和"独善"两者之利。④ 王运熙说，李白一生的理想就是功成身退：一方面要建功立业，积极有为；另一方面要退处山林，隐居避世；对于李白而言，建立功业是一个基本前提，只有在政治上有所建树之后，他才甘于隐退。⑤ 持有相同观点的还有黄克的《李白世界观矛盾初探》、乔象锺的《李白的风格、思想特点及其社会根源》等。"功

① 卢盛江：《魏晋玄学与中国文学》，152 页，南昌，百花洲文艺出版社，2002。

② 参见徐公持：《魏晋文学史》，442～443 页，北京，人民文学出版社，1999。

③ 参见陈允吉：《东晋玄言诗与佛偈》，载《复旦学报（社会科学版）》：1998(1)。

④ 参见陈贻焮：《唐代某些知识分子隐逸求仙的政治目的——兼论李白的政治理想和从政途径》，载《北京大学学报》，1961(3)。

⑤ 参见王运熙：《李白的生活理想和政治理想》，载《社会科学战线》，1979(1)。

成身退说"实际上认同了道家思想对李白的深刻影响。郭沫若的《李白与杜甫》(人民文学出版社 1971 年版)认为李白是道家的方士，酒则是使他从迷信中觉醒的触媒。乔象锺认同郭沫若的观点，并进而分析李白道家思想形成的原因：一方面固然是因为唐代社会崇道风气的盛行；另一方面同他在道教活跃的地方度过童年也有关。① 葛景春认为李白思想的灵魂是"自由精神"和"理想主义"，其"自由精神"继承了庄子的思想，同时结合了儒家的理想主义和求实精神，使道家的自由精神从虚幻变为现实。② 此外，人们还强调佛教思想对李白的影响。葛景春指出，李白的佛教思想是与道家思想混合在一起的，他一方面熟悉佛法，且与僧人过从甚密，另一方面是以释济道，释道并用。③ 章继光认为佛教对李白后期思想的影响比较大，具体表现在宣扬虚空观念、向慕幻性清静与超脱厌世三个方面。④ 杨海波也曾指出，李白的佛教思想与道家遗世独立的思想结合在一起，共同构成与其"济世"思想相对立的消极出世观念。⑤ 唐异明也意识到李白并非总处于乐观向上、积极进取的精神状态中，相反，李白的一生"充满了无人了解的深沉苦痛，充满了不得志的抑郁悲愤，充满了某种失败感"，他是一个"悲剧性的人物"。⑥

从思想影响创作的角度研究诗人更能还原其复杂性，既能看到其诗歌创作的积极面，也能看到其思想深处的消极面。游国恩主编的《中国文学史》在论及王维《辋川集》时评价，这些诗作艺术上的成功，"并不能掩饰他思想上的严重缺点"，认为王维后期诗歌"充满佛家空无寂灭的唯心哲理"，"几乎和现实生活绝缘"。⑦ 也有人试图淡化这一特征来回护王维，如陈贻焮认为王维"许多作品的确是消极的，充满了佛老思想和灰色的人生情调"，但是诗人的爱憎并未完全因学佛而泯灭，诗人的积郁不平也并未完全为辋川风月所消磨。邓魁英认为王维对现实仍有所不

---

① 参见乔象锺：《李白的风格、思想特点及其社会根源》，载《文学评论》，1979(4)。
② 参见葛景春：《自由精神与理想主义——李白思想新探》，载《文学遗产》，1988(5)。
③ 参见葛景春：《李白与佛教思想》，载《唐代文学论丛》第 9 辑。
④ 参见章继光：《李白与佛教思想》，载《人文杂志》，1990(1)。
⑤ 参见杨海波：《诸家互补　为我所用——论李白的主导思想》，载《天津师大学报》，1990(5)。
⑥ 参见唐异明：《李白的失败与成功》，载《文学遗产》，1981(2)。
⑦ 参见游国恩：《中国文学史》(二)，374 页，北京，人民文学出版社，1963。

满，所以又不能完全冷漠，常不能抑制地回想过去，发出牢骚来。① 也有学者批评这样的"庸俗社会学"，如周祖譔认为评价王维的诗歌，"不应该从它有无揭露了社会矛盾或者作者有无斗争性去理解，应该从诗中所表现出来的艺术形象带给读者的美的感受和体现在这些诗中的内容对于过滤读者脑海中的庸俗思想的作用来理解"。同时，他认为可以对王维的《辋川集》所体现的人生态度进行批评，但不应该连诗中所塑造的形象也全盘否定掉。② 这实际上把"禅趣"分解为人生态度和艺术形象两个方面，避免了佛禅思想对于评价王维诗歌造成的消极影响。王运熙也不赞同陈贻焮的观点，他在《王维和他的诗》中认为，王维笔下的自然景物恰恰不具备积极奋发的精神，主张从王维的感受和描写自然方面的才能去正面评价王维。1980 年以后，人们开始从王维诗歌的"禅趣"中品味出完整的意蕴，肯定了佛教信仰对王维创作和审美趣味带来的积极影响。袁行霈赞赏王维诗歌表现出的无我境界以及任运、任心，追求主观精神之自由境界的生活态度。他说，由于禅学的浸润，王维后期创作意象空灵，境界清幽，呈现出闲澹冷寂、悠然自得的情趣。③ 赵昌平认为王维《辋川集》的价值在于，"禅"已经不是诗歌的外围成分，而是成为诗心的内含成分了。④ 谢思炜在《禅宗与中国文学》（中国社会科学出版社1993 年版）中认为，王维后期的山水诗是他在一种"无心"的境界中回归自然现象界的真实的平常的显现，也就是回到了"见山是山，见水是水"的境界，这样的境界才真正体现了禅宗的精神追求。葛晓音在《山水田园诗派研究》（辽宁大学出版社 1993 年版）中指出，南宗的"顿悟性空"学说有助于王维对自然界的独特感觉，他将禅境化入多种风格的纪游诗，丰富了山水诗的内容和表现；同时，王维诗歌的空静之境固然是吸收了禅家涤清烦虑、自悟性空之说的产物，但也是他所追求的审美理想融于高度提纯的自然美之中的产物。当然，也有人指出了佛禅对王维创作带来的消极影响。史双元认为，超世之境本身不具有审美或其他方面的价值，所以应当以"世俗"的眼光去理解王维诗歌的意韵。⑤ 卢渝说，佛家

① 邓魁英：《王维诗简论》，载《语文学习》，1957(8)。
② 参见周祖譔：《隋唐五代文学史》，59～60页，福州，福建人民出版社，1958。
③ 参见袁行霈：《王维诗歌的禅意与画意》，载《社会科学战线》，1980(2)。
④ 参见赵昌平：《王维与山水诗由主玄趣向主禅趣的转化》，载《学人》第4辑。
⑤ 参见史双元：《论王维诗作中的禅趣》，载《四川师大学报》，1986(6)。

思想使王维晚年诗歌的一些写景之作逐渐失去了先前那种清新自然的格调，而可以追求一种幽冷静谧的境界。①

(二)在回顾中突破：研究方法与视角的更新

在先秦文学作品研究方面，原先注重从反映古代社会生活这一角度来研究《诗经》，从爱国主义和揭露统治阶级内部腐败的角度来研究《楚辞》，从历史散文的角度来研究《尚书》《春秋》《左传》《战国策》《国语》等，从与政治学、哲学相联系的角度来研究先秦诸子散文，从神话是文学的原始形态，且以虚妄形式反映原始社会现实生活这一角度来研究神话，从以故事为喻体和以寓意为本体的角度来研究寓言且对寓言多作孤立的作品分析。这些研究的方向以及所取得的成绩是应当充分肯定的，然而也有局限性。在以往研究的基础上，新时期对先秦经典作品的研究又开辟了许多新领域，主要表现为不同学科、不同领域的交叉与渗透。

一些著作从神话学、宗教学、民俗学、语言学等新角度来研究《诗经》。朱东润的《诗三百篇探故》(上海古籍出版社 1981 年版)主张读《诗经》必须先探求古代诗人的情性，知古人之诗心，强调从文学角度研究《诗经》，这些论述对于《诗经》研究从经学转向文学以及确立《诗经》的文学观起到了不小的影响。王力的《诗经韵读》(上海古籍出版社 1980 年版)从语言学角度研究《诗经》，既有理论阐释，也有深入分析，是一部实用的工具书。夏传才的《诗经语言艺术》(语文出版社 1985 年版)阐述了《诗经》的语言艺术特点和赋、比、兴的艺术手法，并对《诗大序》等进行了专题论述。向熹的《诗经语言研究》(四川人民出版社 1987 年版)从语言学的角度解读《诗经》，统计《诗经》出现的单字，分析其修辞方式，搜集罗列篇名和诗句重出的例子。此类著作还有程俊英的《〈诗经〉漫话》(上海文艺出版社 1983 年版)、叶舒宪的《诗经的文化阐释——中国诗歌的发生研究》(湖北人民出版社 1994 年版)等。

一些学者从原始图腾、婚配制、文化学、人类学、民族学等角度来研究《楚辞》。聂石樵的《屈原论稿》(人民文学出版社 1982 年版)，从屈原的时代、生平、思想和批判精神，屈原的爱国主义，对天神的怀疑和否定以及屈原作品的艺术创造等方面对屈原进行了研究；汤炳正的《屈

---

① 参见卢渝：《略论王维后期诗歌的思想意义》，载《晋阳学刊》，1988(2)。

赋新探》(齐鲁书社 1984 年版)主要围绕屈原的生平事迹、《楚辞》的成书与传本、屈原的思想、屈赋里的神话与传说以及屈赋的语言艺术等进行考论;萧兵的《楚辞与神话》(江苏古籍出版社 1987 年版)通过对《楚辞》中的神话进行考订,进而指出《楚辞》文化、楚文化与环太平洋地区的文化一样,皆属于海洋文化。萧兵的《楚辞文化》(中国社会科学出版社 1990 年版)探讨了《楚辞》与民俗文化的关系问题,提出要将《楚辞》置于楚国的物质文化、精神文化的背景下,置于先秦乃至中国上古史的背景下进行考察和探讨。此类著作还有姜亮夫的《楚辞学论文集》(上海古籍出版社 1984 年版)、黄中模的《屈原问题论争史稿》(北京十月文艺出版社 1987 年版)、萧兵的《楚辞新探》(天津古籍出版社 1988 年版)、中国屈原学会编的《楚辞研究》(齐鲁书社 1988 年版)等。《楚辞》神话学研究在 20 世纪 80 年代得到了进一步拓展,多涉及楚文化图腾崇拜与《楚辞》的关系。李诚说"屈赋中的神话传说主要是崇拜鸟图腾的氏族的神话传说",据他分析,《离骚》以"帝高阳之苗裔"开篇,反映的是先楚氏族对鸟图腾的崇拜(而不是对龙图腾的崇拜),因为作为神的颛顼与鸟有着神秘的不解之缘;在屈赋中,凤凰得到了特别的尊崇,而龙并没有这样的地位。[①] 过常宝《楚辞与原始宗教》(东方出版社 1997 年版)除了探讨《九歌》与原始宗教的关系之外,还解读了《离骚》的巫术意义。他指出,《离骚》的三段式结构来自祭歌,香草形象来源于巫术仪式,而"飞升"意象是当时一般祭祀或楚地祭祀所共有的现象,反映了祭祀过程的既定程序性,而不是个人的主观创造性。

一些学者从史传文学、前小说的角度研究《尚书》《春秋》《左传》《战国策》《国语》等。孙绿怡的《〈左传〉与中国古典小说》(北京大学出版社 1992 年版)较为系统地对《左传》的文学性进行了研究,从艺术层面分析了《左传》的文学成就,在此基础上考察中国古典小说,深入探析了《左传》对中国古典小说的影响。作者不仅贯通中国古典小说的历史进行论述,还进行中西比较来凸显中国小说的民族特色;周天的《中国前小说性格描绘史稿》(上海三联书店 1990 年版)探讨了中国古代神话、寓言以及《左传》《史记》《汉书》等对性格描绘的艺术经验,与一般文学史、小说

---

① 参见李诚:《论屈赋神话传说的图腾色彩》,载《四川师范大学学报》,1987(2)。

史在取材上有根本区别。

一些学者从文艺学、美学、心理学、历史学等角度来研究先秦诸子。张少康的《先秦诸子的文艺观》(上海文艺出版社 1981 年版)论述了先秦诸子文艺思想产生的时代背景和历史渊源，梳理了诸子的主要文艺观点以及不同文艺思想之间的关系，并着重探讨了诸子文艺思想对后世文艺批评和文艺创作的深刻影响；赵明、薛敏珠合著的《道家文化及其艺术精神》(吉林文史出版社 1991 年版)解读了老子、庄子的哲学思想和道家精神，在此基础上考察道家文化的演变轨迹以及道家的艺术精神，并探讨了这种精神在文学艺术中的具体表现。此类著作还有李炳海的《道家与道家文学》(东北师范大学出版社 1992 年版)，詹石窗的《道教文学史》(上海文艺出版社 1992 年版)等。

一些学者从民俗学、人类学、文字学、地理学等角度来研究神话。袁珂的《中国神话史》(上海文艺出版社 1988 年版)从广义神话的概念考察了中国神话，对历代记述的神话及有关材料进行了系统的论述；刘城淮的《中国上古神话》(上海文艺出版社 1988 年版)以古籍中的神话资料为主，以中国各少数民族神话为补充，并参考外国神话，梳理了旧石器晚期到奴隶社会中期这一漫长时期神话的发生发展过程。陈蒲清的《中国古代寓言史》(湖南教育出版社 1983 年版)从民族意识、民族语言及与外国寓言相互比较的角度来研究中国古代寓言，是中国古代寓言的专史类著作。邱宜文在《从〈九歌〉之草木试论香草与巫术》中探讨了《九歌》中香草的巫俗意义，发现香草在楚地民俗里具有重要的巫术价值。

针对《三国志演义》的总体研究情况，梅新林、韩伟表的《〈三国演义〉研究的百年回顾及前瞻》作了详尽且较为全面的梳理。就具体的期刊论文研究成果而言，关四平的《道是无情却有情——兼论〈三国志演义〉情感表现的文化意蕴与审美价值》表明，《三国志演义》是既表现思想也传达感情的。但是，多年来人们过于注重其思想道德方面的研究，而忽略了传达感情方面的探讨。关四平认为，《三国志演义》的主要人物之所以未变成道德的传声筒、人物个性未消融到共性中去，主要原因就在于《三国志演义》在表现思想道德的同时也传达了人物富有个性的感情。这两者在《三国志演义》中是水乳交融的，并且又在相互作用下升华到了人格层次上。这也正是《三国志演义》具有追魂摄魄的艺术魅力和高度审美价值的主要原因之一。

许勇强的《四百年〈水浒传〉研究史略》同样对《水浒传》作了思路清晰且内容翔实的回顾与分析。李时人在《〈水浒传〉的"社会风俗史"意义及其"精神意象"》中认为,《水浒传》特殊的"集体累积"成书过程,决定了它是历史成分极其稀薄的"英雄传奇"小说,绾结短篇的特点使众多"英雄好汉"的出身经历和聚义故事成为这一鸿篇巨制的主体内容。这些主要源于宋元民间"说话"的故事,保留了大量社会生活"原生态"的描写,使《水浒传》在一定程度上具有了"社会风俗史"的意义。在漫长的成书过程中,《水浒传》不仅在叙事艺术上经历了反复锤锻,同时也积淀、凝聚了"近古"以来中国社会广大民众普遍的观念意识和情绪心理,形成了带有时代特征的精神意象。王俊恒在《〈水浒传〉女性形象塑造的意义与美学价值》中认为,《水浒传》中有多种女性形象,比如英雄型、贤惠型以及淫荡型等,这些女性形象在书中立体、饱满,体现了作者自身女性观的进步性,另外,女性形象的塑造对于这部作品主题的展示也具有重要作用。

对《西游记》研究现状的全面总结集中体现在竺洪波的《四百年〈西游记〉学术史》(复旦大学出版社 2006 年版)以及梅新林和崔小敬主编的《20世纪〈西游记〉研究》(文化艺术出版社 2008 年版)中。田同旭的《〈西游记〉是部情理小说——〈西游记〉主题新论》认为,关于《西游记》主题的评论,长期以来一直存在着全书前后主题矛盾,或主题转化而不统一等说法。文章认为,若把《西游记》放在明中叶以后社会新思潮中来认识,不难发现《西游记》是部情理小说,情理之争贯穿着全书,猪八戒是弘扬人欲的凯歌,孙悟空是反理学的斗士,唐僧则反映了理学的破产。《西游记》的主题是统一的,孙悟空的形象也是统一的。《西游记》是明中叶以后反理学思潮中的先驱之作。薛梅在《心学视野下的〈西游记〉研究——〈西游记〉与阳明心学之关系研究述评》中认为,自《西游记》诞生之初,强调《西游记》创作受到阳明心学的影响,并从心学角度探求作品之大旨就成为《西游记》研究的一个重要思路,且在当代越来越受到研究者的关注。文章对明清时期序跋评点中的《西游记》与心学研究及鲁迅《中国小说史略》之后的《西游记》与心学研究状况进行了述评,系统梳理了《西游记》与阳明心学关系的研究成果并指出了今后的研究思路和方向。

陈维昭的《红学通史》(上海人民出版社 2005 年版)是极具综述性与总结性的学术论著。而有关《红楼梦》研究的期刊论文、硕博论文数量繁多，笔者只能选取其中具有代表性的几篇论文成果，主要有：吴玉霞和姚晓菲的《〈红楼梦〉人物形象描写成就研究综述》、白灵阶的《关于宝钗的藏与露——薛宝钗形象"阐释之谜"的文本解析》以及杨庙平的《文化悲剧：〈红楼梦〉悲剧精神的新境界》。杨庙平认为，悲剧精神是《红楼梦》的精髓之所在。《红楼梦》的悲剧精神具有两方面标志性意义：《红楼梦》集中国传统悲剧文化精神之大成；《红楼梦》的悲剧精神体现了一种新境界，即具有现代性意义的文化悲剧精神。如果我们把《红楼梦》的悲剧艺术结构比作一幅意蕴丰富、深邃的油画作品，那么它在结构上呈现为近景、中景、远景三个层次。以人的情欲悲剧为近景，以婚姻、家族悲剧为中景，以社会历史文化为中心的悲剧则是它的远景。

《金瓶梅》研究在沉寂了 30 年后异军突起，成为明清小说研究的一大热点。吴敢的《20 世纪金瓶梅研究史长编》(文汇出版社 2003 年版)汇总了 20 世纪《金瓶梅》研究的重要学术成果。相关的期刊论文也呈井喷之势，丰富了明清小说个案研究的总体面貌。李宝龙在《〈金瓶梅〉中的理欲观》中指出，《金瓶梅》是得到充分肯定又备受争议的一部小说。争论的焦点主要集中在小说中对于色欲和利欲的大量细致的描写。不管作者的主观意图如何，客观上讲，小说中对人欲横流的社会图景的描绘在一定程度上体现了时人的处世理念，特别是理欲观念。小说中所体现出来的理欲观念完全打破了自宋代以来一直占思想统治地位的程朱理学的传统，不是存理灭欲，而是有欲无理。对于这种客观体现出的理欲观，我们必须冷静地、批判地对待。杜贵晨在《关于"伟大的色情小说〈金瓶梅〉"——从高罗佩如是说谈起》中提及，荷兰汉学家高罗佩称《金瓶梅》是"伟大的色情小说"。这个提法可以从兰陵笑笑生自道《金瓶梅》"单说着情色二字"和全书故事情节与人物性格命运的描写得到证明。《金瓶梅》是中国第一部自觉以"情色"为题材，从"色情"角度认真探讨人生问题的长篇小说。它以"色情"为描写中心，写淫以止淫，刻画出人性的种种变态，并及于家庭、世情、社会的真实，因而《金瓶梅》是中国 15 世纪形象的"情色史"和围绕"情色"而展开的家庭、社会生活的风俗画。它在真实地描绘人类生活中最隐蔽的一个方面的同时，也广泛地反映了社会，因而首先是一部色情小说，然后才是世情、家庭或社会小说。

有关《聊斋志异》艺术创作探究的著作，20 世纪 80 年代主要有雷群明的《聊斋艺术谈》(江西人民出版社 1981 年版)；90 年代主要有雷群明的《聊斋艺术通论》(上海三联书店 1990 年版)、马瑞芳的《〈聊斋志异〉创作论》(山东大学出版社 1990 年版)、张稔穰的《聊斋志异艺术研究》(山东教育出版社 1995 年版)和林植峰的《〈聊斋〉艺术的魅力》(学林出版社 1995 年版)；21 世纪以来主要有雷群明的《聊斋写作艺术鉴赏》(学林出版社 2006 年版)、冀运鲁的《〈聊斋志异〉叙事艺术之渊源研究》(黄山书社 2011 年版)和刘绍信的《〈聊斋志异〉叙事研究》(中国社会科学出版社 2012 年版)。这些著作已经从对《聊斋志异》艺术的一般性论述深入到了对其创作、叙事的专门性探究。有关文化方面的研究涉及了宗教文化和风俗文化，如黄洽的《〈聊斋志异〉与宗教文化》(齐鲁书社 2005 年版)、徐文军的《聊斋风俗文化论》(齐鲁书社 2008 年版)。关于蒲松龄的人物传记专著，在不同时期也有相应的代表作，如马瑞芳的《蒲松龄评传》(人民文学出版社 1986 年版)、于天池的《蒲松龄与〈聊斋志异〉》(北京师范大学出版社 1993 年版)、林宗源的《蒲松龄传》(百花文艺出版社 2007 年版)等。

《儒林外史》的研究同样取得了丰硕的成果。20 世纪 90 年代的代表性学术论文主要有安如峦的《从互文性看〈儒林外史〉的讽刺手法》以及李汉秋的《〈儒林外史〉里的儒道互补》。从人物塑造角度研究的成果则以高朝俊的《论〈儒林外史〉的人物塑造》为代表。作者认为在《儒林外史》中，吴敬梓以"功名富贵"为中心，采用了单点突出、定向发展的方式来刻画全书的主要人物。书中人物在对待功名富贵的向心或离心的变化中，受到一次次的检验，人物性格呈现出丰富的层次和有序的演进。这种人物的刻画方法与"功名富贵是全书的第一着眼处"的构思紧密相关，与"虽云长篇，颇同短制"的结构形式互为关联。陈文新的《〈儒林外史〉与科举时代的士人心态》紧扣《儒林外史》的"士林"主题，从千百年的科举背景与在此影响下的士人心态入手，颇具见解地提出中国古代的士，一方面是国家管理的主体，另一方面又是"道"的承担者，"道"与"势"的博弈不仅是他们面临的现实问题，而且造成了心灵世界的无穷纷扰。《儒林外史》在对科举时代的士人心态的描写中，时时回首原始儒家的道义理想，直接面对士人的人生责任与道义理想的矛盾，作品因而显得厚重而深沉。闲斋老人《儒林外史序》云："其书以功名富贵为一篇之骨：有心艳功名富贵而媚人下人者；有倚仗功名富贵而骄人傲人者；有假托无意功名富贵自以为高被人看破耻笑者；终乃以辞却功名富贵，品地最上一层为中流砥柱。"《儒林外史》就情节而言聚焦于"功名富贵"，就主旨而言，则是期待读书人保持其"道"的承担者的高贵和自尊。

四、文献的发现、整理与建设

文献的发现、整理与建设是古代文学研究的基础，也是古代文学研究进一步发展的助推器。新中国成立后的古代文学研究实现了从"考据—阐释"型向"阐释—评判"型的转换，由过去重在材料整理和考释，转变到重在意义的阐发和价值的评判。20 世纪 50 年代中后期，文献整理、考据等传统性研究的地位略有上升，特别是 1958 年年初在国务院科学规划委员会下成立了古籍整理和出版规划小组，开始了有计划、有步骤的古籍整理出版工作；1959 年北京大学由中文系、历史系、哲学系共同筹办，建立了古典文献学专业，标志着古典文献学专业学科地位的确立。但是，在 60 年代"批判史学"的运动中，考据受到冷落和批判。80 年代初古代文学研究界兴起了宏观研究的学术思潮，既扬弃了 80 年代初复兴的考据性研究，又破除了过去研究中存在的庸俗社会学的主观臆断的研究方式，全面取代了新中国成立后曾一度占据主导地位的政治视角的意识形态研究模式，同时转变了旧有的文学观念，拓展了文学文献研究的视角和领域，在更为广阔的社会思想文化背景和人类精神发展的历史中进行古典文献的整理与研究，响应了新时代理性意识的觉醒。

(一)古典文献学的理论研究与学科建设

张舜徽《中国文献学》(华中师范大学 2004 年版)的问世，标志着中国文献学理论的确立。之后，研究者对文献学进行了诸多探讨，古典文献学的学科体系、研究方法和研究对象等问题成为学术界不断探究的对象。其中，通论性代表著作主要有杨燕起和高国抗主编的《中国历史文献学》(书目文献出版社 1989 年版)、倪波主编的《文献学概论》(江苏教育出版社 1990 年版)、孙钦善的《中国古文献学史》(中华书局 1994 年版)、洪湛侯的《中国文献学新编》(杭州大学出版社 1994 年版)、潘树广等的《文献学纲要》(广西师范大学出版社 2000 年版)、杜泽逊的《文献学概要》(中华书局 2001 年版)、陶敏主编的《中国古典文献学教程》(湖南教育出版社 2003 年版)、张三夕主编的《中国古典文献学》(华中师范大学出版社 2003 年版)、牟玉亭的《中国古典文献学》(社会科学文献出版社 2005 年版)、吴枫的《中国古典文献学》(齐鲁书社 2005 年版)、罗江文的《中国古典文献学纲要》(巴蜀书社 2008 年版)、黄爱平主编的《中国历史文献学》(中国人民大学出版社 2010 年版)、司马朝军主编的《文献学概论》(武汉大学出版社 2010 年版)、邱居里的《元代文献探研》(北京师范大学出版社 2014 年版)、张升的《历史文献学》(北京师范大学出版社 2016 年版)等。其中，孙钦善的《中国古文献学史》介绍了中国各个时代古文献学的概况，总结了古文献学家的经验和成果，为当今的古文献整理和研究提供了宝贵的借鉴。

在古典文献学理论研究方面，迟铎和党怀兴主编的《中国古典文献学》(西北大学出版社 2007 年版)作为基础性的文献学理论著作，从文献学与古典文献学的概念开始梳理，全面、细致地介绍了中国古典文献学的发展。郭英德和于雪棠编著的《中国古典文献学的理论与方法》(北京师范大学出版社 2008 年版)是十多年研究生课堂教学的产物，偏重对文学文献学的论述，科学地整合了古典文献学的各个学术板块的内容，具有较为严整的逻辑体系和独特的理论色彩，同时注重传授具体、实用的研究方法。张志强的《文献学引论》(江苏教育出版社 2010 年版)一书涉及文献概念与文献功能、文献类型、文献载体与结构、文献生产、文献整理与组织、文献流通与典藏、文献利用、文献评价、文献交流与文献工作现代化等多方面的知识，既重视对文献学知识的介绍，又重视对文献利用的指导。王国强的《古代文献学的文化阐释》(国家图书馆出版社 2008 年版)收集了多篇古代目录学等相关论文，凸显了中国古典文献学丰富的传统文化内涵。陶敏主编的《中国古典文献学》(岳麓书社 2014 年版)兼顾学科传统及其最新发展，以整理和研究古代文献的方法为核心，系统讲述了中国古典文献学的基本理论。从文献载体到典籍分类，对版本、目录、校勘、辨伪、标点、注释等问题进行了提纲挈领的讲解，偏重于指导学术研究和古籍阅读的实际应用。

　　针对文献学理论及学科建设的探讨还有多篇学术论文，如冯浩菲的《试论中国文献学学科体系的改革》提出，应该将现行的分属于三个不同学科门类的三类文献学学科归拢在一起，作为一门独立的学科门类对待。跃进在《古典文献学的现代生成及其意义》中指出，出土文献、域外文献，特别是电子文献，给古老的传统文献学赋予了新的内容，极大地改善了我们的学术环境，强化了我们的学术信念，加速了学术转型的完成。罗家湘的《文献含义与古典文献学学科建设》指出，完善古典文献学的知识体系应该从文献的组合与类分、文献的比较与鉴别等方面来进行。杜泽逊的《谈谈文献学的方法、理论和学科建设》对于文献学初学者具有十分重要的指示门径的作用。

　　学术界对于古典文献学性质的研究，还涉及文献学的应用问题，这类成果包容性很大，约分为如下几类：第一，文学文献学。张君炎的《中国文学文献学》(江西人民出版社 1986 年版)概括性地论述了文献工作的沿革与中国文学文献学的主要内容、任务与特点，系统分析了中国文学文献的种类、体裁和类型，介绍了古典文学文献的版本与目录的演变知识，分别对古代诗歌、散文、小说、戏曲和文学批评方面的文献择要进行分析、说明，同时还介绍了文学文献的检索理论与基本方法。刘跃进的《中古文学文献学》(江苏古籍出版社 1997 年版)对大量的中古文学文献进行分析，对学术史上关于中古文学史中的不少争论问题作出简要论述。此类著作还有侯晓明主编的《中国文学文献学》(湖北教育出版社 1996 年版)、孙立的《中国文学批评文献学》(广东人民出版社 2000 年版)、马荣江等编著的《中国文学文献学》(吉林大学出版社 2011 年版)。第二，艺术文献学。董占军的《艺术文献学论纲》(清华大学出版社 2006 年版)从文献的基本内涵出发探讨艺术文献的特点，界定艺术作品的文献属性，然后阐述艺术文献学的研究范围、对象和目的以及艺术文献学研究成果对艺术学研究的作用。第三，法律文献学。张伯元的《法律文献学》(浙江人民出版社 1999 年版)用大量的实例深入浅出地阐述了法律文献的整理和研究技术。第四，中医文献学。严季澜和顾植山主编的《中医文献学》(中国中医药出版社 2002 年版)以较大的篇幅阐述了各类中医文献的源流，尤其是临床各科文献，并择要介绍重要医著的内容、特点和学术成就。第五，少数民族文献学。这类著作主要有中央民族大学彝文文献编译室编的《彝文文献学概论》(中央民族大学出版社 1996 年版)、朱崇先主编的《中国少数民族古典文献学》(民族出版社 2005 年版)、张铁山的《突厥语族文献学》(中央民族大学出版社 2005 年版)、赵令志主编的《中国民族历史文献学》(中央民族大学出版社 2006 年版)、包和平的《中国少数民族文献学研究》(国家图书馆出版社 2009 年版)、张铁山主编的《中国少数民族文献学基础教程》(中央民族大学出版社 2012 年版)等。此外,还涉及吐鲁番和敦煌文献学、缣帛文献学、档案文献学、语言文献学、陶瓷文献学、体育文献学、宗教文献学等,可谓门类繁多,不可胜举。

(二)古典文献学研究方法的概述及应用

结合文献形态、版本、校勘、目录、注释、考证、编纂、检索等相关领域及研究方法,古典文献学构成了完整的学科体系,包括古典目录学、古籍版本学、古籍编纂学、古籍校勘学、古籍典藏学、古籍辨伪学和古籍辑佚学等。

古籍版本学方面的研究成果主要可分为版本学通论和文学典籍版本研究两个方面。版本学通论方面的研究著作主要有魏隐儒和王金雨编著的《古籍版本鉴定丛谈》(印刷工业出版社 1984 年版),该书从古籍版本史略、分类、术语、用纸、印刷和鉴定方法等诸多方面,对古籍版本的鉴定作了详细论述,对版本学、目录学等相关内容及版本鉴定中应该注意的问题进行了简要介绍。此类著作还有李清志的《古书版本鉴定研究》(文史哲出版社 1986 年版)、施廷镛的《中国古籍版本概要》(天津古籍出版社 1987 年版)、严佐之的《古籍版本学概论》(华东师范大学出版社 1989 年版)、戴南海的《版本学概论》(巴蜀书社 1989 年版)、李致忠的《古书版本学概论》(书目文献出版社 1990 年版)、曹之的《中国古籍版本学》(武汉大学出版社 1992 年版)、姚伯岳的《版本学》(北京大学出版社 1993 年版)、卢贤中的《古代刻书与古籍版本》(安徽大学出版社 1995 年版)、袁庆述的《版本目录学研究》(湖南师范大学出版社 2003 年版)、姚伯岳的《中国图书版本学》(北京大学出版社 2004 年版)、李明杰的《宋代版本学研究——中国版本学的发源及形成》(齐鲁书社 2006 年版)、薛冰的《版本杂谈》(山东画报出版社 2009 年版)、黄永年的《古籍版本学》(江苏教育出版社 2005 年版)、李明杰的《中国古籍版本文化拾微》(社会科学文献出版社 2012 年版）、江曦的《清代版本学史》（中国社会科学出版社 2013 年版）等。值得注意的是，以往的版本学研究仅仅局限于国内典籍，随着海内外学术交流的频繁，海外汉籍研究也逐渐成为热点。陈正宏的《东亚汉籍版本学初探》（中西书局 2014 年版）在更为广阔的时空背景下探讨了中国古籍版本与日本、朝鲜、越南等汉籍版本在整体上的历史关联，揭示了中国古籍版本在其间的中心地位。文学典籍版本研究方面的论著有周清谢的《元人文集版本目录》（南京大学出版社 1983 年版）、朱一玄的《古典小说版本资料选编》（山西人民出版社 1986 年版）、刘尚荣的《苏轼著作版本论丛》（巴蜀书社 1988 年版）、四川大学古籍整理研究所编的《现存宋人别集版本目录》（巴蜀书社 1990 年版）、欧阳健的《古代小说版本简论》（山西人民出版社 2005 年版）等。需要注意的是，70 年来的文学典籍版本研究形成了以《红楼梦》版本研究为中心的特色，相关论著有郑庆山的《红楼梦的版本及其校勘》（北京图书馆出版社 2002 年版）、刘世德的《〈红楼梦〉版本探微》（华东师范大学出版社 2003 年版）、曹立波的《〈红楼梦〉版本与文本》（中华书局 2007 年版）、戴英马的《〈红楼梦〉版本源流和文采》（浙江大学出版社，2016 年版）、王汝梅的《〈金瓶梅〉版本史》（齐鲁书社 2015 年版）等。

在古典目录学研究领域，现代学者更加重视目录学史以及揭示目录学"辨章学术，考镜源流"的价值。70 年来目录学研究的专著众多，大致有如下几类：一是古典目录学史和目录学理论研究。来新夏的《古典目录学》（中华书局 1991 年版）按照历史发展顺序，有重点地论述了历代著名的古典目录和有成就的古典目录学家以及与古典目录学相关的学科，使读者能对古典目录学获得比较完整而系统的认识。吕绍虞的《中国目录学史稿》（武汉大学出版社 2012 年版）按照时代顺序梳理了我国目录学发展的历史。傅荣贤的《中国古代目录学研究》（知识产权出版社 2017 年版）旨在回归中国传统文化语境，从古代目录形式和内容出发，构建具有普遍解释力的理论框架。相关著述不胜枚举，皆以高校教材为主，以目录学史为主线，以各时代目录学成就和特点为节点，对古典目录学的发展进行了系统论述。二是专科目录学研究。此处所指"专科"既有学科之专，也有目录学家之专和古代目录学著作之专。谢灼华编著的《中国文学目录学》（书目文献出版社 1986 年版）论述了中国文学目录的产生、发展和价值，分析了文学目录的编制原理、方法和特点，重点介绍了我国古典文学书籍的出版和流传情况。相关著述还有何新文的《中国文学目录学通论》（江苏教育出版社 2001 年版）、王锦贵主编的《中国历史文献目录学》（北京大学出版社 1994 年版）、马开樑的《中国史部目录学》（云南人民出版社 2014 年版）、杜海军的《中国古典戏曲目录发展史》（广西师范大学出版社 2015 年版）等。三是目录学与学术史研究。相关著作有高路明的《古籍目录与中国古代学术研究》（江苏古籍出版社 1997 年版）、陈晓华的《"四库总目学"史研究》（商务印书馆 2008 年版）、徐有富的《目录学与学术史》（中华书局 2009 年版）等。

在古籍编纂学研究中，两部总论性质的著作较有代表性，即韩仲民的《中国书籍编纂史稿》（中国书籍出版社 1988 年版）和曹之的《中国古籍编撰史》（武汉大学出版社 1999 年版）。韩著较详细地介绍了我国各种书籍的编纂过程及编辑者，同时也介绍了各种学术流派及其思想观点。曹著论述了古籍编撰学理论的发展史、古籍编撰者及古代图书编撰等内容，对古籍编纂史进行了系统完整的研究。各类著述中，大多以古籍类别进行分体研究，这类著作主要有林玉山的《中国辞书编纂史略》（中州古籍出版社 1992 年版）、毛东武的《方志编纂学》（黄山书社 1996 年版）、冯尔康的《中国宗族制度与谱牒编纂》（天津古籍出版社 2011 年版）、韩仲民的《中国书籍编纂史稿》（商务印书馆 2013 年版）、胡大雷的《〈诗品〉编纂研究》（广西师范大学出版社 2013 年版）、胡宗刚和夏振岱合著的《中国植物志编纂史》（上海交通大学出版社 2016 年版）等。

在古籍校勘学研究领域，学者们在理论和方法上进行了多方探讨，主要论著有赵仲邑的《校勘学史略》（岳麓书社 1983 年版）、戴南海的《校勘学概论》（陕西人民出版社 1986 年版）、王云海和裴汝诚合著的《校勘述略》（河南大学出版社 1988 年版）、钱玄的《校勘学》（江苏古籍出版社 1988 年版）、白兆麟的《校勘训诂论丛》（安徽大学出版社 2001 年版）、管锡华的《汉语古籍校勘学》（巴蜀书社 2003 年版）、李更的《宋代馆阁校勘研究》（凤凰出版社 2006 年版）、林艾园的《应用校勘学》（华东师范大学出版社 2008 年版）、曾贻芬和崔文印合著的《古籍校勘说略》（巴蜀书社 2011 年版）、罗积勇等著的《中国古籍校勘史》（武汉大学出版社 2015 年版）等。与论著多从整体研究校勘学不同，学术论文主要是个案研究，关注历代校勘学家的校勘成就。徐玲英在《论戴震对清代校勘学的引领》中指出，戴震在考古和审音的基础上，精研古音系统、发明语转规律，并将之运用于校勘，对清代校勘学的形成有开启之功。许殿才在《卢文弨校勘学述》中认为，卢文弨在校勘上属于博涉一派，然而他的博涉却是以专精为基础的。相关文章还有赵艳平和张小芹的《浅论梁启超的校勘学思想》、黄光的《顾广圻校勘学思想述论》、胡永启的《陈垣校勘学成就述要》等。

新中国成立以来，学者在总结古人辨伪成就和探究新理论、新方法上用力较多。首先是对辨伪学的综论及梳理，包括总结不同时代辨伪学研究特色的著作。杨绪敏的《中国辨伪学史》（天津人民出版社 1999 年版）把辨伪学分为初起、发展、成熟、再发展几个时期详细阐述。刘建国的《先秦伪书辨正》（陕西人民出版社 2004 年版）阐明先秦 49 部所谓伪书实为可以信据的真书，作者采取考据的方法，资料翔实，论证得体。司马朝军的《文献辨伪学研究》（武汉大学出版社 2008 年版）是一部关于辨伪学的专题论文集，全面总结了传统辨伪学的成就与方法，并结合出土文献作了较为深刻的反思。佟大群的《清代文献辨伪学研究》（人民出版社 2012 年版）系统考察了清人文献辨伪研究的历史及其成就，明确提出了文献辨伪学的研究理论和研究方法。此外，还有不少著作针对具体学人的辨伪思想及特点进行研究。李伏清的《论柳宗元的辨伪思想》对柳宗元在辨伪方面作出的卓越贡献从多方面进行了论述。毛天宇在《郑樵文献辨伪的原则与特点》中总结了郑樵辨伪工作的四个显著特点，即善于总结伪说的形成规律、注重运用历史主义方法、注重"明文字"与"明六经"、坚守求真尚实的科学态度。此类著作还有吴建伟的《浅谈刘知几对经史的辨伪方法》、许彰明的《胡应麟的小说辨伪得失考论——兼论胡应麟辨伪方法的得失》等。

（三）古典文献的资料整理与边界拓展

文献的整理是古典文献学发展的基石，包括古籍的校勘、注释、今译，传统史料的辑佚、出土文献及域外汉籍的整理与研究等。传世文献的整理与研究、新文献的发现与研究以及电子文献和数据库的研发与应用，使得新时期以来文献的整理与研究呈现出与以往不同的鲜明时代特色。

　　1982 年召开的全国古籍整理规划会议，确定了包括杜甫、白居易等在内的多位古代诗人的文集整理及出版任务。继国务院恢复古籍整理小组工作后，国家教委于 1983 年成立全国高校古籍整理研究工作委员会，规划并资助了《全宋诗》《全宋文》《全元文》等一批重大项目及大量总集和别集的整理、研究与出版，传世文献的整理及研究工作得到了强有力的推动。这几乎包含了所有基础资料，如诗文别集、总集、史传、类书、政书、方志等。大型文献资料的编纂与完善、作家作品的校注与译释、研究资料的汇编等方面，成就最为突出。

　　此外，对已有总集与大型资料丛书的进一步完善，也投入了较大的精力。例如，《全唐诗》《全唐文》《全宋词》等基本文献，都在原有基础上，经过辑佚、辨伪、校注等工作，得到了进一步完善。2017 年，学术界出版了一系列大型古代文学文献整理和集成式的著作，如徐雁平主编的《清代家集丛刊续编》（国家图书馆出版社 2018 年版）、陈红彦、谢冬荣、萨仁高娃主编的《清代诗文集珍本丛刊》（国家图书馆出版社 2017 年版）、踪凡、郭英德主编的《历代赋学文献辑刊》（国家图书馆出版社 2017 年版）等。这些以原书影印形式呈现的大型文献丛刊，搜罗了大量相关文献，为学者从事相关研究提供了极大的便利。刘跃进的《文选旧注辑存》（凤凰出版社 2017 年版），为学界提供了一部汇集《文选》历代旧注以及中外传本的体大思深之著。陈广宏、侯荣川编校的《明人诗话要籍汇编》（复旦大学出版社 2017 年版）为明代诗学研究提供了可靠的基础文献。熊明辑校的《汉魏六朝杂传集》（中华书局 2017 年版）则是研究汉魏六朝传记文学的珍贵资料。

　　在大型文献丛书的出版过程中，高校、出版社等主体发挥组织作用，针对特定领域推出不同的丛书或文库，系统地整理了古代文学典籍。不同的出版社形成了不同的风格和价值取向，如中华书局的《新编诸子集成》《十三经清人注疏》《中国古典文学基本丛书》《古本小说丛刊》等，上海古籍出版社的《中国古典文学丛书》《四库类书丛刊》《四库文学总集选刊》《四库笔记小说丛书》等，人民文学出版社的《中国古典文学理论批评专著选辑》《中国古典文学读本丛书》等，江苏古籍出版社的《中国古文献研究丛书》，大象出版社的《全宋笔记》，等等。此外，各种具有地域和时代特色的丛书也被陆续推出，如浙江古籍出版社的《两浙作家文丛》《浙江文丛》，北京古籍出版社的《北京古籍丛书》，中州古籍出版社的《中州名家集》，等等。它们既是古典文献整理方面的代表性作品，又是进一步研究古典文学的基础。

除了对传世文献的汇编整理之外，还有对众多出土文献的整理和研究，包括帛书、竹简、铜器铭文等。2005 年进行调查时大约有 170 批，其中 19 批简帛文献中存有近 200 部可与传世文献对读的典籍。考古发现修正或补充了以往研究的不足，对文学研究具有极大的推进作用。1977 年安徽阜阳出土的汉简，基本证明了《诗序》非东汉卫宏所作。1993 年尹湾汉墓出土的竹简中的《神乌赋》为赋起源于民间提供了证据。此外，放马滩秦简的发现和考证，将志怪小说的起源时代向前推进了约五百年。上海博物馆藏战国楚竹书《孔子诗论》和系列研究，极大地丰富了人们对先秦诗论的认识。值得注意的是，除了学界关注的竹简、帛书等出土文献之外，学者们还将目光投向范围更广的出土文献，如甲骨文、铜器铭文、画像砖、石鼓文、碑志材料、壁画等。这些数目众多、种类丰富的出土文献，在考古、历史等角度的研究之外，正在成为文学研究者日益关注的研究对象。出土文献一方面补充了传世文献的不足和文学发展历史中的缺失链条，另一方面也有助于校补传世文献文本，加深对文学作品的全面理解。当然，出土文献整体上是对传世文献的一种补充而非改写。出土文献的大量出现，不但没有颠覆以往的研究，反而加强了一些固有的结论，促使人们逐渐"走出疑古时代"。例如，上博简《孔子诗论》的出现，有力地证明了孔子与《诗经》之间的密切关系，证明了孔子在《诗序》传承过程中的作用，证明了孔子在中国文化史上的重要地位。"清华简"有助于最大限度地了解先秦古籍和早期文化的历史面貌。

近年来，学界日益重视古典文献学研究边界的拓展。随着科技的快速发展，尤其是互联网的广泛使用，古典文献的载体形式也发生了一些变化。古籍的电子文献以其检索方便、存储量大以及古籍电子版本保存费用低等绝对优势，逐渐应用于学术研究中。各大高校图书馆纷纷成立了自己的古籍库检索系统甚至电子文献研究所。首都师范大学于 2003 年率先成立我国高校系统的第一个古籍电子化专业研究机构。对域外汉籍的研究也日益引起学界的重视。金程宇的《域外汉籍丛考》（中华书局

2007 年版)以东亚汉文文献为背景,对一批保存在日本、韩国的域外汉籍文献进行了细致的考察,涉及域外汉籍的文本研究、传播研究等多方面课题,其解决问题的思路和方法对中国古籍乃至东亚汉籍的整理与研究具有一定的启发意义。2017 年,南京大学域外汉籍研究所举办了第二届南京大学域外汉籍研究国际学术研讨会,提交的论文中很多涉及古代文学研究。配合此次会议,南京大学域外汉籍研究所在中华书局出版了"域外汉籍研究丛书"(第三辑)。这些著作不但展现了如何利用域外材料研究古代文学,更致力于将古代文学放入东亚汉文化圈的视域下来对中华文化的世界性进行观照。此外,由卞东波编纂的《寒山诗日本古注本丛刊》为唐代文学研究提供了不少新材料。其《域外汉籍与施顾〈注东坡先生诗〉之研究》《日韩所刊珍本〈陶渊明集〉丛考》等文则以域外资料丰富了国内现有关于苏东坡和陶渊明的相关研究。杨焄的《域外汉籍传播与中韩词学交流》也介绍了韩国所藏的稀见汉籍以及中韩两国在词学领域的交流互动。

第三章
走向历史纵深的现当代文学研究

新中国成立 70 年来，中国现当代文学学科经历了从无到有的发展历程，随着学科构建的完善，现当代文学发展已具有完备的系统，各个文学板块的梳理已呈现出清晰的面貌，研究也在不断拓展与深化。尤其是现代文学，没有哪一段文学史像现代文学一样被后人反复研究，产生了如此丰富的研究成果。据统计，2015 年 8 月到 2016 年 7 月这一年时间里，"公开发表的研究现当代文学的学术论文 1280 篇"，发表在各类报纸上的还未计入，除此之外，"公开出版的中国现当代文学研究专著 74 部"。① 从这些数字当中可以看出，现当代文学研究始终在不断推进，学科发展也在不断完善。总体来讲，现当代文学已有的研究成果主要集中在以下几个方面：文学史的研究，作家作品研究，文学思潮、文学现象研究以及史料的构建和研究。这些领域的研究不断深入，新的话题不断涌现，在不同时期不断引发着人们的持久关注与讨论，推动着整个现当代文学

---

① 丁帆、赵普光：《中国现代（百年）文学研究现状的统计与简析（2015.8—2016.7）》，载《中国现代文学研究丛刊》，2017(1)。

学科的发展。

一、文学史研究的热点与焦点

文学史研究一直以来都是学术界的难点和热点，关于文学史的时间划分问题、空间格局问题、文学史框架的建构、文学史如何命名的讨论，至今仍在继续。如何梳理和评价百年来中国新文学发生、发展的历史，不仅是学术界常常争论不休的热门话题，更是各大高校中国现代文学、当代文学教学中经常探讨的焦点问题。

(一)文学史"时间"的新探讨

就文学史的起止时间及阶段划分问题来讲，现代文学史的起点与终点问题、当代文学史的起点问题、现当代文学打通问题一直都是学界关注的重点。新中国成立初期，《新民主主义论》成为新文学史叙述的主要依据，新文学的性质得到了明确的规定，即无产阶级领导的人民大众的反帝反封建的文学，新文学的起点也随着新民主主义革命的发展被确立下来。王瑶的《中国新文学史稿》将新文学起点定位在 1919 年。1951 年教育部起草的《中国新文学史教学大纲》中第一次明文规定新文学的性质是"新民主主义的文学"，但在分期上却将 1917 年至 1921 年作为第一个阶段。蔡仪的《中国新文学史讲话》(新文艺出版社 1952 年版)和刘绶松的《中国新文学史初稿》(作家出版社 1956 年版)都把新文学的发生定在 1917 年。张毕来在《新文学史纲》(作家出版社 1956 年版)中，把 1919 年以前的文学革命也纳入"新民主主义革命文学的历史阶段"[①]。这一时期的代表性著作还有丁易的《中国现代文学史略》(作家出版社 1955 年版)等。这些现当代文学学科的奠基之作最大限度地集中了个人与集体的智慧，体现了当时的学术水平，同时也不可避免地带有了时代的局限。到了 20 世纪 80 年代，现代文学研究界逐渐形成了以文学革命发生的 1917 年为现代文学起点的主流意见。这一时期的几部有影响的文学史著作，如唐弢主编的《中国现代文学史》(人民文学出版社 1979 年版)、田仲济和孙昌熙主编的《中国现代文学史》(山东人民出版社 1979 年版)、

---

① 张毕来：《新文学史纲》(第一卷)，1 页，北京，作家出版社，1955。

林志浩主编的《中国现代文学史》（中国人民大学出版社 1979 年版）虽仍坚持现代文学的新民主主义性质，但在处理现代文学的起点时，则采用"五四时期"等较为模糊的描述。

改革开放以来，随着思想的解放，文学史写作也逐渐呈现出了崭新的面貌。1984 年前后，随着时代的发展，文学史的写作有了新的期待和要求，文学史研究也开始注重综合研究，即注重学科与学科之间、学科内部之间的内在联系，学术创新的焦点逐渐转向了整体性研究。20 世纪 80 年代中期，黄子平、陈平原和钱理群三位学者提出了"二十世纪中国文学"的命题。① 这一观点从理论上打通了中国现当代文学研究，文学史的整体性研究逐渐成为学术界的共识，文学史的思考和建构呈现出崭新的面貌。王瑶早在 1986 年已关注到文学史研究的时间问题，他在《中国现代文学史的起讫时间问题》中认为中国现代文学史仍然应当以五四为起点。

1988 年，由陈思和、王晓明主持的《上海文论》开辟了"重写文学史"专栏，提出要对文学史进行"重写"，他们认为，"重写"就是"把自己整个身心投入到学术对象中去，由自己的生命感受来体会文学和人生"②，由此关注到了文学研究的主体意识，重写文学史"不是要在现有的文学史著作行列里再多出几种新的文学史，也不是在现有的文学史基础上再加几个作家的专论，而是要改变这门学科原有的性质，使之从从属于整个革命史传统教育的状态下摆脱出来，成为一门独立的、审美的文学史学科"③。对重要作家、作品及文学现象、思潮的重新评估，充分体现出文学研究的当下性与个人性。在研究方法上，他们主张"一是以切实的材料补充或纠正前人的疏漏和错误，二是从新的理论视角提出对新文学历史的个人创见"，以此来"冲击那些似乎已成定论的文学史结论，并且在这个过程中激起人们重新思考昨天的兴趣和热情"。

陈思和提出的"现代文学整体观"这一概念进一步深化了黄子平等人"二十世纪中国文学"的命题，从理论上打通了中国现当代文学，将整体性研究作为一种较为普遍的研究思路确立起来，同时也为文学批评确立

---

① 黄子平、陈平原、钱理群：《论"二十世纪中国文学"》，载《文学评论》，1985(5)。

② 陈思和、王晓明：《关于"重写文学史"专栏的对话》，载《上海文论》，1989(6)。

③ 陈思和：《关于"重写文学史"》，载《文学评论家》，1989(2)。

了新的角度和参照。在整体观念的影响下，文学史的研究也呈现出更加丰富的视角，一批重要的文学史著作出现，如孔范今主编的《二十世纪中国文学史》(山东文艺出版社 1997 年版)、黄修己主编的《20 世纪中国文学史》(中山大学出版社 1998 年版)等。至此，现当代文学史的写作形成了比较稳定的格局。

20 世纪末，研究界也已经开始尝试对中国现当代文学学科进行教学与教材的改革。总体思路和做法是：百年打通，合二为一，五块分立，经典重评，文学本位。在这个总的思想的指导下，学者们在进行中国现当代文学课程改革的同时，在深入的学术研究和理论探讨的基础上，对中国新文学史编写的诸多问题展开了艰难的探索，现代文学史由"断代史"走向"通史"的理论构想也逐渐得到了实践。

21 世纪以来，对文学史研究热点话题的讨论仍在继续。王德威在《被压抑的现代性——晚清小说新论》(北京大学出版社 2005 年版)中提出了著名的"没有晚清，何来五四？"的观点。这一观点将中国现代文学的起点由五四提前到晚清，具有颠覆性意义。

2009 年，以陈国恩、范伯群、周晓明等人为主导的学术对话再次将现代文学史起点问题推到了公众的视野内。这次对话基本上形成了三种意见[1]：一是认为现代文学史的起点应追溯到晚清，至少中国现代通俗文学的起点在晚清；二是坚持传统的以五四为现代文学与古代文学的分界线；三是认为中国现代文学应是现代中国文学，是一种断代意义上的民国文学。

陈国恩认为，"依据历史阶段前后联系的特点和与传统容易取得调和的世俗现代性标准，把中国现代文学的起点从五四推至晚清甚至更早，带有太多的不确定性，最终会导致中国现代文学学科基础的瓦解"[2]。确定中国现代文学相对于整个古代文学的那种"划时代"革新发生于何时，相比较而言，还是五四最有资格。范伯群、汤哲声认为，对晚清小说现代性的阐释，除了强调都市现代性的层面外，也包含了对晚清小说启蒙主义特征的发现和辨认，这种启蒙主义论述带有明显的五四

---

① 参见陈国恩、范伯群、周晓明等：《百年后学科架构的多维思考——关于中国现代文学史起点问题的对话》，载《学术月刊》，2009(3)。

② 陈国恩：《中国现代文学的起点在哪里？》，载《中国现代文学研究丛刊》，2009(3)。

印记。① 严家炎主编的《二十世纪中国文学史》(高等教育出版社 2010 年版)在面对现代文学的起点问题时也持有这样的看法。这部著作涵盖了 19 世纪 80 年代至 20 世纪末的时段,虽然题为"二十世纪中国文学史",但"其实就是中国现代文学史",也就是说,中国现代文学的起点就在 19 世纪 80 年代"中日甲午战争之前的若干年"②。

王富仁肯定和强调了五四对于中国现代文学的奠基性意义,他坚定地认为五四应当作为现代文学起点,这不仅是对五四和新文化运动的激进性的肯定,对反观 80 年代以来现代化叙事也有重要的参考意义。王富仁认为将新文学起点前移,无异于降低了五四时期文化革命和文学革命的独立意义和独立价值。③

已有不少研究者对第一次文代会与新中国文学体制建构问题作了专题性阐释。这一影响也延伸到了文学史写作中,孟繁华与程光炜合著的《中国当代文学发展史》(北京大学出版社 2011 年版)、陈晓明的《中国当代文学主潮》(北京大学出版社 2013 年版)都是以毛泽东的《在延安文艺座谈会上的讲话》为起点的。

洪子诚在《中国当代文学史》中写道:"中国的'左翼文学'('革命文学'),经由 40 年代解放区文学的'改造',它的文学形态和相应的文学规范(文学发展的方向、路线,文学创作、出版、阅读的规则等),在 50 至 70 年代,凭借其影响力,也凭借政治的力量'体制化',成为唯一可以合法存在的形态和规范。"④在他的影响下,研究者开始注重梳理左翼文学的学术资源,描绘左翼文学在当代发展的轨迹。吴晓东在《左翼文学与当代文学的生成》中就认为,20 世纪 30 年代的左翼文学,40 年代的延安文学,50 年代至 70 年代的革命文学都具有"统一性的总体倾向和特征"。

在当代文学的界定上,不同学者的观点也有很大的差异。孟繁华认

---

① 参见范伯群:《论中国现代文学史起点的"向前移"问题》,载《江苏大学学报(社会科学版)》,2006(5);汤哲声《通俗文学入史与中国现代文学格局的思考》,载《中国现代文学研究丛刊》,2013(1)。

② 严家炎:《拓展和深化中国现代文学史研究的几个问题》,载《山东师范大学学报(人文社会科学版)》,2013(1)。

③ 参见王富仁:《当前中国现代文学研究中的若干问题》,载《中国现代文学研究丛刊》,1996(2)。

④ 洪子诚:《中国当代文学史》,4 页,北京,北京大学出版社,1999。

为，自五四以来的新文学一直可以写到 1985 年，此前的文学暂时都可以划入新文学的研究框架中，1985 年以后文学的当代性才日渐突出。所谓"文学的当代性"是指当下最活跃、处在动态结构中的，仍在发展变化的文学景观。[1]

(二)文学史"空间"的新格局

在文学史框架的构建中，一些边界的问题还有不太清楚的地方，如旧体诗词、通俗文学、海外华文文学是否应当入史，如何入史；21 世纪产生了一些光怪陆离的文学现象和前所未有的文学作品，文学性的定义和标准的转变应以怎样的方式入史；新国学的理论和时间有哪些。这些问题引发了广大学者的讨论，也是文学史框架之中新的组成部分和重要的内涵。

王瑶等一些学者认为，五四时期的作家大都能写出非常好的旧体诗。例如，鲁迅、郭沫若、郁达夫都可以称得上精通旧体诗的写作，因此他认为自幼形成的深厚的古文学养对新诗人的影响是很大的。然而，他的《中国新文学史稿》(开明书店 1951 年版)却没有把旧体诗词写入文学史。针对这一问题，20 世纪 90 年代学界曾有过讨论，有的学者主张整体观，以李怡的《十五年来中国现代诗歌研究之断想》和吴晓东的《建立多元化的文学史观》为代表的一系列论文都主张把 20 世纪中国文学作为一个整体概念，将旧体诗纳入现代新诗的研究范畴。一些学者对此则表示反对。

王泽龙在《关于现代旧体诗词的入史问题》从旧体诗词与现代性观念等方面展开探讨，反对旧体诗词入史。马大勇、刘梦芙等则持不同意见。

夏中义的《中国当代旧体诗如何"入史"——以陈寅恪、聂绀弩、王辛笛的作品为中心》从陈寅恪、聂绀弩、王辛笛三人的旧体诗词作品中发现一个共同的特质，即"诗性地安顿个体尊严于苦难"，这可作为旧体诗"入史"的标准。杨景龙指出，中国现当代旧体诗词进入文学史和诗歌史著作面临着四个方面问题，一是文学学科的设置调整和重新建构；二是大文学史观念的重新确立；三是中国当代旧体诗词作品经典化的过程

---

[1]　参见孟繁华：《当代文学：终结与起点》，载《文艺争鸣》，1993(3)。

与进入文学史的形态；四是经典作品的评鉴标准与尺度。① 焦亚葳在《论中国现当代旧体诗入史的三个标准》中更具体地探讨了选取旧体诗词作品进入文学史的标准：传播广、影响大、诗艺精。

关于通俗文学是否入史的问题，学者赞同者多。然而通俗文学究竟如何入史，学者们的看法又不相同。汤哲声在《中国现代通俗文学的"现代性"和入史问题》中认为，通俗文学有着其特有的"现代性"，这与中国现代文学具有相容性，无论从史观、史实哪个角度出发，都不应当被真正意义上的现代文学排除在外。范伯群在《分论易 整合难——现代通俗文学的整合入史研究》中认为，在具体的现代通俗文学研究中，一直存在着"分别论述易、整合入史难"的问题，因此有必要改变过去以"精英话语"为主导的现代文学史写作方式，解决现代通俗文学的入史难问题。

在海外华文文学能否入史的问题上，陈国恩在《海外华文文学不能进入中国现当代文学史》中认为海外华文文学入史尽管能够在表面上扩充中国现当代文学史的容量，但实际上却牵涉文学的民族身份认同和国别主体的确定问题，会为文学史研究带来新的难度和复杂性，一些难以界定的说法甚至可能引发政治和文化冲突。刘勇同样赞成将海外华文文学与现代文学史研究分开进行，认为海外华文文学自身的意义与价值，与中国现当代文学关系不大，甚至就其本质意义上说，它与中国现当代文学没有关系。②

王富仁在《"新国学"与中国现代文学研究》一文中结合中国现代文学学科的实际情况，阐释了当前流行的"国学"这个学术概念的局限性，认为"国学"的概念不应当仅仅局限于中国古代文化，而应当将 20 世纪中国文化的新发展、中国各少数民族文化的研究、海外华人华文文化的研究、中国当代文化及其发展趋势的研究都包括在"国学"研究的范围内，从而提出了"新国学"这一学术概念。在这一构想下，人们有可能看到：被 90 年代"反启蒙"与功利主义"国学"思潮所拆解的中国现代知识分子

---

① 参见杨景龙：《中国现当代旧体诗词进入文学史的几个问题》，载《河北学刊》，2015(5)。

② 参见刘勇：《关于中国现代文学史"重构"的几个问题》，载《北京师范大学学报（社会科学版）》，2010(6)。

或许会形成新的整合，学术研究可能呈现无比丰富、空前繁荣的局面。钱理群在《我看"新国学"——读王富仁〈"新国学"论纲〉的片断思考》中对这一构想表示赞同，认为"新国学"是一个理想主义的概念，同时又是一个含有内在现实批判性的概念。

文学史时间研究方面的重要成果还有於可训的《九十年代：对当代文学史的挑战——兼论当代文学史的时间、空间与观念诸问题》、葛红兵的《论文学史空间结构》、王富仁的《关于中国现代文学史编写问题的几点思考》、吴秀明的《论当代文学独特的时间顺序与空间结构——兼谈当代文学史的时空关系处理问题》、黄万华的《越界与整合：从 20 世纪中国文学史到 20 世纪汉语文学史——兼论百年海外华文文学的意义和价值》、李怡的《开拓中国"革命文学"研究的新空间——建构现代大文学史观》。

(三)文学史命名的新角度

概念的命名和确立往往是繁复、漫长的，经过了众多学者的深思熟虑和反复推敲，同时也反映出一定时期内人们对于某一种事物、理念、方法等的基本看法。可以说，如何对概念进行命名实际上反映的是研究者对这一问题的认识。某一问题多年没有统一的声音不仅是学术研究多元化的体现，同时也反映出这一问题本身的价值和意义至关重要，值得人们反复探讨。现当代文学研究的历程中，有许多概念问题的研究也一直处于进行时。以现代文学史研究为例，"新文学"与"现代文学"这两种命名方式在相当长的时间内占据主导地位。尽管这两个概念十分相近，不易区分，混用的情况较多，但从出版情况来看，还是能发现一定的规律的。

20 世纪 50 年代前后出版的中国现代文学史著作大多以"新文学"来命名，如王瑶的《中国新文学史稿》(开明书店 1951 年版)和李何林等的《中国新文学史研究》(新建设杂志社 1951 年版)。1957 年之后，这一状况有所改变，通行的现代文学史专著多以"现代文学"来命名，如孙中田等合著的《中国现代文学史》(吉林人民出版社 1957 年版)、复旦大学中文系现代文学组学生集体编著的《中国现代文学史》(上海文艺出版社 1959 年版)、林志浩主编的《中国现代文学史》(中国人民大学出版社 1979 年版)等。近年来，随着现代文学学科的发展，重写文学史的浪潮再一次进入人们的视野，学界对文学史的命名逐渐有了不同的声音，出版的图书的名称更为丰富，"20 世纪中国文学""现代中国文学""汉语新文学""共和国文学""大文学史观"等提法开始引起人们的关注。尤其是20 世纪上半叶的文学史研究，更是呈现百家争鸣的态势。不同的研究者对文学史的命名提出了不同的看法，如"中国现代文学""新文学""汉语新文学""五四新文学""百年中国文学""二十世纪中国文学""华语语系文学""现代中国文学""中国新文学 60 年"等。每一种命名方式的背后，反映的不光是研究者的逻辑思维方式，同时也能反映出学者学术研究的方法和眼光。不同的命名角度，很大程度上相当直观地反映出研究者对于文学史划分的时间意识。

汤溢泽在《以"民国文学史"替代"新文学"史考》一文中仔细梳理了诸多命名方式的诞生过程：第一种以胡适在《五十年来之中国文学》中提出的"1916 年以来的文学革命运动，方才是有意的主张白话文学"为起点，将新文学的发生划定在 1916 年到 1917 年之间。由于新文学并不是由于文学自身的发展所产生的，而是人为提倡的，因此，其诞生的时间并不是很确切。第二种认为新文学的起点是 1915 年，如陈子展的《中国近代文学之变迁》(中华书局 1929 年版)。第三种认为新文学的开端是 1916年，如伍启元的《中国新文化运动概观》(现代书局 1934 年版)。第四种认为新文学诞生于 1919 年至 1921 年之间，如周扬的《新文学运动史讲义提纲》就将新文学的诞生看成一个动态发展的过程而不是一个确定的时间点。第五种认为新文学以 1919 年作为开端，以王瑶的《中国新文学史稿》(开明书店 1951 年版)为代表。第六种是黄子平、陈平原、钱理群三人提出的"二十世纪中国文学"，主张打通近代、现代、当代文学的分界。第七种由陈思和在《中国新文学整体观》(上海文艺出版社 1987 年版)中提出，主张把 1917、1942、1978 年作为新文学的分段节点。第八种则是谢冕在 1989 年提出的"百年中国文学"的概念，这一概念将时间范围划定在 1895 年到 1995 年之间，主张打破文学史的人为分界，用整体的眼光来看待文学史的发展。第九种命名方式是朱德发和邢富钧在《中国新文学六十年》(春风文艺出版社 1996 年版)中提出的"中国新文学60 年"，时间范围从 1917 年到 1977 年之间，后朱德发、贾振勇又在《评判与建构：现代中国文学史学》(山东大学出版社 2002 年版)中提出

"现代中国文学"的提法。

还有不少学者独辟蹊径,为现代文学的研究带来了新的思路。朱寿桐主编的《汉语新文学通史》(广东人民出版社 2010 年版)又为我们提供了一种新的可能性,即从"汉语"出发,来书写中国新文学史,可谓在"新"与"现代"两者各自的优势之上的又一种新开拓。

文学史的命名,至今尚未形成定论,各种命名方式无不反映出研究者独特的研究思路和研究意识。文学史命名的规范化、合理化,仍然任重道远。

二、作家作品研究的经典化与世界化

随着现当代文学学科的不断建设和研究的不断推进,东西方学术不断交流、碰撞,作为西方话语体系的现代性大大拓展了中国文学研究的视野。中西方的相互借鉴和经济全球化浪潮使得文学创作和文学研究的态势都较之前有很大改变,文学研究越来越注重经典化和世界化。

(一)现代作家研究的经典化与历史化

中国现当代文学研究至今已走过 70 年的历程,也面临着经典化与历史化的时代要求。现当代文学学科发展至今,涌现出相当数量的经典作家和作品,不同的时代人们对于经典作品的理解和定位也都不尽相同,如何让现当代文学中的经典作家与作品在当代发挥其时代价值,越来越成为现当代文学研究需要把握的问题。

毋庸置疑,在中国文学漫长的发展史中,现代文学三十年的跨度是非常短暂的,然而,这短短三十年却又是不可忽略的,它对于中国文学的现代化转型至关重要。现代文学史上涌现出以鲁迅为代表的一大批优秀作家,学界的研究也越来越呈现出经典化、历史化的趋向。

众所周知,鲁迅研究是整个中国现代文学研究的学术难点与热点,也是现有的现代文学研究中成果最丰富、研究体系最完备、研究最有深度的部分,鲁迅研究的发展直接影响着中国现代学术史研究、思想史研究、文化史研究、哲学史研究以及社会经济研究。70 年以来,鲁迅研究领域里重要成果不断涌现,研究内容也越来越深入。20 世纪 50 年代,以陈涌的论文《论鲁迅小说的现实主义——〈呐喊〉与〈彷徨〉研究之一》为代表的综合性研究取得了较大进展．这篇论文以《呐喊》《彷徨》为例，分析了鲁迅小说的现实主义表现，称鲁迅为"近代中国第一个最深刻最彻底的革命民主主义和现实主义的作家"，解释了鲁迅与同时期国内作家、19 世纪俄国批判现实主义作家以及革命民主主义作家的对比，突出了鲁迅的独特性。这篇论文在相当长的时期内奠定了鲁迅研究的理论基础，引导了学术研究走向，在当时影响巨大，至今仍有启发意义。同一时期的研究成果还有不少，尤其是以《狂人日记》和《阿 Q 正传》等小说为代表的作品研究不断涌现，如许杰的《阿 Q 新论》、冯雪峰的《"狂人日记"》、林志浩的《"狂人日记"——"五四"新文学运动的"宣言书"》等均从不同角度对鲁迅作品主人公的思想性格和艺术价值进行了分析，再次论证了鲁迅笔下人物的典型意义。

新时期以来，随着思想解放运动的不断深入与拓展，以鲁迅及其作品为代表的作家作品研究进入了全面繁荣的黄金时期，作家研究越来越倾向于经典化，文学研究的学术增长点不断增多。首先表现为出现了大批作家作品研究的理论专著。其中，王富仁的《中国反封建思想革命的一面镜子——〈呐喊〉〈彷徨〉综论》（北京师范大学出版社 1986 年版）是20 世纪 80 年代鲁迅研究领域重要的著作，对鲁迅小说的思想价值作了重新评估。作者认为，《呐喊》《彷徨》的根本价值在于它们是中国反封建思想革命的镜子，这就将鲁迅作品的价值从以往学界普遍认可的反封建政治革命的镜子向前推进了一大步，开拓了鲁迅作品思想及艺术研究的新局面，影响深远。

除此之外，陈漱渝的《鲁迅史实新探》（湖南人民出版社 1980 年版），朱金顺辑录的《鲁迅演讲资料钩沉》（湖南人民出版社 1980 年版），林非的《鲁迅小说论稿》（天津人民出版社 1979 年版），吴中杰、高云的《论鲁迅的小说创作》（上海文艺出版社 1978 年版），李希凡的《〈呐喊〉〈彷徨〉的思想与艺术》（上海文艺出版社 1981 年版），许怀中的《鲁迅与中国古典小说》（陕西人民出版社 1982 年版），陈涌的《鲁迅论》（人民文学出版社 1984 年版），唐弢的《鲁迅的美学思想》（人民文学出版社 1984 年版），杨义的《鲁迅小说综论》（陕西人民出版社 1984 年版），王瑶的《鲁迅作品论集》（人民文学出版社 1984 年版），林贤治的《人间鲁迅》（花城出版社1986 年版），汪晖的《反抗绝望——鲁迅的精神结构与〈呐喊〉〈彷徨〉研究》(上海人民出版社 1991 年版)，吴俊的《鲁迅个性心理研究》(华东师范大学出版社 1992 年版)，王晓明的《无法直面的人生——鲁迅传》(上海文艺出版社 1993 年版)，张福贵的《"活着"的鲁迅：鲁迅文化选择的当代意义》(社会科学文献出版社 2010 年版)等均是较有代表性的成果。

除专著外，还有不少重要的论文。在张爱玲研究方面，刘川鄂的《多姿的结构　繁复的语象——张爱玲前期小说艺术片论》从语言、结构的角度，对张爱玲前期小说的艺术特色进行了分析，认为其小说是中国古代小说的叙事手法与西方现代派文学技巧的良好结合体，乱世男女的爱恨情仇在中西合璧的十里洋场尽情展开，心理、思想与变态人格得到了展现，大大丰富了中国现代文学的题材领域和艺术技巧；李继凯的《论张爱玲小说中的女性异化》和陈兴的《三仙姑与曹七巧人物形象辨析》则从女性形象的角度解读张爱玲的匠心独运；钱振纲的《婚恋现象的现代审视——论张爱玲小说的思想价值》从婚恋角度分析张爱玲小说的思想价值，认为张爱玲的小说大胆、深入而广泛地审视和评判现代中国的婚恋问题，有利于推动婚姻现状的变革。在郭沫若研究方面，自唐弢的《诗人，卓越的无产阶级文化战士》发表以来，郭沫若研究逐渐迈向了新的历史阶段，随后出现了一系列研究成果，如蓝棣之的《论郭沫若新诗创作方法与艺术个性》、王富仁的《他开辟了一个新的审美境界——论郭沫若的诗歌创作》、李怡的《中国诗文化的自由形态与自觉形态——郭沫若诗歌的传统文化阐释》、孙玉石的《郭沫若浪漫主义新诗本体观探论》等。以曹禺及其作品为代表的话剧及剧作家研究也取得了很大突破，除了心理分析等新理论方法的运用外，研究逐渐由作品的单向研究转变为对曹禺剧作文化底蕴的探索和思想内涵的重新审视以及比较视野中的曹禺研究，涌现出一些优秀的成果，如宋剑华的《试论〈雷雨〉的基督教色彩》、胡润森的《曹禺在中国和世界悲剧史上的地位》、李光荣的《曹禺：出走情结与戏剧创作》、邹红的《"家"的梦魇——曹禺戏剧创作心理分析》等。

这批成果分析到位、论证扎实、敢于创新，从作品思想价值的重新阐释、作家意义的重新审视、研究方法上引入了心理学、文化研究等方法，研究视野日益开阔，形成了经典作品"重读"的浪潮。作家作品研究的经典化还体现为作家文集的全面整理与完善、作家传记的修订，如乐黛云的《国外鲁迅研究论集(1960—1980)》(北京大学出版社 1981 年版)、薛绥之主编的《鲁迅生平史料汇编(第二辑)》(天津人民出版社 1982 年版)、北京图书馆和中国社科院文学所合编的《鲁迅研究资料索引(上)》(人民文学出版社 1980 年版)、李宗英和张梦阳主编的《六十年来鲁迅研究论文选》(中国社会科学出版社 1982 年版)、北京十月文艺出版社主编的"中国现代作家传记丛书"。

此外，作家的地位与价值得到了重新定位，对林语堂、沈从文、张爱玲、钱锺书、周作人等作家的研究也重新焕发了生机。这与夏志清的《中国现代小说史》在 20 世纪 80 年代的出版大有关系。至此，一批作家开始"浮出历史地表"。钱锺书、沈从文等人，也因为夏志清的推崇而进入学界的研究视野。其中，凌宇的《沈从文小说的倾向性和艺术特色》是新中国成立 30 年来第一篇研究沈从文创作的文章，揭开了沈从文研究的序幕，在很大程度上突破了以往沈从文研究的政治批判模式，意义深远。凌宇长期致力于沈从文研究，后续又出版了一系列专著，如《从边城走向世界》(生活·读书·新知三联书店 1985 年版)、《沈从文传》(北京十月文艺出版社 1988 年版)等，均对沈从文研究以及中国现当代文学的认识领域产生了重要的影响。在张爱玲研究方面，20 世纪 80 年代以来，研究成果日益丰富，重新评价张爱玲及其创作逐渐成为学界关注的热点。其中，赵园的《开向沪、港、"洋场社会"的窗口——读张爱玲的小说集〈传奇〉》是 80 年代张爱玲研究中影响最广泛的一篇，文章详细分析了张爱玲小说集《传奇》的艺术特色、题材选取以及思想内涵，认为张爱玲笔下光怪陆离的小世界，是反映近代中国社会、历史的重要窗口，论证有力，逻辑严密，在学界影响很大。张均的《张爱玲论》则从作家论的角度，用叙事学理论具体阐述其人其作。对周作人的研究同样在 20 世纪 80 年代有所升温，学术界渐渐摆脱了"因人废文"的状态，对周作人的作品给予了客观的评价，主流文学史中也渐渐有了周作人的影子，由北京大学等院校联合编写的《中国现代文学史》(江苏人民出版社 1979 年版)以及唐弢主编的《中国现代文学史》(人民文学出版社 1979 年版)中都将周作人的散文写入其中，并且对其文章的思想、艺术价值给出了应有的肯定。

上述成果表明，作家作品研究已经逐步突破了以往的研究模式，更为注重经典的重新定位以及研究的历史性，向更高水平迈进。学术眼光更加开阔，研究更加成熟并走向纵深。

进入 21 世纪，现当代作家作品研究仍然持续升温，出现了不少优秀的成果。例如，刘勇、李春雨编选的《曹禺评说七十年》（文化艺术出版社 2007 年版）、张洁宇的《独醒者与他的灯——鲁迅〈野草〉细读与研究》（北京大学出版社 2013 年版）等都是较有特色的著作。

这一时期也不乏一些反映研究者个性色彩的论文，如李怡的《中国现代新诗的进程》、金宏达的《论〈十八春〉》、邵迎建的《重读张爱玲〈金锁记〉》、黄子平的《革命·性·长篇小说——以茅盾的创作为例》、李存光的《20 世纪中国巴金研究掠影》、旷新年的《赵树理的文学史意义》、董之林的《关于"十七年"文学研究的历史反思——以赵树理小说为例》、陈思和的《巴金研究的几个问题》、石兴泽的《老舍研究的历史回顾与思考》，等等。上述论文从不同角度推进了经典作家的研究，这一时期经典作家作品的研究呈现出拓荒与深耕齐举的良好态势。

（二）当代作家研究的本土性与世界性

当代文学作家不仅在写作实践中融入中国传统的固有的文学因素，也积极汲取世界性的文学资源，最终形成自身独有的文化特质。作家本身需要对优秀文化资源有意识的汲取和筛选，也就意味着研究者在反思的过程中，同样需要注重研究的本土性与世界性，发出自己独特的声音。下文选取几位代表性作家——王蒙、莫言、贾平凹、余华、苏童的研究进行具体的解读与诠释。

1．"东方意识流"的先行者——王蒙

在已有的研究成果中，对于王蒙的研究包括文体研究、语言研究、主题研究和表现方法研究等，其中表现方法又以意识流手法为单独一类凸显出来。年代研究现有的研究成果分为 20 世纪 80 年代的王蒙研究、20 世纪 90 年代的王蒙研究和 21 世纪的王蒙研究。正如 1980 年载于《人民文学》第五期的《春之声》所描写的场景——主人公岳之峰从国外归来，坐在闷罐子车厢中追忆国外生活、展望祖国未来时那样，王蒙的小说在当代文坛上一方面拥有中国社会常见的本土特色，另一方面又与西方的意识流手法有着紧密的联系。

王蒙作品的世界性，在于其小说结构和表现手法上的与众不同。郑波光的《王蒙艺术追求初探》等文章敏锐地意识到王蒙小说的异质性，指出王蒙的"意识流"剔除了西方意识流阴暗、消极和过于依赖直觉的方面，呈现出中国传统文学的心理描写的那种积极的状态。王振铎的《合乎规律的探索——王蒙小说〈海的梦〉及其它》认为王蒙继承了鲁迅为代表的我国现代文学的传统，同时借鉴了西方意识流的表现手法，通过人物的联想将现实世界与想象的未来世界以及主观经验串联起来。但是王蒙的作品并不是单纯地写意识流。因此，他的艺术表现方式是既刻画现实，又倾泻意识；既描绘生活，又抒发激情，是多样的、综合性的表现方法。陈孝英、李晶的《"经""纬"交错的小说新结构——试论王蒙对小说结构的探索》一文分析了王蒙作品的结构，用作家自己的话来概括就是"以人物和故事为经，以心理描写——包括意识流为纬"①，既有现实主义作品惯用的情节结构，又能看到西方现代派作品常见的心理结构的影子，这样相结合而构成的一种新的结构就是王蒙小说的特色。

王蒙作品的现实性则在于其立足于中国本土，阐述的是中国的主题，李新民的《"现代化""寓言"的空洞想象——重读王蒙〈春之声〉》和程光炜的《革命文学的"激活"——王蒙创作"自述"与小说〈布礼〉之间的复杂缠绕》等文章认为，王蒙创作中呈现出强烈的自述色彩，更倾向于表现社会革命性和个人之间的纠葛。

朱寿桐在《王蒙文学存在的文学史意义》中指出，王蒙在世界汉语写作圈子里影响巨大，关键在于其独特的世界性眼光和写作手法，在于他能够将中国本土化的热潮同意识流手法相结合，并且在特殊的时期将时代与个人之间、集体与个体之间的龃龉发挥得淋漓尽致，尽显汉语新文学的魅力。

2. 幻觉现实主义的圣手——莫言

在莫言获得诺贝尔文学奖之后，莫言研究掀起了高潮。毫无疑问的是，莫言的写作有着不可磨灭的本土性的同时，也成为世界文化中浓墨重彩的一笔。从某种程度上说，民族的就是世界的，但世界的是否一定是民族的呢？如何在世界文化背景下保持民族的独立性，是近年来学术研究中较为关注的问题。

---

① 陈孝英、李晶：《"经""纬"交错的小说新结构——试论王蒙对小说结构的探索》，载《当代作家评论》，1984(1)。

莫言的本土性就在于其独特的民间性，一部《透明的红萝卜》开创了先锋文学，一部《红高粱》举起了民间写作的大旗。马艳艳、裴秀红在《莫言小说研究综述》中梳理了关于莫言借鉴与继承的研究和对莫言作品"民间"立场研究等，陈思和的《莫言近年小说创作的民间叙述》、王光东的《民间的现代之子——重读莫言的〈红高粱家族〉》、周志雄的《〈檀香刑〉的民间化意义》都从"民间"的角度对莫言作品内涵的丰富性进行了阐释。陈思和在《莫言与中国当代文学》中提出莫言的民间立场和民间写作与拉伯雷所代表的文艺复兴时期的民间狂欢传统有相似之处。就农民写作而言，莫言是自古以来最好的农民作家之一，他滔滔不绝地倾诉了几千年来农民遭受的苦难、委屈与痛苦。胡铁生论述了域外文化如魔幻现实主义、福克纳的约克那塔法世系的文化乌托邦等元素对于莫言创作的影响，同时也剖析了莫言自主创新之处，如对政治、社会、历史等话题的关注，对人道主义精神的重新阐释，在后现代主义氛围下的现实主义写作以及新时期战争小说的书写，并对莫言小说在域外的影响和传播进行了研究。

张灵《叙述的源泉——莫言小说与民间文化中的生命主体精神》（中央编译出版社 2010 年版）一书从"生命主体精神"和"民间文化"的双重视域来观照莫言小说创作，阐述莫言小说创作的民间性与主体精神的烛照，认为莫言、福克纳和马尔克斯共同的精神基础或渊源是无限深远的，它们应该指向所有伟大灵魂的无限深远之处，包括陀思妥耶夫斯基、巴赫金的灵魂，它们绝不仅仅是"孤独"。

朱宾忠的著作《跨越时空的对话——福克纳与莫言比较研究》（武汉大学出版社 2006 年版）、陈春生的论文《在灼热的高炉里锻造——略论莫言对福克纳和马尔克斯的借鉴吸收》都从国外文化接受的角度谈论了莫言与福克纳以及马尔克斯之间的关系与影响。

王德领在《莫言与幻觉现实主义》中认为诺贝尔文学奖评委用幻觉现实主义来指称莫言的小说是比较确切的。莫言受魔幻现实主义的影响，善于用动物意象和狂欢的方式来表现 20 世纪中国的历史与现实，他的小说以高密东北乡为背景，用天马行空的想象、独特的叙事方式，汪洋恣肆的语言艺术，创造了一个基于幻觉的现实和历史的世界，并对其进行了深刻而无情的嘲讽，讽刺言语的背后实质上寄寓着对现代文明的批判和对诗意栖居的向往。

总而言之，以上研究包括对莫言小说中语言的叙事艺术、巴赫金复调性的继承与发展、中国大地上东北高密的独特叙事、幻觉现实主义的手法以及性别社会的话语体系等方面的解读。可见，莫言民间化的写作立场在融合了本土的独特性的同时，并未将整个世界隔绝开来，他既有本民族独特的价值与视域，同时也因为人类社会的共通之处而成为整个人类的瑰宝。

3. 先锋与重构的尝试者——余华

对以余华为代表的先锋作家身上体现出的"先锋精神"和其作品所具有的"先锋性"，学界大体有两种不同的看法。第一种看法认为先锋是一个模糊的概念。持这种看法的研究者认为"'先锋'就是暂时找不到读者的那些孤独的叙述人"①，"先锋小说依恃的仅仅是语言和游戏观念"，"它的出世就同时会意味着它的消亡"②。形式上的先锋只是一种愚弄大众的手法和工具，一旦祛魅化，读者将不会为这种故作玄虚的智力把戏买单。第二种看法倾向于认为先锋作为一种精神，是一个持久的概念。如王达敏总结说："先锋是一种精神、一种姿态和一种自由状态，代表艺术上的前卫，思想上的超前，代表探索与创新。"③这种看法与余华的内在写作有着共通之处。他们都认为先锋不仅是那些让人看不懂的东西，真正的先锋在实质上是一种自由、创新、不入流俗的精神。

先锋派在 20 世纪 90 年代几乎都有一个转向的过程，而余华在 20 世纪 90 年代的转向又尤为显著，以《兄弟》《第七天》等作品的转向为代表，余华作品的先锋性依然存在，而这种先锋性之中更多了些社会性和实时性的内容。徐仲佳在《性：先锋与通俗的纽结点——论余华的转向兼及〈兄弟〉》中从"性"的角度来谈余华转向过程中先锋与通俗的纽结现象。李仲凡、孙小娟的《从余华〈第七天〉看小说对社会新闻的借用》关注到了余华小说对新闻的重构和改编现象。

在海外作家对余华的影响和比较研究领域，法国新小说派、卡夫卡

---

① 郜元宝：《余华创作中的苦难意识》，载《文学评论》，1994(3)。

② 陈思和、李振声等：《余华：中国小说的先锋性究竟能走多远？——关于世纪末小说多种可能性对话之一》，载《作家》，1994(4)。

③ 王达敏：《余华论》，185 页，上海，上海人民出版社，2006。

和川端康成往往成了研究者们比较的对象，俞利军的《余华与川端康成比较研究》从童年、时代环境、人物形象塑造方面将两者进行对比，探讨两者的异同。姚岚在《余华对外国文学的创造性吸收》一文中分析了余华前期作品与法国新小说派以及卡夫卡小说之间的联系，认为余华的后期创作与海德格尔哲学之间存在着一定的契合与呼应。然而余华并未只吸收外国文化，在对于小说的创作与理解力上，他既有本土性的理解，融合了中国独特的社会现象与心理描写，又将世界性的眼光和思潮也融入写作中来。方爱武的《生存与死亡的寓言诉指——余华与卡夫卡比较研究》则探讨了余华与卡夫卡精神内涵的异同。近年来，这方面的研究热度仍然在上升。

4. 新历史主义南方叙事的先行者——苏童

苏童的本土性是极为显著的，他的一系列作品都表现了独具南方地域色彩、充满诗意的意象世界。葛红兵的《苏童的意象主义写作》认为苏童对中国当代文学史的一大贡献是独创了一种小说语式。一方面，他建立了富有南国风情的意象体系，突破了传统语式；另一方面，苏童的意象主义写作传承了"诗画合一"的传统，将意象式的画面性与诗性言辞相结合，打破了以北方方言为标准的文学传统。汪政指出，苏童的作品有种江南水乡般的古雅情境，与此境界相得益彰的是苏童那"南宋长调一样典雅、绮丽、流转、意象纷呈的语言"①。

不少研究者指出苏童的小说还具有新历史主义的特点。洪治纲在《新历史小说论》中将苏童的《妻妾成群》《红粉》纳入研究视野。张清华的《境外谈文——中国当代文学中的历史叙事》（花山文艺出版社 2004 年版）认为苏童是新历史小说的代表作家，不仅在写作中表现出浓厚的"历史叙事"的兴趣，而且其作品内容也表现出浓重的新历史主义意识。刘洪霞在《文学史对苏童的不同命名》中梳理当代文学史对苏童的不同命名时认为，在新历史小说的潮流中，苏童的特征是十分显著的。

关于苏童转型的原因，研究者大多从外来影响的角度论述，有的认为苏童的写作从模仿以卡夫卡为代表的现代派，转向以美国犹太作家艾萨克·巴什维斯·辛格为代表的创作派，例如，王毅、傅晓微的《从卡

---

① 汪政：《苏童：一个人与几组词》，载《海南师范学院学报（社会科学版）》，2006（3）。

夫卡到辛格：中国先锋派的转向——以马原、苏童、余华为中心》，文章指出苏童在现代派的创作之后，除却形式上的现代派技巧的单调性，向辛格靠齐也意味着一种思想内容上的深度思考和向内转的趋势。面对转型后的变化，不少读者认为是写作的退步，然而叶砺华充分肯定了苏童的创作转型，"表面上，苏童的创作转型是一种文学形式的退却，但是实质上，后期苏童较之前期却赢得了整个文学价值观念的真正成熟"①。

关于苏童作品的本土性与世界性的研究不仅体现在长篇和中篇小说方面，短篇小说的研究也颇有建树。张学昕的《"唯美"的叙述——苏童短篇小说论》《苏童与中国当代短篇小说的发展》、汪政和晓华的《苏童的意义——以中国现代小说为背景》标志着苏童短篇小说研究具有了新高度。

5. 古典与现代的双重演奏者——贾平凹

在中国文学史上，贾平凹的商州系列文学已经成为中国当代文学版图中举足轻重的一部分。贾平凹的商州书写不仅使中国当代乡土社会的变迁清晰地呈现在读者面前，同时其独具韵味的古典文化也成为贾平凹特有的文化标志。李遇春的《"说话"与贾平凹的长篇小说文体美学——从〈废都〉到〈带灯〉》从文体考察的角度对贾平凹的长篇小说进行系统的考察，是近年来国内贾平凹研究中的一篇重要论文。

贾平凹的创作中有着古今中外文学影响的因素。栾梅健的《与天为徒——论贾平凹的文学观》较为全面地论述了贾平凹文学观的形成原因。文章从贾平凹论沈从文的文学观出发，总结"与天为徒"是两者之间共同的文学创作观。这一点与日本作家川端康成相似，川端康成也将天、地、人的和谐统一作为创作理念。从《满月儿》到《废都》、从《高老庄》到《古炉》，均体现了贾平凹将自然环境与人的和谐统一相互协调作为创作的重要指南。

在传统文化方面，雷达的《心灵的挣扎——〈废都〉辨析》和陈晓明的《废墟上的狂欢节——评〈废都〉及其他》都提到了《金瓶梅》《红楼梦》等世情小说对《废都》创作的影响。不仅如此，李振声的《商州：贾平凹的小

---

① 叶砺华：《走出迷津》，127 页，北京，中国工人出版社，2001。

说世界》等提出"商州系列"小说带有明清笔记体小说的意味。贾平凹的小说既有传统正统文学的影响，也有民间的小说、评弹等元素的融入。张器友的《贾平凹小说中的巫鬼文化现象》认为，贾平凹小说中不少地方还涉及民间巫觋文化和民间神秘文化。

贾平凹的小说既受中国传统文化的熏陶，也受到外国文化的影响。黄嗣的《贾平凹与川端康成创作心态的相关比较》从创作心态的角度比较了贾平凹与川端康成之间的相似性。沈琳的《试析加西亚·马尔克斯对贾平凹创作的影响》着重分析了《百年孤独》与贾平凹小说之间的相似性，认为贾平凹与马尔克斯作品中具有相同的孤独感，相似的农村场景和面貌的书写等。

贾平凹的作品也以其别具特色的文化影响力传播到了欧美和日本等地。韦建国、户思社的《西方读者视角中的贾平凹》从《浮躁》谈起，重点讨论了《浮躁》《废都》等作品在法国的影响及评价。姜智芹的《欧洲人视野中的贾平凹》从三个方面探讨了贾平凹作品在英语、法语世界的传播：一是国外的译介与影响；二是国外的研究；三是传播与接受的原因。

在中国当代文学 70 年的发展历程中，王蒙、余华、莫言、苏童、贾平凹等人已经成为中国当代文坛中的文化标识。当代作家洞穿社会现世，体悟世道人心，将自己对于文学人生的理解灌注于作品之中，同时他们积极汲取来自世界的养分，将世界文化精神命脉中可取的元素作为自己前进的一部分，化而用之。最终，他们成功实现了本土化与世界化的合一，使自己的作品成为文学史上独一无二的存在。

(三)现当代作家作品的精神联系研究

在现当代作家之间，共同的精神境遇与思想的对话成为作家们跨时代沟通的桥梁，使他们在创作和叙事的过程之中形成了一种精神和文本上的互文性。一方面，现代文学中的优秀作家如鲁迅等人的精神烛照一直延续到了当代；另一方面，当代文学的优秀作品也在传承着优秀的文化，为文化的反思重构拓展道路。

1. 国民性的批判

金红在《论高晓声与鲁迅"国民性"思想的内在联系》中以"国民性"为纽带，探讨了鲁迅与高晓声在创作思想上的内在联系，金文认为鲁迅改造国民性思想分为两个层次，第一个层次是揭露和批判国民性的弊端，以发挥启蒙主义的作用；第二个层次是肯定和发扬国民性的优点，建立新的民族精神。在这两个层次上高晓声虽不及鲁迅深切，但都有所继承，高晓声将视点置于新时期的农民群体，展示农民身上的国民痼疾以及他们潜在的优点。王古鹏、赵月霞在《鲁迅、高晓声对农民心路探寻的比较》中也将鲁迅和高晓声的农民题材小说进行类比，认为他们都深切地关注农民的命运，揭示发生在农村这片土地上农民切身痛苦与悲哀，展现不同时期农民生存发展的状况。

2. 人性的恶之花

在对国民性的批判之余，人性恶的角度成为当代作家乐于阐发的一面。他们以一种"零度写作"的方式客观地阐释这种恶的人性观念，而自己对此不干涉、不评价，旨在给读者塑造一种如鲠在喉不可言说的存在之恶。王彬彬在《残雪、余华："真的恶声？"——残雪、余华与鲁迅的一种比较》中多有论及，他认为鲁迅的许多小说，其意旨与残雪、余华小说都有很相近之处，如《狂人日记》和《山上的小屋》《四月三日事件》可以形成比较的阅读关系。残雪和余华描写恶的冷静与从容，是因为已经接受了人性本恶的事实，将人性的恶放在现代社会物欲横流的世界，使之发挥到极致。而鲁迅在描写人性之恶时，虽感无力回天，但仍然在黑暗中继续前行，这便是鲁迅的伟大之处。对此观点，耿传明也有所阐发，他在《试论余华小说中的后人道主义倾向及其对鲁迅启蒙话语的解构》一文中从各自的时代背景出发，对余、鲁二人进行了比较。他认为余华以一种"人之死"的后人道主义观念对鲁迅为代表的以"立人"为目的的启蒙话语予以反思和颠覆，用一种后现代主义的"人的观念"质疑了现代式的"启蒙虚妄"和"理性神话"。当然，耿文最后还是对这种后现代式的虚无主义给予了批判，认为后人道主义颠覆了关于人的"假设"，但并不能给人指出"人的出路究竟何在"，"而鲁迅正因为其始终如一地对人的前途和命运的关切，才具有了其永久的不可被取代的人学意义"。张闳的《血的精神分析——从〈药〉到〈许三观卖血记〉》视角比较特别，以"血的精神分析"为线索，从鲁迅《药》中作为"祭品的血"到《现实一种》中作为"物品的血"再到《许三观卖血记》中作为"商品的血"，反映了鲁迅和余华两代中国知识分子对生命的认识的变化。

3. 知识分子的文化批判

当代的一些作家如王小波和王朔等，以自己不合俗流的精神独立性引起当代文坛的关注，在他们玩世不恭的文学观照背后，知识分子所独有的文化批判和独立意识也成了学者研究现当代作家精神联系的焦点。

丁琪在《鲁迅的文化批判及为当代提供的文化参照意义——鲁迅与王小波及王朔》中论及王朔和王小波，认为那种大胆挑战权威意识形态的批判性行为以及彻底的革命精神与鲁迅精神有着高度的相似性。谈到王小波，张川平的《论王小波对"反智倾向"的文学表现与文化批判》以文化批判意识为线索，认为王小波文学创作的重要主题之一便是对中国传统文化中根深蒂固的"反智倾向"的批判，很有见地。还有的研究者将王小波与鲁迅等进行对比，认为两者存在一定的精神联系，并且都是对中国文化走势产生了巨大影响却有一些争议的作家兼思想家。

4. 启蒙立场与平民立场

如果说鲁迅是现代文学的一座精神高峰，那么莫言可以算是当代文学的里程碑，在研究鲁迅与莫言的精神联系时，学者们认为二人既有相互承接的部分，也有不尽相同的地方，其中所站立场的不同是两人最大的区别。鲁迅与莫言的比较，曾一度引起了研究者的兴趣。张磊在《百年苦旅："吃人"意象的精神对应——鲁迅〈狂人日记〉和莫言〈酒国〉之比较》中将《酒国》和《狂人日记》相对比时，发现两者的文化背景、意义指涉等方面惊人地相似：在文本设置上都有一种恶的意向性；在文本的建构上存在一种"吃"（看）与"被吃"（被看）的生存的悖论模式；在文本的颠覆策略上都体现了一种反讽的演练；在文本的超越意义上，对现代性的思考，追求民族、国家和社会现代化是它们超文本之外的共同价值趋向。

葛红兵在《文字对声音、言语的遗忘和压抑——从鲁迅、莫言对语言的态度说开去》中用德里达的后结构主义理论讨论了鲁迅和莫言小说中的言语和发声问题，认为鲁迅选取的是一种精英知识启蒙视角的发声方式，而莫言则是一种平面化的、大众的、狂欢式的发声方式。他的《檀香刑》可看成是对《阿 Q 正传》的戏拟，但采用的是一种反对启蒙的民族话语的民间性质的发声方式，代表的是老百姓的立场，是一种前启蒙的方式。

5. 启蒙文学思潮

当代文学中的启蒙主题依旧方兴未艾，知识分子身份在当代发生了不同情况的演化，如鲁迅《孤独者》中的魏连殳觉醒了无处可走是知识分子既有的通病，而知识分子的价值评判与自我定义之间总是隔着一层说不明也道不破的薄膜。江红英在《梦中化城的永恒魅力——鲁迅、汪曾祺童年视角小说创作的"梦"境探讨》中探讨了鲁迅和汪曾祺对"梦"境的不同书写方式。王吉鹏、赵欣的《新时期女作家写作与鲁迅文学精神》将当代极有影响的三位女作家与鲁迅作了一番比较，认为张辛欣延续了鲁迅五四文学中对知识女性命运探讨的传统，而迟子建对故土的眷恋、对童年故乡记忆的款款深情与鲁迅有着深刻的契合，另外，残雪小说中的诡谲的心灵意象以及绝望阴暗的"鬼气"，在某种程度上也可视为鲁迅传统的再现。

在启蒙文学思潮研究及现当代作家的精神联系方面，张光芒的《论中国现代启蒙文学思潮的深层文化逻辑》《人性解放"三部曲"——论新时期启蒙文学思潮》、吕约的《启蒙文学思潮与现代"知识分子"》等都很有建树。

6. 孤独者的精神独语

鲁迅的散文乃至杂文在当代亦不乏追随者，其中一脉相承的是书写着独立的人的气质和孤傲的精神反思，在人生路途上的孤独独语，既是一种特立独行的创作历程，也是精神上的理智与冷静。马丽蓉在《"冥冥中信任的只有鲁迅"——〈野草〉与张承志的散文创作》中敏锐地发现了张承志与鲁迅《野草》产生的精神共鸣，认为"两人对散文文体的认同，既是鲁迅对张承志散文创作基质的深层召唤，也是张承志对鲁迅大散文遗产的文体彻悟，更是彼此心灵的默契和精神的共鸣"。赵小琪在《孤独的精神探索者——鲁迅与张承志论》中也谈到了张、鲁二人的这种精神联系，但赵文更多侧重的是他们在追问"意义"时的精神形态乃至文化心态的相似性及其现实意义。对《野草》所开辟的这种"独语体"散文，研究者表现出了持续而浓厚的兴趣。王景科、崔凯琛在《论鲁迅、史铁生独语中生命哲学之异同》中从鲁迅的《野草》出发，深入探讨了它与史铁生"独语体"散文的内在联系，认为史铁生散文独语中有关生死的焦灼、痛苦的情感基调和受难的品质，在思想的深邃性上接近了《野草》。

三、文学思潮研究的交叉与影响

中国现当代文学研究的突破与进步，与现当代文学思潮研究的发展息息相关。进入新时期以来，现当代文学思潮和流派一直是文学史研究当中的热点与难点。新中国成立以来，"文学思潮"的概念已然构成了中国现当代文学批评的一种基本称呼。人们更愿意用诸如"朦胧诗派""伤痕文学""反思文学""寻根文学""新写实主义""零度小说"等更中国化、更具有中国时代特色的词汇来命名文学思潮，而不再借用西方近代文学思潮的名字，"古典主义""浪漫主义""现实主义"等思潮概念逐渐演变为纯理论性的概念，在方法论的意义上被穿插使用于其间。20 世纪中国文学思潮自五四新文学发轫以来，对打破封建旧思想、旧文学的枷锁，促进思想与艺术的解放，促进文学的现代化，起了重大作用。

(一)传承与流变：现代文学思潮与当代文化研究

中国当代文学思潮与现代文学思潮一脉相承，中国现当代文学思潮的研究始终相互借鉴、互相影响，现当代文学思潮研究与作家作品研究也一直是相互关联、相互推进的。中国现代文学的发展，既是对外来文学"拿来"的过程，也是使传统文学吸收现代营养逐渐经典化、历史化、现代化的过程。现代文学诞生时期，为了突破国粹主义的思想统治地位，实现文学与文化的彻底革新，曾在一定时期内主张毫不犹豫地"拿来"，全面吸收西方的文艺思潮、文学流派，学习各个流派的文学创作形式及写作手法。与此同时，以胡适为代表的学人积极进行整理国故，主张对中国传统文学遗产进行重新审视与评估。至此，各种文学思潮接二连三不断涌现，中国文学逐渐走上了现代化的道路。总体来讲，20世纪中国文学思潮大致有以下八种：一、从晚清到五四时期的以"启蒙"为关键词的文学思潮，注重"人"的发现和国民性批判、关注农民，这一时期的文学大多以批判和反抗为主旋律，旨在批判封建势力及家长制、追求自由与人性解放；二、批判文言文为主的旧文学，提倡白话文的文学思潮，主张国民文学的现代化，建立具有民族特色的新文学；三、关注人与社会的现实主义文学思潮，主张以人为本，表现底层劳动者的人生百态，如社会主义文学思潮；四、注重个性和主观感受、强调艺术本体论的浪漫主义文学思潮；五、注重表现社会革命、反映革命者的蜕变历程的左翼文学思潮；六、现代主义文学思潮，这一类文学思潮与西方现代派文学的传入大为相关，如受唯美主义、象征主义、颓废主义、未来主义等思潮影响的现代派诗歌、现代话剧等；七、自由主义文学思潮，这一流派以人道主义为大旗，关注人性与民族生存，疏离政治；八、以左联为阵营的无产阶级文学的大众化、民族化思潮，这一文学思潮可以看成是五四新文学平民化倾向的延续。整个现当代文学学科的发展离不开文学思潮的引导，更离不开对文学思潮的研究。从回归现实主义的呼唤到人道主义的争论，从对"纯文学"的提倡到"人文精神"的大讨论，从"重写文学史"的呼声到对通俗文学与严肃文学的讨论，从对经典作家作品的重新评价与定位到对"宏大叙事"的反思，从对"现代性"的争议到对自由主义文学的重新探讨，从对左翼文学意义的重新探讨到对"启蒙"主义的重建评价，从底层文学的兴起到对"痞子文学"的质疑，从新自由主义的讨论到新左翼的萌芽，其背后都有文学思潮研究的推进作为重要支撑，也不难看出五四新文学传统的影子。现代文学史上的思潮的影响往往都是长期的，潜移默化的。这些文学思潮一直延续到了当代，并且在新的历史条件下发生变化，产生新的时代内涵。这种文学现象既表明了文学本身的复杂性，反映出文学价值观念逐渐多元化的态势，也表明了当代文学思潮内涵的日益复杂的现状和研究者思路的不断开阔。

文学思潮的研究始终与社会、历史、文化息息相关，不同时代背景下的文学思潮研究呈现出极大不同。在文艺思潮研究方面，唐弢、王瑶、钱谷融、贾植芳、任访秋、田仲济等前辈研究者均有突破。20世纪80年代以来，中青年学者渐渐成为文艺思潮研究的主要群体和中坚力量。严家炎在80年代的文艺思潮研究中地位举足轻重，出版的专著《论现代小说与文艺思潮》（湖南人民出版社1987年版）、《中国现代小说流派史》（人民文学出版社1989年版）、《世纪的足音》（作家出版社1996年版）等均是这一时期流派研究的重要成果，显示出其独特的研究思路和学术品格。整个80年代，学术界对中国现代文学思潮的研究呈现出横纵双向拓展的态势，横向上注意研究视野的扩展、学科之间的联系，纵向上注重研究深度的挖掘、历史脉络的梳理，同时注重学理空间的建构的完善，将已有的文学思潮研究逐步推进。一些在文学史上较为边缘化的思潮，如古典主义、复古主义、自由主义等文艺思潮的研究，甚至成为引领社会思潮研究的源头之一。尽管如此，不得不引起注意的是，随着中国发展进入新时期，社会文化语境已然与新中国成立初期大为不同，整个文艺界面临着重新洗牌的局面。社会环境的繁复变化使得刚刚起步的现当代文学研究也陷入了巨变之中。

在改革开放的大背景下，文艺界迎来了思想大解放的热潮，尽管西方学术话语已经实现了深层介入，然而学术界对于和中国新民主主义革命紧密相关的中国现代左翼文艺思潮的学术考察却并不充分。例如，左翼阵营内部的宗派主义、左翼作家之间的派系、左翼作家们文艺观念的内在联系及差异等话题方面还缺乏较为全面深入的考量。在这方面，刘骥鹏的《变革中的启蒙诉求——中国左翼启蒙派文艺思潮研究》（中国社会科学出版社 2013 年版）是中国现代文学思潮研究领域的一部力作，填补了这方面的不足。刘骥鹏在这部著作中提出了一个全新的概念——"左翼启蒙派文艺思潮"，并且以这一视角为切入点，对学界一直以来的研究盲点作出了补充，对我们在新的历史背景下重新审视左翼文学发展的脉络具有重要的参考价值。书中详细分析了左翼文艺思想相关的话题，例如，五四新文学以来发展的以鲁迅为旗帜的左翼文学思潮传统的衍生及发展，深受鲁迅精神影响的作家派系的发展，以胡风为代表的"七月派"的文学思潮研究等，并且厘清了"左翼启蒙派"及其独树一帜的文艺思想在左翼文学阵营中萌芽、发展与衰落的历史进程，集中探讨了"左翼启蒙派"在历史巨变中始终坚守的启蒙立场，是左翼文艺思潮研究中极具原创性的成果。

此外，还有不少著作对文学思潮的发展研究作出贡献。温儒敏的《新文学现实主义的流变》（北京大学出版社 1988 年版）、陈剑晖的《新时期文学思潮》（广东高等教育出版社 1989 年版）、罗成琰的《现代中国的浪漫文学思潮》（湖南教育出版社 1992 年版）、李杨的《抗争宿命之路——"社会主义现实主义"（1942—1976）研究》（时代文艺出版社 1993 年版）、王富仁的《灵魂的挣扎——文化的变迁与文学的变迁》（时代文艺出版社 1993 年版）、陈晓明的《无边的挑战——中国先锋文学的后现代性》（时代文艺出版社 1993 年版）、陈美兰的《文学思潮与当代小说》（武汉大学出版社 1994 年版)、康正果的《女权主义与文学》(中国社会科学出版社 1994 年版)、吴福辉的《都市漩涡流中的海派小说》(湖南教育出版社 1995 年版)、解志熙的《生的执著——存在主义与中国现代文学》(人民文学出版社 1999 年版)、吴秀明的《三元结构的文学——世纪之交的当代文学思潮研究》(春风文艺出版社 1998 年版)、陈顺馨的《社会主义现实主义理论在中国的接受与转换》(安徽教育出版社 2000 年版)、徐行言和程金城的《表现主义与 20 世纪中国文学》(安徽教育出版社 2000 年版)、陈国恩的《浪漫主义与 20 世纪中国文学》(安徽教育出版社 2000 年版)、吴晓东的《象征主义与中国现代文学》(安徽教育出版社 2000 年版)、李今的《海派小说与现代都市文化》(安徽教育出版社 2000 年版)、吴秀明的《转型时期的中国当代文学思潮》(浙江大学出版社 2001 年版)、宋剑华的《百年文学与主流意识形态》(湖南教育出版社 2002 年版)、张光芒的《中国近现代启蒙文学思潮论》(山东文艺出版社 2002 年版)、杨义的《京派海派综论》(中国社会科学出版社 2003 年版)、方维保的《当代文学思潮史论》(长江文艺出版社 2004 年版)、李扬的《中国当代文学思潮史》(上海社会科学院出版社 2005 年版)、张光芒的《中国当代启蒙文学思潮论》(上海三联书店 2006 年版)、孔范今和施战军主编的《中国新时期文学思潮研究资料》(山东文艺出版社 2006 年版)、艾晓明的《中国左翼文学思潮探源》(北京大学出版社 2007 年版)、孙桂荣的《中国当代文学思潮研究十六讲》(山东文艺出版社 2009 年版)、王泉根主编的《现代中国科幻文学主潮》(重庆出版社 2011 年版)、张清华的《中国当代先锋文学思潮论(修订版)》(中国人民大学出版社 2014 年版)、孟繁华的《新世纪文学论稿——文学思潮》(现代出版社 2015 年版)、杨联芬的《浪漫的中国：性别视角下激进主义思潮与文学(1890—1940)》(人民文学出版社 2016 年版)、赵瑜的《真相·调查：赵瑜非虚构写作论谈》(北岳文艺出版社 2017 年版)、洪治纲的《中国当代文学思潮十五讲》(浙江大学出版社 2017 年版)都是比较有代表性的著作。

在论文方面，梁鸿的《当代文学往何处去——对"重返现实主义"思潮的再认识》、庄锡华的《文化传统与现当代文学思潮的整体观》和《关于中国现当代文学思潮研究的几个问题》、张未民的《新世纪以来的文学：思潮与文脉——试论"中国现代文学 3"》均对文学思潮的发展流变、文脉与思潮之间的关系做出了自己的思考。此外，张光芒、徐先智、陈进武的《如何重构中国现当代文学思潮史》是比较重要的研究成果。文章从方法论的角度，详细论述了现有的文学思潮史论述当中存在的缺陷，认真反思了产生问题的原因，同时提出了建构新的文学思潮史的建议，认为中国现当代文学思潮史的重构应当注重不同思潮之间的相互影响，从而形成一种相互呼应、互相补充的发展态势。

在现当代文学思潮发展史上，有许多文学思潮的产生、发展是一以贯之的，如近年来一直备受关注的"新左翼文学"、新京派文学、新写实主义等。"新左翼文学"诞生于 21 世纪以来的文坛，是随着社会转型时期贫富差距拉大而兴起的一股新的创作潮流。这一思潮的兴起可以看成是 20 世纪 30 年代中国左翼文学的深化与发展，沿袭了其关注底层的精神传统，是借助于文化领域的"新左派"思潮而产生的一种新的文学批评潮流。学界的研究成果是比较丰富的，如白浩的《底层文学精神的暧昧——兼谈一个文本〈马路上不长庄稼〉》、旷新年的《"新左翼文学"与历史的可能性》和《曹征路"底层写作"意义的再认识》、张继红和郭文元的《作为"底层文学"资源的左翼文学和社会主义文学》等。"新左翼文学"思潮的兴起与"底层文学"的蓬勃发展密切相关，这一思潮由来已久，发展也比较稳定，但是文艺理论界对它始终没有明确的定义。

关于新京派文学和京味文化的研究也是值得注意的一个文学现象，20 世纪八九十年代以来，以林斤澜、刘心武、邓友梅、陈建功、苏叔阳、韩少华、王朔、石康、刘恒等为代表的老、中、青三代北京作家创作了大量描写北京城人和事的作品，形成了一股新京派文学思潮，可以说，这一文学思潮是对 20 世纪二三十年代京派作家群创作的延续和创新。这一文学热潮的兴起对于弘扬北京地域文化、重塑北京形象有着深远影响。在新京派文学思潮研究方面，忆晖晖的《新北京，新"京味"与新"京派"——世纪北京文学的一瞥》作出了较好的概括。

（二）影响与传播：现当代文学思潮与世界文学研究

中国是一个有着几千年历史文化积淀的文明古国，也是一个受到过西方文化巨大冲击的文化之邦，在这一大背景下诞生的现代文学，自然而然地具备了古典与现代并存、东方与西方共融的特征，文学思潮的发展也必然随着文化交流呈现出更为丰富的态势。如何对待传统文化与外来文化，直接关系着现代文学的发展走向。中国现当代的文学思潮，与整个世界文学研究之间有着密切的关系。从现代文学发轫以来，中国优秀文化与世界文学之间的联系就不可分割。无论是左翼文学思潮、现代主义文学思潮还是当代的先锋文学思潮、新历史主义文学思潮乃至后现代主义文学思潮、人文主义文学思潮和女性主义、生态学、后殖民主义文学思潮、科幻文学与类型化文学思潮等，都与世界一体化整个大背景下的文学有着千丝万缕的联系。这里选取现当代比较重要的左翼文学思潮、现代主义文学思潮、先锋文学思潮和新历史主义文学思潮作重点阐释。

1. 左翼文学思潮

左翼文学与五四新文学有着共同点，也有很大的差异。它们都是在外国文化的影响下萌芽的，发展过程中也不断受到外国文化和外国文学发展的制约。但不同作家的创作有其不同的文艺思想基础，在接受外来文化和文学影响的方式上也不尽相同。五四文学革命所受外来文化和文学的影响也是多元的，它始终不以一种统一的理论基础为自己的目标，因而外国文学作品的影响在它具体发展中发挥了更明显、更重要的作用。

苏俄文艺理论对中国左翼文学的影响在 30 年代的左翼无产阶级文学运动的过程中已经初步具备，特别是作为基本理论基础的马列主义文艺观，是在 20 世纪 20 年代末和 30 年代左翼无产阶级运动发展过程中被翻译和介绍到中国的。

在美国，左翼文学具有更为鲜明的政治倾向性，承载着任何其他文学所无法替代的审美功用与社会功用。王予霞在《20 世纪美国左翼文学思潮研究》(中国社会科学出版社 2014 年版)中认为，左翼文学以它的新思维方式、新感觉方式和新表达方式，同现代主义文学、后现代主义文学合流，极大地拓展了它的发展空间，而且使其葆有旺盛的艺术生命力，直至成为 20 世纪美国文学的重要一翼，同时也影响了中国的左翼文学思潮。

左翼文学思潮作为 20 世纪影响深远的世界性思潮，与现代主义也呈现相互交融的姿态，现代主义既呈现出反叛的激进姿态，又不乏个人情感的过度渲染和低沉情调；左翼思潮既植根于现实主义的土壤，也常常出现概念化和公式化的作品。中国新文学在这两种思潮相互融合发展，在对彼此的借鉴中不断推动发展，使得中国左翼文学思潮呈现出自身的色彩。

2. 现代主义文学思潮

现代主义思潮运动中，引起人们关注的首先是一些明显具有现代主义色彩的文学流派，如象征派、新感觉派、现代诗派等，此后是其他具备现代主义特征的社团、作家及流派，如文学研究会、前期创造社等社团，新月派、意象派、表现主义、未来主义等流派，鲁迅、郭沫若、张爱玲、无名氏等作家。在 20 世纪文学版图重绘的过程中，这些作家及其对西方文学的流派和思潮的借鉴得到了进一步的挖掘，更值得注意的是，他们的文学地位和文学价值也得到了进一步重估。

到了 20 世纪 20 年代后期至 30 年代，文坛涌现出以李金发、戴望舒的作品为代表的象征主义诗歌，以施蛰存、刘呐鸥等的作品为代表的新感觉派小说，现代主义逐渐形成一股强劲的文学思潮，尽管创作数量不多，但却特征鲜明。由于其思想渊源在国外，在转化的过程中缺乏本土化的土壤，往往会显得过于晦涩，在后期甚至出现了个人化和萎靡的色彩，与现实主义背道而驰。因此，现代主义在 30 年代后期出现了衰落，并逐渐淡出了文学舞台。

这方面的代表性研究成果还有胡有清的《中国现代文学思潮研究十五年》、方长安的《中国当代先锋文学思潮论》、王剑丛的《中国现代文学思潮的发生与演进》等。

3. 先锋文学思潮

从西方的文学艺术的整体发展来看，19 世纪后半叶的象征主义诗歌、印象派绘画、现代主义的文化思潮，20 世纪 30 年代以来的表现主义、未来主义、达达主义、超现实主义、结构主义等现代派思潮，以及后来的后现代主义思潮都先后被称作先锋派。可见"先锋"并不是一个确定和封闭的概念，它在时代发展的过程中不断被历史赋予新的内涵。女性主义、后殖民主义、生态批评等文学思潮也是在先锋主义文学思潮的基础上发展而来的。在先锋文学思潮的研究中，张清华较有代表性，他的《从启蒙主义到存在主义——当代中国先锋文学思潮论》一文认为先锋文学不仅具有现代性内涵，同时还具有自我结构性，自身存在很多局限。这一观点较为精辟地抓住了先锋文学的特征，很有启发性。其《中国当代先锋文学思潮论（修订版）》（中国人民大学出版社 2014 年版）重新描绘了先锋文学的面貌，对 20 世纪 80 年代时代精神的理解有着独到的认识。该书在当代中国历史的文化语境下，重新审视了先锋文学、启蒙主义和存在主义的内涵及三者之间的复杂关系。他没有孤立地论述某一先锋文学现象，而是从宏观出发，将新潮诗、意识流小说、寻根文学、新历史主义小说、新写实、新生代等先锋文学现象解读为一个互相联系、彼此呼应、互为传递变延的整体性思潮。除此之外，还有几篇博士论文较为出彩，如 2003 年中国社会科学院王芳的《80 年代小说与西方荒诞思潮》、2005 年浙江大学洪治纲的《反叛与超越——论现代性语境中的中国当代先锋文学》等。

4. 新历史主义文学思潮

新历史主义是 20 世纪 80 年代兴起的，最初流行于英美学术界。1982 年，美国加州大学的格林布拉特教授在为《类型》学刊撰写的集体宣言中，正式宣布这一流派的成立，其领军人物主要有格林布拉特和海登? 怀特等。这一思潮强调从政治权利、意识形态、文化霸权的角度重新阐释历史文本。中国当代文学的创作在其影响下有意无意地发生了转向，由以往主流意识形态的书写转向了民间的家族史、野史、稗史的民间化、大众化、"嬉笑怒骂式"的平民书写。新历史主义文学思潮成为中国当代文坛上的一道"风景"。莫言的《红高粱》，苏童的《妻妾成群》《红粉》《米》《我的帝王生涯》，余华的《鲜血梅花》，贾平凹的《美穴地》，尤凤伟的《石门夜话》，张炜《家族》，莫言的《丰乳肥臀》，唐浩明的《曾国藩》，杨书案的《孔子》以及二月河的"清朝帝王系列"等都是新历史主义的代表作。90 年代中期以后，由于对新历史主义书写的理解偏误和市场规则的误导，出现了一些偏离现实的现象，甚至披着新历史的外衣宣扬糟粕思想。尽管如此，其间仍不时有佳作涌现，如余华的《许三观卖血记》、莫言的《檀香刑》、张炜的《丑行或浪漫》、李洱的《花腔》等。

在新历史主义的研究方面也不乏优秀的成果，如吴戈的《新历史主义的崛起与承诺》、王岳川的《海登·怀特的新历史主义理论》和《新历史主义的文化诗学》、路文彬的《游戏历史的恶作剧——从反讽与戏仿看"新历史主义"小说的后现代性写作》和《历史话语的消亡——论"新历史主义"小说的后现代主义情怀》、赵静蓉的《颠覆和抑制——论新历史主义的方法论意义》、陆贵山的《新历史主义文艺思潮解析》、张清华的《莫言与新历史主义文学思潮——以〈红高粱家族〉〈丰乳肥臀〉〈檀香刑〉为例》、刘东方的《新历史主义文学思潮的"流"与"源"》等。

(三)媒介与载体：图像、视觉与文本的互动研究

21 世纪以来，后现代主义文学环境下的文学引入了图像与媒介作为载体。一方面，传统优秀作家的作品新增了视觉化的视角加以重新研究，专注于图像与文本之间的互动关系，给予读者以全新的视觉体验，也给予了学者更多的研究视角，在这一方面，鲁迅的视觉化研究已经取得了长足的进展。另一方面，媒介图像的引入直接渗透在当代作家的写作过程之中，形成了光怪陆离的写作思潮，如文本的视觉化效果、身体写作的欲望化和官能化刺激、影视剧创作转文本以及影视剧脚本的研究等。在新的时代背景和视域下，图像、视觉与文本之间的交互关系已经成为值得关注的热点话题。

在 20 世纪，视觉文化往往被纳入通俗文化范畴，与知识分子的启蒙意识有着巨大差异。作为现代启蒙文学代表作家的鲁迅却在文化实践中体现出对视觉文化的关注。陈力君的《图像、拟像与镜像——鲁迅启蒙意识中的视觉性》一文认为，鲁迅不仅注重视觉，还注重视觉认知基础，强调"眼睛"机制的摆脱蒙昧、获得真知、达成理智成熟的人性状态的启蒙功能，在文学创作和文明批评中表达了中国近现代知识分子"睁眼看世界"的启蒙要求。视觉性是鲁迅透视权力关系的切入点，成为理解启蒙叙事中的观看者和被看对象的互文性关系基础，提供了启蒙价值的反思机制。

伴随着视觉文化时代的来临，文艺界正经历着一场"图"与"文"的"战争"，以语言文字为载体的文学受到"图像霸权"的挤压与挑战，部分学者甚至悲观地感叹文学末日即将到来。赵晓芳的《视觉文化时代的文学图景——世纪之交中国文学的图像化审美与传播互动研究》(中国社会科学出版社 2017 年版)从视觉文化的角度切入，选择了世纪之交的诸多热点文学现象，如"文学期刊图像化""图文书""小说的影视改编"以及"新生代后""70 后""上海怀旧""身体写作""小资写作""美女文学"等，综合考量了世纪之交中国文学的生存图景。该书将文学放在一个众多权

力、视线交织的文学场中，将其中隐而不彰或熟视无睹的欲望、商业、传媒与文学之间的关系凸显出来，从而揭示文学的丰富性与复杂性。

宋玉书的《坚守与应变：大众传媒时代的文学及传播形态》（文化艺术出版社 2013 年版）选取了大众传媒时代文学与大众传媒的关系、文学主体价值取向的分化与重建、文学写作与文学形态、影视剧的文学化复制、抒情文学的图像表意等诸多问题，讨论大众媒体环境之下新出现的文学形态和生存图景，探讨文学未来的生存景象与可能性。

四、史料研究的理论建构与实践拓展

史料是学术研究的基石，史料的不断挖掘与更新、史料的充分利用、史料发掘的方法与路径、史料研究的理论体系建构等与现当代文学学科的发展密不可分。可以说，一个学科的成熟与否，其史料体系的完备程度是重要的衡量标准。史料的发掘与搜集、整理与分析、甄别与辨析、理解与运用，是学术活动的开始，也是做学问的关键一环。现代文学史料学的建立，可以在很大程度上厘清人们对已有史料的误解，补充人们对于新材料、新史实的认识，此外，新史料的发现还会打破已有材料和文学观念的限制，带来文学观念的更新，从而扩大史料保存发掘范围，使得学术研究进入一个良性循环的过程，提高学术研究的广度和深度。史料的搜集是否全面、可靠，史料的基础是否扎实，史料体系是否完备，不单单关乎史料整理工作，更是构建整个现当代文学学科牢固基础的基础性工作，需要付出长期的努力。

（一）理论体系与资料梳理的并置

现当代文学学科是现代学术的产物，也是一门既"传统"又"现代"的学科，在学科建制和学术研究的发展历程中，既讲究传统的学术方法，如版本学、考据学、目录学，又离不开新的学术方法与思想的渗入。可以说，它是传统学术走向现代学术的过程中建立起来的。总体来讲，现当代文学学科是一门非常重史实的学科，鲁迅、周作人、郭沫若、闻一多、朱自清、阿英、沈从文、钱锺书等前辈学者无不强调史料的重要价值，并做了大量切实有效的史料工作。鲁迅的《中国小说史略》[《鲁迅全集(第九卷)》人民文学出版社 1981 年版]第一篇就是史家对于小说之著录及论述，把对史料的把握放在第一位。这些前辈学者所流传下来的重视史料、精益求精的精神已然沉淀为一种学术传统，"论从史出"，有多少材料说多少话已经成为研究者的共识，影响了一代又一代学人。现当代文学学科发展至今，已经涌现出了好几代史料学专家，而且，不少研究者本身就是史料学专家，如李何林、王瑶、唐弢、贾植芳、樊骏、严家炎、王锦厚、刘增杰、刘增人、董健、陈子善、张大明、张桂兴等。他们所做的工作奠定了今天现代文学学科的发展的基础，同时也为学术研究的不断推进埋下了新的增长点。现代文学学科的发展，不仅需要建立完备的学科发展理论体系，同时也需要具体而丰富的材料为这座充满未知的"大楼"添砖加瓦。

史料是学术研究最基本、最重要的依据。中国现当代文学早期的研究者一贯重视史料的保存及发掘，尽管那个时候还没有"现代文学史料学"这一概念。现当代文学史料建设的开拓者是阿英。阿英在文学史料的处理上继承了目录、版本、考证、辑佚等传统学术研究方法，同时借鉴了西方史料建设的方法，完成了《中国新文学大系·史料索引》（良友图书公司 1935 年版）、《晚清戏曲小说目》（上海文艺联合出版社 1954 年版）、《小说三谈》（上海古籍出版社 1979 年版）等史料价值丰厚的著述。唐弢自 1942 年起就以个人之力搜罗、抄录、校对、考订鲁迅的散佚之作，先后编成《鲁迅全集补遗》（上海出版公司 1946 年版）和《鲁迅全集补遗续编》（上海出版公司 1952 年版）。此外，在史料的整理上他有着自觉、清晰的学术意识，从抗战末期开始，他便创作书话，这些书话偏重知识，偏重材料的整理、记录以及掌故的回忆，而不单单停留在作品的评论和介绍。他以这种独特的文体进行现代文学的史料发掘、考辨、整理工作，开拓了史料工作的新局面。后来，陈子善、黄裳、姜德明等研究者也相继借鉴了这一形式，将书话这一特殊文体作为史料研究的载体进行研究，大大丰富了现代文学史料学的基本面貌。

新中国成立后，随着学科的发展，现当代文学史料学建设又迈上了一个新台阶，优秀成果不断涌现。不少研究机构纷纷推出了专题研究系列丛书，如上海文艺出版社 1985 年推出的"中国现代文学史资料丛书"，以及 1979 年由河南人民出版社出版、中国社科院文学所牵头，汇聚全国众多高校和科研机构联合编选的"中国现代文学史资料汇编"等，此外还有大批的目录专书，如现代文学期刊联合调查小组编纂的《中国现代文学期刊目录（初稿）》（上海文艺出版社 1961 年版）、刘华庭等编著的《中国现代戏剧电影期刊目录（初稿）》（上海文艺出版社 1962 年版）、北京图书馆书目编辑组的《中国现代作家著译书目》（书目文献出版社 1982 年版）、唐沅等的《中国现代文学期刊目录汇编》（天津人民出版社 1988 年版）、贾植芳和俞元桂主编的《中国现代文学总书目》（福建教育出版社 1993 年版）、刘增人等纂著的《中国现代文学期刊史论》（新华出版社 2005 年版）、吴秀明主编的"中国当代文学史料丛书"（浙江大学出版社 2017 年版）等，均是比较重要的史料研究成果。

史料学研讨会是中国当代文学史料研究及其编纂成果集中展示的时机，同时也是绝好的学术交流机会。21 世纪以来，学界召开了多次史料学相关的学术研讨会，反映出史料研究方面的探索始终在进行。2009 年 11 月，"中国现代文学新史料的发掘与研究"国际学术研讨会在北京召开；2011 年 10 月，"新世纪中华文学史料学研究的理论与实践学术研讨会"在西北大学召开；2017 年 10 月，"问题与方法：中国当代文学史料与文学史研究"学术研讨会在浙江杭州召开。每一次研讨会的召开对于史料研究都有重要推进作用。在上述研讨会上，研究者从不同角度论述了史料研究的理论重点与实践难点，深入探讨了当代文学史料学的建构，为当代文学研究学术创新奠定了基础。

相对于中国现代文学史料学而言，中国当代文学史料研究及史料学建设起步较晚，处于滞后状态，新史料的发掘、收集与整理工作显得较为零散，整体史料研究有待于提升和发展。较为重要的成果有刘增杰的《建立现代文学的史料学》，文章提出要建立不同于传统文献学的现代文学史料学理论体系，这是由现代生活的复杂条件决定的，同时也是培养研究者独立意识的重要标志。

近 20 年来，学术界关于新史料的挖掘以及史料体系的建构持续升温，涌现出一批很有含金量的成果，如吴秀明和章涛的《当代文学文献史料研究的历史与现状——基于现有成果的一种考察》、吴秀明的《史料学：当代文学研究面临的一次重要"战略转移"》、刘增杰和郝魁锋的《略论现代文学史料研究中的几个问题——刘增杰先生访谈录》、吴秀明和章涛的《当代文学文献史料研究的历史困境与主要问题》、付祥喜的《建立中国现代文学史料学仍然任重道远——评刘增杰〈中国现代文学史料学〉》、吴景明的《强化史料意识，助推当代文学研究"历史化"——中国当代文学史料研究中心成立暨学术研讨会综述》、李怡的《百年中国新文学史料的保存、整理与研究》、陈国恩的《当代文学史料应用的科学性问题——兼评吴秀明主编的〈中国当代文学史料问题研究〉》以及《当代文学史料学及其应用的几个问题》、张均的《评吴秀明〈中国当代文学史料问题研究〉》、王尧的《作为方法的中国当代文学史料研究》等，均从不同角度论证了建立现代文学史料学的重要意义，同时对如何构建史料研究体系提出了各自的看法。值得一提的是，刘勇、张悦的《从史料到史料学——中国现代文学的研究瓶颈与突破》从理论建设与资料整理的角度分析了史料研究的难点与困境，创造性地提出运用谱系学的研究方法进行史料学研究，认为"史料数量的成熟和史料学研究体系的滞后导致了史料学建构的失衡。唯有走出理论与资料难以兼容的困境，史料学研究才能得到进一步的发展，中国现代文学研究也能打破研究瓶颈，取得突破性的成果"①。这一观点可以说为史料研究指明了可以进一步努力的方向，具有方法论指导的意义。

理论体系的建设与资料的梳理如车之两轮、鸟之两翼，丰厚的史料积累为理论体系的建立和完善奠定了基础、指引了方向。"现代文学史料学"发展成为一门独立的学科成为可能，也使得现当代文学的研究不仅仅停留在"批评"阶段，而是成为一门有着大量史实和材料为依托的历史科学，逐渐走向了历史的纵深。

（二）传统史料与新形态史料的共存

中国现当代文学学科的成熟不仅需要完备的史料搜集，同时也呼唤着史料学体系的构建。现当代文学在整个中国文学发展史上的特殊性决定了现当代文学史料学研究的特殊性。现当代文学既有古代文学的影子，现当代文学的研究自然也继承了传统学术研究的扎实和规范，同时，现当代文学也是鲜活的、与时俱进的、受西方理论体系和学术传统影响的，各种新形态的史料层出不穷，具有较为明显的当下性。王瑶指

---

① 刘勇、张悦：《从史料到史料学——中国现代文学的研究瓶颈与突破》，载《社会科学辑刊》，2018(5)。

出："在古典文学的研究中，我们有一套大家所熟知的整理和鉴别文献材料的学问，版本、目录、辨伪、辑佚，都是研究者必须掌握或进行的工作；其实这些工作在现代文学的研究中同样存在……关于史料的整理结集和审定考核的工作，也是现代文学研究中的重要组成部分，应该予以必要的重视。"①现代文学史料工作是一项宏大的系统工程，现代文学史料与古代文学史料也有着显著的不同，因此不能仅仅依靠古代文学文献学的方法，而是要基于现代文学史料特点、将之上升到"学"的高度，也就是从学科化、系统化、理论化的层次去建立独立的"现代文学史料学"。总体来讲，现代文学研究者的史料学知识结构相对是比较薄弱的，因此，提高研究者研究的针对性、完善史料学知识、建立现代文学史料学刻不容缓。

首先要面对"现代文学史料学"的命名问题。到底是用"现代文学文献学"还是"现代文学史料学"，也是有争议的。这一命名关乎史料的形态和构成，关乎整个研究的方法，不能马虎。既云"现代文学史料学"，必然在史料的范围上有所扩展。现代文学史料形态是复杂多变的，无论是作家年谱、录音、档案、文献，还是作家日记、笔记、连环画、口述史料等，由于年代久远和社会历史原因，都具有开放性和不确定性，其真实与否也需要研究者仔细甄别，除了明确的问题意识以外，研究者还必须具备一定的史学素养。同时，在进行学术研究时，不仅要注重搜集和保存纸质文献，还应该重视各种口述史料、声像、影像资料等，尤其是即将逝去的珍贵史料。何怡洁的《"活"的文学史——论当代文学口述史料》在这方面作出了积极探索。

新材料的出现呼唤新的研究方法，除了充分借鉴传统文献史料研究的方法外，还应积极适应新的要求。比如影音资料的出现，就要求研究者不仅能进行纸质文献的版本目录的考辨、鉴别、校勘，而且必须探索适应新的史料的考掘和研究方法，将史料学与现代科技的发展结合起来。文献学经历了长期的发展，已经形成了一套以朴学为基础的相当成熟的发掘、证伪、校勘、整理等研究方法，朱金顺所著的《新文学资料引论》（北京语言学院出版社1986年版）就是充分借鉴传统朴学的研究方

---

① 　王瑶：《关于中国现代文学研究工作的随想——在中国现代文学研究会学术研讨会上的发言》，载《中国现代文学研究丛刊》，1980(4)。

法，结合现代文学的特点进行的方法创新，但该著作对于文献以外的史料的研究理论则鲜有提及。其实，这是一个较为普遍的现象。比如我们研究胡适，所依据的都是他留下来的文字材料，亦即所谓文献。然而事实上，在文献以外，还有许多的史料应该关注到，最突出的便是胡适大量的演讲稿件。当然，想还原胡适演讲的真实历史情境已经不可能了。所幸胡适有很多演讲的录音被保存了下来，因此，录音材料就成为极有价值的史料。还有同代人的口述材料，也值得重视。已经有研究者将胡适的录音整理成文字发表出来。如广西师范大学出版社编印的《胡适的声音——1919—1960：胡适演讲集》（广西师范大学出版社 2005 年版）和北京大学出版社编印的《胡适演讲集》（北京大学出版社 2013 年版）。研究者须得有一套合适、有效的研究方法去记录、整理、考证作者的声音及讲演内容，才能将占有的史料系统地整理出来，传统的仅仅基于文献而总结出来的史料已经不能满足研究的需要。同时需要警惕的是，整理成文的录音、影像资料实际上已经不是一手资料，整理过程中不仅作者音容的可感性消失了，更重要的是还可能会出现省略、遗漏、讹误、增删等情况，给史料研究者的考辨、甄别带来极大挑战。除此之外，许多口述史料、实物史料等也都应该进入到现当代文学史料研究的范围。目前的现代文学史料工作对于影音史料、口述史料、实物史料的研究方法则还很不成熟、不规范。因此，建立现代文学史料学的体系就要加强这方面的工作，使得史料工作真正完备起来，这也是目前学术界的研究热点。

(三)问题意识与方法探究的自觉

史料是研究的基石，新史料的挖掘对于中国现当代文学研究具有重要的意义。近年来，现当代文学史料学的研究越来越热，可以说，这一学科诞生是伴随着研究者的问题意识而产生的。新史料的发现，不仅有可能填补学术空白，纠正以往研究当中的偏误，同时新材料很有可能成为研究热点，为学术研究留下增长空间。对研究主体来讲，新史料的重新挖掘意味着以往被忽略、埋没或者未充分进入研究者视野的作家、作品"重见天日"，这对研究者的学术品格也是一次提升。在中国文化传统体系下，研究者对于史料一直都相当重视，在新的时代背景下，单纯靠新史料的挖掘已经不能满足文学研究的需求，需要在文学观念及研究方法上不断创新。就目前来看，学界文学史料学研究的问题意识不断加强，对于研究方法的探究也从未停止。

史料学从诞生之日起，就显示出鲜明的问题意识。1985 年，马良春在《关于建立中国现代文学"史料学"的建议》一文中详细分析了建立现代文学"史料学"的必要性和可能性，首次将"史料学"这一名词推上研究舞台。至此，有着悠久历史的史料研究终于作为一门正式命名的学科进入研究视野。紧接着，朱金顺通过实践响应了这一理论设想，他的《新文学资料引论》（北京语言学院出版社 1986 年版）是现代文学史料学领域第一部系统性论著，充分借鉴了传统朴学的方法，对现代文学史料工作理论进行了梳理和总结。至此，不断有研究者撰文强调史料建设的重要性，樊骏的《这是一项宏大的系统工程——关于中国现代文学史料工作的总体考察》便是其中代表。

21 世纪以来，史料文献对于现代文学研究的重要意义越来越受到人们的重视。2003 年 12 月，在清华大学召开的"中国现代文学的文献问题座谈会"上，有学者再次提出"建立现代文学史料学"的号召。在这一问题上，谢泳的《建立中国现代文学史料学的构想》一文对"史料学"的概念、研究方法及理论体系等作出了更为深入的论证。近几年来，学术界对于史料学研究方法论的探索可谓卓有成效，吴秀明主编的《中国当代文学史料问题研究》（中国社会科学出版社 2016 年版）便是一例，该书是目前国内第一部专门研究当代文学史料的论著，是当代文学史料学研究领域内又一项重要成果，各章节的安排体现出了明显的问题意识，学理性很强。该书上半部分主要陈述了当代文学史料的存在与叙述方式，分章节探讨了探讨史料的不同流派、不同地区、不同形式文学史料的不同特性，下半部分则分专题探讨了史料与社会、文化、文学史等之间的关系，同时还从现代文学馆馆藏史料等特殊的角度，对当代文学史料的几个重要议题作了专题分析。全书既对当代文学重要史料作了较为全面的还原和梳理，同时又提纲挈领地抓住了一些关键事件和关键角度，充分显示出研究者关于建构"中国当代文学史料学"的学术目标。

由此可见，从前辈学者大量的史料文献的整理考掘实绩，到"现代文学史料学"的提出；从史料学系统论著的出版，到谢泳、刘增杰等人明确使用"现代文学史料学"这一概念；从文献史料座谈会以及近年来多次史料学会议的召开，到重要学术著作的付梓出版、研究方法的不断创新，这个过程不仅说明学者对史料工作重要性认识的加强，也体现着现当代文学史料研究的体系化、研究方法的创新意识和理论建设的自觉意识的增强，"现代文学史料学"的建设前景相当可观。

在中国学术传统背景下，无论是史料派还是理论派都很看重研究方法的探索。史料学的建设也要依赖于研究方法的自觉创新。然而，近代以来中国的文学研究界一直存在一种执念，即现当代文学史料研究的进步主要是依靠方法的进步推动的。这个观念的确很有道理，但是由此产生了对方法的过分依赖，要么相信现当代文学史料研究的进步是靠方法推动的，方法可以解决一切问题；要么抱怨研究的相对停滞必然是方法不合理，这就陷入了非黑即白的学术误区，同样不利于现当代文学研究的推进。最典型的便是 1985 年的"方法年"，随着国门的打开和思想解放的不断深入，各种国外理论和方法涌入，眼花缭乱的研究者几乎不加辨别地套用各学科理论和方法，对中国学术来讲无疑是一种过犹不及的状态。无独有偶，20 世纪 90 年代以后的"跨学科研究"同样如此．实际上，一味地套用其他学科方法，大多并非真正意义上的"跨学科研究"，而是生硬地将一些新鲜的概念、术语、方法、视角用于中国文化语境中的作家作品研究，看似新颖，但多数时候只不过是依赖于方法的移花接木，并未从实质上起到学术创新的作用，这样的研究也不能起到学术创新的作用。因此，如何在保持问题意识的基础上进行学术创新，始终是文学研究者应当关注的话题。

第四章
纵向贯通与横向拓展的
儿童文学研究

　　儿童文学到了五四时期才有了实质性的突破。1920 年周作人发表的《儿童的文学》第一次提出了"儿童文学"概念。此后，对儿童文学的关注及研究也逐渐展开，一些以"儿童文学"命名的著述也出现在人们的视野中。1949 年新中国成立，儿童文学的研究进入到了一个新的阶段，1949 年到 1966 年是儿童文学的第一个黄金时代，作家创作数量不断增加。与此同时，学术研究也在创作繁荣的基础上逐渐走向深化。总体来看，20 世纪 80 年代以来，对于儿童文学的研究始终保持了"儿童性"与"文学性"的特点，以新老作家的儿童文学创作为研究基础，结合了儿童教育观、不同时代的教育方式、热点问题及理论范式等问题，成为中国现当代文学研究的重要组成部分。新中国 70 年儿童文学的研究，就是在纵向贯通与横向拓展中，研究儿童文学的演进轨迹和发展脉络。其中，在 80 年代重写文学史背景下的儿童文学史的研究、近年来的儿童文学热点问题研究、儿童文学与儿童教育研究、儿童文学作家作品研究等都是儿童文学研究的重要方面。

儿童文学领域有着极其广阔的版图与观察视角。新中国成立以来的研究视角更加开放，既有认识论的、社会学的研究，又有文化的、心理学的研究。首先是 20 世纪 50 年代至 80 年代初，占据主导地位的是对儿童文学教育功能的研究。进入 80 年代以后，儿童文学研究呈现出更加活跃的姿态，各种不同研究视角进行互补，跨学科研究层出不穷。而近年来儿童文学的研究又回到儿童教育这一问题上，认为儿童文学应成为儿童审美教育的重要手段。审美教育有着多种途径，而儿童文学是为儿童创作的，是对少年儿童实施审美教育的有力手段。

一、儿童文学史的建构

(一)儿童文学起源问题的讨论与研究

对于儿童文学起源问题的讨论并非旨在考察儿童文学究竟起源于哪个时期，也并非单纯讨论儿童文学发生的时间问题，而是更深层次地探讨起源的原因、动力以及发展的起点问题。

对于儿童文学时间起点的讨论，主要集中在儿童文学起源于清末民初还是五四时期、古代有没有儿童文学这些问题上。方卫平在《中国儿童文学理论批评史》(江苏少年儿童出版社 1993 年版)中提出了"古代儿童文学""古代儿童文学读物"等说法。同时，他意识到中国传统读物都不是"专门"为儿童所创作的自觉的儿童文学作品，它只是"史前期"的样态。同样，朱自强的《中国儿童文学与现代化进程》指出："在人类的历史上，儿童作为'儿童'被发现，是在西方进入现代社会以后才完成的划时代创举。而没有'儿童'的发现作为前提，为儿童的儿童文学是不可能产生的，因此，儿童文学只能是现代社会的产物。它与一般文学不同，它没有古代而只有现代"，"如果说儿童文学有古代，就等于抹煞了儿童文学发生发展的独特规律，这不符合人类社会的历史进程"。[①]

孙建国的《清末民初：中国现代儿童文学的起源》梳理和研究了清末

---

① 朱自强：《中国儿童文学与现代化进程》，47~48 页，杭州，浙江少年儿童出版社，2000。

民初儿童文学活动史料，从创作思想日趋成熟、创作实践丰富多彩和积极影响不断显现三个方面论证，认为中国现代儿童文学的真正起源应当追溯到清末民初时期。[①] 朱自强的《"儿童文学"的知识考古——论中国儿童文学不是"古已有之"》，认为"关于中国儿童文学是'古已有之'还是'现代'文学的学术讨论，是事关儿童文学学科建设的重大问题。儿童文学不是一个'实体'，而是在特定的历史条件下建构出来的一个观念"。从本质论来看就会发现，中国的"儿童文学"这一观念，是在从古代传统社会向现代社会转型的清末民初这一历史时代产生、发展起来的。在中国，"儿童文学"没有古代，只有现代。[②] 王泉根的《中国古代有儿童文学吗》认为"建构论"是从西方文论引至中国的理论，只有"建构"的"观念"的儿童文学才是儿童文学显然是站不住脚的。他认为提出中国儿童文学"古已有之"这一文学史概念，显然是基于中国儿童文学发展成熟后对自己"身世"起源的追溯，是一种"后见之明"的谱系的"发明"。[③]

除了探究儿童文学的时间起点之外，有学者指出，应从儿童文学内部寻找其自身的起点。杜传坤的《现代性中的"儿童话语"——从中国现代儿童文学的起源谈起》认为问题的关键并不在于儿童文学究竟起源于"晚清"，还是"清末民初"，还是"五四"，关键的问题在于所有这些对"时期"理解的不同都指向一个共同的"计划"，即儿童文学史建构儿童意义的成人的自觉书写。但不管哪一种说法都认为中国儿童文学到五四时期才成为"现代的"，这种说法其实是有一种现代性的意识在支撑的。在她看来，也正是这种现代性的意识形态对儿童文学的发生造成了"遮蔽"，而这就导致所有的观念都是从"现代"的内部去关照儿童文学和探讨儿童文学的起源。[④]

除了单纯讨论儿童文学的产生时间外，还有文章从儿童文学的发生根源角度进行了探讨，并将其内涵和范围拓展到了儿童文化等方面。如

---

① 孙建国：《清末民初：中国现代儿童文学的起源》，载《中国现代文学研究丛刊》，2010(5)。

② 朱自强：《"儿童文学"的知识考古——论中国儿童文学不是"古已有之"》，载《中国文学研究》，2014(3)。

③ 王泉根：《中国古代有儿童文学吗》，载《文艺报》，2018-07-04。

④ 杜传坤：《现代性中的"儿童话语"——从中国现代儿童文学的起源谈起》，载《学前教育研究》，2010(1)。

董国超的《神话与儿童文学》将神话与儿童文学的发生发展结合起来，认为神话与儿童文学的艺术精神是相通的，儿童文化与儿童文学与人类的原初智慧具有发生学意义上的相似性，是人类认识原初智慧的重要途径，也是未来思想文化建设的重要资源。[①]

(二)儿童文学史的书写

新中国成立后，儿童文学成为儿童教育的重要理论资源，在一定程度上也推动了中国儿童文学的研究。20 世纪 80 年代以前，已经出现了一批儿童文学研究的著作，如陈伯吹的《儿童文学简论》(长江文艺出版社 1957 年版)延续了"什么是儿童文学""儿童文学的类型""儿童文学与教学"等思路，在此基础上有意识地探讨儿童文学的起点以及发展等问题，为后来的儿童文学史的书写奠定了基础，但其"文学史"的特点并不显著。贺宜的《散论儿童文学》(百花文艺出版社 I960 年版)探讨了儿童文学创作中的几种问题，叙述了中国儿童文学的发展道路，并对有代表性的儿童文学作品进行了分析。此外，还有方纪生的《儿童文学试论》(河北人民出版社 1957 年版)、蒋风的《中国儿童文学讲话》(江苏文艺出版社 1959 年版)等著作。

真正意义上的中国儿童文学史的书写是从 20 世纪 80 年代开始的。在"重写文学史"的大潮下，儿童文学理论界也提出了"重写儿童文学史"的学术主张，开始了书写中国儿童文学史的巨大工程。这一时期"重写儿童文学史"开端性的论著是胡从经的《晚清儿童文学钩沉》(少年儿童出版社 1982 年版)，该著梳理了晚清白话报中的童谣以及儿童报，同时介绍了鲁迅、茅盾的儿童文学活动，属于对史料的介绍和打捞，并没有太多文学史的特征。

第一部具有明显的"史"的特点的儿童文学史是蒋风主编的《中国现代儿童文学史》(河北少年儿童出版社 1987 年版)，这部著作具有史的贯通意识，呈现了中国现代儿童文学发展的大致轮廓与基本特点。该著将中国现代儿童文学的发展历程分为"1917—1927 年间的中国儿童文学""1927—1937 年间的中国儿童文学""1937—1949 年间的中国儿童文学"三个阶段。这一分期也为后来出版的多部儿童文学史所沿用。1991 年，

---

① 董国超：《神话与儿童文学》，博士学位论文，东北师范大学，2013 年。

蒋风又出版了《中国当代儿童文学史》(河北少年儿童出版社 1991 年版)，这是第一部"当代"儿童文学的史著，整理了自新中国成立后至 20 世纪 80 年代末中国当代儿童文学的发展特点。2007 年，在《中国现代儿童文学史》和《中国当代儿童文学史》的基础上，蒋风将两书修订，合并为《中国儿童文学发展史》(少年儿童出版社 2007 年版)。

蒋风的儿童文学史的书写是按照时间的分期来进行分段整理总结的，而张永健主编的《20 世纪中国儿童文学史》(辽宁少年儿童出版社 2006 年版)则是将晚清、现代和当代三个时期的儿童文学发展状况放置在一起梳理，把 20 世纪作为一个整体来整合的，为读者提供了中国百年间的儿童文学研究资料，同时也展示了百年间儿童文学的重要作家作品以及理论。

吴其南的《童话的诗学》(中国文联出版社 2001 年版)共分六章，包括"童话的文体特征及其在文学大系统中的位置""童话世界常见的表现研究""童话假定形式的深层体现""童话世界的生成机制""童话的美学特征""童话演进中的几种主要范型"，对童话从生成到发展都进行了理论上的概括总结。《走向儿童文学的新观念》(青岛出版社 2017 年版)对中国儿童文学的历史发展、理论进程、创作思想、作家作品研究等进行了整体性的梳理与总结，其中提到的历史的和美学的批评、心理分析及身体叙事等，都是儿童文学研究重要的理论支撑与研究范式。汤锐的《现代儿童文学本体论》(明天出版社 2009 年版)对于现代儿童文学的本质、功能、美学特征、创作机制等基本问题都进行了论述，并且对儿童文学的创作实践也有一定的指导意义。刘绪源的《儿童文学的三大母题(第四版)》(复旦大学出版社 2015 年版)从三个最基本的"母题"出发，对儿童文学作品进行新的划分。这三个母题分别是："爱的母题""顽童的母题"和"自然的母题"。孙建江的《童话艺术空间论》(湖北少年儿童出版社 1990 年版)从儿童文学的艺术空间方面入手，从作品的"运动感""间隔化""叙事内容的非时序化""作品的虚实相生""描述对象的超现实性""空间的独特性"几个方面来论证儿童文学作品的空间构成。王泉根的《儿童文学的审美指令》(湖北少年儿童出版社 1991 年版)是对于儿童文学本质和功能问题的研究。该著从"美的呼唤——儿童文学与审美""美的寻觅——原始思维与儿童文学审美创造""美的走向——创作主体的'儿童观'与儿童文学审美创造""美的实践——接受主体的年龄特征与儿童文学审美创造"四个部分对儿童文学的叙事与审美进行了总体考察。

王泉根的《现代中国儿童文学主潮》(重庆出版社 2000 年版)梳理总结了百年中国儿童文学发展的主要思潮,从 20 世纪 20 年代文学研究会的"儿童文学运动"到世纪之交的儿童文学十大现象,时间跨度大,概括了五四时期到 21 世纪初的儿童文学的主要思潮。同时对重要作家作品的论述单独成编,是儿童文学史研究的重要著作。王泉根的《中国儿童文学概论》(湖南少年儿童出版社 2015 年版)主要对中国儿童文学的历史资源与古代儿童接受文学的途径、五四时期"儿童观"的转变与中国儿童文学的现代转型等内容进行书写,在《现代中国儿童文学主潮》的基础上进一步细化与深化了中国儿童文学的发展历程。

刘绪源的《中国儿童文学史略(一九一六—一九七七)》时间跨度并不大,主要梳理五四时期到 80 年代以前的儿童文学发展史。它首先对儿童文学的时间起源进行了明确的梳理,"中国本来没有儿童文学,有了'五四'新文学以后,才有真正意义上的儿童文学。——这话很对,这是大家公认的"[①],将儿童文学的起源定位在五四时期。该书评述结合,以点带面,通过对中国儿童文学从 20 世纪二三十年代到"文化大革命"时期的梳理,以个案分析的方式整理出独具一格的中国儿童文学发展轨迹。

方卫平的《中国儿童文学四十年》(中国少年儿童出版社 2018 年版)以亲历者和建构者的双重视角,对自 1977 年至 2017 年的中国儿童文学发展作出了一次系统性的梳理:从 20 世纪 80 年代的作家"复出"到青年作家带有"先锋"意味创作;从 90 年代初坚持精英式写作姿态的儿童文学作家对商业行为的质疑,到市场意识下"成人化写作"倾向至童年美学的回归;从 21 世纪童书产业的迅猛发展以及伴随而来的唯市场化出版乱象,到坚守艺术品质的儿童文学作家更为自由、大胆的艺术创造。这部著作时间跨度为 40 年,涉及 100 多位儿童文学作家作品,聚焦了商业化背景下中国儿童文学创作的新变,剖析了中国儿童文学创作与市场之间的关系。

---

① 刘绪源:《中国儿童文学史略(一九一六—一九七七)》,3 页,上海,少年儿童出版社,2013。

此外，还有方丽娟的《被发现的儿童——中国近代儿童文学拓荒史》（秀威资讯科技股份有限公司 2015 年版）、王泉根的《中国儿童文学史》（新蕾出版社 2019 年版）、王泉根的《百年中国儿童文学编年史》（湖南少年儿童出版社 2017 年版）、何卫青的《小说儿童——1980～2000：中国小说的儿童视野》（中国海洋大学出版社 2005 年版）等儿童文学史著作。

除文学史专著以外，也有论文对儿童文学史的写作提出独特的看法，比较有代表性的如胡从经的《我国革命儿童文学发展述略》，该论文属于早期的儿童文学的研究性论文，论述的重点在革命儿童文学，放大了儿童文学的革命性，具有一定的时代色彩。文章认为"革命儿童文学在党的领导下，作为无产阶级革命文艺的一脉支流，很早就担负起以社会主义、共产主义思想教育新生一代的神圣职责"。作家柯岩的《漫谈儿童诗》从不同角度论述了儿童文学与成人文学的区别与写作特点，探讨了儿童诗的发展创作。柯岩认为诗是有自己特殊规律的，儿童诗则除了要遵循诗的一般规律外，还要受未成年的读者的特点所制约，并且与成人诗一样要受特定艺术规律的限制。儿童诗同样应该具有战斗性，同时还要表现时代精神。儿童文学与成人文学的主要不同不在它描写什么，而在于怎样描写。

20 世纪 80 年代以来，研究性文章逐渐增多，并且角度更加深入。何紫的《中国儿童文学一百年》试图梳理中国儿童文学的历史轮廓，指出中国儿童文学有两个"黄金时期"：一是五四运动到抗日战争前夕，二是新中国开创的前十年。该文主要依托的研究材料是各种少年儿童刊物、各大书店出版的各种儿童丛书，从众多儿童作家的出现以及儿童翻译人士的出现、课程教材对儿童文学部分的改革变化等方面来梳理中国儿童文学的历史图景。

刘绪源的《尊重"本质"，慎作"建构"》中指出不能一味强调儿童文学的建构。在儿童文学发展中，毫无疑问儿童应该是第一位的，儿童文学的产生也是由于儿童这一特殊群体的特殊需求决定的，同时应当注重儿童文学本身的文化积累。只谈论"建构论"的儿童文学势必不能经受住时间的考验，也不利于架构完整合理的儿童文学。在此之前，国内便一直存在反对本质论的声音。

吴其南的《中国儿童文学理论的转折性变革：从"儿童本位"到"创造

儿童"?》对儿童文学的理论问题进行了进一步的思考与研究。他认为 21世纪以来，中国儿童文学理论领域毫无疑问发生了深刻的改变，当代西方儿童文学理论对儿童文学的理解首先和主要是从社会、作家、成人出发的。不仅作品是成人、作家创作的，"儿童""读者"、读者的兴趣、接受心理等也是作家创造的。总的来说，儿童文学理论的主要问题是关于"儿童主体性建构的探讨"。朱自强的《"反本质论"的学术后果——对中国儿童文学史重大问题的辨析》①对儿童文学学术界出现的反本质论这一重要学术动向进行探讨。朱自强通过对"反本质论"实际使用效果的具体考察，揭示了当下的反本质论者在中国儿童文学史的一些重大问题研究上出现的学术状况，以求引起学界对反本质论的学术研究的反思，同时认为学界应该时刻以审视的眼光对待各种理论。

儿童文学作家曹文轩的《我的儿童文学观念史》②对 20 世纪 80 年代中期提出的"儿童文学作家是未来民族性格的塑造者"这一观念进行了修正，提出文学的意义在于为人类提供良好的人性基础。而曹文轩所说的好的人性基础至少应包括道义感、审美意义、悲悯情怀。

束沛德、高洪波主编的《中国儿童文学年鉴》自 2001 年开始连续出版五年，对每一年我国儿童文学创作、评论等进行总结整理，反映每一年度的儿童文学发展态势与儿童文学创作态势。

儿童文学史研究一直是学界研究的重点问题，除上述所列文章之外，还有赵霞的《儿童文学史研究中的文化史观》、吴雯莉的《儿童文学与文学史书写》、刘绪源的《"为儿童"而创作》、彭斯远的《应重视儿童文学史研究》、朱自强的《"本质论"与"建构论"的融合——论〈中国儿童文学史略(一九一六——一九七七)〉的文学史研究方法》、杜传坤的《重写儿童文学史的新突破》、闫桂萍的《近代中国儿童文学研究》、方卫平的《从"事件的历史"到"述说的历史"——关于重新发现中国儿童文学的一点思考》、朱自强的《新世纪中国儿童文学的困境和出路》、韩进的《百年中国儿童文学》、俞义的《中国儿童文学史论的开拓与创新——简评朱自强的〈中国儿童文学与现代化进程〉》、张锦贻的《对中国现代儿童文学的再

---

① 朱自强：《"反本质论"的学术后果——对中国儿童文学史重大问题的辨析》，载《中国海洋大学学报(社会科学版)》，2013(5)。

② 曹文轩：《我的儿童文学观念史》，载《文艺报》，2017-02-13。

认识——评《中国现代儿童文学史》》等文章。

二、作家作品研究的深化与全面化

自 1949 年新中国成立以来到 1966 年，儿童文学进入到一个创作的黄金时期，新老作家创作了一批作品，如张天翼的小说《罗文应的故事》、冰心的散文《小橘灯》、徐光耀的小说《小兵张嘎》、严文井的童话《唐小西在下次开船港》、贺宜的童话《小公鸡历险记》、陈伯吹的童话《一只想飞的猫》、柯岩的儿童诗《"小兵"的故事》等。进入 20 世纪 80 年代，童话杂志《童话大王》于 1985 年诞生，郑渊洁创作了大量的儿童文学作品。近年来随着曹文轩的获奖，儿童文学创作进入又一个黄金时代。在儿童文学大量创作的背景下，儿童文学的作家作品研究也成为儿童文学学术研究的一个重要方面。随着一些新的话语理论的提出，作家作品的研究走向深化与全面化。

蒋风、樊发稼主编的"中国著名儿童文学作家评传丛书"是作家作品研究的重要成果，囊括了五四新文化运动以来代表性儿童文学作家的评传，如张锦贻的《冰心评传》(1998 年)、汪习麟的《贺宜评传》(1998 年)、王炳根的《郭风评传》(1998 年)、马力的《任溶溶评传》(1998 年)、巢扬的《严文井评传》(2000 年)、张锦贻的《张天翼评传》(2000 年)、韩进的《陈伯吹评传》(2001 年)、汪习麟的《洪汛涛评传》(2003 年)、彭斯远的《叶君健评传》(2004 年)等，通过对重要作家作品的梳理，为儿童文学作家的研究提供了丰富的资料，同时为儿童文学史的研究提供了详尽的史料。

樊发稼的《追求儿童文学的永恒》(河北教育出版社 2000 年版)对一些重要的儿童文学作品进行了评述，如将长篇儿童小说《男生贾里》《女生贾梅》称为是"新时期少年儿童的心灵之歌"，而《草房子》则是追求儿童文学的永恒等。该著涵盖内容广泛，评论作家作品众多，从理论出发，又回归于文本，是儿童文学研究的重要著作。

吴其南的《守望明天——当代少儿文学作家作品研究》(宁夏人民出版社 2006 年版)是一部厚重的作家论，试图"对发展中的中国儿童文学有一个近距离的感受"，全书探讨了柯岩、孙幼军、曹文轩、秦文君、班马、梅子涵、周锐、邱易东、韦伶的文学实践，对文本进行了深入而深刻的解读。张美妮的《张美妮儿童文学论集》(重庆出版社 2001 年版)同样也是一部作家作品研究的重要著作，细致而精到地总结了包括冰心、张天翼、曹文轩等作家的作品，同时还涉及国外著名作品的分析，如《木偶奇遇记》《豪夫童话集》等，视野更加开阔。

此外，较为有代表性的还有彭斯远等选编的《少年精神世界的守望者》(新疆人民出版社 2003 年版)、刘绪源的《文心雕虎——儿童文学的奥秘》(少年儿童出版社 2004 年版)、周晓的《周晓评论选续编》(少年儿童出版社 2004 年版)、苏平凡的《希望的文学：苏平凡与儿童文学》(安徽少年儿童出版社 2004 年版)、周更武主编的《守望的情结——蒋风的儿童文学世界》(香港新天出版社 2005 年版)、谭旭东的《重绘中国儿童文学地图》(西北大学出版社 2006 年版)、孙建江的《童年的文化坐标》(明天出版社 2006 年版)等著作。

作家作品研究的专著通常涉及多位作家，对其创作的根本特点以及文学史意义加以评述。而对作家具体创作方式和创作特点的分析多集中于一些论文中，其中硕博论文占据了重要地位。

黄家银的《透过幻象的帷幕——郑渊洁童话现实性浅谈》一文认为对传统教育观念的反驳和挑战构成了郑渊洁童话的一个贯穿始终的主题。文章认为郑渊洁的童话创作充满了现实性，他结合时代社会现象，密切关注少年儿童的生活状况与生活环境，所有这些外部的环境以及社会状况都为作家的创作提供了素材和灵感。田园的《试论郑渊洁童话的陌生化特征》主要从主题、情节、形象和语言入手，论述了郑渊洁童话中的陌生化的特征。

宋立国的《论陈伯吹的童话创作》提到了陈伯吹童话创作独具一格的生成机制，既包含着对陈伯吹生活经历、情感经历和自身对于文学的理解，也包含着在不同的时代环境和意识氛围中其童话创作的深层心理发生与形成机制。文章分析了陈伯吹童话中的夸张、想象等基本艺术特征，还着重解读了"童心论""滑稽的兴味""二元结构的叙事互动"和"梦"的营造等多重艺术审美空间，指出陈伯吹的童话创作实现了"童话本身就是一种美"的美学要求，并且在潜移默化中以一种温和的方式实现儿童的美育功能。

刘婷婷的《郑振铎儿童文学研究》是对郑振铎儿童文学创作特点的研究。这篇文章认为郑振铎的儿童文学创作建构起了"重趣味""为人生"等的"儿童本位"观念。此外，儿童文学的启蒙教育功能也是郑振铎看重的一个重要方面，其作品注重寓教于乐，直面人生，具有丰富活泼的生活态度，塑造了一系列生动可感的形象。语言生动、活泼，是一种夸张化的戏剧语言，便于儿童的阅读和接受。值得一提的是，欧化的白话的运用尤其是简单英文词语的引入，丰富了中国儿童文学的话语体系。张冠群的《张炜儿童文学创作研究》认为张炜将儿童文学的美育功能融合到了纯文学的创作之中，语言和思维也完美地融合到了一起。文章指出，张炜写作的重要特色是将文学与故事完美融合，小说具有浓郁的奇幻色彩。张炜的儿童小说在动物叙事上也独具特色，他采用"动物人格化"的手法进行写作，这一特征主要体现在张炜对动物之间关系的展现以及对社会现实问题的关注等方面。

孙思雨的《曹文轩儿童小说的悲悯精神研究》首先对曹文轩的儿童小说作品进行梳理，通过"乡土中的成长喜忧""初尝世态的流浪情结""少男少女的懵懂情感体验"与"少年'残缺'的内心世界"四个类别，来考察曹文轩儿童小说的特征。文章指出，曹文轩认为好的文学既要有文学性也要有深刻性，文学的永恒主题是弘扬人类的美和善。徐静静的《论曹文轩儿童小说中的苦难书写》认为苦难在曹文轩的儿童小说中既是一种生活底色，同时又是生活的原质，其重点表现为背景的苦难和磨砺性格的苦难。文章主要从两个方面探讨了这种苦难书写形成的原因，一是作家的悲悯情怀，二是美与苦相伴相生的作家苦难观。

郝妍的《新时期以来中国儿童文学的成长主题研究——以曹文轩、郑渊洁、谭旭东的作品为中心》则进行了儿童文学的主题研究，以曹文轩、郑渊洁、谭旭东的作品为切入点，从不同维度对成长主题进行解读，并结合曹文轩、常新港等作家的作品对儿童小说中的成长模式进行分析。

儿童文学作家作品众多，因此，作家作品研究在新中国 70 年来一直呈现出繁荣发展的态势。作家作品研究是进入文学研究的基础性研究，近年来研究方向、角度不断扩大，并且数量众多，除上述所列之外还有陈会的《严文井童话研究》、黄贵珍的《中国儿童文学发生期的完成与未完成——兼论叶圣陶童话创作存在的问题》、郭子涵的《幻想·游戏·幽默——以"皮皮鲁"形象为例探析郑渊洁儿童文学观》、姜建的《叶圣陶的儿童文学创作与"五四"启蒙精神——以〈稻草人〉等童话为视域》、李婷的《"为儿童"与"为人生"的交织与碰撞——叶圣陶童话集〈稻草人〉研究》、钟晓晴的《周作人儿童文学主张的美学旨归》、梁娜娜的《叶圣陶的儿童文学创作和儿童教育研究》、沈明的《英子的儿童文学研究》、陈晓斌的《从具体各类词语的使用上看儿童文学的语言》、张辉的《论冰心儿童文学创作的童心美》、彭斯远的《成长：当下儿童文学的精神底色》、王蓓的《死亡在儿童文学作品中的表现》、陈昕的《穿行在光影交错的空间里——略论网络对儿童文学创作主体的影响》、张卫华的《儿童文学游戏性的文本解析》、高小弘的《论儿童文学创作中的游戏精神》、徐型的《丰子恺的儿童文学创作》、卓如的《论冰心的儿童文学创作》等文章。

三、儿童文学的本土性与世界性

中国儿童文学是在中外儿童文学的共同滋养下发展起来的，随着儿童文学创作黄金期的到来，作家创作也呈现出不同的特点。从中国儿童文学内部来看，以区域划分的儿童文学研究，如作家群体研究、区域文学史研究成为学界关注的热点；从世界儿童文学角度来看，将中国儿童文学放在世界文学的大背景之下来进行观照，探究中国儿童文学与世界儿童文学的相互影响的关系，对世界各国的儿童文学进行归纳整理研究成为儿童文学世界性研究的重要方面。

（一）地域文化视野下的儿童文学研究

儿童文学自身就具有丰富性与多样性，近年来随着跨学科研究的兴盛，儿童文学的地域性也成为新的研究方向。相关论著或以某一个特定区域的有代表性的作家作品为研究重心，探究地域儿童文学发生发展的轨迹；或以文学史的方式来对某一地区的儿童文学进行梳理，试图构建完整的地域儿童文学史。

马力等所著的《东北儿童文学史》（春风文艺出版社 1995 年版）将东北儿童文学的发展划分为不同的时期，将古代至五四前的东北儿童文学称为"沉睡期"，五四到新中国成立前的东北儿童文学为"觉醒—曲折—复兴期"，新中国成立后至"文化大革命"前为"奋进期"，改革开放以来为"繁荣期"，对东北儿童文学进行了阶段性的梳理，并对主要作家作品进行分析整理。刘鸿渝主编、云南省文联文艺理论研究室的《云南儿童文学研究》（晨光出版社 1996 年版）整理了云南儿童文学的研究，归纳总结了云南儿童文学研究的概况以及研究特点。张锦贻的《民族儿童文学新论》（内蒙古教育出版社 2000 年版）梳理了中华各民族儿童文学发展轨迹以及中国当代儿童文学的新发展，并且提出了儿童文学新动向：儿童报告文学的兴起。该著作突出的特点是从海峡两岸交流的角度来看中华儿童文学的发展，认为"幻想性是儿童艺术创作思维的核心"。其研究甚至将笔触带到了少数民族聚居之地，发掘出少数民族儿童文学独特的精神表征与艺术形态。邱各容的《台湾儿童文学史》（五南图书出版股份有限公司 2005 年版）对台湾地区的儿童文学发展史进行梳理总结，将 20世纪 90 年代以前每十年划分为一个阶段，对每个阶段的儿童文学刊物、儿童文学活动都进行了归纳。

陈子典主编的《广东当代儿童文学概论》（广东高等教育出版社 2005年版）勾勒出新中国成立 50 多年来广东儿童文学发展的轨迹，描绘了50 多年来广东儿童文学的历史面貌，揭示了广东儿童文学发展的规律以及受到的种种外界因素的影响。彭斯远、黄明超主编的《西南儿童文学作家作品论》（伊犁人民出版社 1998 年版）是对于西南儿童文学研究的总结归纳，认为地理环境与文化背景影响着西南儿童文学作家的性格思维和精神气质，进而影响到儿童文学作品的文化品格、审美叙事等。

彭斯远的《重庆儿童文学史》（重庆出版社 2009 年版）以文学史的方式观照重庆地区的儿童文学的发展，对从艰辛的开拓期到辉煌的繁荣期的每一阶段都给予了梳理总结，并以问题的形式总结重要的作家创作个案，由点到面，由局部到总体，以史带论，是地域儿童文学研究的重要著作。哈斯巴拉等的《蒙古族儿童文学概论》（辽宁民族出版社 2002 年版）系统介绍了蒙古族的儿童诗歌、儿童小说、儿童散文、儿童好来宝、儿童歌词、儿童报告文学等，对研究蒙古族儿童文学具有重要意义。张锦贻的《发展中的内蒙古儿童文学》（内蒙古人民出版社 2004 年版）主要包括三个主要内容，一是内蒙古儿童文学专论，二是内蒙古儿童文学作家作品论，三是内蒙古民间儿童文学论，内容更为系统。

李利芳的《中国西部儿童文学作家论》（中国社会科学出版社 2013 年

版)是国内外第一部中国西部儿童文学作家论专著,该书从个案研究出发,以新时期以来的 15 位西部儿童文学作家为个案研究对象,即吴然、乔传藻、沈石溪、赵燕翼、汪晓军、高凯、邱易东、杨红樱、李开杰、钟代华、王宜振、安武林、李凤杰、郭文斌、李学斌,系统深入地考察了每位作家的创作历程,在细致的文本分析基础上,分析了中国西部生态环境与西部儿童文学之间错综复杂的关系、西部儿童文学与西部儿童生存状况之间密切的互动关系。研究内容凸显了西部儿童文学的本土化、主体性特征,彰显了其特有的"西部精神"的文学内涵与美学价值,对于学界更深入地了解、感受西部儿童文学的文本价值及美学内涵有重要的意义。

王泉的《儿童文学的文化坐标》(湖南师范大学出版社 2007 年版)以文化为切入点,探讨了 20 世纪 90 年代以来儿童文学创作与传统文化、现代主义文化、后现代主义文化和地域文化的关系。

相关论文主要有蒋风的《走向 21 世纪的香港儿童文学》,文章对香港的儿童文学进行了简要而系统的梳理,认为香港儿童文学的特色是 20 世纪 80 年代以后才凸显出来的。之前香港虽也出版过一些当地的儿童读物,但大多是大陆儿童读物的翻版或改写。并且在香港创办的儿童刊物都没有维持很长时间,也没有高质量的作家作品出现。近一个世纪来,香港儿童文学有过两个十分明显的高峰:一是 40 年代,二是 80 年代。80 年代以来香港儿童文学才逐渐走向自觉。

姚苏平的《江苏儿童文学四十年(1978—2018)》认为改革开放 40 年以来,江苏儿童文学获得了长足发展,既有整体趋势的变化,也有作家代际的差异。文章将 21 世纪前后作为江苏儿童文学发展的分水岭,认为 1978 年到 2000 年,江苏儿童文学作家创作的重要特点是将童年回忆与江苏地域特色融合,儿童形象的书写也上升到了民族的高度;到了 21 世纪前后,江苏儿童文学进入了繁荣发展的黄金期,年轻作家大规模地出现,创作方式从儿童日常生活切入,以实际境遇以及历史文化等视角表现童年生活的广度和深度,提高了儿童文学创作的高度,并深化了其内涵。李玲玲的《蒙古族儿童文学及批评研究》基于新中国成立以来的蒙古族儿童文学批评数据统计,系统地阐释了蒙古族批评家对儿童文学本质和特点的看法。文章从文学本质论角度阐述了蒙古族儿童文学的概念、语言要求、语言特征以及审美作用，并从文学特征方面阐述了蒙古族儿童文学独特的风格以及塑造儿童形象的方式和原则。

此外，旦知加的《论藏族儿童文学》、韦苇的《浙江儿童文学 30 年业绩评估》、林文宝和谈凤霞的《台湾儿童文学研究领域的重镇——林文宝教授专访》、邓琴和温存超的《地域自然、民族文化资源与广西儿童文学创作》、孙建江的《中青年儿童文学作家群的地域呈现》、周利的《新时期以来陕西儿童文学创作研究》、邓琴的《论地域文化背景下的广西当代儿童文学创作》、陆敏洁的《新时期江苏儿童小说中的成长叙事》、张元的《浅谈中国西部儿童文学的地域特色与实际问题》、石兆萍的《新时期云南儿童文学创作研究》等文章都从地域文化的角度出发，对儿童文学的创作进行地域视野的审视，并试图归纳其创作特点和创作规律。

（二）跨文化视野下中国儿童文学研究

自五四时期儿童文学在中国得以确立和发展以来，外国的儿童文学一直是中国儿童文学发展的重要资源。从五四时期的译著到新中国成立以来西方儿童文学的不断传入，再到 21 世纪以来多媒体技术的运用，儿童动画等多种传媒方式的发展，更促进了中外儿童文学与文化的交流融合。跨文化视野也就成了儿童研究的重要方向。

韦苇编著的《世界儿童文学史概述》（浙江少年儿童出版社 1986 年版）是国内第一部关于世界儿童文学的史著，该书较为全面地介绍了世界儿童文学发展的面貌，从 18 世纪儿童文学的发生一直论述到当代儿童文学的发展，并且在关注世界儿童文学发展的同时没有忽略中国儿童文学的发展，因此其中除了对于世界儿童文学的论述，还有对中国儿童文学的讨论。张美妮主编的《世界儿童文学名著大典》（中国文史出版社 1991 年版）分为上下两卷，上卷为外国部分，分别介绍了英国、法国、德国、意大利等国家和地区的 1135 篇儿童文学作品；下卷为中国部分。该书介绍和评价了古今中外上千篇儿童文学名著，包括小说、童话、诗歌、散文、科学幻想等作品的内容及作者生平。但由于写作体例的限制，该著作并没有梳理世界儿童文学发展的脉络，也未能将中国儿童文学与世界儿童文学结合起来加以叙述。汤锐的《比较儿童文学初探》（湖北少年儿童出版社 1990 年版）贯彻"中西儿童文学的差异正是中西文化差异性的生动艺术体现"思路，整体性地从中西文化交流的视野上来比较中外儿童文学，从童年经验、生存意识、群体与个体等理论方面展开比较。蒋风主编的《世界儿童文学事典》(希望出版社1992年版)是一部世界性儿童文学百科类图书，涉及世界多国的儿童文学作家、儿童文学作品及形象、儿童文学奖等。这些研究成果全方位地展示了世界各国儿童文学发展情况，但中外交流的意识不强，许多成果并没有将中外对话这一关键问题表现出来。彭懿的《西方现代幻想文学论》(少年儿童出版社1997年版)最早将日本"幻想文学理论"引入中国。该书对欧美等国的现代幻想文学进行了一次全方位的梳理，并对经典作家作品进行介绍和评述，为21世纪中国儿童文学的研究提供了新的角度和空间，推动了中国儿童文学界"大幻想文学"浪潮的兴起。

此外，也有对某个国家儿童文学发展的专题性研究，如吴其南的《德国儿童文学纵横》(湖南少年儿童出版社2015年版)。这是一部关于德国儿童文学研究的著作，主要探讨了19世纪以前、浪漫主义时期、19世纪中期至20世纪中期等不同时期德国儿童文学的发展特点。

学界对于世界儿童文学的研究已经涉及多个国家，如韦苇的《西方儿童文学史》(湖北少年儿童出版社1994年版)、虞建华的《新西兰文学史》(上海外语教育出版社2015年版)、方卫平的《法国儿童文学史论》(湖南少年儿童出版社2015年版)、黄源深的《澳大利亚文学史》(上海外语教育出版社2014年版)、朱自强的《日本儿童文学导论》(湖南少年儿童出版社2015年版)、李梅和杨春的《捷克文学》(外语教学与研究出版社1999年版)等著作都涉及国外多个国家的儿童文学。学者们通过对国外儿童文学的审视，一方面推动了中国儿童文学的研究，另一方面使中国儿童文学走向世界文化视野。

四、教育视野下的儿童文学

儿童文学总是与儿童教育密不可分的，儿童文学应当如何创作、儿童文学如何承担儿童的教育功能等都成为儿童文学研究讨论的重点问题。新中国成立之后，对于儿童文学的重视就是从儿童教育这一方面入手。并且随着儿童文学创作的繁荣，与之相关的文学研究也进入一个更加深入的阶段。在论及作家创作时，往往会提及作家创作的儿童文学所带有的一定的教育功能。

贺宜的《儿童文学创作的一个关键问题——儿童化》是较早的关于儿童文学创作方面的一篇文章。他提到了儿童文学创作的一个关键性问题——儿童化。在贺宜看来，存在两种儿童文学：一种是儿童的儿童文学，另一种是成人的儿童文学。真正的儿童文学不在于"刊载于成人的文艺刊物上还是刊载于儿童刊物上，也不在于它们是不是印成了专供儿童阅读的单行本"，问题的核心在于"这些作品是不是对于儿童有用，是不是为儿童所喜爱"。贺宜以"儿童化"来衡量文学作品是不是儿童文学的观念，并未真正廓清儿童文学的概念，因为"儿童化"的标准很难从根本上区别"写儿童"与"为儿童"。鲁兵的《我国儿童文学遗产的范围》中首先指出儿童文学界存在着两种声音：一种是"以作品是否写儿童为标准，写儿童的就是儿童文学，否则就不是儿童文学"；另一种则"以作品是否为儿童创作的为标准：为儿童创作的就是儿童文学，否则就不是儿童文学"。在他看来，一个作品是否属于儿童文学，只能从作品的本身去检验，这才是最可靠的办法。"一个作品是否属于儿童文学，就要看它是否具有儿童文学的特点。"贺宜和鲁兵都确认了儿童文学的一个关键问题，即儿童文学必须符合儿童的特质，好的儿童文学必须被儿童接受和喜欢。这其中也包含了对于儿童文学教育功能的重申与确认。

20 世纪 90 年代以来，随着儿童文学作家创作的增多，对儿童文学的教育功能的研究也进入一个新的阶段。研究通常将作品中的育人功能当作作家创作的一种特质，认为作家之间的创作方法不同，作品中体现出的育人功能也有所不同。

于兴华的《新时期儿童文学观的美育意义》认为儿童文学是儿童美育的必要手段，其中体现的"儿童本位"的教育思想，对于打破封建思想的阻碍，提高儿童的地位是有极其重要的意义的。李学斌的《儿童文学与游戏精神》着重讨论了儿童文学的"游戏精神"，首次引用哲学解析儿童文学"游戏精神"，提出"自我表现"是"游戏精神"之深层心理动因；通过"游戏精神"与"儿童文学"之间的关系考察，揭示了"游戏精神"是儿童文学的"核心价值"，并且将"儿童文学之游戏性"分为"表层"和"深层"，用来区分"游戏精神"的不同境界；提出游戏精神的审美发生机制是由于"儿童观""童年幻想""儿童幽默"共同作用的结果，并对当下儿童文学的游戏精神反映出来的种种问题进行反思。刘晓东的《儿童精神哲学》(南京师范大学出版社 1999 年版)和《儿童文化与儿童教育》(教育科学出版社 2006 年版)主要从儿童文学与文化的角度对儿童文学进行新的讨论。例如，关于"儿童是谁"阐释，从"儿童是人，但不是小大人""儿童是'探索者'和'思想家'""儿童是'艺术家''梦想家'和游戏者""儿童是自然之子""儿童是历史之子""儿童是成人之父""儿童是成人之师""儿童也是文化的创造者"八个方面，对"儿童"观念作了系统性的解释，将儿童的地位、意义与价值提到了前所未有的高度。

李琳的《论冰心儿童文学中的育人功能》以具体的作家作品来探讨儿童文学的教育功能。作者认为冰心"爱"的教育具体包括"培养儿童的同情心""仁爱之心""感恩之心""爱美之心"以及"爱国情怀"。育人方法包括平等对话、投其所好、深入浅出地讲道理和激发儿童主动去爱人这几种。骆蕾、谭斌的《"彼得·潘写作"视野下儿童的生活与教育——我们如何创作儿童文学，儿童文学如何塑造我们的儿童》认为儿童文学在不同历史时期都扮演过教育儿童、为儿童树立榜样的角色，并且儿童的知识是通过儿童文学这个平台不断地建构起来的。在此认知的基础上，文章从"彼得·潘写作"视野入手，通过对成长、成熟、社会化、教育等既有观念的社会学反思，重新审视儿童的生活与教育。

周冬的《发现儿童与教育儿童——论五四新文学作家的儿童观及其创作实践》将儿童文学的教育观以及对儿童的重视追溯到五四时期，认为五四时期对儿童的个体独立价值的认识和肯定，是中国现代儿童文学创作与观念确立的起点。文章侧重阐述时代历史背景，注重作家个人经历对作品产生的影响，选择其中最具代表性的人物，结合他们自身的发展经历分析其儿童观，概括出现代儿童观的基本内涵，并从儿童文学作品塑造的人物、情节等方面分析了其儿童观对他们文学创作的影响。除了时代背景的影响，国外理论的引入也对现代儿童观的形成起到了重要作用，如杜威的"儿童本位论"等，这些理论都是中国现代儿童观形成的重要推动力量。

郑轶彦的《论 21 世纪语文教师的儿童文学理念教育》通过对中小学语文教学中儿童文学教育存在的主要问题的调查，发现儿童文学启蒙教育在语文教学实践中是没有引起足够重视的，儿童文学也没有在教学活动中起到重要作用。其中一个关键问题就是语文教师对儿童文学缺少了解。文章主要分析中小学儿童文学教育的现状与问题、对儿童文学的正确认识理解、对儿童文学文体知识的准确把握以及充分发挥儿童文学的启蒙作用四方面。李学斌的《儿童文学的多维阐释》（湖南少年儿童出版社 2016 年版）梳理总结了儿童文学与儿童教育，提出了儿童文学教育与语文教育的关联和儿童文学的课程价值，并研究总结了儿童文学如何具体运用于教学实践中。

然而，过于强调儿童文学的教育性，势必会削弱儿童文学的文学性，部分学者注意到了这一点，周晓在《儿童文学札记二题》中指出，儿童文学的本质是文学，教育作用只是儿童文学的一种功能，要把儿童文学从狭隘的机械的政治思想和道德伦理的灌输中解放出来。将儿童文学从作为教育的工具中分离出来，即继续强调儿童文学的独特审美性和文学性。陈伯吹的《卫护儿童文学的纯洁性》认为："文学的高贵处，不仅在于让读者全身心地获得愉快的美的享受，更重要的在于以先进的思想启示人生的道路，促使人作出道德范畴内的高尚行为，推动社会前进。"[1]对于陈伯吹将儿童文学的教育性视为"纯洁性"的看法，方卫平发文提出不同的看法。在《近年来儿童文学发展态势之我见——兼与陈伯吹先生商榷》一文中，方卫平在肯定儿童文学教育功能的前提下，认为"把'教育作用'当成我们儿童文学观念的出发点，在客观上却造成了儿童文学自身品格的丧失"[2]，因此在教育性的前提下，仍要注重文学性与文学品格。刘绪源的《对一种传统的儿童文学观的批评》重申了儿童文学的审美的重要性，指出"儿童文学的本质只能是审美"，"只有以审美作用为中介，文学的教育作用与认识作用才有可能实现"[3]。对于文学性与教育性的争论，正显示了儿童文学研究的多样性与丰富性。

21 世纪以来，随着多媒体技术的不断发展，儿童文学的输出方式也从单纯的文字输出变得更加多元化。促进了学界对于多媒体运用背景之下的关于儿童文学与教育的研究。杨鹏的《卡通叙事学》（湖北少年儿

---

[1]　陈伯吹：《卫护儿童文学的纯洁性》，载《解放日报》，1987-06-04。

[2]　方卫平：《近年来儿童文学发展态势之我见——兼与陈伯吹先生商榷》，载《百家》，1988(3)。

[3]　刘绪源：《对一种传统的儿童文学观的批评》，载《儿童文学研究》，1988(4)。

童出版社 2003 年版)以美国和日本的商业卡通为研究对象，旨在探讨卡通故事创作的艺术规律以及中国原创卡通的出路问题。彭懿的《图画书：阅读与经典》(二十一世纪出版社 2006 年版)介绍了国外 64 种经典图画书，通过具体的阅读体验向读者提供阅读图画书的经验，向中国儿童文学界作了一次有效的图画书"普及教育"。

叶圣陶说过："小学生既是儿童，他们的语文课本必得是儿童文学。"①随着语文教学改革的深入，儿童文学的重要性研究以及儿童文学对语文教学的影响作用，已成为儿童文学研究的一个重要增长点。周晓波主编的《当代儿童文学与素质教育研究》(少年儿童出版社 2004 年版)从当代少年儿童的阅读状况切入，论述文学在思想教育、品德教育方面的意义，并探讨如何通过课程、教学等手段培养少年儿童的文学兴趣。朱自强的《小学语文文学教育》(东北师范大学出版社 2001 年版)提出儿童是语文教育的主体，文章在此基础上对小学语文教材的文学文体进行论析，如诗歌、童话、寓言、故事、小说等，并从小学教材、阅读教学等方面对语文教育提出了方案和策略。孙建国的《儿童文学视野下小学语文教学研究》(光明日报出版社 2010 年版)主要研究儿童文学应该如何更好地运用于小学语文教育。他提出在儿童文学视野下，要变革小学语文教学，让学生探索、自主、快乐地学习，在此基础上提高儿童审美能力、创造能力和综合素质，促进儿童全面发展。王泉根、赵静等的《儿童文学与中小学语文教学》(广东教育出版社 2006 年版)一书，从"课程资源研究""比较教育研究""对策研究""文体教学研究""实践研究"五个方面系统探讨了儿童文学与中小学语文教学的关系，并就当前语文教学存在的问题提出了看法和可行的对策。

新中国 70 年也是儿童文学繁荣发展的 70 年。在这 70 年间，儿童文学的研究方向向多维度、多层次拓展，研究对象随着儿童文学创作热情的高涨而不断增加，研究范式向多学科迈进。随着儿童文学创作的继续繁荣，儿童文学研究也必将向更深程度、更广维度发展。

---

① 叶圣陶等：《我和儿童文学》，3 页，上海，少年儿童出版社，1980。

第五章
传统与现代交汇下的戏剧影视文学研究

自 1949 年新中国成立以来，戏剧影视文学研究理论不断成熟，研究内容不断细化，研究方法不断推陈出新，不仅反复探讨了戏剧与文学的关系、影视文学的文学性等传统经典问题，还引入了比较研究、文化研究、心理学研究等新的研究方法，从现代性的角度分析和探讨戏剧影视文学，拓宽了研究的视野。研究内容及方向主要集中在以下四个方面：戏剧影视文学的理论探索、戏剧影视文学史的建构、戏剧影视文学作家作品考察、戏剧影视文学作品改编问题探讨。

一、戏剧影视文学的理论探索

20 世纪五六十年代开始，影视文学理论逐渐开始走向成熟。1953 年，陈荒煤在《作家要努力创作电影剧本》一文中首次提出了电影文学"基础说"。文章指出："电影剧本是影片的基础。没有好的电影剧本，就会造成电影艺术思想上和艺术上的严重失败；凡是根据生活基础薄弱和思想性较差的电影剧本而摄制的影片，无论多么优秀的导演和演员也无法弥补其先天的缺陷。"①在此之后，他又先后发表了《为繁荣电影剧本创作而奋斗》《从电影的"基础说"开始》等多篇文章来论述这一观点。剧作家柯灵也提倡电影文学剧本"基础说"，他在《电影剧本的特点》一文中对戏剧与电影的表现方法进行了比较，并进一步强调了电影剧本对于电影文学创作的重要性。柯灵认为："电影剧本是电影艺术的基础。电影剧本本身，已经被公认为一种独立的文学形式，但写作电影剧本唯一的目的是为了拍摄电影；虽然它同时也可以作为一种文学读物而存在。"②

1958 年，张骏祥的论文集《关于电影的特殊表现手段》由中国电影出版社出版，该书收录了《关于电影的特殊表现手段》《电影剧本为什么会太长》《关于开展戏剧冲突的一些问题》等文章。在《关于电影的特殊表现手段》一文中，张骏祥提出了"电影特殊手段"说，认为电影的文学性与电影的影响性是电影艺术的基本属性和特殊手段。该著作为此后的电影特性研究提供了重要的参考。

1959 年，夏衍的《写电影剧本的几个问题》由中国电影出版社出版，该书不仅从电影的"第一本""蒙太奇"、人物出场、结构、脉络和针线等方面探讨了电影创作的手法与技巧，将"蒙太奇"纳入电影编剧的叙事艺术中，而且探讨了电影文学民族化的问题。该著作被视为 20 世纪 50 年代电影文学理论的代表作，具有一定的价值和意义。

20 世纪 70 年代末至 80 年代，电影与戏剧关系是影视文学理论探索的一大重点。1979 年，白景晟在《电影艺术参考资料》发表了《丢掉戏剧的拐杖》一文，提出电影要丢掉戏剧的"拐杖"，要打破以往用戏剧的概念来谈论电影或运用戏剧构思来编写剧本的传统戏剧电影观念。1980年 3 月 19 日，电影评论家钟惦棐在写给丁峤的信中首次提及"戏剧与电影离婚"的看法。钟惦棐认为，电影作为第七艺术，它虽然和其他艺术之间有着密切的联系，但必须要有独立性。"如果我们从战术上提出这个问题，打破场面调度和表演上的舞台积习，取消镜头作为前排观众在一个固定席位上看戏的资格，并以两年三年为期，使摄制组全体心怀银

---

① 陈荒煤：《作家要努力创作电影剧本》，见《解放集》，71 页，上海，上海文艺出版社，1980。

② 柯灵：《电影剧本的特点》，载《电影艺术》，1958(2)。

幕，这样是否更有利于电影艺术的发展？"①此后，钟惦棐又在《"离婚"一案》《论社会观念与电影观念的更新》等文章中谈及此问题。

针对上述文章，学界展开了激烈讨论。例如，邵牧君在《现代化与现代派》一文中对《谈电影语言的现代化》中电影语言的"戏剧化"与"虚假性"、"新"和"旧"等问题的叙述提出了质疑。他认为，主张电影"摆脱戏剧冲突律的影响，不再依赖戏剧冲突来推动和发展故事"的观点，是一种"非戏剧化"的观点。此外，他还提到，在艺术表现技巧和手法上并不存在一个以新代旧的淘汰式发展过程，只有一个不断创新、新旧并存的累积式发展过程。②余倩也在《电影应当反映社会矛盾——关于戏剧冲突与电影语言》一文中对非电影戏剧化的观点提出了批评。文章指出，电影如果排除了戏剧矛盾和戏剧情节，也就排除了它的塑造人物性格、创造艺术典型、揭示现实关系、反映社会矛盾、反映生活本质和生活规律的可能性，从而可能丧失或缺乏电影艺术对现实的形象把握、形象认识的可能性。这样，电影就难于形象地、深入地反映现实的真实而具有思想艺术价值。③与邵牧君、余倩等人的观点有所不同，1980年9月，郑雪来在《电影美学问题论辩》一文中肯定了白景晟、张暖忻、钟惦棐等学者要求电影摆脱戏剧化影响这个观点的合理性。他认为这个要求具有现实性意义。谭霈生在《"舞台化"与"戏剧性"——探讨电影与戏剧的同异性》中虽然承认了电影是一门独立的艺术样式，但认为这并不表示电影艺术不可以和戏剧相互借鉴。谭霈生认为，电影与话剧"离婚"，要离的是"舞台化"倾向，而不是"戏剧性"，"戏剧性"是不可缺的。④

除了对电影与戏剧关系的讨论之外，电影理论界也对剧本的文学性的问题展开了广泛探讨。1980年，张骏祥在国庆三十周年献礼片第二次导演总结学习会上发言，提出"电影就是文学""电影是用电影手段完成的文学"等观点，强调了电影的文学价值。张骏祥指出："现在有一种想法，好像影片艺术质量高低就看表现手法，甚至认为只要把外国电影

---

① 钟惦棐：《一张病假条儿》，载《电影》，1980(10)。

② 参见邵牧君：《现代化与现代派》，载《电影艺术》，1979(5)。

③ 参见余倩：《电影应当反映社会矛盾——关于戏剧冲突与电影语言》，载《电影艺术》，1980(12)。

④ 参见谭霈生：《"舞台化"与"戏剧性"——探讨电影与戏剧的同异性》，载《电影文学》，1983(7)。

里的七十年代技巧运用上了，电影就上去了。我们绝不反对学习七十年代技巧，但是针对某些片面强调形式的偏向，我们要大声疾呼：不要忽视了电影的文学价值。"①张骏祥的发言引起了学界的热烈讨论。王愿坚在《电影，看得见的文学》一文中指出，"电影的文学性，是电影本身所固有的特性之一"，"电影，就是看得见的文学"②。陈荒煤在《不要忘了文学》一文中对张骏祥的观点表示赞同，并强调电影文学是一种特殊的文学，而剧本是整部影片的基础，是电影发展的首要条件。文中指出："电影理论界有些同志强调电影是综合艺术，强调电影的特性、特殊表现手段，强调电影剧作的电影化，都是对的，可是千万不要忘了文学。"③郑雪来则对张骏祥"电影就是文学""电影是用电影手段完成的文学"等观点表示怀疑，他在《电影文学与电影特性问题——兼与张骏祥同志商榷》一文中指出，"电影的文学性"与"电影剧本的文学性"是两个不同的概念。电影剧本可以看成是一种文学，"但电影毕竟不限于运用文学表现手段，还可以通过多种艺术表现手段（画面结构、演员表演、蒙太奇、音响、色彩，等等）来体现所要表达的内容，而这些东西在电影剧本中往往都只能看到某些有限的提示"④。同年，郑雪来在《电影剧作理论探讨》一文中，对"电影文学"与"电影剧作"进行了细致的剖析，认为造成当前电影剧作理论混乱的主要原因之一就是"电影文学"和"电影剧作"概念的不清晰。此外，作者还在文中总结了电影文学剧本所具备的两大条件：一是要符合电影艺术规律要求，为电影的拍摄提供基础。二是剧本一定要具备一定的文学性和文学价值。张卫在《"电影的文学价值"质疑——与张骏祥同志商榷》中明确提出电影是一门独立艺术，是音乐、戏剧、舞蹈、文学等各类艺术的综合体，所以不应片面地强调电影的文学性，忽略电影艺术的综合性。文中写道："电影既然做为一门独立艺术，也就必然有独立地表现思想，创造典型的功能。有观察、提炼、表现生活的直接性，不需要其它艺术做它的中介和桥梁。如依靠其它姐妹艺术代行职权，它自己就失去了存在的意义。所以用'文学价值'

---

① 张骏祥：《用电影表现手段完成的文学》，载《电影文化》，1980(2)。
② 王愿坚：《电影，看得见的文学》，载《电影文学》，1980(9)。
③ 陈荒煤：《不要忘了文学》，载《电影剧作》，1982(1)。
④ 郑雪来：《电影文学与电影特性问题——兼与张骏祥同志商榷》，载《电影新作》，1982(5)。

的提法来表示电影的思想内容、典型形象等概念，显然是不公平的。"①
在此之后，翁世荣的《关于电影文学的浅见》、田申的《电影应该是文学的》、成德的《需要强调电影的文学价值》、钟惦棐的《电影文学要改弦更张》等文章都探讨了电影的文学性问题。

21世纪仍然有不少学者参与讨论和研究电影与文学的关系，例如，盘建的《选择、互动与整合：海派文化语境中的电影及其与文学的关系》（浙江大学出版社2006年版）采用了跨学科的研究方法，重新审视了20世纪20年代至40年代上海电影与文学、文化的联系；2007年，冯果的《当代中国电影的艺术困境——对电影与文学关系的一个考察》由上海文化出版社出版，该著作通过分析"第三代"至"第六代"电影人电影改编创作来探讨电影与文学的关系，角度新颖。

20世纪80年代以后，专门研究影视剧作理论的著作逐渐增多，例如，路海波的《电视剧编剧技巧》（南开大学出版社1986年版）不仅细致地分析了剧本的选材、剧本的流畅、剧作悬念的设置、剧本音响的处理等问题，还将电视剧与电影、话剧等其他艺术进行了对比，以此来突出电视剧创作的特点。

1984年，汪流的《电影剧作的结构形式》由中国电影出版社出版，在该著作中，汪流介绍了戏剧式结构、心理结构、西方现代主义电影结构等经典的结构样式，以期待打破我国电影结构单一的现状。1994年，中国电影出版社出版了汪流的《为银幕写作》一书，该书讨论了电影剧作和银幕真实、电影剧本的时空结构、电影编剧应向导演提供什么样的剧本等问题，分析了电影剧本与其他舞台剧本的不同之处。该著作强调，电影文学是为银幕写作的，所以剧作家在创作剧本时除了具备掌握视听语言和蒙太奇思维等能力之外，还应有为屏幕写作的意识，这样才能与小说和其他类型的剧本区分开来。

王迪的《现代电影艺术剧作论》（中国电影出版社1995年版）分别从电影的本性与特性、现代电影的非情节化、电影银幕的叙述、电影的主题和主题思想等多方面探讨和总结了电影剧作的理论，并列举了电影剧作案例来加以说明，对电影剧作理论的发展起到了重要的作用。

---

① 张卫：《"电影的文学价值"质疑——与张骏祥同志商榷》，载《电影文学》，1982(6)。

丁牧的《电影剧本创作入门》(中国广播电视出版社 1999 年版)以他自己创作的电影剧本《幽默大师》为例，探讨剧本的选材、构思、场景的设计、修改等创作过程中的一系列问题，使初学者能够更快地掌握剧本创作的步骤和方法。

2000 年，汪流的《电影编剧学》出版，该著作分为上下两编，将叙事与造型结合在一起进行讨论。与以往的剧作理论不同，该书着重强调电影剧本的含义只有通过造型的元素才能达到，这也是该著作的创新之处。

2002 年，中国电影出版社出版了刘一兵等人主编的《虚构的自由——电影剧作本体论》，该书突破了以往电影剧作理论研究著作的固定结构，不仅关注到了剧作节奏、修辞手法、魔幻现实主义、冲突律与反冲突律等此前较少注意到的问题，而且细致分析了王家卫、朱天文等新的电影剧作，拓宽了电影剧作理论的研究。

刘一兵主编的另一部著作《电影剧作观念》(中国电影出版社 2006 年版)将电影剧作的理论分为叙事的视点、剧作结构、人物性格与情感关系、剧作情节、模式与突破等方面来探讨，并尝试构建一套新的电影剧作理论体系，以适应新的电影剧作发展。

关于戏剧理论的探索，可以分为以下几个方面：

一是悲喜剧理论的研究。1957 年 3 月 18 日，老舍在《人民日报》上发表《论悲剧》一文，在该文中，老舍表示很难理解悲剧被冷落的现象，认为悲剧描写人在生死关头的矛盾与冲突，关心人的命运。它郑重严肃，要求自己具有惊心动魄的感动力量。细言在 1961 年 1 月 13 日发表的《关于悲剧》一文中探讨了悲剧的定义，指出悲剧总是社会生活里的不合理、不正常的现象，是美的被毁灭和正义的被压制。细言的文章发表之后，引起了学界的讨论，蒋守谦的《也谈悲剧——就悲剧含义等问题同细言同志商榷》、缪依杭的《谈悲剧冲突及其时代特征》、顾仲彝的《漫谈悲剧问题》等文章也都针对悲剧的定义、悲剧创作的特征问题进行了讨论。

1982 年以来，许多学者又针对悲剧理论的问题发表了自己的观点，例如，陈瘦竹的《悲剧往何处去》对我国悲剧创作的现状进行了探讨，并将悲剧的样式归为三类：英雄人物的悲剧、正面人物的悲剧、错误酿成的悲剧。陈瘦竹在文章中指出，反映现实生活的悲剧，既要歌颂悲剧主角的斗争精神和善良正直，深刻揭露产生悲剧的各种根源，又要写出正义得以伸张而邪恶终被惩处。这一类的论文还有田文信的《论艺术悲剧与生活悲剧》、周安林的《对社会主义时期悲剧的几点看法》、赵运田的《试论悲剧性的崇高》、高起学的《悲剧形象应当多样化》等。

喜剧研究方面，周诚在《试论喜剧》一文中将喜剧分为讽刺性喜剧和歌颂性喜剧，认为歌颂性喜剧的矛盾冲突主要建筑在巧合、误会的基础上，巧合、误会能创造出奇趣横生、引人入胜的情节。如果没有这些喜剧性情节，也就无从产生喜剧效果了。[①] 胡锡涛则认为，喜剧的矛盾冲突，应是"通过误会、巧合的形式来表现"，而非"主要是建筑在巧合、误会的基础上"，这种提法是"本末倒置"的。关于假定性的问题，他指出只有当喜剧中的"误会、巧合"能够概括地反映生活真实时，这个"假定性"才能令人信服，才会有艺术价值，否则一切都会变得虚伪，并会不自觉地陷入无冲突论。[②]

二是戏剧观的探讨。1962 年，在广州召开的"全国话剧、歌剧创作座谈会"上，黄佐临提出"戏剧观"这个理论概念。他在会上对当时话剧创作中的封闭、僵化现象提出了严厉的批评，并倡导戏剧家要开阔自己的戏剧观。他认为，"戏剧观"一词"不仅指舞台演出的手法，而是指对整个戏剧艺术的看法，包括编剧法在内"[③]。虽然他的观点在当时并没有引起学界的广泛关注，但到了 20 世纪 80 年代，很多学者都围绕该话题展开了论述。

1981 年，陈恭敏在《戏剧观念问题》一文中对黄佐临提出"戏剧观"问题表示肯定，认为虽然"写意戏剧观"概念的科学性还有待商榷，但其提出的问题触及话剧的根本，是切中要害的。[④] 此外，他还于 1985 年发表了《当代戏剧观的新变化》一文，将当代戏剧理念的变化分为四个方面：一是从诉诸情感向诉诸理性的变化，二是从重情节到重情绪的变化，三是从规则的艺术向不规则的艺术的变化，四是从外延分明的艺术

---

① 参见周诚：《试论喜剧》，载《文汇报》，1960-11-16。
② 参见胡锡涛：《也谈喜剧》，载《文汇报》，1960-11-28。
③ 黄佐临：《漫谈"戏剧观"》，载《人民日报》，1962-04-25。
④ 参见陈恭敏：《戏剧观念问题》，载《剧本》，1981(5)。

向外延不太分明的艺术的变化。^① 童道明认为，"戏剧观"就是"舞台观"，是对舞台表演的整体认识。他在 1983 年发表的《也谈戏剧观》一文中指出："一百年来的戏剧发展史证明，戏剧家正是在对舞台和舞台真实的看法上，表明自己的戏剧观的基本倾向；戏剧观的转变与发展，也集中表现在对舞台和舞台真实的观念的转变上。说得再简要点就是：戏剧观主要表现在对舞台假定性的看法如何。"^②同年，丁扬忠也发表了《谈戏剧观的突破》一文，认为"戏剧观是戏剧家对戏剧作为一种艺术形式的总体看法，包括戏剧家的哲学、美学思想，对戏剧社会功能的认识，所恪守的艺术方法、原则等许多复杂内容"^③。

三是历史剧的理论探索。1961 年 3 月，吴晗在《文学评论》上发表了《论历史剧》一文，对历史剧的概念及范围进行了探讨。文章指出，历史剧既是艺术，也是历史，所以在创作新的历史剧时"必须明确历史和历史剧有联系，也有区别这一原则。所谓有联系，指的是既然是历史剧，必然要受历史真实性的约束，在时代背景、主要人物和事件等方面，绝不能凭空捏造……同时历史剧既不是历史教科书，更不是历史论文，它除了受真实性的约束以外，主要的还是戏"^④。

吴晗的论文发表之后，引起了广泛的讨论。例如，在历史真实与艺术真实相统一的问题上，李希凡、王子野等人就不赞同吴晗的观点，李希凡认为，历史剧虽然要和真实生活相统一，"但不能把这条忠实的线，划在忠实于一切历史事实、细节的基础上，而是忠实于历史生活、历史精神的本质真实"^⑤；王子野也在《历史剧是艺术，不是历史》一文中强调历史剧属于艺术范畴，而不应该将其纳入历史的范畴中，所以作家应遵照艺术创作的规则来创作历史剧。

20 世纪 70 年代末至 80 年代初，随着新历史剧的出现，学界又一次对历史剧的理论展开了激烈的讨论。这一时期，学界涌现了上百篇有关新历史剧理论的文章，主要集中在对历史剧"古为今用"的问题上。部

---

① 参见陈恭敏：《当代戏剧观的新变化》，载《戏剧艺术》，1985(3)。
② 童道明：《也谈戏剧观》，载《戏剧界》，1983(3)。
③ 丁扬忠：《谈戏剧观的突破》，载《戏剧报》，1983(3)。
④ 吴晗：《论历史剧》，载《文学评论》，1961(3)。
⑤ 李希凡：《"史实"和"虚构"——漫谈历史剧创作中的历史真实与艺术真实的统一》，载《戏剧报》，1962(2)。

分学者针对历史剧的创作古为今用与影射现实的问题展开了讨论，如曲六乙的《历史剧纵横谈》、程哲文的《对"影射"应有所分析》、陈维敏的《要认清"影射"的危害性》、郭启宏的《浅谈新编历史剧》等；也有学者赞同影射，如伯荣的《对历史剧的有益探讨——记〈大风歌〉座谈会》等。

四是对戏剧本体的考察。1981 年，谭霈生的《论戏剧性》由北京大学出版社出版。该书主要围绕"戏剧性"来展开阐述，重点分析了戏剧情境、戏剧场面等戏剧结构的诸多要素，从艺术审美的视角来探讨戏剧的特性，是一部经典的"形式—结构主义"著作。可以说，该著作的出版，开启了中国戏剧研究的新局面。1985 年，谭霈生的又一著作《戏剧艺术的特性》(上海文艺出版社 1985 年版)主要对戏剧的情境、戏剧的空间与时间等问题展开了讨论，是其艺术本体研究的代表作之一。此外，1988年至 1989 年，谭霈生还曾在《剧作家》上发表《戏剧本体论纲》一文。

五是小剧场戏剧理论的探索。1989 年 4 月 20 日至 29 日，中国戏剧家协会和南京市文化局联合举办了第一届小剧场戏剧节，并邀请了全国十个话剧团体参与表演。在小剧场艺术节召开的同时，还举办了小剧场理论的讨论会。此后，很多剧作家、学者都在《戏剧艺术》《中国戏剧》等刊物上发表了对小剧场理论的看法。例如，王晓鹰以国内外小剧场戏剧的演出案例为基础，探讨小剧场戏剧的特性以及创作规则，认为"小剧场戏剧"所创造的"戏剧空间"的审美特征，或许就是"小剧场戏剧"可能具有的独特艺术魅力之所在。[①] 吴戈的《中国小剧场戏剧艺术与戏剧教育》(文化艺术出版社 2017 年版)不仅论述了小剧场的艺术成就和理念，而且探讨了戏剧艺术与戏剧教育之间的互动关系，拓宽了小剧场理论研究的方向。此类代表作还有马兰的《小剧场戏剧美学特征初探——兼谈南京"小剧场戏剧节"》、童道明的《关于小剧场戏剧》、吴戈的《中国小剧场戏剧的两次浪潮》、徐晓钟的《小剧场与剧场小》、林克欢的《小剧场的理论与实践》等。

二、戏剧影视文学史的建构

早期对于戏剧文学史的研究大都散见于《中国现代文学史》等著作

---

① 参见王晓鹰：《小剧场戏剧艺术特质辨析》，载《戏剧艺术》，1994(3)。

中，未有专门的戏剧文学史专著出版。唐弢、严家炎主编的《中国现代文学史》(人民文学出版社 1979 年版)较为系统地叙述了话剧文学的发展，尤其是对左翼戏剧文学及运动的发展的描述较为详细，为之后中国话剧史的编写奠定了一定的基础。当然，由于该书写于"文化大革命"前后，难免受到"左"的文艺思潮的影响，在评价某些作家、作品时可能会有失公允。张钟等编写的《当代文学概观》(北京大学出版社 1980 年版)是第一部涉及当代话剧史研究的著作。该书将中华人民共和国成立 30 年来的话剧文学史分为三个阶段：第一阶段是新中国成立到 1966 年，这一时期戏剧创作健康发展，大踏步前进；第二阶段是"文化大革命"期间，戏剧艺术遭遇空前浩劫；第三阶段是粉碎"四人帮"以来的三年，这一阶段戏剧创作繁荣发展，新的剧作不断涌现。钱理群、吴福辉、温儒敏、王超冰合著的《中国现代文学三十年》(上海文艺出版社 1987 年版)探讨了中国现代话剧文学在中外交流中的形成、发展和成熟的轨迹，分析了田汉、郭沫若等人的剧作与外国戏剧文学的联系，具有一定的开拓性。

20 世纪 80 年代末至 90 年代初开始出现专门的戏剧史专著。陈白尘、董健主编的《中国现代戏剧史稿》(中国戏剧出版社 1989 年版)是新中国成立以来第一部现代戏剧史专著，以 1899 年的"新剧"《官场丑史》为起点，整体梳理了 1899 年至 1949 年间中国现代戏剧的历史，并且尝试从启蒙理性与现代性的角度来阐释和分析中国戏剧的发展及其思想。书中指出，启蒙理性与现代意识的强化，是中国戏剧脱离古典时期、进入现代时期的基本标志。该著作提出的"现代性"问题，在中国现代戏剧史的研究中具有里程碑作用。作为《中国现代戏剧史稿》的续篇，董健、胡星亮主编的《中国当代戏剧史稿》(中国戏剧出版社 2008 年版)延续其方法，以现代的意识来审视和评判 1949 年至 2000 年间中国戏剧现象及有代表性的戏剧作家及其剧目。

1990 年，高文升主编的《中国当代戏剧文学史》由广西人民出版社出版。这部书的最大特点在于它不是单纯的话剧文学史，而是融戏曲、话剧、歌剧于一体的"当代戏剧文学史"。编者着重探讨了戏剧、话剧、歌剧的发展轨迹及三者的文学共通规律，同时叙述了当代戏剧文学题材演变、形式革新、戏剧论争等问题。

张炯主编的《新中国话剧文学概观》(中国戏剧出版社 1990 年版)主

要运用了马克思主义历史和审美的批评模式，结合剧作的题材、内容与形式特征，对新中国的话剧剧作进行分类阐述，并总结了 40 年来新中国话剧文学的发展规律。在历史评价方面，该著作力求站在对当代历史反思的高度，不以当前的政治观点、政策思想去简单否定过去的剧作，而是客观地分析这些剧作产生的历史条件与原因及其所具有的认识价值、道德价值和审美价值；同时也指出其历史局限与不足。

黄会林编写的《中国现代话剧文学史略》（安徽教育出版社 1990 年版）主要以话剧文学现实主义的发展为线索，梳理了 1907 年至 1949 年中国现代话剧发展史，将之分为四个阶段：第一阶段（1907 年至 1917 年）为现代话剧的播种期；第二阶段（1917 年至 1927 年）是中国现代话剧的萌芽期；第三阶段（1927 年至 1937 年）为中国现代话剧的生长期；第四阶段（1937 年至 1949 年）是中国现代话剧的成熟期。该著作不仅较好地勾勒出了中国现代话剧发展脉络，而且还详细评价了田汉、夏衍、欧阳予倩、洪深等剧作家的剧作理论。

田本相的《中国现代比较戏剧史》（文化艺术出版社 1993 年版）从中外戏剧相互交流与联系的角度来探讨中国戏剧的发展与演变，着重强调了外国戏剧理论、戏剧创作、戏剧运动、戏剧流派对不同时期中国戏剧作家、作品的影响，并探讨了中国现代戏剧对话剧的民族性的探索。田本相在书中指出，中国话剧文学史就是接受外国戏剧理论思潮和创作的影响的历史，也是把话剧这个"舶来品"转化为民族话剧的历史。[①] 该著作突破了以往戏剧史的研究模式，将比较研究的研究方法引入戏剧影视文学史的研究中。

除《中国现代比较戏剧史》之外，田本相在《中国话剧艺术通史》（山西教育出版社 2008 年版）、《中国话剧百年史述》（辽宁教育出版社 2013 年版）、《中国话剧艺术史》（江苏凤凰教育出版社 2016 年版）等著作中也对中国的话剧史进行了探讨，从话剧的诞生写起，一直贯通到 21 世纪初，前后跨越百年，并且对台湾、香港、澳门话剧进行了专门论述，丰富和完善了话剧史的历史视野。此外，这两部著作都打破了以往的观念，将话剧当作一门综合艺术来看待和分析，扩展了戏剧研究的视野。

---

① 参见田本相：《中国现代比较戏剧史》，5 页，北京，文化艺术出版社，1993。

葛一虹主编的《中国话剧通史》(文化艺术出版社 1997 年版)将中国话剧从诞生到 1966 年的历史进程分为五个时期：一是文明新戏的产生、发展和衰落时期(19 世纪末到五四运动前)；二是中国现代话剧的逐步成长时期(1917 年到 1927 年)；三是左翼戏剧运动为主流的时期(1927 年至 1937 年)；四是中国话剧在抗日战争和解放战争中普及、发展的时期(1937 年至 1949 年)；五是话剧在社会主义时期的全面建设(1949 年到 1966 年)。该著作按照编年史的方法详细记录了中国话剧思潮、剧本创作、戏剧演出等史实，是第一部完整地记录了中国话剧从诞生至当代各阶段发展史实的著作。

王增斌、杜改俊所著的《中国戏剧文学流变史》(中国文史出版社 2005 年)通过对史料的勘比和各种戏剧因素的考证，追踪和客观描述了先秦到宋、金的古代戏剧文学的历史，并充分介绍了以往戏曲史著作中极少关注到的作家和作品。

2014 年，邹红、王翠艳、黎萌编撰的《百年中国戏剧史(1900—2000)》由湖南美术出版社出版。该书以专题的形式，全面、客观地梳理了 1900 年至 2000 年的戏剧文学、戏剧思潮、戏剧演出、戏曲发展等，并深入分析了戏剧与当时的社会、经济、文化的互动关系。该著作不仅搜集和展示了大量的戏剧演出活动的剧照，还在书后附上了《20 世纪中国戏剧大事记》，为今后戏剧史的研究提供了重要的参考。

随着戏剧文学史研究的深入，还出现了针对港台戏剧史、喜剧史的研究著作。喜剧研究方面，胡星亮的《中国现代喜剧论》(南京大学出版社 1995 年版)是第一部关于中国现代喜剧史研究的专著，它在简要描述了中国现代喜剧的发展历史之后，按照不同的喜剧风格流派对中国现代的喜剧作家和剧作展开论述。胡星亮把中国现代喜剧创作划分为三大流派：现代趣剧流派、现代幽默喜剧流派和现代讽刺喜剧流派。此外，还有张健的三本关于中国现代喜剧研究的专著：《中国现代喜剧观念研究》(北京师范大学出版社 1994 年版)、《三十年代中国喜剧文学论稿》(河南大学出版社 1995 年版)、《幽默行旅与讽刺之门——中国现代喜剧研究》(中国人民大学出版社 1997 年版)。港澳台戏剧文学研究方面的成果有：焦桐的《台湾战后初期的戏剧》(台原出版社 1990 年版)、方梓勋和田本相合编的《香港话剧选》(文化艺术出版社 1994 年版)、田本相主编的《台湾现代戏剧概况》（文化艺术出版社 1996 年版）、黄仁的《台湾话剧的黄金时代》（亚太图书出版社 2000 年版）等。

除了戏剧文学史研究之外，戏剧史资料的整理与建设方面也取得了较大的突破与进展，如夏家善、崔国良等的《南开话剧运动史料 1909—1922》（南开大学出版社 1984 年版），王卫民的《中国早期话剧选》（中国戏剧出版社 1989 年版），董健主编的《中国现代戏剧总目提要》（南京大学出版社 2003 年版）等著作，都为戏剧文学史的研究提供了丰富而可贵的资料。

与戏剧文学史研究相比，影视文学史的研究相对较少，但也取得了一定的成果。程季华、李少白、邢祖文共同编著的《中国电影发展史（初稿）》（中国电影出版社 1963 年版）是国内第一部考察中国电影发展状况的著作。该书主要系统论述和总结了 1896 年至 1949 年间中国电影的发展状况，将电影的发展分为三个时期：一是 1896 年至 1931 年，为中国电影的萌芽和发展时期；二是 1931 年至 1937 年，为党领导的中国电影文化运动时期；三是 1937 年至 1949 年，为进步电影运动的新阶段和人民电影的兴起时期。该著作的体例以及对电影文学发展时期的划分，为中国电影史的书写与研究提供了重要的参照。

周晓明所撰的《中国现代电影文学史》（高等教育出版社 1985 年版）分为上下两册，不仅运用丰富的文献资料论述了 1905 年至 1945 年中国现代电影文学的形成、发展及美学特征，还详细分析和评述了田汉、夏衍等左翼作家及其作品，具有重要的学术价值，是我国电影文学研究领域的第一部史论专著，填补了该研究领域的空白，为今后中国电影文学的研究打下了基础。

刘建勋主编的《中国当代影视文学》（广西人民出版社 1986 年版）叙述了新中国近 40 年影视文学的发展规律及发展中的得与失，并从影视文学发展史的角度评介我国影视文学的重要理论著作与剧作，使读者能够更准确、更系统地把握影视文学在中华人民共和国成立以来的发展面貌。

钟艺兵主编的《中国电视艺术发展史》（浙江人民出版社 1994 年版）是较早的关于国产电视剧发展历史的著作。该书梳理了 1958 年至 1992 年的中国电视剧发展状况，将其分为四个阶段：1958 年 6 月至 1966 年

3 月的初创阶段，1966 年 6 月至 1976 年年底的停滞阶段，1978 年 5 月至 1983 年年底的复苏阶段，1984 年至 1993 年的成熟阶段。

胡星亮、张瑞麟主编的《中国电影史》（中央广播电视大学出版社 1995 年版）不仅系统概括与分析了 1905 年至 1989 年中国电影的诞生与发展状况，还重点探讨了新中国成立以后台湾电影的发展状况，是我国较早将台湾电影纳入电影史研究的著作。

周星的《中国电影艺术史》（北京大学出版社 2005 年版）将 1905 年至 2005 年的中国电影史分为三个阶段：一是前 45 年的中国电影创作（1905 年至 1949 年）；二是中 30 年的中国电影创作（1949 年至 20 世纪 70 年代末）；三是后 25 年的中国电影创作（20 世纪 70 年代末至 2005 年）。该书详细论述了各个阶段的重要艺术潮流和现象。此外，该著作还概括了 1895 年至 2005 年的港台电影的发展，为港台电影史的研究提供了重要的参考。

张炯等编撰的《中国文学通史》（江苏文艺出版社 2013 年版）不仅整体论述了中国当代电影文学 40 年的发展，还深入考察了每一阶段的特点。该书将中国当代电影文学的发展分为三个时期：新中国成立初 17 年（1949 年至 1966 年）的曲折发展期、"文化大革命"时期的空白荒芜期和 1976 年至 1996 年的新时期恢复发展期。此外，该著作还重点分析了不同时期影视美学的发展与变化。

三、戏剧影视文学作家作品考察

早期研究大都集中在田汉、曹禺、郭沫若、夏衍等几位剧作家及其作品上。以田汉研究为例，1957 年，李诃发表了《田汉前期的话剧创作》一文，对田汉 1919 年至 1938 年的戏剧创作进行了全面、系统的介绍，并将这 20 年分为三个时期：一是从日本回国后，思想苦闷时期，这一时期的作品带有感伤情调；二是南国社创办时期，这一时期的作品不再是感伤的，更倾向于现实；三是左翼运动时期，这一时期的创作虽然与政治斗争有着密切的关系，但仍然带有浪漫主义色彩。1961 年，陈瘦竹的《论田汉的话剧创作》由上海文艺出版社出版，是国内第一部专门研究田汉戏剧的专著。该书不仅对田汉的创作发展进行了分期，而且深入探讨了田汉戏剧创作的手法、思想主题以及戏剧特色。文章指出，田汉的戏剧特色主要分为语言的抒情性、丰富的戏剧性和形式的多样性。

早期的曹禺研究大都集中在对《雷雨》《日出》两部剧的探讨，如陈瘦竹、沈蔚德的《论〈雷雨〉和〈日出〉的结构艺术》对曹禺这两部作品的艺术结构的全新阐释与分析和细致比较。文章指出，《日出》和《雷雨》所采用的艺术结构有所不同，《雷雨》因主要展现的是生活的某一侧面，冲突较为集中，且时间长，所以采用了以"过去的戏剧"来促进"现在的戏剧"的方法，而《日出》所要表现的却是生活的许多侧面，矛盾冲突比较分散，基本上只有"现在的戏剧"而没有"过去的戏剧"，所以在结构方面不得不另辟蹊径。① 文章对曹禺剧作艺术结构的阐释较为新颖，为之后曹禺剧作艺术的研究提供了重要的参考。

1962 年，钱谷融发表了《〈雷雨〉人物谈》，详细、深刻地分析了周朴园和蘩漪的性格特征。作者在文中敏锐地指出：剧中的蘩漪"简直就是'雷雨'的化身，她操纵着全剧，她是整个剧本的动力"。② 胡炳光在《读〈雷雨〉人物谈〉——和钱谷融同志商榷》一文中则对钱谷融跋文上蘩漪的阐释提出了质疑，胡炳光认为，钱谷融将蘩漪比作雷雨的化身，当作漏下的第九个角色，是不符合原作的意思的。正是因为对曹禺创作意图和创作思想理解的偏差，导致钱谷融对《雷雨》人物形象的分析也产生了偏差。

除《雷雨》的人物形象外，《日出》中陈白露悲剧的实质也是 20 世纪 50 年代至 60 年代曹禺剧作研究的重点。陈恭敏在《什么是陈白露悲剧的实质》一文中提到，"不想死而不得不死"才是陈白露的悲剧，方达生的出现使得陈白露"从精神麻痹的状态中苏醒过来，内心经历了巨大的暴风雨。有翅膀的金丝鸟是不想飞的，而折断了翅膀的鹰，当它挣扎着、终于飞不起来的时候，宁肯结束自己的生命"③。该文发表之后，徐闻莺和甘竞分别发表了文章加入讨论，徐闻莺的《是鹰还是金丝

---

① 参见陈瘦竹、沈蔚德：《论〈雷雨〉和〈日出〉的结构艺术》，载《文学评论》，1960(5)。

② 钱谷融：《〈雷雨〉人物谈》，载《文学评论》，1962(1)。

③ 陈恭敏：《什么是陈白露悲剧的实质》，载《戏剧报》，1957(5)。

鸟——与陈恭敏同志商榷关于陈白露的悲剧实质问题》认为陈白露是一只关在笼子里的金丝鸟，而并非折断了翅膀的鹰；甘竞在《也谈陈白露的悲剧实质问题》一文中则指出陈恭敏和徐闻莺这两种说法都有失偏颇，在其本人看来，"陈白露是堕落了的娜拉或子君"①。显然，这些讨论因为受到当时社会及政治的影响，很难进行深入的探讨，但也为以后的研究提供了新的参考。

郭沫若的历史剧研究方面，主要的成果有陈瘦竹的《论郭沫若的历史剧》、王淑明的《论郭沫若的历史剧》、戎笙的《谈〈蔡文姬〉中曹操形象的真实性》、张艾丁的《谈〈蔡文姬〉》、王尔龄的《略论郭沫若的历史剧》、李鸿然的《"历史自有公论"——评郭沫若同志四十年代的历史剧》、黄侯兴的《论郭沫若同志的历史剧》、张毓茂的《历史真实与艺术真实的统一——试论郭沫若历史剧的"反秦"问题》等。其中，陈瘦竹的《论郭沫若的历史剧》是中华人民共和国成立以来较为系统地论述和研究郭沫若历史剧的文章之一。文章指出，郭沫若的历史剧一是具有较强的现实政治意义，这也是其作品被中外观众喜爱的原因；二是大都以悲剧为主，使其作品更具刚健的风格；三是剧中融入了抒情诗，使得观众更能感受和理解历史人物的喜怒哀乐。

20 世纪 80 年代以后，随着研究的深入，研究的方法也越来越多元，很多学者开始尝试用比较的方法来研究戏剧影视文学。王保生的《评夏衍的〈上海屋檐下〉》比较了夏衍作品和高尔基作品中的小市民形象，还对比了夏衍和契诃夫的剧作风格。陈瘦竹在《郭沫若的历史悲剧所受歌德与席勒的影响》一文中指出，郭沫若的悲剧观念、悲剧创作并非受到民族戏剧传统的影响，而是与歌德、席勒的理论与创作有着密切的关系。马焯荣的《田汉的戏剧艺术与席勒》从思想、气质、艺术技巧三个部分来探讨席勒对于田汉戏剧创作的影响，认为从田汉的剧作（尤其是后期剧作）中可以看出，他充分借鉴了席勒"斗争处理，突出性格"的技巧，为剧中人物设置了尖锐的戏剧情景。朱栋霖的《论曹禺的戏剧创作》（人民文学出版社 1986 年版）用历史的发展眼光，分析了不同时期曹禺受到的契诃夫、莎士比亚等外国戏剧家的影响，具有一定的开创性意

---

① 甘竞：《也谈陈白露的悲剧实质问题》，载《上海戏剧》，1960(5)。

义。刘珏的《论曹禺剧作和奥尼尔的戏剧艺术》主要探讨了曹禺走向奥尼尔的动因、曹禺如何走向奥尼尔、曹禺对奥尼尔戏剧技巧的接收三大问题，深入分析了奥尼尔与曹禺戏剧的内在联系。朱栋霖、刘海平合著的《中美文化在戏剧中的交流——奥尼尔与中国》(南京大学出版社1988年版)从中西文化交流的角度，探讨了奥尼尔、老庄哲学的"视界融合"以及奥尼尔对洪深、曹禺戏剧创作的影响，为之后的奥尼尔对中国戏剧影响的研究提供了重要的借鉴。焦尚志的《金线和衣裳——曹禺与外国戏剧》(中国戏剧出版社1990年版)从主题思想、风格样式、艺术技巧等几方面，系统地论述了曹禺与古希腊戏剧、奥尼尔、易卜生、契诃夫、莎士比亚戏剧之间的关系。这类文章还有周清平的《古典审美文化精神在武侠电影中的转化与消解——〈龙门客栈〉〈新龙门客栈〉和〈七剑〉文本比较阅读》、单万峰的《电影剧本〈墨子之战〉和电影〈墨攻〉比较——关于主题思想、人物形象及情节结构的类同性》、李修彤的《中国电影创作的"现实表达"——从剧作设置比较〈搜索〉和伊朗现实主义电影》等。

还有一些文章运用心理学的方法来探讨剧作。蔡翔在《王佳和她的梦——谈电影文学剧本〈失踪的女中学生〉》一文中重点探讨了女中学生心理活动状态及其变化，指出《失踪的女中学生》的艺术启迪在于从特定的角度表现了人的生理—心理活动状态，从一般的社会问题深入到了人的内心世界，突破了人的社会化的规范，在某种程度上恢复了人性的本来面目。[①] 陈坚的《论夏衍剧作的心理特色》论述了20世纪三四十年代知识分子矛盾的心理与夏衍心理戏剧创作之间的联系。邹红的《"家"的梦魇——曹禺戏剧创作的心理分析》从精神分析学、创作心理学的角度，对曹禺的《雷雨》《日出》《北京人》等剧作进行了分析，并深入探讨了曹禺戏剧创作的心理动因。文章指出，对于前期曹禺来说，"家"是无法挣脱的梦魇和外在的"心狱"，而冲出"家"的桎梏，则成为曹禺剧作一再重复的潜主题。[②] 宋剑华在《苦闷与自责——对于曹禺及其作品的精神分析》中也直接指出，曹禺的早期代表作与其本人丰富而复杂的精神世界有着

---

① 参见蔡翔：《王佳和她的梦——谈电影文学剧本〈失踪的女中学生〉》，载《电影新作》，1985(6)。

② 参见邹红：《"家"的梦魇——曹禺戏剧创作心理分析》，载《文学评论》，1991(3)。

必然的联系。这方面的代表性成果还有周思明的《试论曹禺话剧艺术的心理分析因素》、刘芳的《在困惑中寻求突破——田汉后期戏曲创作心理探秘》、李勇强的《现代戏剧家创作心理探析——以 1930 年代话剧成熟期为视域》、徐群晖的《曹禺与莎士比亚戏剧的病态心理美学比较》等。

从文化的角度来分析作家和作品，也是新时期戏剧文学作家、作品研究的热点。宋剑华的《试论〈雷雨〉的基督教色彩》从剧作矛盾结构模式、《雷雨》中周朴园的性格发展、《雷雨》的环境布局三大方面叙述了基督教对曹禺创作的影响，拓宽了曹禺研究的范围。董健的《论中国传统文化对曹禺的影响》重点分析了中国整体性文化心态、中国传统审美心理对曹禺创作的影响。靖辉的《老舍话剧的文化批评》通过对老舍前后期剧作的对比，分析了老舍话剧中的文化特质及文化反思。郭怀玉的《曹禺〈雷雨〉、〈日出〉与无锡关系摭谈》探讨了无锡语言对曹禺话剧舞台提示语言、剧中人物着装以及话剧音乐等的影响，为曹禺的研究提供了新的方向。

此外，随着研究的深入，史料的挖掘与研究也逐渐增多。谢国冰的《〈雷雨〉初版是曹禺"一生不改的版本"吗?》反驳了王玉华《现代作家作品的版本》中的《雷雨》初版是曹禺"一生不改的版本"的观点，并叙述了《雷雨》的主要版本及其修改情况。武继平的《有关夏衍五幕话剧〈法西斯细菌〉的史料考察——作品主人公人物原型兼考》不仅细致考察了《法西斯细菌》的版本，还通过史料来考证该剧本所涉及的对象、场所、事件的真实性。

当然，这一时期的作家剧作综合研究的专著也不容忽视。主要有田本相的《曹禺剧作论》(中国戏剧出版社 1981 年版)、黄侯兴的《郭沫若历史剧研究》(长江文艺出版社 1983 年版)、田本相和杨景辉的《郭沫若史剧论》(人民文学出版社 1985 年版)、吴功正的《沫若史剧论》(重庆出版社 1987 年版)、董健的《陈白尘创作历程论》(中国戏剧出版社 1985 年版)、朱栋霖的《论曹禺的戏剧创作》(人民文学出版社 1986 年版)、王文英的《夏衍戏剧创作论》(上海社会科学院出版社 1987 年版)、冉忆桥和李振潼的《老舍剧作研究》(华东师范大学出版社 1988 年版)、陶冶的《刀刃上的舞者——冯小刚电影研究》(上海三联书店 2007 年版)、陈坚的《夏衍的艺术世界》(浙江大学出版社 2017 年版)、赵秀敏的《张爱玲电影剧本研究》(中国社会科学出版社 2018 年版)等。其中，田本相的《曹禺剧作论》是第一部曹禺剧作的研究专著，系统地分析了曹禺《原野》《日出》《北京人》等九部作品的创作思想、人物形象以及艺术特点，具有一定的独到之处。王文英的《夏衍戏剧创作论》从历史、美学、比较等多重角度探讨了夏衍的剧作思想及创作，弥补了我国夏衍戏剧整体性研究的不足。田本相、杨景辉的《郭沫若史剧论》突破了以往作家、作品研究的格局，不仅将郭沫若的创作分为早期历史剧、抗战时期的历史剧、社会主义时期的历史剧三个时期进行考察，而且叙述了其历史剧与历史小说的渊源，使我们能够更加立体地了解郭沫若的历史剧创作。赵秀敏的《张爱玲电影剧本研究》梳理与总结了张爱玲的电影艺术观，从文化研究的角度探讨了电影剧本人物的塑造，并对张爱玲电影剧本进行了艺术分析，深入研究了张爱玲电影剧本的叙事策略。该书是第一部单独研究张爱玲剧本的著作，弥补了张爱玲影视创作研究的不足。

四、戏剧影视文学作品改编问题探讨

国内最早系统论及改编问题的是夏衍。早在 20 世纪五六十年代，夏衍就先后发表了《论"十五贯"的改编》《杂谈改编》《漫谈改编》《对改编问题答客问——在改编训练班的讲话》等多篇文章，来探讨电影改编问题。在电影改编的问题上，夏衍始终倡导"忠实于原著"的改编理论，即文学作品在改编成电影时，应尽可能尊重原作的思想与风格。他曾在《杂谈改编》一文中提到，对于托尔斯泰、鲁迅等作家的名著，无论如何总得力求忠实于原著，即使是细节的增删、改作，也不该越出以至损伤原作的主题思想和独特风格。[①] 在忠于原著的基础上，夏衍也强调运用阶级分析的方法来提高改编作品的思想性和教育意义。他认为，"改编古今名作时，如果原作者没有从阶级立场出发来分析当时的社会现象，或者从他们自己的阶级立场来分析、解释，那么改编者就得用自己的观点加以补充和提高；如果原作者没有能够发现或在当时环境下不能表达，那么你可以发展一下，用历史唯物主义观点、阶级分析方法解释得

---

① 参见夏衍：《杂谈改编》，载《中国电影杂志》，1958(1)。

更清楚,使观众更容易接受,使今天的观众能更正确地看到事物的本质,使改编后的作品更富有教育意义"①。夏衍的"忠实说"对中国电影改编的研究具有深远的影响,直到今天许多学者或导演都非常认可这一观点,并以此作为改编文学作品或评判电影改编好坏的准则。

关于改编的探讨,除了"忠实说"之外,还有一类主张是"创作说"。主张"创作说"的学者认为,电影的改编并不是照搬原著,而是一种艺术的创作。例如,陆柱国在《再创作》一文的开头就明确指出"改编也是创作,但它是在原著的基础上进行的创作,因此,是否可称之为再创作"②。韦草的《给改编者以自由》也提出小说是语言的艺术,而电影是视觉的艺术,所以在改编电影时,电影工作者首先扬弃的是叙述语言。改编者从原作及生活中提炼出主题、情节、人物,然后通过电影语言转达给观众。不懂这一点,生搬硬套文学原著,必然会碰到无法逾越的鸿沟。他还提出对于改编不必作出过死的规定,在对待原作的态度上,可以忠实,也可以不忠实,可以有移植式,注释式,近似式或者其他各种方式。③ 章明则在《猜测电影创作的本质——对电影改编原则的不同看法》中明确强调,判断电影作品改编好坏的标准不应看其是否忠于原著,而应关注该影片的再创造情况。文章指出:"创作是改编,改编是创作,它们没有本质的界限。在艺术上只有好的影片和不好的影片,不存在'忠实'与'不忠实'的影片。"④汪流的《电影改编理论需要突破》也认为,传统的电影改编理论主张,把一个文学作品改编成电影剧本,只要有故事、矛盾、斗争和结构组成较完整紧凑的情节就可以了。这实际上是"戏剧式电影"的理论,当前应提倡多种改编方法,不能用"一种样式"来束缚改编的手脚,强调电影剧作改编者的主动创造性,是电影改编理论的又一种新的呼声。

1983 年 5 月,《电影艺术》还专门针对改编原则等问题在北京召开了"电影改编学术讨论会",与会学者认为,虽然电影改编应该遵循原

① 夏衍:《对改编问题答客问——在改编训练班的讲话》,载《电影剧作》,1963(6)。
② 陆柱国:《再创作》,载《电影艺术》,1983(8)。
③ 参见韦草:《给改编者以自由》,载《电影艺术》,1983(9)。
④ 章明:《猜测电影创作的本质——对电影改编原则的不同看法》,载《电影艺术》,1988(12)。

著，改编的方法可以多种多样，但对改编的对象应有所选择。总体来说，选择的原则有以下几种：一是原著的生命力和存活率；二是改编者的自身条件，选择与自己生活积累和体验感受相似的作品；三是电影与小说容量，选择容量适宜的作品进行改编，如中篇小说就相对来说更适合改编。①

20 世纪 80 年代以后，对于改编的探讨更为多样，还有学者开始从媒介的层面来探讨戏剧影视文学改编问题。马军英、曲春景在《媒介：制约叙事内涵的重要因素——电影改编中意义增值现象研究》一文中指出，当前学界对改编现象的探讨大都集中在对电影如何忠实于原著的探讨上，忽略了媒介对于原著的改编。作者认为："电影改编的实质是故事从一种媒介向另一种媒介的转换。这种转换，是其摆脱线性文字叙述的束缚，重新建构起一个与现实时空对应的、视觉化的、多重信息同时敞开、多种意义同时到场、多种人物关系同时并存的故事形态。"②赵庆超的《文学书写的影像转身——中国新时期电影改编研究》（齐鲁书社2012 年版）则从改编的文化主题学研究、改编的叙事结构学研究、改编的典型案例分析研究等几大角度探讨了改编与不同媒介的融合。

在单部作品的改编研究方面，王得后的《因〈药〉的改编而想到的》从忠实性的角度探讨了影片《药》的改编。作者认为，电影《药》虽然改编了原作的人物和情节，但改动较为合理，大体上还是忠实于原作的思想特色与艺术个性的。郭慧明的《论电影〈骆驼祥子〉的改编》从人物形象、环境表现等方面对电影与原著进行比较。从人物形象来看，影片中虽然较好地展现了祥子的勤劳以及虎妞的顽泼，但并未充分、完整地表现出这两位人物的性格。从环境表现来看，影片精确入微地再现了小说中的景物，但也因此造成影片环境表现较为苍白。丁芳芳的《〈孔雀东南飞〉话剧改编本的比较研究》对比了北京女子高等师范学校国文部四年级学生集体改编的《孔雀东南飞》、杨荫深的《磐石与蒲苇》、熊佛西的《兰芝与仲卿》、袁昌英的《孔雀东南飞》四种话剧改编本。文章指出，虽然这几

---

① 参见碧鸥：《电影改编学术讨论会小记》，载《电影艺术》，1983(8)。

② 马军英、曲春景：《媒介：制约叙事内涵的重要因素——电影改编中意义增值现象研究》，载《社会科学》，2008(10)。

种改编本具有相同的审视点，但情感的切入方式和审美的形态上却存在着差异。李妙晴的《改编电影的多模态话语分析——以〈大红灯笼高高挂〉为例》以系统功能语言学为理论基础，比较了电影与原著在语场、语旨、语式三方面的异同。结果显示，改编后的电影，在再现意义、互动意义和构图意义方面都和原著有一些偏离，这也体现了电影作为包含图像、音乐、语言等多模态的语篇，与纯文本单模态小说有重大区别。

此类研究的代表作还有繁星的《漫议〈青春祭〉的改编》、田本相和宋宝珍的《谈电视剧〈雷雨〉的改编》、潘磊和张莹的《从凸显苦难到消解苦难——论〈高兴〉从小说到电影的改编》、谷启珍的《小说的揭示与电影的超越——谈〈老井〉的改编》、沈庆利的《从两台〈赵氏孤儿〉看经典改编——兼与刘平先生商榷》、刘彦君的《三部〈孤儿〉三种态度——散说〈赵氏孤儿〉的改编》、张雪艳的《形式转换与艺术创新——试论〈白鹿原〉的戏剧改编》、张宗伟的《20 世纪 90 年代以来〈西游记〉的电影改编》、傅嘉的《〈白鹿原〉小说与电影改编的审美差异化》等。

在单一作家或导演的改编实践研究方面，舒晓鸣的《谈凌子风新时期的电影改编》以影片《骆驼祥子》《春桃》《边城》《狂》为例，探讨了新时期以来凌子风导演的电影改编特点。文章指出，凌子风导演的改编原则是不仅要忠于原著，也要忠实于自己。段文昌的《赵树理小说的改编与传播》（山西人民出版社 2014 年版）系统、深入地叙述与分析了《小二黑结婚》《登记》《三里湾》等作品的改编与传播状况，并细致探讨了改编的原因与影响。该书将赵树理小说改编原因分为以下几点：一是永远的婚恋题材，二是时代政治的需求，三是名人名著效应，四是剧种特点为改编提供了便利条件，五是原著的戏剧性与可说性。李金梅的《张艺谋电影研究》（中国戏剧出版社 2016 年版）不仅探讨了张艺谋的电影改编之路，而且分析了其改编的艺术特色与得失。该书指出，张艺在原作主题的改编方面主要遵循简化或转化原则，而对叙事策略改编则遵循集中原则。在对人物进行改编时，更倾向选择女性作为主人公，并且这些女主人公的性格较相似。此外，还有余纪的《论鲁迅小说的电影改编》、胡玲莉的《论池莉小说的影视改编》、班玉冰的《张艺谋电影改编中的叙事策略研究》、李东雷的《人文的浮沉——论张艺谋电影改编艺术的嬗变》、华静的《莫言文学作品的电影改编》等。

值得一提的是，在戏剧影视文学改编史的研究上也有突破。2014年，李清所著的《中国电影文学改编史》由中国电影出版社出版。该著作是我国第一部影视文学改编史研究著作，不仅探讨和总结了 20 世纪初至 21 世纪百余年间的电影改编状况，而且分析了具体的文学改编作品，弥补了戏剧影视文学改编研究的空白。

第六章
多重视域下的民间文学研究

　　新中国成立之后，"百花齐放，百家争鸣"方针的提出及毛泽东主席对民间文学采风活动的大力支持，为民间文学的发展提供了良好的环境。1950年3月，由郭沫若任理事长，老舍和钟敬文任副理事长的中国民间文艺研究会在北京成立，它在很长一段时间里作为组织协调中国民间文艺活动的中心，推动了中国民间文学研究的长足发展。随着中国特色社会主义现代化建设新时期的到来，中国民间文艺事业蓬勃发展，进入了又一个黄金季节。在短短几年中，29个省市建立了民间文艺家协会分会；中国社会科学院设立民间文学研究室、少数民族文学研究所；高校中文系普遍开设民间文学课程，有些还招收培养硕士研究生与博士研究生。民间文学报刊如雨后春笋般大量涌现，除《民间文学》《民间文学论坛》（现更名为《民间文化》）外，尚有上海的《故事会》、浙江的《山海经》、福建的《故事林》、河南的《故事家》、河北的《民间故事选刊》、吉林的《民间故事》、云南的《山茶》、贵州的《南风》、四川的《巴蜀风》等一直发行至今。理论研究活动在这一时期也空前活跃，从 1984 年到 1991 年，全国各地的民协和专门学会召开了各种类型的理论研讨会，出版了多种理论专著。此外，诸多中外学术交流的广泛展开，也使得民间文学的研究视野更为开阔。

在民间文学研究取得长足进步的 70 年中，大部分学者主要受两种研究思潮的影响：一种是以文以载道的中国传统文学价值观为引导和宗旨的文学研究和价值评判体系，一种是以西方人类学派的价值观和学术理念为引导和评价体系的民俗研究。这两种思潮几乎是并行或错落地向前发展的，既有对抗，又有吸收。之所以会出现这种现象，是因为新中国的民间文学研究建立在中国现代民间文学研究（俗文学研究）的基础之上，当时的知识分子既吸收了诸多中国传统文学的熏陶，又接受了西方各种文化思潮、文学研究方法的深刻影响，是最立足传统，又最积极走向世界的一批学者，无怪乎新中国 70 年的民间文学研究史出现两种此消彼长的思潮了。

这两种研究思潮在一定程度上影响了新中国 70 年民间文学的主要研究向度，分别是民间文学史的梳理、民间文学的文本分析与搜集整理、民间文学的类型学探讨，以及民间文学研究的文化学、人类学转向。传统研究思潮推动了前两个研究向度的发展，而西方研究思潮则触发了后两个研究向度的诞生。下面，笔者将围绕这四个研究向度，梳理新中国 70 年民间文学研究的主要学术成果。

一、民间文学史的梳理

"民间文学史"是依据"民间文学"的观念对民间文学的历史形态及发展逻辑所作的描述与建构。自从新文化运动引进西方的"民间文学"学术观念以来，经过长时间的尝试与积累，中国民间文学史已从中国文学史的特定组成部分逐渐成长为一种独立的学术样式。

由于民间文学的口头性特质使得一部作品的创作年代难以判断，民间文学史的梳理写作一度面临重大难题。因此，在新中国成立之前，学界缺乏对民间文学史的系统梳理和论述。而在新中国成立之后，几十年来也仅有北京师范大学中文系 1955 级学生集体编写的《中国民间文学史（初稿）》（人民文学出版社 1958 年版）、祁连休等主编的《中华民间文学史》（河北教育出版社 1999 年版）、高有鹏所著的《中国民间文学史》（河南大学出版社 2001 年版）等几本较为重要的民间文学史梳理著作，而高有鹏的《中国民间文学发展史（10 卷本）》（线装书局 2015 年版）则是相对而言较为厚重的一部民间文学史梳理著作。在这里必须提及的是，1958年的《中国民间文学史》固然是采用的整体性叙述模式，但是相对于囊括各民族民间文学的后面几部民间文学史来说，却只能被视为汉族民间文学史的"地方性"描述，且缺乏逻辑建构，作为新中国成立之后的第一部民间文学史梳理著作，它还略显"稚嫩"。

在民间文学史的梳理研究过程中，主要出现过三种书写形式：一是梳理一些带有文化意义、流传时间较长、地域较广的民间文学作品（例如孟姜女故事）；二是分文体梳理民间文学历史；三是梳理民间文学的整体历史。

在对个别作品的变异与发展历史的描述与建构中，最重要的当属顾颉刚对孟姜女故事的研究。但顾颉刚的研究也只是对个别作品历史系统的重构，还不是体裁史，更不是整体性的民间文学史。此后又有分文体的民间文学历史梳理，如钱南扬的《谜史》（上海文艺出版社 1986 年版）、袁珂的《中国神话史》（北京联合出版公司 2015 年版）、张紫晨的《歌谣小史》（福建人民出版社 1982 年版）等，但是还缺乏较为系统的史诗史、传说史、故事史、叙事诗史、曲艺小戏史及谚语史。用分类叙述的办法（当前的历史研究主要围绕民间文学一般学术分类的角度展开，分述神话、史诗、传说、故事、歌谣、叙事诗、曲艺和小戏、谚语和谜语）描述民间文学的发展历史，是希望发掘各个门类独特的历史发展逻辑，为构拟民间文学的整体发展历史奠定基础。

虽然整体性的民间文学史梳理著作较少，但仍有针对某一具体民间文学体裁或重要作品的历史梳理。高有鹏曾指出，民间文学的保存，一般以为有文献的、文物的和口头的三种形式。[①] 下面，笔者就从这三个角度对民间文学史的研究进行梳理。

（一）文献的——民间文学创作过程的钩沉

从文献上去钩沉、整理民间文学是一项十分艰辛的工作，任何一位

---

① 参见高有鹏：《面向 21 世纪的中国民间文学史》，载《河南大学学报（社会科学版）》，2007(1)。

学者都难以穷尽它，只能努力开拓，而更多的是要靠按图索骥，尽量挑选典型的内容，勾勒出基本轮廓，理出其发生背景及嬗变轨迹。民间文学在古代典籍中的保存与作家文学有着显著不同，作家的存在依赖于具体的文学作品，这些作品作为文本的存在一般是固定不变的；而民间文学在古代典籍当中大都以匿名的形式存在，且在不同的典籍中也呈现出不同的演变过程，这种匿名性特征与作家文学的著作权观念形成鲜明对照。且必须要注意到的是，潜藏在文化典籍当中的民间文学的传播过程，既是其存在的基础，又是其创作过程。

中国文化典籍浩如烟海，任何个人都难以通览，但关于民间文学的典籍我们是可以择其要而进行总体把握的，当然，这绝非一时片刻所能奏效。民间文学的典籍整理工作现在已经取得阶段性的成果，如钱南扬的《谜史》(上海文艺出版社 1986 年版)，袁珂等人的《中国神话》(中国民间文艺出版社 1987 年版)、《中国神话史》(北京联合出版公司 2015 年版)、《中国神话大词典》(华夏出版社 2015 年版)，刘守华的《中国民间故事史》(商务印书馆 2012 年版)，张紫晨的《歌谣小史》(福建人民出版社 1982 年版)等。这些学者通过艰辛的努力汇总了相关的文献资料，并且在汇总文献资料的过程中，梳理出了各种民间文学体裁形式的发展演变(如"西王母神话的演变"等)，提炼出较为重要的文献资料并加以分析。

特别要提及的是，在文献梳理及文学史写作的过程中，有一些研究者对民间文学的体裁形式有了更进一步的认识，例如，袁珂在搜集了众多关于神话的资料之后，撰写了《从狭义的神话到广义的神话》一文，对神话的概念进行了拓展，认为神话不仅包括一看就知是神话的神话(如夸父追日、精卫填海等)，还包括传说、神话化了的历史、仙话、怪异、带有童话意味的民间传说、来自佛经的神话人物和神话故事等。

(二)文物的——民间文学历史原貌的探究

文物的史学意义主要表现在它以实物的形式向人们展示了历史的原貌。民间文学的存在方式是多元的，文物是一种具体的民间文学观念的体现——它以直接的、生动的典型形象映现出一定的审美观、价值观、人生观。无论是书面语言还是口头语言的描述，都无法替代这种特殊的效果。许多文物之所以表现了民间文学内容，并不仅仅是为了记载一定的传说故事或歌谣、戏曲，而是服务于一定的节庆、仪式等社会性的生活需要，具有实用性特征。

郑振铎在《插图本中国文学史》中就曾经提到过插图（即各种文物的插图）在文学研究当中的重要作用，正如他在"例言"中所讲：插图的作用除了"增高读者的兴趣"，另一个更重要的原因是"在那些可靠的来源的插图里，意外的可以使我们得见各时代的真实的社会的生活的情态"①。同时，在窥见真实生活情态的过程中，可以梳理出民间文学原貌与文献本身的关系，闻一多的《伏羲考》就是这样的一个例子。《伏羲考》被后世学者概括为神话考古方法。闻一多先生由出土文物之伏羲女娲人首蛇身相交像入手，直指蛇躯即龙身，认为伏羲女娲相交与文献之二龙传说：交龙、腾蛇、两头蛇有着内在联系，又将大量的两龙神话揭出。于是，田野报告、出土图画和明显的伏羲女娲资料与那些大量的奇怪的二龙二蛇相交记载奇妙地联系起来——原来它们都是伏羲女娲交尾图的不同形式。一些散漫的文化事象一下子变成了一个系列。在闻一多的研究中，他系统性地将二龙二蛇的文献资料与伏羲女娲的田野报告、考古图像结合起来，使得视野骤然开阔，伏羲女娲不再是孤立的图像，而是华夏族的图腾——龙的变相，在此基础上将龙的演变以图腾学说为基础进行了深入分析。闻一多从伏羲、女娲人首蛇身像的问题上进一步指出，这样半人半兽的形象是荒古时期的图腾主义的产物，以为在此之前必有一个全兽型的图腾阶段，将神话的起源、文学的产生推进到一个更远的年代。

郑振铎和闻一多的研究提醒我们，民间文学主要是一种文学类型，而不全然是一种文学层次或文学内容的命题，它不断地趋向于结构、模式的生成与稳定。民间文学的类型特质决定了它以共时性、传统性为主要特征，而比起整体型式的共时性传统，民间文学型式局部构成要素的历时性变异只具有次要的性质，或者换句话说，民间文学型式的共时性属性，是与民间文学史写作所追求的历时性描述相悖的，这一重要特性实际上使得民间文学史的梳理研究面临极大的困难。为了使民间文学史的写作成为可能，就需要扩展、延长对民间文学型式的观察时段，将具

---

① 郑振铎：《插图本中国文学史》，3 页，北京，作家出版社，1958。

体的民间文学作品置于更为漫长的时间维度之中予以考察。也只有从历史发展中认识民间文学，才能更全面准确地把握其发展规律及其实质、价值与意义，为建构民间文学理论体系奠定基石。

此外，20世纪六七十年代出土的大量文物，也为神话学研究提供了一批有价值的资料。如马承源的《关于"大武戚"的铭文及图像》及金维诺的《谈长沙马王堆三号汉墓帛画》等。

（三）口头的——民间文学史的无限延展

民间文学史作为一种特殊的文学史，如果仅仅局限于古代典籍和文物，除了给人以支离破碎的印象外，也将失去自己的学术生命。典籍和文物作为历史是有限的，而以口头的形式仍然存在于民间的民间文学是无限的——尽管仍应以文献为基本线索去认识民间文学的嬗变轨迹。在这方面，文化人类学、社会学、口述史学、民俗学等学科已经有成功的范例可供借鉴，中国现代民间文艺学的进程也以大量的事实证明了这一方法的科学性。

"中原神话"概念在文学史、学术史上最终确立其地位与口述整理有关。神话的概念在近代由蒋观云第一次提出，神话在原始社会就存在，是民族文化的重要组成部分。但是，由于多种多样的原因，国际上一些学者大肆宣扬"中国人缺乏创造神话的智慧"。20世纪30年代，我国神话学取得重要进展，闻一多等学者在边疆少数民族地区发掘出许多珍贵的神话，但对于反击妄言、证明中华民族神话的完整性和系统性仍然缺乏有力的证据。到了80年代，以张振犁为代表的一批学者在中原这一号称民族重要发祥地的区域同样发掘出丰富的神话群，这就从根本上推翻了国内外所有不切实际的"中国神话残缺论""中国神话匮乏论"等。钟敬文称这一发现为"人类文化史上的奇迹"。此外，20世纪末被誉为中国民间文化四大发现的中原神话、纳西族祭天古歌、沧源岩画、防风神话，几乎都是以口述史学的基本方法为线索发掘出来的；少数民族史诗进入民间文学史，民间文学更多地关注到少数民族地区，也与少数民族史诗的口述整理有关。例如，闻名世界的三大英雄史诗——藏族的《格萨尔》、柯尔克孜族的《玛纳斯》、蒙古族的《江格尔》，都是长期在民间以口头形式流传而成为民族神圣的经典的。

除上文提及的文学史著作之外，还有一些专门针对某一地区或某个

具体少数民族的民间文学史研究成果，如杨权编著的《侗族民间文学史》
（中央民族学院出版社 1992 年版）、左玉堂编著的《云南民族民间文学
史》（云南民族出版社 2013 年版）、陈岗龙和乌日古木勒的《蒙古民间文
学》（宁夏人民出版社 2008 年版）、钟亚军和王宁丽的《回族民间文学导
论》（宁夏人民出版社 2012 年版）等。此外，还有针对某个时代的民间文
学发展的历史，如高有鹏的《中国现代民间文学史》（河南大学出版社
2019 年版）。这本书主要论述了中国现代民间文学史发展与民间文学思
想理论体系的建立、五四歌谣学运动、现代民俗学运动、乡村教育运
动、红色歌谣、抗日歌谣与现代民间文学、鲁迅与胡适的民间文学观
念、少数民族民间文学等问题。通过这本书，可以看到中国现代文学史
中隐藏的浓郁的民间生活气息，对于整个文学史的重新思考和定位也有
重要的意义。高有鹏撰写的《中国古代民间文学史》（河南大学出版社
2019 年版）以及他的《中国近代民间文学史》（河南大学出版社 2018 年
版）等分期民间文学史的研究成果同样值得关注。

另外，对于文学史梳理问题的研究同样值得注意，例如，吕微的
《现代性论争中的中国民间文学史写作》、郑国庆的《文学史与历史语
境——“现代性”与“民间”》、梁庭望的《关于中国民族民间文学史编写若
干思考》、邓心强和李建中的《民间文学史中的“误解”与“话语较量”——
以孟姜女传说故事为例》、张洁和欧阳治国的《试论中国民间文学史的建
构》、孟美玲和王锋的《中华文学史语境中的回族民间文学史研究——
〈中国回族民间文学概观〉和〈回族民间文学史纲〉的对比分析》等。这些
文章都从不同的视角对民间文学史的建构提出了一些见解，对今后的文
学史梳理研究工作有一定的参考价值。

二、民间文学的文本分析与搜集整理

民间文学作品的搜集、整理，是一项特殊的调查研究活动，也是民
间文学领域内各项工作的重要前提和基础。掌握可靠而充分的民间口头
文学的第一手资料，对于科学研究的开展、优秀口头作品的传播、人心
民情的了解以及文学创作的繁荣等，都是必不可少的。

搜集整理工作的直接目的，是为了保存人民的口头文学，免得它像

一阵风似的消失。在大规模搜集整理民间文学作品及召开相关研讨会的基础上，学界对一些民间文学作品的重要价值有了进一步的认识，在对比同一体裁、同一描写对象的基础上，对于民间文学作品的文本分析研究也有了重要进展。对于民间文学的文本分析研究大致可以分为神话、史诗、传说、叙事诗、故事等，每一类的文本分析大都会涉及主要内容、艺术特征、与其他文学体裁的关系、中外民间文学的对比研究等一般文学研究会涉及的内容，也有民间文学研究较为独特的部分，如民间文学的思维特征（神话主义、宇宙观、逻辑性）等。

（一）民间文学作品的搜集整理

1949 年至 1966 年，我国的民间文学工作者对各民族的民间文学作品进行了大规模的调查和采集，特别是 1958 年，在毛泽东的倡议下，全国掀起了新的采风运动。同年召开的第一次民间文学工作者代表大会提出了"全面搜集，重点整理，大力推广，加强研究"的民间文学工作方针，《人民日报》也发表了题为《大规模地收集全国民歌》的社论。一个群众性的民间文学搜集活动就这样蓬勃地开展起来，在不长的时间内便搜集到了大量的传统民歌和新民歌。在少数民族长篇叙事诗和民间故事的搜集方面，成果也十分显著。据不完全统计，17 年中，省、市、自治区以上出版社公开出版发行的各民族民间文学作品专集就有 2400 多种，云南、贵州、青海、广西、内蒙古等省份所搜集编印的大量少数民族民间文学的原始资料尚未包括在内。

同时，学术界也通过创办民间文学期刊来推动民间文学的搜集整理与文本研究。1950 年，中国民间文艺研究会成立，开始通过创办刊物大力征集民间文学资料。1950 年 11 月，《民间文艺集刊》创刊，该刊物沿用五四时期歌谣研究会和《歌谣》周刊时代的办法，是为征集民间文学作品而创立的。但在第 3 辑出版之后，由于隶属关系不顺，也由于对民间文学事业的轻视，不得不宣布停刊。1955 年 4 月，《民间文学》月刊创刊，与《民间文艺集刊》不同，这是一份以发表来自全国各地的搜集者的民间文学作品自然来稿为主、兼发民间文学理论和评论文章的专业刊物。此外，还涌现出一大批以发表民间文学作品和有关研究文章为主要任务的专门性刊物，大大推进了全国范围内的搜集整理工作。

从 20 世纪 50 年代初开始，一些高等学校就开设了"人民口头创作"

（后来改名为"民间文学"）课程。把人民口头文学作品的介绍和研究作为全国各大学中文系必须开设的课程，这在我国历史上是破天荒的大事，它不仅为民间文学作品的搜集整理培养了众多专业人才，也提升了民间文学研究在文学研究当中的地位。

随着民间文学搜集整理的深入，1981 年，中国民间文艺研究会向国家文化主管部门征求合作意向，提出普查、编辑、出版"中国民间文学三套集成"的计划，该项目于 20 世纪 80 年代中叶正式开始，由文化部、国家民委和中国民协共同组织领导，聘请钟敬文、贾芝、马学良分别担任三套集成的主编，并在中国民间文艺研究会机关内成立了中国民间文学集成总编辑部作为工作机构。历时四分之一个世纪的编纂期间，先后有几十万文化工作者参与调查、搜集、编纂，最终形成了包含省卷本 90 卷、县卷本 4000 多卷的《中国民间故事集成》《中国歌谣集成》《中国谚语集成》三套书。

在民间文学搜集整理过程中，许多作品都是依靠田野作业及口述整理的方式搜集而来的。为了提高民间文学搜集整理的质量及提升民间文学研究者的田野能力，1985 年，《民间文学论坛》编辑部在南通举办"田野作业与研究方法"座谈会；1986 年，中国故事学会在沈阳举办"民间故事与故事家"学术研讨会。这些研讨会的举办不仅对民间故事的搜集整理有重要意义，也开拓了民间文学的研究视角。

（二）神话研究

新中国 70 年神话研究的长足进步，是建立在五四时期知识分子们建构的现代神话学理论体系的基础之上的，无论是鲁迅在《中国小说史略》中对神话与传说的专篇论述、茅盾的《神话杂论》（世界书局 1929 年版），还是顾颉刚、杨宽的"古史辨"的古史考辨，钟敬文等人对《山海经》研究系统的建构，都为新中国的神话研究打下了良好的理论架构与文本分析基础。

十七年时期，神话研究成绩较为突出的是丁山、袁珂。丁山是著名的古文字学家、历史学家，精通甲骨金石、音韵训诂，熟悉上古史料。其《中国古代宗教与神话考》（龙门联合书局 1961 年版）意在探寻中国文化的来源，在古神话的考辨、推原方面成绩卓著，显示了深厚的小学功底。此外，丁山在传统的考据基础上运用了比较语文学、比较神话学与宗教学的方法，对史前神话加以初步分析，分析数量之广、考证程度之深前所未有，从而使得这部著作具有巨大的学术价值。例如，他在著作中将后稷定为谷神，将生民神话定为农业生产时代的原始生殖神话等，都为后来的民间文学研究提供了良好的借鉴。

　　新时期的神话学研究可以说是神话研究的兴盛期。老一辈学者袁珂、钟敬文、顾颉刚等再次焕发学术青春，以深厚的学识审视神话，是这一时期的主力军。新中国成立后成长起来的中年学者厚积薄发，重新投入神话研究中，使神话研究呈现出强劲的后势。1984 年中国神话协会的成立是这一阶段的一个重大事件，它标志着神话学作为新兴边缘学科正式成立，也标志着神话学研究正向科学化、体系化方向发展。此后多次全国神话讨论会的召开，在 20 世纪 80 年代中期至 90 年代初在全国形成一股神话研究的热潮。这一阶段由于国家对民间文艺的重视和改革开放思想的深入人心，学者们加紧从国外引进先进的学术方法和理论并与自己的研究相结合，使得神话学研究达到了一个新的高度。学者们在借鉴国外先进理论和方法的同时，更趋向于传统的考据考古与田间作业的回归，如陈建宪的《中国洪水神话的类型与分布——对 443 篇异文的初步宏观分析》就在方法上更多地熔铸了中西特点，形成自己的研究路向。这一时期还有一个较为大型的中原神话学术考察活动。为编写河南省哲学社会科学科研规划项目成果《中原古典神话流变考论》[课题负责人为河南师范大学(后复名河南大学)张振犁]，河南大学中文系于1983 年至 1990 年连续组织了七次调查队，进行了长达八年的民间文学调查——中原神话考察。1983 年 11 月 2 日到 12 月 6 日，调查组到西华、淮阳、沈丘、项城、新郑、密县等地进行以"古神话流变"为专题的调查。这次调查侧重女娲、伏羲、黄帝的神话传说，采录到各类民间文学作品 109 件，其中神话 68 篇(包括异文及有关资料)，录制磁带 14盒，拍摄照片 128 幅。学术讨论会与实地考察活动的盛行，都为神话研究的进一步发展打下了良好的基础。

　　此外，这一时期的学者在总结前一阶段研究成果的基础之上形成了自己的学术成果。1980 年，袁珂校注的《山海经》由上海古籍出版社出版，是这一时期十分重要的研究成果，与前一阶段钟敬文等人对《山海经》研究系统的构建息息相关。《山海经》是中国神话研究的重要典籍，里面保存了大量的古代神话，但全书讹、脱、倒文等问题非常严重，影响了后世学者的研究进程。袁珂在前人的基础上对《山海经》进行全面校勘，恢复了该书的原始面貌，为神话研究者扫除了文本障碍。

1980 年到 1990 年，随着开放进程和国外神话资料与理论的翻译介绍的扩大，神话的比较研究逐渐繁荣起来，一方面表现为国内各民族神话之间的比较，另一方面表现为不同国家之间的神话比较，有助于中国神话的特点、思维方式和结构的研究。萧兵的《盗火英雄：夸父与普罗米修斯——东西方英雄神话比较研究之一》、龚维英的《中外古神话传说比较研究举隅》、刘渊的《同主题变奏——"嫦娥奔月"和"美狄亚出逃"的比较研究》等或从具体对象、或从所反映的意识形态出发，对中外神话进行了颇有建树的比较研究。

此外，还有一些整体性的神话研究著作值得注意，如谭达先的《中国神话研究》（台湾商务印书馆股份有限公司 1980 年版）、王青的《中国神话研究》（中华书局 2010 年版）等。还有一些神话的历史演变与传播研究文章值得注意，如郑绍棠的《试论白族龙的神话的产生及发展》、高有鹏的《关于中国创世神话与原始崇拜的几个问题》、唐霞的《试析中原盘古神话中的原始神话意识》、崔茜的《玉文化的神话叙事与历史传播研究》、赵雨琪的《浅析上古神话形象及其精神内涵》等。这些文章在"非物质文化遗产保护热"的今天，具有重要的参考价值。

三、民间文学的类型学探讨

民间文学主要是一种文学类型，而不全然是一种文学层次或文学内容的命题，这不仅对民间文学史的书写有重要的参考价值，对于启发民间文学的类型学研究无疑也是至关重要的。前代学者已经对民间文学的类型特征作过多种描述，主要有自发性、集体性、口头性、传承性、变异性。而"趋向于模式化"是民间文学最本质的特征，也是民间文学与作家文学之间最重要的区别。同时，民间文学的类型学探讨也受到了世界范围内民间故事类型学研究的影响。

在世界范围内，早在 20 世纪初就已经有人开始编纂民间故事的情节索引，把千差万别的故事大致上划归成有一定限量的类型，以便在此基础上进一步进行比较研究。1910 年，芬兰学者阿尔奈出版《故事类型索引》一书，创建了他关于故事分类的一个体系。1928 年，美国学者汤普森在阿尔奈的基础上增补、修改，出版了《民间故事类型索引》。一个分类体系就此大致形成，国际学术界通常称之为"阿尔奈-汤普森体系"，简称"AT 分类法"。AT 分类法在国际学术界影响很大，自其问世以来，世界上有许多国家的学者以此为框架，编制适用于本国或本地区的民间故事情节类型索引。

在以上两种因素的共同作用下，早在 20 世纪 20 年代末，钟敬文、杨成志、赵景深等前辈学者就已经开始了有关中国民间故事情节类型索引的编纂和研究工作。20 世纪 30 年代初，钟敬文发表《中国民间故事型式》。1937 年，德国学者艾伯华在曹松叶的大力协助下，编辑完成《中国民间故事类型》，中译本于 1999 年由商务印书馆出版（王燕生、周祖生译），这是一本较早面世的中国民间故事类型索引，共收故事类型300 余个。在艾伯华从事这一工作期间，世界范围体系内的类型学研究方法——AT 分类法已大致形成，但是艾伯华没有采纳 AT 分类法的系统，而是从中国民间故事实际出发，设计了他自己的一个体系。以上几部学术著作标志着民间故事情节类型和故事类型研究的编纂工作拉开了序幕，同时也为新中国的民间文学类型学研究打下了重要的基础。

（一）编纂民间故事的类型

2000 年，台湾学者金荣华出版了《中国民间故事集成类型索引》（台北中国口传文学学会 2000 年版）。这个索引仍采用 AT 分类法，所采用的可供检索材料（故事出处）包括了《中国民间故事全集》（远流出版事业股份有限公司 1989 年版）、《中华民族故事大系》（上海文艺出版社 1995年版）等以及其他一大批民间故事书籍，甚至还照顾到一些已经有中译本的外国民间故事，给今天的中国民间故事研究者在检索故事文本时提供了很大的方便。

2002 年，刘守华主编的《中国民间故事类型研究》面世。全书分"导论"和"故事类型解析"两大部分，后者包括了对中国常见故事类型的评说，可以看作一组相关故事类型的解析文章。读者阅读这些文字，通常也就可以据此检索到一批相关的故事文本。在这个意义上，该书也带有类型索引的性质。

2007 年，祁连休的《中国古代民间故事类型研究》由河北教育出版社出版，该著作在中国古代民间故事类型研究领域作出了重要贡献。在此之前，有关中国民间故事类型索引的成果都不是专指古代的（虽说也涉及古代部分），但由于精力有限，不可能过于深入。该书的上编就中国古代民间故事类型的相关学术问题展开论述，提出了许多极具价值的观点。下编则按历史断代，逐章介绍各个历史时期里有代表性的民间故事类型，简述情节梗概，全文辑录古籍中的各种异文，文后又简述该类型在当代口头讲述中的一些异文出处，还将部分故事类型与此前已出版的几种重要的故事类型索引作对照，以便读者进一步检索。该书涉及数百种中国古代民间故事类型，是迄今为止我们见到的规模最大的关于中国古代民间故事类型研究的理论成果。此外，顾希佳的《中国古代民间故事类型》（浙江大学出版社 2014 年版）在吸收前人的研究成果的基础上作了更多的拓展和深入，补充了诸如"龙子望娘型""银变型"在内的古代民间故事类型，并做成索引的形式，具有较高的学术价值与应用价值，是当前资料较为全面的民间故事类型研究的著作。

2016 年，王宪昭的《中国人类起源神话母题实例与索引》由中国社会科学出版社出版，全书搜罗了包括四个母题层级的中国人类起源神话母题，设置了人类产生概说、人自然存在、造人、生育产生人、变化产生人、婚配产生人、人类再生、怀孕与生育、人类的特征以及与人相关的其他母题等结构单元。该书是在中国神话母题编目基础上形成的实证性研究成果，也是学术研究信息化与数据库大背景下关于人文学科研究方法创新的积极尝试，为进一步的学术研究提供了宝贵的资料。

此外，还有一些针对少数民族民间文学类型研究的成果值得注意，如林继富的《汉藏民间叙事传统比较研究：基于民间故事类型的视角》（人民文学出版社 2016 年版）、张福三和傅光宇的《略谈白族民歌中的几种独特样式》、沈德康的《"狗尾藏种型"谷种起源神话的结构与实质——对藏缅语 17 个民族民间文学的分析》、潘琼阁的《不断延续与更新的盘王神话认同框架——瑶族集体和个体经典的类型学研究》等。

（二）分析民间文学的母题、原型

一部民间文学作品历经岁月的淘洗和磨砺，仍能保持基本模式的原始形态，母题、情节的置换都难以破坏其结构的稳定，这一现象往往引发民间文学研究者惊异和赞叹。因此，母题、原型研究在民间文学的类型学探讨中占据了半壁江山。母题、原型在一定程度上拓展了故事类型的概念，它们有故事类型的意味在，但又超越了单纯的故事分类。新中国成立以来，诸多学术论文涉及不同类型民间故事的原型、母题方面的研究，这些研究大都建立在民间故事类型学研究的基础之上，但又从母题、原型的角度对其进行了深入的探讨。

王建章的《论民间幻想故事的型式和艺术特征——兼论故事中保存的原始观念》以世界和我国古代的民间幻想故事为背景，对我国现代流传的各民族民间幻想故事进行了型式分类和艺术特征的分析，并论述了故事的起源和至今仍然保存的万物有灵、图腾意识、语言魔力及人祭习俗等古老的原始观念，指出民间幻想故事具有多方面的研究价值，有必要加强对它的研究。王宪昭的《论伏羲女娲神话母题的传承与演变》考察了伏羲、女娲母题的融合过程，考证了神话在口头与典籍之间的双向多层次文化交流过程。文章认为，这两个母题表现出在各民族地区分布的广泛性、跨民族传承的复杂性以及从独立到黏合的特殊性。这些特征的形成与人类对神话功能的诉求、神话传承规则、民族交往与融合以及特定的文化理念等有关。黎亮的《"离去型"中国民间故事的文化原型论》考察了以异类婚配开始、以异类妻子离去告终的中国民间幻想故事，认为故事隐喻了婚俗转型过程中的夫妻纠葛，透露了中国人对待自然和无意识的隐秘心态。此外，刘艳超、毛巧晖的《试析人类起源神话中的造人母题——以布努瑶神话史诗〈密洛陀〉为例》、王宪昭的《论盘古神话的母题类型与层级结构》等也都是这方面研究的重要成果。

值得提及的是，现当代文学研究也开始注意民间文学原型的重要作用。王光东、陈小碧的《民间原型与新时期以来的小说创作——1976 年至 2009 年文学与民间文化关系研究》(广西师范大学出版社 2012 年版)便试图开拓当代文学与民间文化，尤其是民间故事原型的关系研究的空间，发掘中国当代文学与传统民间文化之间深层的精神联系，认为在中国当代文学的发展过程中，民间文化始终与文学的发展有着密切的关系，当代文学三大传统之一便是民间文学传统，民间文学与文化是当代文学发展不可忽略的内动力和精神资源。该书充分揭示了民间文化对当代文学的重要影响，不仅可以从本土文化的角度进一步解释中国当代文学的生成和发展规律，而且能够发现文学史叙述中的民间文化与当代文学的关系。

四、民间文学研究的文化学、人类学转向

20 世纪 90 年代以后，民间文学研究发生了一次重要的转向。引领这一转向的是钟敬文先生，其《民俗文化学发凡》一文的发表吹响了转向的号角。尽管这篇文章并不是专门针对民间文学的，但民间文学需要突破文学的局限，进入文化视域的学术呼声还是相当明确的。这一转向的直接动因是呼应学术界兴起的文化热，以便民间文学学科与其他学科展开对话。在民间文学本体论方面则把民间文学视为一种文化现象，既具有文化的意义，也是一种文化的表现形式。这属于对"文学性"的突围，即民间文学不仅是审美的、美感享受的，也是重要的文化遗产，是一个民族和族群宝贵的历史记忆。这无疑为民间文学的研究提供了更丰富的视角，极大地增强了学术可能性。

（一）民间文学与民间风俗

民间文学的文化学研究主要研究民间风俗、宗教信仰与民间文学的关系，它们之间既有较大的差异又有千丝万缕的联系。民间文学的题材大部分来源于民间风俗传说、宗教信仰，民间的神话传说、风俗习惯也常常与宗教信仰有关，而民间文学作品大部分又出自民间口口相传的风俗故事，三者之间渗透融合，甚至不分彼此。对这三者进行比较研究更容易弄清民间文学的本源，发掘其所蕴含的美学意义及人文价值。民间文学研究由此突破了单纯的文学研究视角，采用多种方法，从各方面、多角度探讨分析民间文学，极大地拓展了民间文学的研究空间，有力地促进了民间文学的发展。

于是，在民间文学文化学转向的影响下，诸多原本专门研究民间文学的学者开始关注民间文学的仪式和场域，诸如歌圩、哭丧歌的葬礼、故事村和歌手等。民间文学与相关民俗活动的界限被有意识地消解，并植入民俗生活当中被重新审视。民间风俗与民间文学的关系可分为三

类：民间文学取材于民间风俗，二者一致；民间文学取材于以前的风俗故事；民间故事的广泛传播催生出民间风俗。民间文化既然能够通过民间文学表现出来，自然也能够通过民间文化对民间文学进行研究。于是，民间文学研究便超越了单一的文学性的理解，进入到宗教、历史、社会、伦理等领域。

在传说研究方面，陈泳超在长期田野调查的基础上，撰写了《背过身去的大娘娘——地方民间传说生息的动力学研究》（北京大学出版社2015年版）一书。不同于传统民间文学研究多以文本为中心，该书将传说看成是在地方生活世界中持续发生作用的一套话语体系，通过对山西洪洞县非常悠久的信仰活动"接姑姑、迎娘娘"中关于娘娘的身世传说持续八年的田野调查，来理解和分析地方民间传说与各种人群的实际关联，尤其关注传说演变的地方性动力、时代性动力等机制，由此探讨永远处于变动之中的地方传说与当地人群现实诉求的关系。这本书既是对传说演变动力的理论探讨，也是对传说与地方社会关系的深入研究。王尧的《传说与神灵的地方化——以山西洪洞的青州二郎信仰为例》考察了山西洪洞青州二郎的地方化过程，认为传说的地方化直接影响了传说享有者在现实生活中的功能性行为模式，是促进该信仰完成地方化转变的有力方式。李然的《传说形象的生活化功能——作为互动媒介的秃尾巴老李》则探讨了"秃尾巴老李"传说在山东当地民众日常生活中的作用。作者以传说形象为切入点，将传说放回到生活的具体场域，尤其是人与人的互动过程中，描述传说包含着的众多真实且与讲述者和听众都息息相关的信息和情感，探讨该传说形象作为一种沟通的媒介符号，在强化家族历史感、提升家族地位、划分地域族群、分配村落权力、划分家族族系等方面承担的重要责任。

在神话研究方面，黄景春的《泾川西王母神话新构及仪式重建》考察了泾川回中山王母宫庙会，梳理了历史、民间等不同力量对其的影响。毛巧晖的《文化的他者：20世纪初至40年代盘瓠神话研究》则对盘瓠神话阐释背后的文明/野蛮、进步/落后之文化标准和意识形态价值判断在当下的重要意义进行了深层学术梳理，以期进一步反思当下人文社会科学的结构性问题和深层的文化秩序观念。朱姝源的《论〈金楼子〉之神话类型及其文化意蕴》则将民间文学的类型学研究与文化学研究结合起来，也有一定的参考价值。

在故事研究方面，蒋勤俭的《"术士斗法避难"故事演变及其丧葬意蕴》梳理了"术士斗法避难"故事在不同文类中的传承情况，从弗雷泽交感巫术的角度解释了故事中主人公的避难缘由，认为避难时所用的避难物具有浓郁的丧葬意蕴。此外，鹿忆鹿的《傻女婿的傻样——兼论中国民间故事中的家族关系》、尚青云和薛洁的《兵团民间故事文化内涵阐释》、李永平和樊文的《中国少数民族屠龙故事文本与禳灾传统》等也从不同的视角对民间故事中民间风俗的文化内涵、伦理思想展开阐释。

还有一些探讨某一地区的民间文学与文化关系的研究成果也值得关注。例如，巫瑞书的《荆湘民间文学与楚文化——楚文化探踪》（岳麓书社 1996 年版）便系统梳理了神话传说（主要是洪水神话、盘瓠神话、巴陵神话传说、洞庭湖桩巴龙传说、澧州孟姜女传说），民间文艺（"西曲歌""竹枝歌""五句歌"、傩戏）与楚文化（主要是巫文化、蛮文化，以及楚地的苗族、侗族、土家族、瑶族等少数民族的原始崇拜）的关系，同时也论及楚地的神话传说、民间文艺与后世作家、艺术家创作的关系（例如，屈原的诗歌创作便得力于楚地的神话传说，又让楚地的神话传说蜚声于世）。

从学科内部的学术指向而言，这种将民间故事与民间风俗结合起来的研究方式是在呼应钟敬文构建民俗文化学的学科倡导。钟先生认为，民俗学的分支有宗教民俗学、历史民俗学、语言民俗学、艺术民俗学和心理民俗学，文化学的分支更加名目繁多，民俗学与文化学两个主体学科相交叉，产生了民俗文化学。它是一种新学科，也是国际国内学术潮流大势之所致。渐渐地，这些学者反而遗弃了民间文学，不再对文学性感兴趣，转而经营起了民俗文化。一时间，民俗学方面的论文数量大大超过了民间文学，民俗学的势头完全盖过了民间文学。民俗学一跃成为民间文化领域的主导性学科，单纯的民间文学的文学性认知似乎变得不合时宜起来。

民俗文化学的强力推送，一方面可以与长期以来的文本中心主义拉开距离，走出没有文本就无从展开研究的误区。综观 20 世纪民间文学的研究成果，绝大部分都以记录文本为对象，文本分析成为难以摆脱的范式。另一方面可以凸显少数民族的优势，因为少数民族口承文学的民俗表达更为丰富，与传统的承袭关系更为紧密。55 个少数民族文学化的民俗活动本身就构成了取之不尽的学术资源。

当然，民间文学向民俗学偏移的学术转向，或者说诸多学者放弃对民间文学的坚守，有迫不得已的成分。一方面民间文学的学术范式大多过于陈旧，作家文学批评和文学理论又难以提供可资借鉴的方式，使得民间文学研究陷入周而复始的重复。另一方面民间文学本身的生存状态发生了巨大变化，口头传统兴盛的现象忽然之间消失了。即便进入田野，在大部分乡村也难以遭遇到自然形态的民间说唱和讲演。而传统的民俗则仍在持续，随着农民生活水平的提高，一些一度消失了的民俗行为也得到恢复。由于诸多因素的合力，民间文学研究的文化学转向，尤其是与民间风俗研究的融合势在必行。

（二）民间文学研究的"大文学观"

文化学的介入，溢出了民间文学文学性的单向学术诉求。民间文学工作者意识到鼓吹所谓的民间文学的纯粹性，是导致民间文学研究陷入日益封闭境地的主要原因。把民间文学纳入民间文化广阔视域里面，使文学性向民俗文化的不同层面转移，有利于口头传统的再发现。乐黛云在《为中国文学研究开创历史新纪元》一文中指出，文学的文化研究能"充分发挥其融合故事、讲唱、表演、信仰、仪式、道具、唐卡、图像、医疗、出神、狂欢、礼俗等为一体的文化整合功能"[①]。这句话显然不适合书写出来的作家文学，反倒是一条民间文学研究如何拓展至文化领域的具体理路——打通口头文本、身体文本、视觉文本和仪式文本的区隔，以多元文本、表演理论等"大文学观"的方式超越以往单一记录文本的研究范式。

孟令法的《口头传统与图像叙事的交互指涉——以浙南畲族长联和"功德歌"演述为例》通过对畲族的"做功德"仪式进行调查，发现同一民

---

① 乐黛云：《为中国文学研究开创历史新纪元》，载《中外文化与文论》，2013(2)。

俗事象在口头传统与图像叙事的表述中具有显著的交互指涉关系，但具体叙事情节的口头表达与图像描绘并不一定能在时间序列上呈现直接的对应性，甚至图像叙事不是口头传统所描绘的内容，而只是一种固化的仪式环节。因此，在口头文本与图像文本（仪式表演）之间的沟通指涉就需要一个媒介，而畲族的"功德歌"就是这种以身姿为媒介实现交互指涉关系的典型代表。刘守华的专著《口头文学与民间文化》（中国文联出版公司 1989 年版）选编了 27 篇涉及中国民间口头文学多种样式的文章，并对它们的美学价值作了深入的评析，将口头文学的民间文化内涵娓娓道来。

在口头传统的发现过程中，诸多研究者在吸收西方理论的基础上，注意到民间文学经常诉诸表演，这是民间文学不仅仅是"文学"的一个重要因由。于是，"表演理论"被引入到了民间文学研究当中。表演理论之于中国民间文学研究的主要贡献不是研究方法，而是研究观念。由此，民间文学演述的过程、行为，以及叙述的文本与叙述的环境之间的关系也成为学者们讨论的主要问题。

杨利慧的《表演理论与民间叙事研究》在介绍西方表演理论的基础上，具体论述了表演理论如何在民间叙事研究当中被当作一个方法使用，同时举了几个研究的实例，最后阐述了表演理论的影响及其可能存在的问题。可以说是系统地将表演理论引入民间文学研究的一篇学术论文。现今，学界对表演、语境、互文性等概念已经有了比较深刻的认识，表演理论把在记录文本之外的民间文学体验纳入了进来，纠正了以往以文本作为唯一观照对象的偏向，拓宽了民间文学的研究路径，同时也特别强调了"人"（民间文学记录者与口述者）在民间文学当中的重要作用，是民间文学文化学与人类学转向的重要成果。

此外，随着中国社会的发展，文化遗产的保护、文化旅游的发展、信息技术的进步等也都呼吁着民间文学研究者与时俱进，将民间文学研究与社会发展相结合，这也是民间文学研究"大文学观"的一个重要体现。张多的《女娲神话重述的文化政治——以遗产化运动为中心》探讨了20 世纪后半叶以来，女娲神话作为文化遗产在"神话主义"的逻辑下被政治性运用与重述的方方面面。霍志刚、王卫华的《现代化语境下伏羲神话的重构——以河南淮阳地区为个案》分析了伏羲神话在河南淮阳地区的旅游、城市建设与影视作品中被重新讲述与应用的方式。邓启耀、熊迅的《卫星和互联网情境下的神话学讨论》则探讨了当下以神话符号命名人造卫星，以及在互联网讨论的神话符号挪用等现象，分析了这一过程中涉及的政治意识形态转型、文化象征、民俗习惯，乃至社会性别等问题。

第七章
民族文字融汇中的少数民族文学研究

综观新中国 70 年少数民族文学的研究，其研究领域不断扩大，研究资料不断得到挖掘，研究深度不断加深，具体的少数民族文学的研究不断增多，同时概览性、总结性的研究成果也不断推陈出新。研究方向主要集中在少数民族文学史研究、少数民族文学研究范式研究、少数民族文学作家作品研究、少数民族文学理论研究、少数民族母语文学的翻译与研究等方面。

从 20 世纪 50 年代开始，中国少数民族文学开始了大规模的搜集、整理工作，初步奠定了民族文学在中国文学史上的地位。1950 年 3 月即成立了中国民间文艺研究会，理事长为郭沫若，副理事长为老舍和钟敬文。各省区随即成立了分会，有关民族省区的分会立即组织力量，深入少数民族地区搜集少数民族民间文学。1956 年，国家民委、中国科学院和中央民族学院（中央民族大学前身）协同组织了 7 个少数民族语言调查队 700 多人，分赴 15 个省区对 42 个少数民族进行大规模的语言调查，搜集到了大批民间文学资料，为后来的研究工作打下了基础。

20 世纪 50 年代末到 80 年代初主要是编写单一民族文学史、文学概论的时期。民族文学史规划的提出始于 1958 年 7 月，在中共中央宣传部召开的民族文学史、文学概况编写座谈会上，确定了首批书目和分工，并先后于 1960 年 8 月和 1961 年 3 月由中国社会科学院文学研究所召开两次座谈会，确定为"中国少数民族文学史文学概况丛书"，统揽少数民族文学和民间文学。

80 年代中期以后，研究进入探讨民族文学理论的阶段，深入研究少数民族文学的概念、范围、特征、研究方法及中国少数民族文学在中华文学中的地位。1986 年出版了《中国当代民族文学概观》（中央民族学院出版社）。同时，对中国少数民族文学的研究克服了单一民族文学研究的局限，把 55 个少数民族文学的历史作为一个整体进行探讨。90 年代开始取得成果，1992 年 1 月，《中国少数民族文学史》（中央民族学院出版社）出版；同年出版了按文体分类的《中国现代少数民族文学概论》（中央民族学院出版社）。1994 年出版了《中国少数民族诗歌史》（中央民族大学出版社）。1997 年出版了《中国少数民族文学比较研究》（中央民族大学出版社）等。

随着少数民族作家文学的长足发展和少数民族作家群的扩充，80 年代以后，少数民族文学的研究也扩展出新的思路，开始了一些综合和比较研究。中国社科院的《民族文学研究》以及相关民族院校主办的学术期刊多年来刊发了大量少数民族文学研究方面的论文，如《民族文学研究》编纂的《中国少数民族文学研究论文要目》系列期刊文章，呈现了新时期以来中国少数民族文学研究的关注视角。

一、少数民族文学史研究与"重绘文学史版图"

对少数民族文学史的研究经历了从确定少数民族文学史书写的地位与意义、编纂各少数民族的文学史、按照历史脉络编纂少数民族统一的文学史，到将少数民族文学史作为整体纳入中国现当代文学史甚至是中华文学史的范围内的过程。由此可见，少数民族文学史的研究逐渐从内部走向外部，从族别文学史的编写走向综合性文学史的编写，从少数民族的视野走向统一的中国整体的视野。整体来看，少数民族文学史的编写经历了族别文学史、综合性民族文学史、中国文学史融合的三个历史阶段。

关于少数民族文学史的研究，早在中国现代文学发展的时期已引起文学界的关注并产生了一些讨论，而编写少数民族文学史或文学概况的任务是在 1958 年 7 月 17 日中央宣传部召开的一个座谈会上确定的。1961 年，何其芳的《少数民族文学史编写中的问题——一九六一年四月十七日在中国科学院文学研究所召开的少数民族文学史讨论会上的发言》总结了当时少数民族文学史编纂中的问题。会议探讨了编写少数民族文学史工作中的一些原则性的问题，并对当时《蒙古族文学简史》《白族文学史》等提了诸多修改意见。这次会议和发言强调了少数民族文学史书写的重要性，对之后整理少数民族文学、根据民族的划分编纂各族文学史并在此基础上总结少数民族文学史的发展有重要作用。同年，中国社科院少数民族文学研究所制订了《中国各少数民族文学史和文学概况编写出版计划》，并配套编印《中国少数民族文学史编写参考资料》。

1983 年，毛星主编的《中国少数民族文学（上、中、下）》（湖南人民出版社）系统记述了 55 个少数民族文学的发展概况，以宏阔的视角和民族分类的方法勾勒了各个少数民族文学的发展状况。这部著作也被誉为我国历史上第一次全面、系统地记述 55 个少数民族文学的大型专著。1984 年，中宣部下发《关于加强少数民族文学研究和资料搜集工作的通知》，鼓励少数民族文学史的研究和编纂工作。李鸿然的《中国当代少数民族文学史稿》（长江文艺出版社 1986 年版）和《中国当代少数民族文学史论》（云南教育出版社 2004 年版）梳理了中国当代少数民族文学史的发展概况，将文学史与作者的评论相结合，从作家创作的历史语境、现实空间、写作资源等多个方面，将作家作品置于社会历史的大网中进行了详尽的论述。1991 年，桑吉扎西的《中国少数民族文学》（商务印书馆）出版，对少数民族文学的历史追述与当下意义进行了评价。

1992 年，中央民族学院出版社出版了马学良、梁庭望、张公瑾主编的《中国少数民族文学史（上、下册）》。该书全面系统地阐述了我国各少数民族文学发展的各个阶段，将其分为原始社会时期民族文学、奴隶社会时期民族文学、封建社会时期民族文学、半殖民地半封建社会时期民族文学、新民主主义和社会主义时期民族文学。该书按照历史演进的顺序，论述了民歌、民间长诗、民间传说、民间故事、民间说唱、民间戏剧、诗歌、小说、戏剧文学、散文、影视文学等各种文学体裁，并在民间故事文学体裁的分析上，按照东北、西北、西南、华南、东南等地域进行了划分，从总体上对不同地域少数民族文学的特点和规律进行总结与归纳。这部文学史在编撰的过程中采用了社会发展史、文学体裁、地域等多种划分方式，尽可能清晰地展现少数民族文学的面貌。

1993 年，蒙古族作家和文学研究学者特·赛音巴雅尔主编的《中国少数民族当代文学史》由漓江出版社出版，该书是专门研究中国少数民族当代文学史的重要成果。该书是多民族学者共同研究的成果，能充分体现各自的民族特色，实现对各自民族文学史的精准把握。该书以广阔的视野将众多少数民族作家作品纳入叙述的框架中，在历史的沉淀与筛选下，实现了对此前文学史叙述作家作品数量上的扩充。书中对作家的创作历程和人生历程都有详尽的叙述，不再是以简介的方式呈现，而是尽量展现少数民族作家的丰富经历带给文学创作的影响。特·赛音巴雅尔的《中国当代文学史》在当代文学史的视野下，力图将少数民族文学融入中国当代文学史的有机构架中。同样将少数民族文学史融入大的文学史叙述框架的著作还有张炯、邓绍基、樊骏主编的《中华文学通史》（华艺出版社 1997 年版）。该著作将各个地区、不同语言、不同风俗习惯下的文学统筹到中华文学史的宏大框架中，体现了少数民族文学史书写的宏观视野和整体格局。

1994 年，黄修己的《谈我国少数民族现代文学史的编纂》有效回顾、总结和评述了改革开放后主要的少数民族文学史著作的编纂情况。

1995 年，邓敏文的《中国多民族文学史论》由社会科学文献出版社出版，该书从"总论、内容论、体例论、关系论、专题论、著者论和别论"几个方面入手，分析了中国少数民族文学史书写的几个阶段及其特征。既谈到了著作家，也具体分析了作品，甚至囊括了文学阅读理论，内容十分丰富，但脉络显得不够清晰。

2006 年，梁庭望、李云忠、赵志忠的《20 世纪中国少数民族文学编年史》由辽宁民族出版社出版，该书以编年史的形式系统地介绍了 20 世纪中国少数民族文学作品，展现了 20 世纪中国少数民族文学发展的基本规律和特点。同年，赵志忠的《20 世纪中国少数民族文学编年》由辽宁民族出版社出版，回顾了 20 世纪百年间的民族文学领域的大事、作家、作品，全面展示了 20 世纪少数民族文学成果，具有一定史料价值。2007 年，赵志忠的《20 世纪中国少数民族文学百家评传》由辽宁民族出版社出版，该书从几千位少数民族作家中，选出了 104 名有代表性的作家，包括老舍、沈从文、萧乾、舒群等，对其代表性的少数民族文学作品进行了深入的鉴赏分析，并且把他们放在少数民族文学发展的历史中评价其文学地位。上述三本书加上《20 世纪中国少数民族文学史》，构成了"20 世纪中国少数民族文学研究丛书"，展现了 20 世纪中国少数民族文学发展的基本规律和特点，对 20 世纪民族文学作了初步的总结。

20 世纪 80 年代，费孝通提出了"中华民族多元一体格局"理论，这一理论不仅涉及文学领域，更有关社会学、文化学、民族学，对此后少数民族文学史的编纂有重要的启示作用。

2001 年，赵志忠的《少数民族文学在中国文学史上的地位》发表于《中央民族大学学报》，文章认为少数民族文学史是中国文学史的组成部分，并在这一观念之下分析了众多少数民族作家的创作地位。同年，中国社会科学院杨义在一次国际性会议上，提出要给中国文化和文学绘制一个完整、丰厚，又非常体面、非常有魅力的地图，这个地图应该包含广泛的地理领域，同时把少数民族对中华民族的贡献也写进来。此后"重绘文学史版图"的学术概念不断丰富，这种学术追求也打通着各个民族发展的地理时空界限，成为中国文学史研究与少数民族文学史书写的前沿话语。2007 年，杨义的《重绘中国文学地图通释》由当代中国出版社出版，在阐释方法论问题以及文学与民族学、地理学、文化学、图志学的关系上建构"大文学观"命题。该书结合文学与地理学，跨越文学创作的民族界限，提出将少数民族文学纳入整个中国文学的发展进程中来。

2007 年，《民族文学研究》第 2 期开设专栏，就"构建中华多民族文学史观"的问题展开讨论。徐新建的《"多民族文学史观"简论》、李晓峰的《多民族文学：中国文学史观的缺失》、朝戈金的《"中华多民族文学史观"三题》、扎拉嘎的《20 世纪哲学转向与多民族文学史观问题》等论文相继面世。

2014 年，赵志忠的《中国少数民族文学史》由人民文学出版社出版，由五部专著组成，分别是《中国少数民族文学史·诗歌卷》《中国少数民族文学史·小说卷》《中国少数民族文学史·散文卷》《中国少数民族文学史·戏剧卷》和《中国少数民族文学史·文学批评卷》，首次对少数民族文学进行了分文体的系统整理。该丛书从历史的角度论述不同时代产生的作家与作品，从古代文学、近代文学、现代文学，一直到当代文学。还注意到了不同时代、不同民族出现的文学现象与思潮，并且阐述了这些作家及作品在少数民族文学史，乃至整个中国文学史上的地位。同时，该丛书还注重综合和比较研究，将少数民族文学放在更宽阔的文学语境中分析其独特的文学价值。

2009 年，叶舒宪的《中国文化的构成与"少数民族文学"：人类学视角的后现代观照》一文以人类学与后现代知识观的立场，批判文野二分的中国文化观及西方现代性文学观。认为中国文化内部的构成特征具有多样性与多源性，汉族的建构过程离不开周边少数民族的文化迁移、传播与融合运动。文章提出重建文学人类学意义上的"通识性"中国文学观，倡导从族群关系相互作用的建构过程入手，在中原王朝叙事的正统历史观之外，探寻重新进入历史的新门径。

2016 年，徐新建的《多民族国家的文学与文化》由人民出版社出版，该书运用多元一体的文学史观，论述了多民族文学与文化在当代中国的理论和现实意义。导论以"表述与被表述"为题，提纲挈领地阐释了多民族文学的视野与目标。该书分为三编，分别论述了国家地理与族群写作的相互关联及当代中国的身份认同、国家与底层双向叙事的互动关系、族群问题与校园政治的联系等问题。

关于少数民族文学史的研究成果，专著有史军超的《哈尼族文学史》（云南民族出版社 1998 年版）、李子贤的《多元文化与民族文学——中国西南少数民族文学的比较研究》（云南教育出版社 2001 年版）、彭继宽的《湖南少数民族文学史》（湖南教育出版社 2001 年版）、农学冠等著的《瑶族文学史》（广西民族出版社 2001 年版）、黄光成的《德昂族文学简史》（云南民族出版社 2002 年版）、周作秋和黄绍清的《壮族文学发展史》（广西人民出版社 2007 年版）、张正军的《文化寻根——日本学者之云南少数民族文化研究》（上海交通大学出版社 2009 年版）、黎羌的《长安文化与民族文学研究》（商务印书馆 2015 年版）、王志彬的《山海的缪斯——

当代台湾少数民族文学研究》(中国社会科学出版社 2015 年版)等；期刊文章有苏利海的《少数民族文学研究：一种新的文学史视角——以清代满汉词学互动为例》、吕薇的《中国少数民族文学史研究：国家学术与现代民族国家方案》等。

综上，70 年来少数民族文学史的编撰和研究总体经历了从族别文学史的单独编写到各少数民族联合性的文学史的编写、再到纳入中国文学史的书写框架进行研究的过程，对少数民族文学史研究的深入还体现在不同地域、不同历史阶段文学史的编写分类。总体而言，少数民族文学史编写的角度不断增多，少数民族文学经典化的过程也在不断推进。

二、少数民族文学研究范式研究

随着少数民族文学学科的建立，有关少数民族文学研究的方法和理论的探讨也逐步展开。

吴重阳的《中国现代少数民族文学概论》(中央民族学院出版社 1992 年版)按照文体的方式，从小说、诗歌、散文和戏剧等角度分析了少数民族文学的发展现状；选取沈从文(苗族)、老舍(满族)、端木蕻良(满族)等少数民族作家代表及其作品进行了鉴赏分析。该书总结了中国现代少数民族文学的主要特点：从一开始就接受"普罗"文学运动的影响；普遍地表现了对祖国、对乡土的热爱之情，对民族团结的赞颂和对各民族历史的深切关注；其艺术土壤主要是本民族的民间文学和古典文学。[①]

梁庭望和张公瑾的《中国少数民族文学概论》(中央民族大学出版社 1998 年版)第五章"少数民族文学研究方法论"部分梳理了搜集整理、文本细读、文艺学、民族学、文化学等研究方法对少数民族文学研究的启示作用。

2007 年，刘大先的《中国少数民族文学学科之检省》一文针对少数民族在新时期发展以来面临的问题、挑战，在学科定位上对其做出了分析和深入把握。不同于某一类或是某一种研究范式的阐述，此文从总体

---

① 参见吴重阳：《中国现代少数民族文学概论》，4～7 页，北京，中央民族学院出版社，1992。

上把握少数民族学科的发展态势，方法论成为其论述的重要内容。

2009 年，两卷本《新中国成立 60 周年少数民族文学作品选·理论评论卷》由作家出版社出版，基本涵盖了 1949 年至 2009 年少数民族文学研究的总体面貌。2010 年，汤晓青主编的《多元文化格局中的民族文学研究——中国社会科学院民族文学研究所建所 30 周年论文集》由中国社会科学出版社出版，收录了朝戈金、尹虎彬、巴莫曲布嫫、阿地里·居玛吐尔地等 30 位学者有关少数民族文学研究方面的论文。梁庭望、汪立珍、尹晓琳的《中国民族文学研究 60 年》(中央民族大学出版社 2010 年版)主要包括从多元到整合的文学理论、从无到有的民族文学学科建设、从搜集到整理的资料积累、从单一到繁荣的发展趋向、从课堂到社会的文学辐射等内容。2013 年，吴重阳的《中国少数民族现当代文学研究》(中央民族大学出版社)出版，集中总结了我国 55 个少数民族文学研究的基本成果。

龚举善的《新中国少数民族文学总体研究的叙述框架》(人民出版社 2016 年版)将少数民族文学研究的方法分为社会学研究方法、民族学与人类学研究方法、文化学研究方法、传播学研究方法、比较文学研究方法、女性主义批评方法、生态学批评方法、形式主义批评方法八种，基本囊括了新时期以来少数民族文学主要的研究方式和批评方法，并做了方法论上的总括。他的《新中国少数民族文学总体研究的方法论选择》认为新中国少数民族文学研究的方法论选择总体上表现出"一元多维"的基本特征：在马克思主义唯物辩证法的核心观念之下，多种方式方法多向展开，包括社会学、文化学、民族学角度的传统考释，传播学、生态学、女性主义层面的现代维度，形式本位、比较研究、融合批评诸维度的综合观察等。欧阳可惺的《当代中国少数民族文学研究的三种范式》提出，中国少数民族文学学科自身来自国家行为的定位以及少数民族自身现代性意识的唤醒，给少数民族文学研究提供了研究者群体确立自我主体地位的动机，使得多年来少数民族文学研究具有了相对具体、固化的研究范式及鲜明的范式类型，即国家主体范式、民族主体范式、关系论范式。[1]

---

[1]　参见欧阳可惺：《当代中国少数民族文学研究的三种范式》，载《民族文学研究》，2017 (5)。

2016 年，李晓峰、刘大先的《多民族文学史观与中国文学研究范式转型》由中国社会科学出版社出版。该书作为 21 世纪以来中国少数民族文学理论与批评取得的重要成果，以世界视野、国家意识来建构中国多民族文学研究的话语体系，全面阐释了多民族文学史观的理论基础、基本内涵、结构要素、现实价值和学术意义，重新探讨了多民族文学的时间、空间、国家知识属性等基本问题，总结了多民族文学史观与中国历史哲学转型的关系，考察了世界主要多民族国家的文化政策与多元文学生态。该书的立意不仅在于促进中国少数民族文学研究的理论转向，更在于立足多民族文学史观的理论基点，重新审视中国文学多民族、多历史、多传统、多形态、多语种的特征以及冲融交汇、多元并存、共同发展的历史规律，进而促进中国文学研究范式的根本转型和世界意义上的文学话语革故鼎新。

杨红的《中国当代少数民族文学的文化寻根》（中国社会科学出版社 2019 年版）认为，寻根文学思潮不仅在当代文学中有突出显示，在少数民族文学中也有反映。因而专门以少数民族文学"文化寻根"作为研究对象，着力探究少数民族文学"文化寻根"发生的语境与发展轨迹，并以西藏作家新小说文学书写、大凉山彝族现代诗歌群、少数民族文学的民族志写作现象作为个案，阐述"文化寻根"的不同内涵表达与艺术形式探索。该书从一种重要的思潮形态来观照少数民族的发展概况，实现了研究方式的更新。

此外，相关研究还有吕文玲的《生态批评与民族文学研究》（中国商务出版社 2017 年版）等。

三、少数民族文学作家作品研究

改革开放后，有关新中国少数民族文学作家作品的研究成果不断推出。研究方向主要有：集中于某个著名的少数民族文学作家，进行"点"的研究；按照民族划分的形式，着重对某个民族的作家作品进行概括性研究；按照时间脉络和创作风格，对少数民族作家作品进行对照研究等。

吴重阳等的《中国少数民族现代作家传略》（青海人民出版社 1980 年

版)《中国少数民族现代作家传略（续集）》（青海人民出版社 1982 年版）和《中国少数民族现代作家传略（第 3 集）》（青海人民出版社 1992 年版）将少数民族的现代作家的生平整理与著作结合，以作家为主体，以作品为延伸，关注到了中国少数民族现代作家的创作情况。相比于传记性的描述，马学良的《中国少数民族文学作品选》（上海文艺出版社 1981 年版）则介绍了 55 个少数民族的文学概况，以分民族的形式选取了各个民族文学作品中的代表。

杨亮才等的《中国少数民族文学》（人民出版社 1985 年版）按照文体的方式对少数民族文学作品进行了分类归纳，包括少数民族重要神话、英雄史诗、叙事诗、故事、歌谣等。同时也对少数民族文学作家，如尹湛纳希、玛拉沁夫、杨苏、陆地、韦其麟、黎·穆塔里甫、康朗甩等进行了分析研究。以同样分类方式进行论述的还有赵志忠的《中国少数民族民间文学概论》（辽宁民族出版社 1997 年版）。

郭辉的论文《试论广西少数民族作家群》论述了广西少数民族作家的创作背景、地域文化资源和创作特征。吴重阳的《中国当代民族文学概观》（中央民族学院出版社 1986 年版）将少数民族文学概念、大致的发展历程，以及作家作品的分析结合起来，解读与分析了少数民族的诗歌、小说、戏剧文学、散文等文学样式。对作家作品进行概观的还有李云忠选编的《中国少数民族现代当代文学作品选》（民族出版社 2005 年版），该书选取各民族作家作品或评析文章，按诗歌、小说、散文、戏剧分类排列，并增加编者的评论。赵志忠的《20 世纪中国少数民族文学百家评传》（辽宁民族出版社 2007 年版）以 20 世纪中国少数民族作家文学为整体研究对象，精选出百余位具有代表性的作家进行评述。

除去以上对少数民族文学整体性把握的作家作品分析的论著之外，按照民族和地域观照某一特定的少数民族文学作家作品状况的代表成果也很多。徐其超、罗布江村的《族群记忆与多元创造——新时期四川少数民族文学》（四川民族出版社 2001 年版）将关注视野放在四川（含重庆）地区的少数民族作家的创作上，探讨了四川少数民族文学发生发展的历史背景、地域特征、发展态势。吴道毅的《南方民族作家文学创作论》（民族出版社 2006 年版）以南方地域为空间限定，选取南方少数民族作家中具有代表性、成就较高的沈从文、白先勇、扎西达娃、阿来、鬼子、向本贵、李传锋、叶梅、杨盛龙的作品进行分析。

在期刊论文及学位论文方面，2011 年复旦大学罗四鸰的博士论文《当代少数民族作家的身份建构与小说创作》通过文体的分类，聚焦当代少数民族作家的小说创作，将作家身份意识和书写态度作为剖析小说创作的落脚点，该文不仅是作家作品研究，更有统摄其上的作家身份意识的研究。与此相似的还有 2012 年南开大学樊义红的博士论文《文学的民族认同特性及其文学性生成——以中国当代少数民族小说为中心》，这篇文章不仅仅从细读作家作品入手，而是将民族文学的（身份）认同问题引入民族文学特别是中国当代少数民族小说的研究中，认为在少数民族小说的创作中的民族认同现象是丰富而复杂的，进而探究民族文学的异质性（相对于汉族文学）和规律性。

此外，中央民族大学作为少数民族文学学科的最早生长点和成长的基地，拥有一大批从事少数民族作家作品研究的优秀学者：对傣族文学历史分期进行了深入探讨与归纳的张公瑾；在维吾尔族古典文献研究方面有突破性成就，进行了大量史料考证的耿世民；从事蒙古民间文学研究多年并取得丰硕成果的蒙古族学者满都呼；在柯尔克孜族文学的调查、翻译、整理等方面卓有建树的胡振华；在朝鲜族文学的理论和作品研究方面都有突出成就的文日焕等。

同时，近些年来对少数民族文学作家作品的研究，更多关注到了女性作家和女性视角的创作。姚新勇的《多样的女性话语——转型期少数民族文学写作中的女性话语》认为，少数民族女性对生活与命运的书写应该更为复杂和深刻。黄玲的《云南少数民族女性文学创作与发展》将女性经验与女性视角作为研究的起点，将研究范围定位为云南少数民族文学，回顾了女性创作的概况。黄晓娟的《中国当代少数民族女性文学研究》（上海文艺出版社 2014 年版）主要描绘了 20 世纪 80 年代之后各个少数民族女性文学书写的图景与发展状况。该书关注女性经验与民族文化传统、女性话语与族群记忆、多元文化背景下的女性书写、民族身份与作家身份的建构与交融等热点问题，体现了不断深入的少数民族作家作品的研究情况，实现了对当代少数民族女性文学的学术关怀。

魏巍的《中国当代少数民族女性诗歌研究》（人民出版社 2016 年版）同样以性别研究和文学体裁分类为方法，聚焦当代少数民族女性诗人如萨仁图娅、席慕蓉、冉冉、从容等人的作品。该书通过历时的线性脉络梳理，厘清少数民族女性诗人创作的诗学意义与文化内涵，展现蕴含其中的民族文化生态以及民族意识的变迁等，并对少数民族女性诗歌创作与主流文化之间相互的接受、认同关系作出了分析。

石一宁的《民族文学》（作家出版社 2018 年版）是近年来中国少数民族文学创作的评论集。作者基于对当下中国少数民族文学创作分析，对中国少数民族文学发展的前景进行了预测。主要通过对文学作品的具体解析，加上以往评论家的论评，对少数民族文学经典作品进行了再次梳理。

此外，少数民族文学作家作品研究的相关成果还有杨彬的《中国当代少数民族小说的审美特色研究》（中国社会科学出版社 2012 年版），田频的《民族身份、女性意识与自我认同——论新时期以来少数民族女作家小说创作的历史流变》（西南交通大学出版社 2017 年版），蔡晓龄的《中国当代多民族文学共同体发展格局研究》（云南人民出版社 2018 年版），梁昭的《文学世界与族群书写》（中国社会科学出版社 2018 年版）等。

四、少数民族文学理论研究

随着少数民族文学学科在各大高校的确立与兴起，以及相关研究学会的成立与研讨会的召开，以往对少数民族文学作家作品的常规性研究逐渐拓展和深入到对创作手法、理论分析的阶段。对少数民族文学创作理论的梳理和研究，体现了这个学科的不断成熟。

少数民族文学理论的奠基，离不开著名民族语言文学家马学良先生的努力。马学良师从罗常培、丁声树等中国语言学界名家，他在良好的语言学基础上，拓展了民族语言学的领域，为少数民族文学研究提供了语言认知领域的知识基础。马学良在肯定民族文学价值的基础上，重视民间文学的史料价值和语言学价值，并提出民间文学与宗教存在很大的联系。

张寿康的《少数民族文艺论集》（建业书局 1951 年版）可视为新中国成立以来第一部集成式少数民族文学研究资料。1987 年，买买提·祖农、王弋丁的《中国历代少数民族文论选》由新疆人民出版社出版，收录了 15 个少数民族文论家的 66 篇作品。相似的著作还有王弋丁、王佑夫、过伟的《少数民族古代文论选释》（新疆人民出版社 1993 年版），丁守璞的《历史的足迹——论民族文学与文化》（四川民族出版社 1995 年版）等。

梁庭望和张公瑾的《中国少数民族文学概论》（中央民族大学出版社 1998 年版）从横向上追溯了少数民族文学发展与周边外国文学理论的关系，从纵向上梳理了少数民族文学研究的方法嬗变。全书从少数民族文学内涵、关系、未来三个维度对少数民族文学进行了理论建构。在论述少数民族文学的起源与发展的基础上，探讨了少数民族文学的分类，将少数民族文学与民族历史文化、民族语言、宗教的关系纳入论述范畴，注意到东亚、中亚、东南亚、南亚和阿拉伯国家对其产生的影响；并将研究眼光聚焦当下，讨论少数民族文学与当代社会的关系。

关纪新的《中国少数民族文学经典文库·理论评论卷》（云南人民出版社 1999 年版）整理和收录了相关报告和研究论文。20 世纪末至 21 世纪初，梁庭望综合文艺学、历史学、语言学、考古学、宗教学等多种学科，将中国分为四大文化板块：中原旱地农业文化圈、北方森林草原狩猎游牧文化圈、西南高原农牧文化圈、江南稻作文化圈，以此来解释和论述同文化圈内民族文学的共性、少数民族文学的个性以及少数民族文学在中华文学中的重要地位。这个概念综合了多个学科的知识体系，对于建构少数民族的研究理论体系有开创作用。此后，运用此理论的相关研究逐渐深入，如《试论中华文化的板块结构》《从区域共生到中华趋同》《中华文化板块结构和多民族文学史观》等，还有诸多博士论文使用此理论进行研究，如《中国新时期少数民族文学前沿研究》（2009 年中央民族大学博士论文）等。

21 世纪以来，《新中国成立 60 周年少数民族文学作品选·理论评论卷》（作家出版社 2009 年版）、《中国少数民族现当代文学研究》（中央民族大学出版社 2013 年版）等汇编性理论文集相继问世。彭书麟等的《中国少数民族文艺理论集成》（北京大学出版社 2005 年版）收录了自先秦至新中国成立的少数民族重要文艺论著，篇幅众多，内容丰富，展现了少数民族文学理论的历史流变和思想精华。

王佑夫的《中国古代民族诗学初探》(民族出版社 2002 年版)较为全面、系统地梳理了我国少数民族古代文论研究的历史、少数民族古代文论作为学科的形成与发展、民汉比较诗学的总体思考、少数民族古代文论的多样化存在形态、少数民族古代文论的价值与地位、少数民族古代文论的研究对象与方法等,梳理了中国古代少数民族文论的若干重要理论观点,重点探讨了清朝诗学的学术贡献。

张杰的《少数民族与汉族文学理论比较之商榷》指出,少数民族文论的研究要借鉴人类学最近的成果,并结合民俗学、社会学、语言学的知识进行。刘大先等的《2007 年少数民族文学研究综述》(中央民族大学出版社 2008 年版)深入反思了少数民族文学理论的建构,认为当下少数民族文学学科要有鲜明的国家性和当代性。

梁庭望、汪立珍、尹晓琳的《中国民族文学研究 60 年》(中央民族大学出版社 2010 年版)从少数民族文学理论、民族文学学科建设、文学史编纂等多个方面回顾了既往少数民族文学研究历程。代迅的《中国当代少数民族文学理论的发生——兼谈西方文学理论与中国本土文学的错位》分析了少数民族文学理论话语的历史建构过程,认为需要结合中国少数民族文学创作的实际状况,改变外来西方文学理论和中国本土少数民族文学之间缺乏内在必然联系的情况,建构能够有效阐释中国少数民族文学创作的理论话语体系。

马明奎的《多民族文学意象的叙事性研究》(中国社会科学出版社2016 年版)以原型意象为逻辑起点,尽力建构中国少数民族文学的叙事性理论体系,通过关注多民族作家创作的经验,将中国古典文论与文艺学、叙述学及文艺心理学贯通融合,研究其在少数民族文学创作中的使用与调整。

刘大先的《千灯互照——新世纪少数民族文学创作生态与批评话语》(暨南大学出版社 2017 年版)对 21 世纪以来的少数民族文学进行编年综论,广泛收集、述介、评论了典型的文学现象、热点、创新与问题,并研究了少数民族新文学批评与研究话语的生产机制问题。张锦贻的《中国少数民族儿童文学》(内蒙古人民出版社 2018 年版)在少数民族女性文学研究领域的开辟后,又将关注的目光投向儿童文学在少数民族文学创作中的地位。在当时已出版的中国儿童文学史和族别文学史中,缺乏专门论述少数民族儿童文学的部分。该书包括了中国少数民族儿童文学历史概况、发展风貌、审美趋势、总体风格，展现了不同时期、不同地区、不同民族儿童文学代表性作家、作品，兼备民族性、地域性特征。

梁昭的《文学世界与族群书写》（中国社会科学出版社 2018 年版）在世界文学的视野下，探讨中国与英语世界中的族群书写、文化传承与身份认同议题。书中通过研究广西壮族的"刘三姐叙事"和贵州苗族的"蚩尤叙事"，来论述中国西南少数民族的族群文学，展现了文化人类学的方法、田野调查和文献分析的研究方法、文学人类学的新兴交叉学科的研究方法和范式。

龚兴旺的《中国文学经验与少数民族文学理论的可能》认为在经济全球化的今天，东方的文论资源、对本土经验的独特性应该得到高度重视，尤其在中国少数民族文学批评与研究领域，对文学理论的开拓与总结更应逐步完善。

此外，相关的研究还有关纪新和朝戈金的《多重选择的世界——当代少数民族作家文学的理论描述》（中央民族大学出版社 1995 年版）、李长中的《当代少数民族文学批评：理论与实践》（民族出版社 2013 年版）、王宪昭的《中国少数民族神话研究学术史探微——以〈民族文学研究〉为视角》、罗庆春的《双语人生的诗化创造：中国多民族文学理论与实践》（民族出版社 2015 年版）、汪文学主编的《文学的多重视域与理论构建》（中央编译出版社 2015 年版）、王植和周欣瑞的《当代少数民族文学神话学理论研究史述评》等。

五、少数民族母语文学的翻译与研究

20 世纪 80 年代以来，学者越来越注意到母语文学在少数民族文学研究领域的重要性，开始对少数民族语言进行深入研究。关注语言对文学的载体作用和传达方式的借助，是少数民族文学研究逐渐深入的体现，对阐释少数民族文学、判定少数民族文学的文学价值有重要的影响。

钟进文的《中国少数民族母语文学研究》（民族出版社 2014 年版）认

为，母语文学应该是有文字传统和母语文学传统的民族书面文学和作家文学的主体，体现着这些民族文学发展的成就、水平和前途。全书在分析少数民族母语文学的基础上，将重点放在了少数民族母语文学与翻译后的文学的对比上，着重运用理论分析少数民族母语文学如何进行转换。

南开大学刘伟的博士论文《文化翻译视野下的"少数民族文学"》运用文化翻译的方法去重新审视被建构起来的"少数民族文学"，认为民族文学的翻译过程最终造就了现代的"少数民族文学"样式。这些翻译过程包括：民族"文学"的翻译，即"少数民族"接受"大写的"文学的过程；民族"文字"的翻译，突出体现在"少数民族"作家的非母语写作现象上；民族"文化"的翻译，即通过"少数民族文学"去"翻译"民族的文化和民俗。刘大先的《中国少数民族文学的失语、母语、双语及杂语诸问题》指出，在多民族语言文化的对译和交流中，促生了双语写作和混杂语的产生，丰富了中国形象的表述形态。

刘雪芹的《论中国少数民族文学经典外译的类型、目的与策略》站在全球的分析视野下，借鉴他国翻译的实践经验，反观中国少数民族翻译的现实。文章结合非洲、美洲及亚洲等地口传文学翻译实践与理论研究，就中国少数民族文学经典外译所涉及的翻译类型、翻译目的、翻译策略问题进行阐述，将少数民族文学翻译的目的分为"为舞台再现服务""为文化研究服务"和"为文艺研究服务"三类，并分别讨论相应的翻译策略。

方仪力的《文化"走出去"战略背景下的中国少数民族文学对外译介反思》认为在当下多元文化语境中，少数民族文学翻译的根本目的是要通过彰显差异，在"他文化"中构建中华文化，扩大中华文化在世界范围内的影响力。文章将少数民族文学作品的翻译放在中华文化走出去的世界背景下进行探讨，不仅从学理上阐述了翻译的方式，更明确了翻译的地位。

此外，相关研究成果还有胡振华的《我国少数民族文学在日本》、美国学者马克·本德尔的《略论中国少数民族口头文学的翻译》、钟进文的《中国少数民族母语文学现状与发展论析》、刘大先的《本土的张力——

比较视野下的民族文学研究》(中国社会科学出版社 2013 年版)、张永刚的《后现代与民族文学》(人民出版社 2014 年版)、段峰的《文化翻译与少数民族文学对外译介研究——基于翻译研究与民族志的视角》(外语教学与研究出版社 2016 年版)、刘宇的《少数民族口传文学翻译的问题及对策》、李瑾的《鲁迅翻译理论视角下的少数民族文学翻译》等。

第八章
"雅""俗"博弈中发展的通俗文学研究

在新中国 70 年来的文学版图上，通俗文学的形象始终不够明晰。通俗文学作为"非纯文学"，因传统文学史观的偏见而长期遭到忽视，游离在主流文学如诗歌、小说、戏剧、散文的讨论范围之外，清末民初形成的通俗文学重要流派——"鸳鸯蝴蝶派"（"礼拜六派"）也一直被视为文学史上的一股"逆流"而屡遭批判。新中国成立后，通俗文学研究阔别文坛 30 年，直到 20 世纪 80 年代，在港台通俗文学浪潮的带动下才恢复了生机，呈现出多样性发展的面貌，对通俗文学较为公正客观的学术研究态势也逐步开启。20 世纪 80 年代到 21 世纪初，虽然多数研究仍集中在通俗文学有别于新文学的历史地位与时代价值的探讨上，缺乏对通俗文学本身的历史性梳理和理论性探讨，但这段时间正是通俗文学发展的重要过渡阶段，建构了 21 世纪通俗文学的新格局。

本章从通俗文学与新文学的关系、通俗文学思潮和流派、重要作家作品、外国通俗文学的翻译与介绍几个方面展开，在论述上以点带面，以重要研究者和学术成果为主线，从整体上概括新中国 70 年通俗文学的研究形态与历史脉络。

一、通俗文学与新文学关系的再探讨

通俗文学最早是指与文人创作的比较高雅的文学相对的、易于广泛流传的文学作品，而这些文学作品又常常是出自民间群众的集体创作。因此，长期以来人们把通俗文学的概念与民间文学、大众文学、群众文艺的概念等同看待。

鲁迅在《中国小说史略》中谈到了通俗文学的界定问题："其取材多在近时，或采之他种说部，主在娱心，而杂以惩劝。"[①]简短的论述点出了通俗小说的要点：时效性、娱乐性、启发性。郑振铎所著的《中国俗文学史》是中国第一部关于俗文学的学术著作，他认为："俗文学就是通俗的文学，就是民间的文学，也就是大众的文学。换一句话，所谓俗文学就是不登大雅之堂，不为学士大夫所重视，而流行于民间，成为大众所嗜好，所喜悦的东西。"[②]郑振铎这里并不是给俗文学下定义，而是从通俗性、民间性和大众性等不同角度阐明雅、俗文学的区别。1984 年中国俗文学学会成立，针对俗文学、通俗文学、民间文学、大众文学等概念的含混状态，提出俗文学不等于通俗文学的观点，同时也进一步明确了通俗文学的研究范围与历史地位。王万森的《新时期文学》试图在新文学的图景中给出一个文学界基本能认同的对于通俗文学的概括：适合文化层次较低的读者阅读，明白易懂，流传较快的文学样式。多取材于人们熟悉的现实生活，带有明显的复制性和模式化特征。这一表述对于通俗文学界定的考察角度较为全面，不过对于通俗文学适合文化层次较低的读者这一判断略显主观。范伯群作为通俗文学研究的先驱和代表，在《中国近现代通俗作家评传丛书》总序中将 20 世纪通俗文学大致定义为"以清末民初大都市工商经济发展为基础得以滋长繁荣的，在内容上以传统心理机制为核心的，在形式上继承中国古代小说传统为模式的文人创作或经文人再加工创造的作品；在功能上侧重于趣味性、娱乐性、知识性和可读性，但也顾及'寓教于乐'的惩恶劝善效应；基于符合民族

---

① 鲁迅：《中国小说史略》，113 页，北京，人民文学出版社，2006。
② 郑振铎：《中国俗文学史》，2 页，上海，商务印书馆，1938。

欣赏习惯的优势，形成了以广大市民层为主的读者群，是一种被他们视为精神消费的，也必然会反映他们社会化价值观的商品性文学"。这个界定较为客观中肯，从通俗文学的内容、形式、功能、特点、历史地位等方面进一步对这一文学类型加以明确和限定。汤哲声在《中国通俗文学的性质和批评标准的论定》中指出，中外众多论家对作为大众文化产物的通俗文学有不同的论述，但是他认为与通俗文学直接相关的有四点要素，即都市形成、媒体发达、市民意识和本土形态。这四个方面构成了通俗文学的性质和构成要素，也成为通俗文学研究关注的重点话题。一些论著、论文也分别对通俗文学概念和历史地位展开了多角度的谈论，如吴同瑞等的《中国俗文学概论》（北京大学出版社1997年版）陈宝云的《通俗文学的历史地位》、吴秉杰的《通俗文学的地位、价值和发展》、黄永林的《论通俗文学与民间文学的分野》、孔庆东的《通俗小说的流变与界定》、陈平原的《俗文学研究的精神性、文学性与当代性》、李天福的《通俗文学：20世纪中国文学史不可偏废的元素》、汤哲声的《中国通俗文学与大众文化：台港通俗文学研究》等。这些论著、论文分别从通俗文学的概念与范围、类别与特征、审美性、读者需要、与民间文学的关系等方面加以归纳和概括，肯定了通俗文学作为大众文化的直接产物所拥有的历史地位与价值。

综上所述，五四以后，传统的文言文为白话文所取代，通俗文学的地位空前提高，文学的雅俗问题受到前所未有的关注。它不仅体现在研究队伍的扩大、研究深度的加强上，更体现为研究的专业化及相关学科的建立。20世纪90年代后对于文学的雅俗问题研究成果丰硕，研究角度也从雅俗对立的单一模式向更全面地探讨雅俗区分和互动上转化。

（一）"雅俗"文学之辩

文学在它产生的最初时期就有雅俗之分。通俗文学在古代是指与文言的、"高雅""正统"的文学相对立的大众文学。虽然今天这种对立的基础已不复存在，但在客观上两者之间还是有区别的。这是一个经常引起讨论的话题，但至今尚无明确答案。范伯群在《中国近现代通俗文学史》（江苏教育出版社1999年版）中大力倡导"两个翅膀论"，认为现代文学并非独臂英雄，文学向来是两翼齐飞的。这两翼就是通俗文学与严肃文学。文学就其本体而言，千百年来就是雅俗共存的。文学两翼齐飞的现象也贯穿文学史的始终。这一主张在通俗文学与新文学的关系，以及通俗文学文学史地位等问题上有标志性意义，由此引发了学界关于通俗文学界定以及地位的一系列讨论。范伯群、孔庆东的《通俗文学十五讲》（北京大学出版社 2003 年版）将雅文学与俗文学的区分标准确立为作家的文艺思想和流派归属。例如，文学研究会属于"雅"文学，而被文学研究会攻击的"鸳鸯蝴蝶派"则侧重于文学的休闲功能，被称为"俗"文学。同时，该书还认为文学研究会和创造社的作品也可以与"俗众"相通，称其为"俗"文学不甚妥帖，因此将新文学的作品称为"知识精英文学"，相对的"俗"文学称为"大众通俗文学"。二者尽管界限分明，但在本质上也有相通之处，不可否认"过渡地带"作品的存在。该书还指出了通俗文学评价的三点标准：是否"与世俗沟通"、是否"浅显易懂"、是否有"娱乐消遣"功能。

陈必祥的《通俗文学概论》（杭州大学出版社 1991 年版）从宏观上讨论了通俗文学的整体面貌和历史演变。这本著作将现今的"雅俗文学"分为"纯文学"与"通俗文学"两类，并总结了二者之间六个方面的不同，即提供思考的文学对应提供消费的文学、着力于提高的文学对应着力于普及的文学、作者文学对应读者文学、侧重表现人们发展需要的文学对应侧重表现人们的基本需要的文学、强调反映真实生活的文学对应表现非现实虚幻世界的文学、注重心理性格描写的文学对应强调故事情节叙述的文学。除此以外，吴秉杰在《两种不同的文学话语——论通俗文学与"纯文学"》中提出了关于"纯"文学与通俗文学边界性的问题；樊美筠在《走出文艺雅俗对立深谷的必由之路》中认为走出文艺雅俗对立的必由之路是文艺的大众化，要求文艺对大众持尊重、热爱的态度，而不是一味迎合、迁就的不尊重、不负责任的态度。黄永林在《精英文学与通俗文学的分野》中从思想核心和社会影响的视角说明了二者的不同：精英文学追求传统理性，通俗文学追求世俗理性；精英文学崇尚永恒价值，通俗文学祈盼市场流通；精英文学重视社会作用，通俗文学重视娱乐功能；精英文学重视文学创新，通俗文学注重传统继承。

除了强调二者的区别，有些学者也从二者的互补关系和融合性的角度加以论述。范伯群在《论新文学与通俗文学的互补关系》中认为新文学与通俗文学不是敌对关系，而是互补关系。在这个前提下，二者可以从各自独特的艺术规律看互补的可能性。通俗文学特有的叙事特色为新文学提供背景参照，并为新文学中的乡土小说和社会剖析派小说提供民俗素材，从整体上丰富了中国文学的题材和种类。与此相关的论文还有晓华和汪政的《由通俗文学而谈到"两栖文学"》、朱寿桐的《论精英文学与通俗文学的对举关系》、黄书泉的《从"俗中有雅"到"雅俗融合"——试论中国文学现代化进程中的通俗长篇小说》等，在雅俗文学之辩这一议题上具有一定的代表性。关于这个方面的重要学术期刊论文还有朱国华的《论雅俗文学的概念区分》、严家炎的《文学的雅俗对峙与金庸的历史地位》、范伯群的《俗文学的内涵及雅俗文学之分界》和《中国现代文学之雅俗互动》、王齐洲的《雅俗观念的演进与文学形态的发展》、郭延礼的《雅俗之辨与通俗文学的泛化——评范伯群教授的两部〈通俗文学史〉》；相关的学位论文还有杨凯芯的《藏匿于雅俗文学世界的化装术——论〈古今〉作者群的创作》、陶春军的《俗中之雅·雅中之俗·雅俗合参——〈礼拜六〉、〈小说月报〉(1910—1920)、〈小说世界〉期刊风格研究》、梁晓辉的《文学发展中的雅俗关系》、谷大川的《由"雅俗共赏"透析文学的传媒消费》、王平的《清末民初的语言变革与现代文学雅俗观的生成》、张玉萍的《雅俗之间的尴尬——试论 90 年代小说的俗化倾向》等。

(二)通俗文学与现代文化市场

文学作品不能完全以读者的多寡来判定其价值，其兴衰在很大程度上取决于读者状况的变化。除了经济原因，社会观念、民族心理、文化生活方式的嬗变都是制约文学发展的主要因素。通俗文学的兴起往往伴随着商品经济的发展，是城市化的产物。同时，通俗文学相对于纯文学而言更具消费性和娱乐性，因而受到大众读者的广泛欢迎，这样使通俗文学本身被赋予了区别于严肃文学的"商品属性"和"审美价值"。

黄书泉在《走向俗文学的自觉——试论后新时期通俗文学兴起的内在机制与特征》中描述了"通俗文学—读者—作家—市场"之间的内在联结机制，从现代社会商品市场的角度审视了通俗文学的独特性。他认为读者对通俗文学的需求与作家对通俗文学的创作是通俗文学兴起的原因。大众文化消费市场的建立将作家与读者的关系转化为文艺生产者与消费者的关系，后者支配前者，因为从商品角度着眼，唯一的读者是书籍购买者。让文学能够在市场上与电视音像、娱乐功夫片等竞争的是通俗文学，这令通俗文学作家进一步走向自觉，也让一批从事纯文学创作的作家在坚持自己文学追求的同时，加入通俗文学创作的阵营。关于通俗文学与市场关系这一问题，还有范伯群在《通俗文学十五讲》(北京大学出版社 2003 年版)中对于"通俗文学的现代化"的论述。陈幼华的《畅销书风貌》以反哺与促生、文化与寻根描述了 20 世纪 80 年代中后期中国畅销书的特点，以精神与理想，认同、消费与感怀，成长的困惑，策划制作四个方面分析了 90 年代畅销书的特点。王先需的《80 年代中国通俗文学》(湖北教育出版社 1995 年版)与初清华的《新时期文学场域研究》(人民出版社 2010 年版)设立专章，对通俗文学的出现与分类展开讨论。值得一提的是，孔庆东的《通俗文学与中国现代化进程》从通俗文学的现代化、与市场的关系等角度赋予其时代意义的同时也指出了通俗文学所面临的问题。例如，角色意识不够自觉、现代化进程缓慢、大众对通俗文学的定位不够平衡等。

(三)通俗文学史的格局与现状

通俗文学作为中国现代文学重要的组成部分如何进入文学史，是当下中国学界的重要问题之一。通俗文学有悠久的历史源流。起源于原始社会的文学，最初都是通俗文学，阶级社会形成以后，才有了专门由文人创作的艺术文学，被称为雅文学或纯文学。之后这两种文学互相借鉴、共同发展，构成一元化的整体文学史。因此，就通俗文学自身的发展历程来讲，年代之久使之难以有一个统一的起始时间。国外目前所说的通俗文学，基本上是指 19 世纪开始流行的侦探小说、冒险小说、科幻小说、打斗小说等文学样式。而中国的通俗文学概念的研究则有不同的划分标准。

通俗文学作品以通俗小说为主体，1993 年刘炳泽、王春桂的《中国通俗小说概论》(北岳文艺出版社 1993 年版)将中国的通俗小说从古代、近代到现当代作以划分，首次对通俗小说进行了较为细致的历史性梳理。书中将通俗小说的起点延伸到了 1894 年甲午中日战争以前，并将台港和大陆(内地)作为当代通俗小说的两个部分分别叙述。此外，每个时段内分别讨论了通俗小说的思潮与理论、作家与作品、创作与方法三个方面，以理论和思潮为思想根基和来源，重点讨论具体作家作品及其创作技巧和方法。这本著作内容清晰、简明扼要，从整体上描绘了中国通俗文学的基本面貌。

王先霈、於可训的《80年代中国通俗文学》抓住中国通俗文学的特殊发展时期，以从几十年的沉寂到20世纪80年代的勃然兴起和持续高涨作为突出现象，以通俗文学为素材，映照了80年代的中国社会动态和人们思想精神的变化。作者通过阐述通俗文学与雅文学的区分和互动，重点强调了通俗文学研究的意义，即不限于通俗文学本身且关系到文学的整体，不限于文学内部且关系到整个文化。同时，该书列专章介绍通俗文学作家，将文学创作与作品评论合二为一，给读者全面客观的印象。

此外，关于通俗文学入史问题，影响比较大的是钱理群等的《中国现代文学三十年（修订本）》（北京大学出版社1998年版），该书的每一编都加入一章来论述通俗小说发展的特殊性。21世纪以来，范伯群将通俗文学纳入了中国现代文学的整体格局中，并强调其应有的价值和地位，其代表性的成果有《通俗文学的现代化与现代文化市场的创建》《现代通俗文学研究将改变文学史的整体格局》等。

苏州是中国现代通俗文学的重要发源地，而苏州大学也成为当今研究通俗文学的重镇。范伯群认为，现代文学史不应该是精英文学的一元化格局，而应该研究中国现代市民社会的种种文学现象，分清通俗文学与庸俗文学的界限，从而使通俗文学健康有序地发展，成为社会主义精神文明的民间支撑。与此相呼应的是范伯群的学生汤哲声发表的《中国现代通俗文学的"现代性"和怎样入史》《中国现代通俗文学的"现代性"和入史问题》《通俗文学入史与中国现代文学格局的思考》等文章，力图从现代文学的角度为通俗文学正名。

值得注意的是，张华的《中国现代通俗小说流变》（山东文艺出版社2000年版）从马克思主义的历史唯物观出发，从经济发展与精神生产的关系入手，构建现代通俗小说发展的新形态，具有一定的当下意义。此外，作者还概括了通俗小说的主要特征，即创作精神和价值取向上的大众化品格、审美品位上的世俗化表达和娱乐性功能，对通俗小说的特质有较为精准的把握。

这些研究一方面为通俗文学理论建设作了前期史料准备，另一方面也涉及了一些通俗文学的理论问题，对今后的理论建设具有启发意义。

值得注意的是，香港和台湾地区文学史的编撰者打破了雅俗的界限，将通俗文学纳入了文学史的书写中，尤其是对重要的作家作品设有专章。关于这方面研究的重要学术期刊论文有陈啸的《通俗文学与精英文学关系考辨及文学史写作的反思》、王文参的《质疑"通俗文学史"》、陈国恩的《体大思周　朴素严谨——评范伯群先生的〈中国现代通俗文学史〉》、杨剑龙的《构建独立的中国现代通俗文学史体系——评范伯群的〈中国现代通俗文学史〉》、李天福的《通俗文学：20 世纪中国文学史不可偏废的元素》、李晓洁的《雅俗的互动与提升——论通俗小说兴盛的原因及其在文学史上的地位》；相关的学位论文有陈玲玲的《大众意识与精英意识——20 世纪中国通俗文学的接受与批评检视》、金立群的《媚俗化：中国近现代通俗文学的现代性碎片呈现——文化、媒介的综合研究》等。

二、通俗文学流派的重新审视

20 世纪 80 年代以后，由于强烈的社会反馈及商品经济的刺激，通俗文学在经历了三四年的萌发期后迅速发展并日趋繁荣，形成了席卷全国的"通俗文学热"。其主要表现在专门的通俗文学报刊大量的涌现以及海外新派武侠小说和言情小说的相继引进。例如，金庸、梁羽生、古龙等的新派武侠小说大量进入大陆（内地），后期还有琼瑶、三毛、亦舒等人掀起的一个又一个浪潮。随着通俗文学热潮的到来，通俗文学界组织了一些有影响的文学活动，引发了对通俗文学思潮流派的思考和研究。鸳鸯蝴蝶派从 80 年代开始就作为中国现代文学研究中的热点不断升温，直到今天都不能被人遗忘。一方面是因为该流派的争议不断，另一方面涉及对文学史看法的重要变化。另外，与新文学相比，其研究滞后性所显现出的研究空白受到很多学者的关注。

20 世纪 80 年代以前，学界基本延续新文学家对鸳鸯蝴蝶派的批判，将之视为"封建文学的代表"。鸳鸯蝴蝶派的优秀作品也因此被文学史长期遗忘和湮没。1980 年以后，陆续有学者走进这一群体，通过发掘资料还原史实来给予他们客观、公允的评价。1981 年范伯群发表了《试论鸳鸯蝴蝶派》，开启了新时期研究鸳鸯蝴蝶派的序幕。

20 世纪 90 年代以后，鸳鸯蝴蝶派研究逐渐呈现繁荣局面，并不断升温成为中国近现代文学研究的热点。大批研究者从不同视角、立场出发，运用不同的研究方法进行阐释，涌现出一批高质量的成果，尤其是范伯群、魏绍昌、袁进、刘扬体、芮和师等人，在这个领域取得了令人瞩目的成就。学界对鸳鸯蝴蝶派的关注和研究最早始于史料发掘与文献整理。这是重新评价鸳鸯蝴蝶派的依据，也是后续研究的基础，相关的成果包括魏绍昌的《鸳鸯蝴蝶派研究资料》(上海文艺出版社 1984 年版)、芮和师的《鸳鸯蝴蝶派文学资料》(福建人民出版社 1984 年版)、范伯群的《礼拜六的蝴蝶梦——论鸳鸯蝴蝶派》(人民文学出版社 1989 年版)等著作。这些学者冲破之前的思想禁锢，通过梳理大量史料、分析解读具体文本，试图还原鸳鸯蝴蝶派文学的真实面貌。此外，要想准确地定位鸳鸯蝴蝶派，须回归到创作本身，包括对作家作品的研究，从本体论的角度阐释鸳鸯蝴蝶派的特征和基本性质。刘扬体的《流变中的流派——"鸳鸯蝴蝶派"新论》(中国文联出版公司 1997 年版)从主题内容、艺术形式、创作旨趣等方面具体论述了鸳鸯蝴蝶派小说的特征。但由于未完全摆脱原有定论的束缚，作者对鸳鸯蝴蝶派小说的评价仍以批判为主。而范伯群从题材和表现对象出发，强调该派具有"传统风格"和"都市生活"的特征，相对来说具有一定的客观性。相关的研究还有袁进的著作《鸳鸯蝴蝶派》(上海书店 1994 年版)、张全之的论文《挣脱功利主义束缚之后的病态发展——鸳鸯蝴蝶派言情小说综论》、黄炜的《再评鸳鸯蝴蝶派》等。

从总体上看，21 世纪以前有关鸳鸯蝴蝶派小说的研究主要集中在中国大陆(内地)，港台和海外相对较少，但他们的通俗文学研究比大陆早，提出的某些观点影响较大。普实克、夏志清、夏济安对鸳鸯蝴蝶派赞许有加，从社会学、民俗学的角度肯定了通俗小说与社会、历史的对话关系。其后，李欧梵的《中国现代作家的浪漫一代》(哈佛大学出版社 1973 年版)设有专章讨论通俗文学的艺术特色与文化现象，其中涉及鸳鸯蝴蝶派小说。真正专门研究鸳鸯蝴蝶派小说的文章是美国学者夏志清的《〈玉梨魂〉新论》，文章以不同于国内学者研究视角分析了鸳鸯蝴蝶派小说及其存在的合理性。

鸳鸯蝴蝶派文学之所以能够再次进入现代文学的版图并获得长时期的发展，其基础是对现代性因素的发现和正名。与以往研究相比，21

世纪对现代性的研究从强调其存在性到开始探讨如何具备现代性，从而将这一议题深化。张光芒的《从"鸳派"小说看中国启蒙文学思潮的民族性》中开始提到鸳鸯蝴蝶派言情小说在启蒙运动高涨的晚清文学与五四新文学之间起到过渡作用，因此推断出现代启蒙思潮内在的生成性，而并非完全的"被现代化"。黄轶的《传统"体贴"与现代"抚慰"——鸳鸯蝴蝶派文学价值观论》强调鸳鸯蝴蝶派在继承发扬传统文化与艺术手法的同时，呈现出"抚慰"现代市民新文化欲望的现代性特点。王进庄的《20世纪一二十年代旧派文人的转型和现代性》以鸳鸯蝴蝶派旧派文人的代际差异为立足点，发现他们的现代性获得是与都市的建立并肩而行的，同时依托于现代传媒技术、娱乐产业与市场消费品，与传统文化资源具有一定的隔离性。与此同时，部分学者从文学研究的外部框架为鸳鸯蝴蝶派的发展提供思路，如郝庆军的《论鸳鸯蝴蝶派的兴起》以社会学的视角分析鸳鸯蝴蝶派的兴起，胡安定的《鸳鸯蝴蝶：如何成"派"——论鸳鸯蝴蝶派群体意识的形成》从"私谊网络、会社网络、传播网络"等外部框架发掘鸳鸯蝴蝶派作为一个群体的生成动因，张登林的博士论文《上海市民文化与现代通俗小说论》从鸳鸯蝴蝶派作家与市民文化的互动关系中构建鸳鸯蝴蝶派的形成等。

鸳鸯蝴蝶派的形成和特点具有一定复杂性和学科交叉性，有很多学者从鸳鸯蝴蝶派与周边文学的关系来归纳鸳鸯蝴蝶派文学的独特性。如吴福辉将鸳鸯蝴蝶派归为海派，并发表系列论文《海派文学与现代媒体：先锋杂志、通俗画刊及小报》《海派的文化位置及与中国现代通俗文学之关系》《通俗文学与海派文学》等，从多种角度区分了二者的不同。孔庆东在《鸳鸯蝴蝶派与左翼文学》中论述了鸳鸯蝴蝶派与左翼文学在历史演变、创作题材、叙事模式和文化消费等方面的联系。此外，袁获涌的《鸳鸯蝴蝶派小说与西方文学》、王向远的《中国的鸳鸯蝴蝶派与日本的砚友社》还将这一比较视野拓展到了外国文学作品。

相关的学术期刊论文还有李雪梅的《从鸳鸯蝴蝶派小说看民国初期知识分子"矛盾""颓废"的思想状态》、鲁毅的《民初鸳鸯蝴蝶派哀情小说背后的潜流与漩涡》、范伯群和刘小源的《冯梦龙们—鸳鸯蝴蝶派—网络类型小说——中国古今"市民大众文学链"》、谢晓霞的《重审沈雁冰批评鸳鸯蝴蝶派的意义》、李秀萍的《新文学建设中的话语权力争夺——兼评文学研究会与鸳鸯蝴蝶派的论争》、栾梅健的《论鲁迅文学观念的复杂性——兼及鸳鸯蝴蝶派的评价问题》、汤哲声的《"五四"新文学与"鸳鸯蝴蝶派"文学究竟是什么关系》、宋声泉的《重估〈新青年〉同人对"鸳鸯蝴蝶派"的批判》、闵建国的《论鸳鸯蝴蝶派文学创作的和谐文化精神》等;学位论文有曾娟的《鸳鸯蝴蝶派小说的现代性研究》、蒋旻君的《鸳鸯蝴蝶派与现代都市民间文化》、鲁毅的《夹缝中的抉择——清末民初鸳鸯蝴蝶派嬗变论》、胡泊的《徘徊在传统与现代之间——鸳鸯蝴蝶派小说中女性形象研究》等。

鸳鸯蝴蝶派的研究成果具有一定数量,但因其本身的复杂性和多元性,关于它的研究仍有遗憾和不足。例如,研究中"以论代史"的固有思维,过分强调其游戏、消遣性来夸大与新文学的差异,缺乏对鸳鸯蝴蝶派小说本身的文化艺术性的探讨等问题。而这也为今后鸳鸯蝴蝶派的研究者提供可开掘的空间。

三、通俗文学作家作品的经典化与大众化

张恨水与金庸是中国世纪文学史上拥有读者数量最多、作品具有巨大影响力的两位通俗小说大家。他们的创作无论是在内容还是在形式上,都对后来的通俗文学创作产生了超越时空的影响。

(一)张恨水研究的重新开启

1982 年,张恨水的老友张友鸾的文章《章回小说大家张恨水》揭开了新中国成立以来张恨水研究的序幕。然而,20 世纪 80 年代关于张恨水及其作品的初步研究还难以摆脱多年来形成的二元对立的文化观念以及意识形态论的影响,因此很难在文学史上给予其准确而合理的定位。人们习惯从新—旧的简单对立中去批判,认为张恨水所提供的世界观和价值观是被新文学否定的,从而得出他是旧派言情作家的简单结论,忽视了他的作品在对中国传统文学进行别样诠释时所体现的价值取向。这一时期的研究成果集中于张恨水作品与新文学的关系的研究,如袁进的《从"趣味主义"走向"写实主义"——谈张恨水言情悲剧小说的转变》《张恨水与新文学》等;也有讨论张恨水是否属于鸳鸯蝴蝶派的研究,如范伯群的《论张恨水的几部代表作——兼论张恨水是否归属鸳鸯蝴蝶派问

题》、陈国城的《略论张恨水前期创作的思想倾向——兼及其是否属于鸳鸯蝴蝶派问题》；还有对张恨水创作生涯的整体研究，如袁进的《张恨水评传》(湖南文艺出版社 1988 年版)、燕世超的《张恨水论》(安徽大学出版社 1998 年版)、温奉桥的《张恨水新论》(齐鲁书社 2009 年版)等。

近年来，人们对张恨水及其作品的关注度越来越高，他的思想、小说、散文、作品版本等均进入研究者的视野。据不完全统计，21 世纪以来研究张恨水的论文已近千篇，研究专著也如雨后春笋般出现。关于张恨水作品的研究有着以下几个特点：

首先是对张恨水小说研究的推进和加强。学者们从小说性质研究、小说文学价值研究、文体研究、文本研究、版本研究、艺术特色研究、个别人物形象研究等方面入手，进一步拓展了张恨水小说研究范畴，使之朝着更深、更广的层次迈进。温奉桥、李萌羽的《论张恨水小说的若干特点》认为，张恨水小说是中国都市社会现代性进程中的寓言性文本，表达了一种新的社会价值倾向和大众文化心理，这也是张恨水作品产生持久阅读魅力的根本原因。谢家顺发表在《中国戏剧》的《论张恨水小说的戏剧人物形象》和《论张恨水小说〈啼笑因缘〉的戏剧改编》两篇论文指出，小说《啼笑因缘》走上戏剧舞台取得成功的主要原因，在于小说社会言情加武侠的艺术模式与反映人性的故事情节吸引了众多的读者，使戏剧改编成为可能。

其次，学者们开始意识到张恨水小说不同于一般的现代小说，其思想内容、问题选择、结构安排、人物塑造等，与当时的报纸副刊连载体式及市民阶层的结合需要有着密切的关系，将其小说放置在当时复杂而特殊的文化语境下去定位，是比较客观且合理的做法，如宋玮、任培在《论"报人作家"张恨水的读者意识》中提到的读者本位这一概念。李萌羽、温奉桥的《论张恨水小说的文化策略与文本形态》进一步指出，张恨水小说的典范性意义不仅表现在其巨大的影响力和作为新文学的参照性存在，更表现在他对市民文学的深刻了解和文化自觉方面。

最后，关于张恨水研究资料的日趋丰富。出版界陆续出版了张恨水研究专著，其中包括了张恨水研究资料的钩沉和梳理，如黄永林的《张恨水及其作品论》(华中师范大学出版社 2003 年版)、张明明的《回忆我的父亲张恨水》(百花文艺出版社 1984 年版)、张正的《魂梦潜山——张恨水纪传》(山西人民出版社 2000 年版)、张伍的《我的父亲张恨水》(春风文艺出版社 2002 年版)、张纪的《我所知道的张恨水》(金城出版社 2007 年版)等。2014 年，谢家顺的《张恨水年谱》正式出版，该书广泛梳理了张恨水的相关资料，包括张恨水在担任《世界晚报》《世界日报》等报刊编辑时记录其言行的资料，将张恨水一生的创作、行踪、活动等囊括其中，是一本较为全面的张恨水年谱。与此类研究相关的学术期刊论文还包括康鑫的《张恨水〈读书百宜录〉及其文学的雅俗观》、谢家顺和宋海东的《冒名张恨水的小说伪作考略》、谢家顺的《张恨水研究三十年》与《〈前线日报〉张恨水一组佚文述考》等。

(二)金庸的"经典性"研究

金庸的武侠小说自 20 世纪 80 年代以来，在内地读者中引发了持续的热潮。关于金庸作品的研究也逐渐升温，大量的论文、专著问世，成为当代文学研究最热闹的景象之一，其中代表学者有严家炎、陈平原、徐岱和陈墨等。

金庸与张恨水文学创作相同的通俗本质使他们的作品呈现出显而易见的创作共性，因而也使他们的作品在文学研究中面临相似的境遇。关于金庸的小说，研究者或出于高姿态对其极力排斥，或出于对意识形态的修正心理将其极度拔升。总之，在文化二元对立思维的影响下，研究者总是试图清晰地将其归入"雅"或"俗"的阵营，从而陷入"褒"与"贬"的纷争之中，很难给金庸小说一个合乎其本质的准确定位和理性评价。鄢烈山、袁良骏、王彬彬、葛红兵等人认为金庸武侠小说毛病很多，价值不高，以宣扬封建文化来迎合市民阶层逃避现实的心理，甚至是庸俗、反人性、反法制的。而陈必祥的《通俗文学概论》(杭州大学出版社 1991 年版)则在介绍 20 世纪 50 年代在港台崛起的武侠小说时，重点介绍了梁羽生、金庸和古龙，并评价金庸是"新派武侠小说中成就最大的作家"。

关于金庸小说的雅俗分类，冯其庸的《读金庸》和章培恒的《金庸武侠小说与姚雪垠的〈李自成〉》首先就这一问题展开讨论。章培恒对雅俗对立的文学观念提出质疑，认为不能用纯文学和通俗文学的这种分类法来判断《李自成》和金著武侠小说的高下。严家炎的《文学的雅俗对峙与金庸的历史地位》认为，历史上的高雅文学和通俗文学原本各有自己的读者，泾渭分明，但金庸小说却冲破了这种井水不犯河水的界限，他借用武侠这一通俗作品类型，出人意外地创造出一种文化学术品位很高的小说境界，实现了真正的雅俗共赏。陈平原的《超越"雅俗"——金庸的成功及武侠小说的出路》阐述了金庸小说超越雅俗的原因。他认为金庸本人对"娱乐性读物"的武侠小说评价不高，因为金庸认同的是新文化人的担当精神，可以说儒道之互补、出入之调和、自由与责任、个人与国家，在金庸这里落实在大侠精神之阐发和小说与政论之间的巨大张力。而政论家的见识、史学家的学养和小说家的想象力共同造就了金庸的辉煌。

对金庸小说经典价值的讨论也是金庸研究的重点。作为 20 世纪最为成功的武侠小说家，金庸从不为武侠小说"吆喝"。据林以亮《金庸访问记》中的记录，金庸在很多公众场合甚至自贬身价，称武侠小说虽然也有一点点文学的意味，但基本上还是娱乐性的读物，最好不要跟正式的文学作品相提并论。这样低调谦虚的表述却无法阻挡学界对金庸及其作品的全面评估和充分肯定。陈平原认为，金庸之价值不在于文化知识的丰富，而是他对于中国历史的整体把握能力。同时，陈平原还认为金庸作为小说家对于"严守华夷之辨的正统观念"的突破是很难得的。陈洪、孙勇进在《世纪回首：关于金庸作品经典化及其他》一文中强调金庸作品具备了代表大众文化观念的文学地位，但是使其"凝固"成经典还需要一定的时间。丁进在《中国大陆金庸研究述评(1985~2003)》中肯定了金庸作品的研究价值，认为像金庸这样的优秀作家的研究，完全可以成为一门独立的学科，因为金庸作品思想的广度和深度，在艺术上的成功，足以使其成为中国文学的新经典。范伯群、孔庆东的《通俗文学十五讲》中将金庸作为一讲，从金庸的意义、金庸的发展道路、金庸的作品和金庸的秘密四个方面分析了成就金庸成为"一流的小说巨人"的重要因素。陈墨对于金庸和新武侠的研究起步较晚，但无疑已成了金庸研究的代表学者。他的"金庸小说研究系列"丛书使他成为国内屈指可数的"金学"家和"新武学"研究家。他的著作全面、系统，同时材料丰富、分析深刻，从一定程度上改变了人们对于金庸小说和新武侠小说的偏颇观念。他认为金庸的新武侠小说具有"高品位"属性，"俗极而雅"，"寓真实于传奇之中"，与雅文学没有高下之分。

随着大众商业文化的深入渗透，金庸小说的研究开始慢慢呈现出更多趋近本质的解读和评价。研究者在新方法论中拓展了研究的视野、提出了诸多有价值的问题。例如，关于金庸的小说创作与传统文化传承的研究、小说创作的文学价值、作家文学史地位的重新评估、商业文化对其文学创作的影响研究等。这些新问题的关注、新视野的开拓、新研究方法的运用使有关金庸的学术研究渐渐丰富、饱满、圆润。相关成果有季进的《作为文本、现象与话语的金庸——从〈纸侠客：金庸与现代武侠小说〉谈起》、高玉的《金庸小说误读与武侠小说形象重塑》、肖云儒的《侠道剑魂——以金庸作品为例侧谈中国精神》、徐渊与袁栋洋的《金庸小说华山人物形象描写与地域文化阐释》和《金庸小说"华山论剑"的描写技巧与地域文化阐释》、刘方政的《金庸武侠小说读者群调查》、顾彬和杨青泉的《"金庸"与中国当代文学的危机》、孔庆东的《论金庸小说的民族意识》、王一川的《文化虚根时段的想象性认同——金庸的现代性意义》、徐岱的《论金庸小说的艺术价值》、周宁的《从金庸作品看文化语境中的武侠小说》、冷成金的《金庸小说与民族文化本体的重塑》等；学位论文有陈中亮的《现代性视野下的 20 世纪武侠小说——以梁羽生、金庸、古龙为中心》、杨伦的《金庸的"江湖"研究》、邱健恩的《金庸小说叙事研究》、陈淑贞的《金庸武侠小说人物研究》等。

四、外国通俗文学在中国的发展

（一）侦探小说的民族化进程

随着封建时代的终结，作为这个时代的文学样式之一的中国公案小说走完了它发生发展的全过程，并淡出文学历史舞台。中国侦探小说可以说是顺应社会变革与新的社会生活的一种新的文学样式。中国近代西方民主思想的传入掀起了译介外国作品的热潮，西方文学思潮和文学流派被先后介绍到国内。以程小青、孙了红为代表的创新派作家在译介西方侦探小说的过程中，被这些小说中所反映的西方法律和科学思想影响，开始反思和批判中国封建社会讼狱制度下的非民主化与腐败。中国侦探小说从萌芽、发生到发展已经走过了一百年的历程，即从近代的出现到 20 世纪 50 年代的特殊形态及改革开放后的繁荣。然而，关于中国侦探小说的研究直到 20 世纪八九十年代才开始进入学者们的视野，其深度和广度都不够，特别是在理论探索上受到学界的长期忽视。

在 20 世纪 80 年代，魏绍昌的《鸳鸯蝴蝶派研究资料》(上海文艺出版社 1984 年版)和范伯群的《礼拜六的蝴蝶梦——论鸳鸯蝴蝶派》(人民文学出版社 1989 年版)中提到了作为"鸳鸯蝴蝶派"小说的一个种类的侦探小说，并简要论述了其大众性和娱乐性。

到了 20 世纪 90 年代，中国侦探小说研究逐渐兴起，研究人数增多，理论建设也不断提高，研究的重点包括侦探小说作家作品的评析、侦探小说在近现代文学史上的作用和价值、侦探小说的理论体系构建等方面。例如，萧金林的《中国现代通俗小说选评·侦探卷》(上海文艺出版社 1992 年版)、刘祥安的《中国侦探小说宗匠——程小青》(南京出版社 1994 年版)、陈平原的《中国小说叙事模式的转变》(上海人民出版社 1988 年版)、武润婷的《中国近代小说演变史》(山东人民出版社 2000 年版)等。值得关注的是黄泽新、宋安娜的《侦探小说学》(百花文艺出版社 1997 年版)，这是一本较为深入研究侦探小说理论的专著，介绍了中西侦探小说的发生和发展，为中国侦探小说提供较为可行的理论框架。除此之外，还有任翔的《文学的另一道风景——侦探小说史论》(中国青年出版社 2001 年版)、颜剑飞的《推理小说技巧散论》(海峡文艺出版社 1991 年版)等。

21 世纪以来，中国侦探小说研究日渐深入，呈现出百花齐放的繁荣景象，相关的学术期刊论文和学位论文逐渐增多，研究视角多样而且独特。其中学术期刊论文有胡和平的《试谈中国侦探小说》、王燕的《近代中国原创侦探小说》、曹艳春及李世新的《侦探小说与中国当代社会》、汤哲声的《"栽花不成"与"插柳成荫"——侦探小说在中国的"失"与"得"及其思考》、任翔的《中国侦探小说的发生及其意义》、司新丽的《中国现代侦探小说与西方侦探小说之比较研究》等；学位论文有李世新的《中国侦探小说及其比较研究》、马玉芬的《论〈福尔摩斯探案全集〉对中国近代侦探小说创作的影响——以程小青的〈霍桑探案全集〉为例》、张明的《清末民初的侦探小说翻译及其对中国原创侦探小说的影响》、张杰的《福尔摩斯走进中国——多元系统视角下的晚清侦探小说翻译》、朱全定的《中国侦探小说的叙事视角与媒介传播》等。

总体来看，21世纪以后中国侦探小说研究在视角的多样性和理论的系统性等方面都取得了一定的成绩，也出现了一批专业性较高的研究队伍。但是其中仍存在诸多不足，如将侦探小说与公安文学和法制文学混为一谈、忽视其社会性和审美性、缺乏世界侦探小说的参照系等问题。①

(二)中国科幻小说发展的独特景观

中国现代科幻小说发展以翻译西方科幻小说为起点。据记载，最早由西方引进的科幻小说是凡尔纳的《八十日环游记》(今译名为《八十天环游地球》)，由逸儒翻译。后又有卢藉东翻译的《海底旅行》(今译名为《海底两万里》)，梁启超翻译的《世界末日记》，包天笑翻译的《铁世界》(今译名为《蓓根的五亿法郎》)，鲁迅翻译的《月世界旅行》(今译名为《从地球到月球》)等。在西方科幻小说的影响下，中国科幻小说应运而生，出现了梁启超、吴趼人、包天笑等人创作的一批科幻小说。中国当代科幻小说虽然创作成果丰硕，但相关研究不足，尤其是对史料的整理和理论体系的建设等方面。20世纪80年代后期，中国科幻小说研究逐渐从"寂静无声"到"众声喧哗"，呈现出快速增长的趋势。

在理论建设方面，中国科幻小说的研究者恰恰是作家，代表成果如郑文光的《谈谈科学幻想小说》等。吴岩的《科幻文学理论和学科体系建设》(重庆出版社2007年版)探讨了涉及科幻小说的几个基本概念，如定义、范围、题材、人物、结构等，将中国科幻文学纳入了世界科幻文学的视野。吴岩的另外一本著作《科幻六讲》(接力出版社2013年版)讲到了中国科幻文学的"时代病症"与研究方法，具有一定的创新意义。刘媛的《论中国科幻小说科学观念的本土性特征》强调了中国科幻文学的本土性问题，同时指出应该有效处理好"科学幻想与科学意识""科学幻想与现实世界""科学幻想与中国风"三种关系。除此之外，相关研究成果还

---

① 参见李世新：《中国侦探小说及其比较研究》，四川大学博士论文，2006。

有汤哲声的《20 世纪中国科幻小说创作发展史论》和《论中国当代科幻小说的思维和边界》、王卫英和姚义贤的《关于发展中国原创科幻的几点思考》、张谷鑫的《中国当代科幻小说中的"故事新编"》、王德威的《史统散，科幻兴——中国科幻小说的兴起、勃发与未来》、张朔的《中国当代科幻小说研究刍议》等。

总体来说，中国科幻小说研究由兴起到逐步成熟，研究成果和研究队伍逐渐增多和扩大，对中国未来科幻小说的发展和国际化进程起到了重要的指导作用。同时，我们也应该看到中国科幻小说研究中存在的不足，如史料整理不够、理论体系零散、研究视野狭窄等问题。

通俗文学在新中国 70 年文学中是现实的存在，是中国文学的重要组成部分。在文学发展进程中，处于边缘地带的通俗文学走过了它曲折坎坷的道路。从梁启超在 20 世纪初发起小说革命带动通俗文学的勃兴以来，它面对过正统文学界异样的眼光，经历了主流文学的压抑以及打击，甚至在大陆被清出文学家园。但作为中国传统文学的延续和发展，通俗文学以中国传统的文化精神作为价值标准，以传统的美学意识作为审美尺度，在时代中寻求着自身前进的道路。它自成体系，拥有大量的作家作品以及庞大的读者群，成为不可忽略也不能回避的文学事实。当我们审视新中国 70 年的文学研究时，对于通俗文学的考察与分析是不可或缺的。

第九章
民族性与世界性融合的比较
文学与世界文学研究

从历史发展的角度来看，中国比较文学与世界文学研究有着逐渐深化的运动轨迹。它经历了三个阶段：作为研究方法的前历史阶段（1906—1949）、非学科的边缘化阶段（1949—1979）以及学科化和全面复兴阶段（1980 年至今）。1997 年，我国教育部将比较文学与世界文学合并，作为中国语言文学一级学科下的二级学科。到 21 世纪，每年都有数千篇讨论比较文学与世界文学的论文发表。可以说，比较文学与世界文学正受到国内学者的广泛关注，国内学界兴起了比较文学与世界文学的研究热潮。同时，随着中国国力不断增强和国际地位日益提升，中国的比较文学与世界文学研究也逐渐从"引进来"转向"走出去"，同如何"讲好中国故事"的思考一样，如何做好具有中国特色和独特贡献的比较研究，是当前学界共同关注的重要问题。因此，当前这一学科的研究特点可以说是民族性与世界性的融合。

以下将从四个方面具体梳理比较文学与世界文学研究 70 年来的发展状况。

一、比较文学与世界文学学科建构的探讨

关于"比较文学与世界文学"学科建构的思考，自 20 世纪 80 年代开始至今，一直是学界的热点话题，也是关乎学科定位、学科建设、学科发展的重要话题。尤其到了 1997 年，教育部将比较文学与世界文学合并以后，关于学科究竟该何去何从成为学界共同的思考。

(一)理解多元的"世界文学"

"世界文学"自诞生之日起就凝聚着学者们的目光。近几十年来，随着经济全球化时代的到来和国际比较文学的"多元文化转向"，"世界文学"再次成为热门议题。在中国，关于世界文学的讨论也如火如荼地进行着，众多世界文学读本的中译本在中国出版，"世界文学"也多次成为国内比较文学会议的主题。在已有的研究成果中，大多数中国学者都在呼吁世界文学的到来，期待中国文学可以早日融入世界文学的语境。世界文学语境下的研究和创作实践也出现兴盛景象，许多学者将自己的研究内容置于世界文学的视域之中，许多作家展开了面向世界的写作。然而应当注意的是，"世界文学"从来都不是一个稳定的、确定无疑的、饱受赞誉的概念，在西方，比较文学家从未停止对它的质疑甚至责难。在大力提倡和引介世界文学的时候，在呼吁世界文学时代的到来之际，我们显然不应该忽略这个概念的复杂性。

尽管在国内，"世界文学"已经取得了合法的学科地位，但在一些西方学者眼中，世界文学仍然处于尴尬的境地。在西方学界，世界文学没有成为一门标准意义上的学科，而作为一门通识课程的"世界文学"，也没有摆脱过非议之声。世界文学的尴尬就体现在它的不知所措之中：试图成为一门学科，却不曾达到学科要求的标准条件；试图成为一门课程，却饱受攻击；试图进入比较文学领域，却颇受排挤。

这一切与世界文学概念的不稳定有很大关系。自诞生之日起，"世界文学"就从未成为一个获得共识的概念，在争议尚未结束之前，由于缺失合理的界定和研究方法，作为一门课程和学科的世界文学必然建立在不稳固的基础之上，这注定会引起教学和研究中的诸多问题。

1827 年，歌德提出"世界文学"的设想，但并没有对其概念作出具

体的界定。后来者们不断提出新的理解并试图修正世界文学的概念，使得这个名词携带着多种层次的含义。进入 20 世纪，学者们普遍发现单一的解释已难以覆盖这个词语的多种内涵，于是他们往往会提出多重意义上的"世界文学"，这些学者当中包括勒内·韦勒克、迪奥尼兹·杜里辛、大卫·达姆罗什以及中国学者查明建、王宁、潘正文。

曹顺庆、齐思原的论文《争议中的"世界文学"——对"世界文学"概念的反思》中提出"世界文学"概念的三种形态：

第一种是作为"总和"形态的世界文学。世界文学作为"各民族和国家文学一般意义上的总和"，是在时空层面上形成的定义。在这个意义上，世界文学的支持者试图将一切时空中产生的文学容纳进一个统一的综合体中，不分民族，不论优劣。这个定义意在突破国别文学、民族文学的界限，空前扩大了文学的研究视野。这个意义上的"世界文学"，与最广泛意义上的"文学"是等同的。已经有学者注意到，当世界文学被用来指称"各民族、国家文学的总和"时，往往可以被其他词替换。安德斯？彼得森称他在研究时不会使用这个术语，提出用"跨文化文学史"这一名称来突破世界文学的局限。曹顺庆认为，当人们需要指称某个特定范围内的文学时，需加上"民族""国别"等修饰语。而对于作为全体人类精神产品的"文学"来说，任何为这个词语附加一个修饰语的企图其实都缩减了"文学"的范围，哪怕这个修饰语是"世界"。

第二种是作为"经典"形态的世界文学。作为"经典"存在的世界文学相信优秀的文学作品可以为不同时代和民族的读者所喜爱。强调这一含义的学者较多，如苏源熙认为，世界文学这一观念指的是一套在世界范围内都被认可的经典性天才作品。以诺贝尔文学奖为代表的国际文学奖的评选和世界文学选集的编纂正是世界文学在这种意义上的实践。这种意义上的世界文学看起来符合情理，在实践中则困难重重。接受世界文学作为经典的定义，意味着我们同时需要接受对于经典的评价标准，这一标准的界定容易为霸权所左右。一些试图协调世界文学和比较文学关系的学者将世界文学视为一种必要的研究视野和胸怀，但这种宽容事实上在实践过程中难以真正达到。

第三种是作为"特殊"形态的世界文学。前面两种定义的缺憾引起了学者们的关注，因此，新时期的学者在为世界文学下定义时更加审慎，或提出多重意义上的概念，或将其视为一种体现了世界意识或跨文明交流的特殊文学或者研究方法。丹麦学者麦兹·罗森达尔·汤姆森将世界文学定义为一种既包含对国际经典文学的研究，又包含对全部文学种类进行探究的雄心与兴趣的范式。美国学者莫莱蒂将其视为一个不断地呼吁新的批评方法的问题，而不是一个研究对象。美国学者大卫·达姆罗什则否定了将世界文学视为一套经典的做法，认为世界文学是"民族文学的椭圆形折射"，是"从翻译中获益的文学"，不是指一套经典文本，而是指一种以超然的态度进入与我们自身时空不同的世界的形式的阅读模式。王宁将世界文学的第三重含义界定为通过不同语言的文学的生产、流通、翻译以及批评性选择的一种文学历史演化。这些概念试图在抽象的层面上推进世界文学，但这些表述使得世界文学的面容更加模糊而不是更加清晰。这种意义上的世界文学极有可能脱离大众，成为少数研究者们才会使用的概念。同时，在深层次结构上，新定义的产生其实并没有解决世界文学的危机。

世界文学在中国的发轫可以追溯到五四时期，是在救亡图存的危机意识下展开的。因迫切希望借助西方的先进文化来拯救民族，所以对于外国文学的翻译大多择取那些宣扬民族立场的作品，不少真正的世界文学经典则被排斥在外，与世界文学观所要求的从"世界""人类"的整体性视角来看待各国文学恰好相反。因此潘正文认为，中国的"世界文学"观是以"逆向发展"的方式开始起步的。这种心态至今还潜藏在中国学人的意识里。世界文学研究在中国学界形成的热潮始于 20 世纪 80 年代，与中国的改革开放与现代化进程同步，这绝不仅仅是历史的巧合，而是我们需要援引它为民族文学正名，推动中国文学走向世界，以期迅速、合理地融入全球文化舞台。这不仅是在学术动机下开展的研究热潮，也是在民族意识的驱动下、顺应国家形势进行的一场学术运动。

如今，世界文学的研究热潮方兴未艾。曹顺庆认为，单一文化价值观念在全球的传播，可能会导致民族文学差异性的弱化。袁筱一也警惕地意识到，文学的世界性循环正逐步沦为文化殖民。王宁则认为对世界文学的界定，应重视文化的相对性因素。在确立具体文学文本时，应兼顾其经典性和可读性。虽然当年歌德在提出世界文学的构想时在很大程度上得益于对中国文学的阅读和能动性理解，但在当今的全球文化和世界文学的语境下，中国文学的边缘化地位并没有得到根本的改变。尽管如此，通过与国外汉学家的合作，完全有可能促使中国文学有效地走向世界进而成为世界文学不可分割的一部分。

这些文章提醒我们，对于"世界文学"，我们应该寻找更为公允和理性的研究态度，努力打造专业的研究机构、稳定的研究方法、特定的文本对象等学科建构的必要条件。与此同时，中国学者研究"世界文学"，也应该采取世界性与民族性融合的方式，努力打通发出中国声音的渠道，促使中国文学成为世界文学不可分割的一部分。

(二)不断深化发展的比较文学

中国的比较文学经历了一个曲折的发展历程。五四时期，比较文学作为一门新兴学科进入中国。法国学者提格亨的《比较文学论》(商务印书馆 1937 年版)中译本在中国出版。吴宓、王国维、陈寅恪、朱光潜、季羡林、鲁迅、郑振铎、周作人、茅盾等逐步开始进行比较文学学科理论探讨和研究，并在一些大学开设了相关课程。20 世纪 30 年代至 70 年代，中国比较文学进入沉寂期，只出现了钱锺书的《谈艺录》(开明书店 1948 年版)、陈铨的《中德文学研究》(商务印书馆 1936 年版)等零星著作。直到 20 世纪 80 年代，比较文学研究开始回潮，多所高校开设了比较文学课程，数个比较文学学术团体成立，出版专著、译著、资料集达上百种，学术论文上千篇。1981 年，北京大学正式成立了"比较文学研究会"，刊物为《北京大学比较文学研究通讯》。1983 年，在天津召开了第一次较为正式的、全国性的比较文学学术会议。1984 年，由卢康华、孙景尧主编的第一本比较文学教材《比较文学导论》出版。1985 年，中国比较文学学会成立，会刊为《中国比较文学》。一些重要著作也在这一时期出版，如宗白华的《美学散步》(上海人民出版社 1981 年版)、季羡林的《中印文化关系史论文集》(生活·读书·新知三联书店 1982 年版)、金克木的《比较文化论集》(生活·读书·新知三联书店 1984 年版)、叶维廉的《比较诗学》(东大图书股份有限公司 1983 年版)等。

同时，学者们开始关注如何形成属于中国的独具特色的比较文学研究的理论和主张，试图在影响研究、平行研究的基础上创立新的研究方法，强调跨文化研究，注重发出中国声音。季羡林在 1986 年的《中国比较文学年鉴》中指出，中国比较文学的特点第一是以我为主，以中国为主，第二是把东方文学，特别是中国文学纳入比较的轨道，以纠正过去欧洲中心论。可见，这一时期比较文学研究已经开始关注民族性与世界性融合的重要问题。

到了 21 世纪，比较文学进入一个相对的活跃期或者说成熟期。从教材专著的出版方面来看，徐志啸的《20 世纪中国比较文学简史》(复旦大学出版社 2016 年版)对比较文学在我国的历史、发展及流变等情况作以历史性的勾勒，并对重要的中国学者对比较文学的学科贡献加以钩沉；彭建华的《当代比较文学》(上海三联书店 2016 年版)内容涉及比较文学学科理论、欧洲文学研究、文学翻译、梵语佛经翻译等问题。比较文学学者一直都没有停止对文学研究的观念与方法的摸索与探寻，张哲俊的《第三种比较文学的观念——文学考古学的可能性》(北京大学出版社 2016 年版)通过对中国与东亚古代诗文中物质事实和文学关系的考察，提出了第三种比较文学的观念和方法，即文学的考古学方法论。张沛主编的《比较文学基础读本》(北京大学出版社 2017 年版)收录了 18 世纪以来的文学及哲学名家的经典文章，对国内比较文学的教学起到了辅助作用。李伟昉的《比较文学实证方法与审美批评关系研究》(中国社会科学出版社 2017 年版)系统探讨了比较文学实证方法与审美批评之间的辩证关系，认为二者是辩证融通的，有效地纠正了国内对比较文学学科理论认识的偏见。2015 年，马克思主义理论研究和建设工程重点教材《比较文学概论》出版，教材编写组集聚了国内比较文学界最具声望和学术影响力的一批专家学者，曹顺庆担任主编，孙景尧、高旭东为副主编，成员包括谢天振、王宁、陈跃红、王向远、刘耘华、孟昭毅、徐新建、邹建军，此书前后花费数年心血，可谓精心编撰，目前已经印行 4 次。曹顺庆经过多年苦心经营与思考结成的英文力作《比较文学变异学》在施普林格出版社出版。该书的出版是中国学者首次打破语言障碍，在国际学界展现自身对比较文学学科理论思考的一次有益的尝试。2017 年，曹顺庆的《中西比较诗学》俄文版在莫斯科出版；2018 年 3 月 3 日，在奥地利萨尔茨堡举办的欧洲科学与艺术院年会上，曹顺庆当选为欧洲科学与艺术院院士。

从学术期刊及其增长态势来看，近年来比较文学学者研究热情不减、学术成果迭出。中国比较文学的几大学术刊物和集刊，如《中国比较文学》《比较文学与世界文学》(北京大学主办)、《中外文化与文论》(四川大学主办)及英文刊物 *Comparative Literature：East and West*(四川大学主办)等继续出版发行。2015 年新增张华与美国学者米勒主编的《中美比较文学》。2017 年 7 月，经国家新闻出版广电总局批准，《国际比较文学(中英文)》在上海师范大学创办，2018 年 6 月创刊号正式出版(原《文贝：比较文学与比较文化》停办)；2018 年，《东方丛刊》复刊，并完成第一期(总 74 辑)的出版。

　　从大型的学术会议与学术活动来看，学术界的交流与讨论如火如荼。2015 年 11 月 21 日，北京大学举办了比较文学与比较文化研究所 30 周年所庆暨"比较文学的人文学特质：学科间的交汇与交融"学术研讨会，"中国比较文学网"在这次庆典上正式启动，这是在新媒体时代下中国比较文学审时度势作出的新调整。同年，"庆祝《中国比较文学》创刊百期暨上海市比较文学研究会成立 30 周年"学术研讨会在上海召开，会议充分探讨了比较文学期刊、比较文学社团、比较文学学术文库的编辑及比较文学研究的新动向等议题。作为会长单位的四川大学连续两年举办了比较文学界的两次盛会：一是 2015 年 4 月 11 日至 12 日，与中国比较文学学会联合主办的"中国比较文学终身成就奖颁奖典礼暨中国比较文学研究的回顾与展望"学术研讨会。会议为新时期中国比较文学事业作出突出贡献的第一代学者乐黛云、陈挺、孙景尧、严绍璗、谢天振、刘象愚、孟华、钱林森等颁发了终身成就奖，同时邀请著名学者进行一系列的学术报告。该次会议堪称中国比较文学界一次新老交替的精神传递仪式，既突显了前辈的精神价值，又激发了后辈学者的研究激情。二是 2016 年 7 月 1 日至 3 日与美国宾州州立大学联合主办的"第七届中美双边比较文学国际学术研讨会"。会议主题为"跨文化语境中的比较文学"，与会专家学者对比较文学的前沿研究、世界文学与比较文学、比较文学与文学翻译、文学与其他学科等问题进行了具体而深入的探讨。

二、外国文学史的整体审视

　　外国文学史研究以外国文学史教材的编纂为重要依托。新中国成立初期，文学史编写不可避免地带上较浓的意识形态色彩。伴随着改革开放，文学史编写逐渐呈现多元化趋势。

从总体发展的情况来看，王忠祥的《外国文学史研究与编纂 60 年——兼及关于中国特色外国文学史构建的思考》将新中国成立 60 年 (1949—2009) 来外国文学史的编写大致分为"和其正并兼及反"五个阶段。这一论断可看作较有代表性的研究成果。文中指出，第一阶段 (1949—1965) 从新中国建立伊始到"文化大革命"之前，或可称作"时兴向荣时期"；第二阶段 (1966—1976) 为"文化大革命"十年，或可称作"延续徘徊时期"；第三阶段 (1977—1985) 从中国外国文学学会成立 (1978) 前夕到"外国文学研究工作八年规划 (1978—1985) 全部完成"之日，或可称作"新发展时期"；第四阶段 (1986—1999) 从 20 世纪 80 年代中期继续深入"拨乱反正，解放思想"到两个世纪之交，共和国 50 年华诞和中国外国文学学会第六届年会在上海召开 (1999)，或可称作理论与译介、历史与现状向深广度"加速前进时期"；第五阶段 (2000—2009) 从中国外国文学学会"上海年会"之后到第十届"杭州年会" (2009) 之后，或可称作积极探索建设中国特色外国文学学科的"新起点时期"。

从具体的文学史出版情况来看，在 20 世纪五六十年代，苏联文学受到人们特别关注，超过了其他任何外国文学，但大多数学者聚焦各式苏联文学史的翻译，缺乏自编苏联文学史的意识。在此期间，自编的其他外国文学史专著也不多，影响较深远的如冯至等的《德国文学简史》 (人民文学出版社 1958 年版)、金克木的《梵语文学史》(人民文学出版社 1964 年版)，杨周翰等的《欧洲文学史》(人民文学出版社 1964 年版) 等，在当时确实有"填补空白"的意义。

1977 年到 1985 年，外国文学史编写出现一个爆发期，这一时期共有 57 种外国文学通史出版。朱维之和赵澧的《外国文学简编 (欧美部分)》(中国人民大学出版社 1980 年版)、石璞的《欧美文学史》(四川人民出版社 1980 年版) 是其中的代表性成果。这一时期文学史所构建的外国文学秩序基本相同，以阶级分析、社会历史批评为方法论，受到苏联文学观念较大影响，经典名单与西方视角明显不同，研究时间截止于 20 世纪苏联文学，较少涉及西方现当代文学。以《外国文学简编 (欧美部分)》为例，该书按时间段分为上、中、下三篇，上篇概述了从古希腊罗马文学到浪漫主义文学的发展历程；中篇的主体是批判现实主义文学；下篇为"无产阶级文学"，详细介绍了宪章派文学、巴黎公社文学、俄国及苏联无产阶级文学，论述截止到 20 世纪初。

20 世纪 90 年代以来，文学史编写呈现出多元化倾向，学界对于重写外国文学史的思考及讨论越来越热烈。这一时期的代表性成果有李明滨和陈东的《文学史重构与名著重读》（北京大学出版社 1996 年版）、吴元迈的五卷本《20 世纪外国文学史》（译林出版社 2004 年版）、龚翰雄的《20 世纪西方文学研究》（福建人民出版社 2005 年版）、林精华的《外国文学史教学和研究与改革开放 30 年》（北京大学出版社 2009 年版）以及段汉武的《百年流变——中国视野下的英国文学史书写》（海洋出版社 2009 年版）等。

李明滨和陈东的《文学史重构与名著重读》一书收录了多篇重要论文，包括乐黛云的《积极推进文学研究中的新思想和新观念》、陈东的《我国外国文学研究的现状与出路》等。这些论文主要从重写文学史和重评经典作家两个角度入手，对一些文学史的建构问题和重要作家作品的定位问题进行反驳与再评价，代表了这一时期研究方法和学术视野的转向。

吴元迈的《20 世纪外国文学史》以时间为线索，从宏观上描绘了 20 世纪外国文学的发展状况，力求阐述 20 世纪文学的历史行程及其所表现的人类共性和民族个性，总结演变的普遍规律和特殊规律，探讨代表性作家作品及文艺思潮流派。

龚翰雄的《20 世纪西方文学研究》一书以时间为经、以西方文学研究中的重要问题为纬来组织章节。该书以 1949 年为线分为上下两编，每编又各含若干章，按历史情况分别介绍和分析相应历史时期内西方文学研究的主要热点和话题。叙述采取了点面结合的方式，在史料搜集和重要文学史著的择取上具有较高参考价值，稍显不足的是对某些文学史著的具体分析层次较浅。

林精华等的《外国文学史教学和研究与改革开放 30 年》整合了有关外国文学史问题研究、外国文学教材和学科建设问题的相关论文，包括陈建华的《百年俄苏文学史研究历程中的新时期三十年》、林精华的《中国 1920—1940 年代外国文学史研究：学术行为与社会思潮》、汪介之的

《国内外国文学史编撰中的若干问题》等。陈文总结了新时期以来俄苏文学史的主要成就，在发展背景介绍上重点突出，在文学史著评鉴上言简意赅、笔力深厚；林文以文学史观的变迁为重点，对文化背景和学术源流的考察全面而深入，总结出文学史观自周作人的进化论文学史观至20世纪40年代唯物史观的变迁；汪文简要概述了外国文学史的整体面貌，阐释了外国文学史中的一些要点问题，富有启发性。

段汉武的《百年流变——中国视野下的英国文学史书写》论及文学史观在中国学者叙述与研究中的体现、英国文学史分期、英国文学史叙述中的主线问题、英国文学史叙述的中心定位等，对英国文学史的书写进行了有效的总结和归纳，提供了不少英国文学史研究的参考资料。

硕博学位论文方面也出现了一批富有启发性的成果。复旦大学丁欣的博士学位论文《中国文化视野中的外国文学——20世纪中国"外国文学史"教材考察》考察了不少外国文学史教材的编写历程及学科背景，在史料方面富有参照性。四川大学王炜的博士学位论文《现代视野下的经典选择——1919—1999年间的汉语外国文学史研究》在经典形成和演变方面的分析具有参考价值。另有几篇硕博学位论文分别从文学史观、经典选择、版本比较等角度对文学史进行了阐释和研究，但作为个案研究的范本同样值得借鉴，如蔡欢江的博士学位论文《人文科学视野中的文学史书写》和陈思的硕士学位论文《论文学史哲学与文学史模式》等。

在外国文学史史学问题方面，多位外国文学史的编写者以编纂实践联系理论进行了深入的思考，值得重视。例如，郑克鲁的《〈外国文学史〉的编写现状及设想》、聂珍钊的《关于建设20世纪西方文学史教材的研究》、王忠祥的《构建多维视野下的新世纪外国文学史——关于编写中国特色外国文学史的几点理论思考》，等等。

三、外国作家作品的经典聚焦

作家作品研究是文学研究的重要基础。70年来，我国学者对于外国作家作品的研究经历了逐步深化的过程，形成了聚焦经典、由文本分析向文化分析转向的特点。

十七年期间，外国文学作家作品研究以翻译作品为主，多是印象式批评，学术性较低。这一时期，怎样评价现代派文学和怎样看待欧洲古典文学成为焦点问题。一方面，现代派文学被彻底屏蔽。在短暂的"百花"时代，唯一的外国文学译介专刊《译文》以"专辑"形式全面译介并基本客观地评价了现代派鼻祖波德莱尔的作品。此后，一些具有现代主义倾向的作家作品陆续得到介绍，研究者们也开始在政策允许的情况下发表不同意见。《文艺报》于1957年5月召集社科院文学研究所外国文学专家就外国文学译介工作进行座谈，袁可嘉发言指出，现代文学的研究太不受重视，呼吁开办专门的外国文学杂志。吴兴华更是直言外国文学研究有中断绝种的危机。20世纪60年代初，"文艺八条"提出"西方资产阶级的反动文学艺术和现代修正主义的文艺思潮"也"应该有条件地向专业文学艺术工作者介绍"，此后，一系列评价现代派文学的文章出现在期刊上。代表作有袁可嘉的《托·史·艾略特——美英帝国主义的御用文阀》、柳鸣九和朱虹的《法国"新小说派"剖视》等。这类文章首先将研究对象定性为资产阶级腐朽、反动、没落的产物，表明自身的批判立场，之后用阶级革命话语解读作品的同时曲折表达对其艺术上的肯定。另一方面，在阶级革命话语至上的评价体系中，欧洲古典文学也被分出了等级和层次。其中，批判现实主义文学为最佳，积极浪漫主义文学和其余的现实主义作品次之，那些表现出非现实主义倾向的作家作品则被视为另类。似莎士比亚、拜伦、惠特曼、萧伯纳、菲尔丁、巴尔扎克、托尔斯泰等作家，都经过"现实主义"或者"革命"的重新"包装"，一直受到评论界的集中关注和高度肯定。然而在"大跃进"时期，古典文学的稳定地位和外国文学界"厚古薄今"的倾向遭到质疑，并由此引发了对于表现"人道主义和个人主义"的西方经典的重评活动。一时间，《红与黑》《约翰·克利斯朵夫》《马丁·伊登》《当代英雄》甚至拜伦与海涅等人的作品都成为批判对象，莎士比亚、托尔斯泰等经典作家被要求重新评价。在"文艺八条"出台之后，作为欧洲古典文学的代表，莎士比亚等大家的创作又得到相对公允的评价。吴兴华的《〈威尼斯商人〉——冲突和解决》、郭斌和的《莎士比亚与希腊拉丁文学》等文章是其中较为优秀的代表成果。文章皆少谈政治，旁征博引，资料翔实，论证严密。虽然并未突破阶级革命话语模式，却为学术界增添了一抹动人的亮色。

20世纪80年代左右，外国作家作品研究的话语范式开始转向。

1978 年 11 月 25 日，在广州召开的全国外国文学研究工作规划会议是新中国成立以来外国文学研究界的第一次盛会，来自全国各地多个单位的代表出席了此次会议。会上热烈讨论了全国外国文学研究工作八年规划，同时成立了全国外国文学学会，并就热点问题开展学术交流。1978年之后，一大批外国文学专业期刊相继问世，其中译介类比较重要的期刊有《外国文艺》《译林》《世界文学》《外国文学》《当代外国文学》，研究类中比较重要的是《外国文学研究》《外国文学研究集刊》《国外文学》。这一时段依然沿袭了"十七年"时的研究重心，大部分现当代文学作品和作家都没有进入研究视野，研究中采用的主要还是传统的社会学方法。在经典作家中，莎士比亚最受关注，卢梭、歌德、雨果、巴尔扎克、普希金、屠格涅夫、高尔基、契诃夫等十八九世纪作家和现实主义作家也是研究热点。对于激起热烈争论的"现代派文学"，则并无多少真正具体深入的研究，学界热衷讨论的是这一文学现象的性质和状态。在研究对象基本不变的同时，所有文章的叙述语调都在慢慢地脱离"文化大革命"以来的批判模式，代之以客观冷静的描述分析。

虽然为数不多，但毕竟有新的研究和新的话语方式开始破茧而出，20 世纪初期之后，那些没有进入文学史叙述范围的作家如海明威、萨特、卡夫卡、普鲁斯特、康拉德、艾略特、海勒等进入了研究视野；曾被拒之门外的西方现当代文学流派、理论和文学批评方法，包括意识流、精神分析、新批评、意象派、新小说、叙事学在内，也得到了一些初步的介绍。这时的研究文章依然不脱"介绍"的模式，对研究对象的认识还算不上深刻，但已经不再滥用阶级分析的方法，更注重艺术风格的把握和细节分析。以赵毅衡的文章《爱米丽·迪金森作品的现代派诗人特征》为例：第一，文章引入了一个全新的研究对象。在此之前，诗人爱米丽·迪金森是中国学界的盲点，尤其她创作中的"现代性"。第二，作者运用了新的研究方法。虽然作者并没有对自己的研究方法进行说明，不过显而易见，它通篇不谈"政治"，致力于深入探讨诗人的创作技巧和艺术特征，引证大量诗作，分析透辟，评价客观，实际上正是作者后来曾进行过专门研究的"新批评"方法。

20 世纪 90 年代，随着后现代理论的兴起，研究外国经典作家作品的视角也发生了转变。这一时期，学界开始了重新评价 20 世纪外国文学的系列活动。以期刊《外国文学评论》为例，1990 年至 1999 年，举办了以"20 世纪外国文学"为中心的各种主题研讨会，其中包括 1990 年的"文学的传统与创新"，1991 年的"20 世纪外国文学：主题、语言、风格"，1992 年的"20 世纪西方文学中的批判意识与荒诞问题"，1993 年的"20 世纪西方文学中的异化主题和社会批判意识"，1995 年的"回顾与展望：跨世纪的外国文学"，1997 年的"时代与社会"，1999 年的"文学·社会·文化——世纪之交的外国文学与研究"。历次会议虽名目不同，主题却一脉相承——探寻 20 世纪世界文学的走向和规律，找到中国文学在世界文学格局中的地位。各次会议之间存在一定的连续性，首先是"传统与创新"的宏观概括，其次缩小范围，进入到"主题·语言·风格"的分别讨论，之后进一步缩小论题，集中讨论"荒诞问题"和"异化主题"，接下来开放讨论整个 20 世纪文学，大体可分为"20 世纪文学总体研究""20 世纪外国文学理论"和"20 世纪作家及作品"三个部分。例如，1997 年会议着重讨论了俄罗斯文学的现状，1999 年会议则就后殖民主义批评等展开了热烈争论。

这一时期，运用叙事学分析文本成为热潮。在《外国文学评论》1990 年开设的"叙述学研究"专栏中，有的文章通过解读原典，准确阐释了结构主义叙事学的情节观；还有些文章通过作品细读解说叙事理论，并非纯粹的"叙事诗学"探讨，甚至有人整合了西方理论资源，颇为大胆地将海明威创作的叙事技巧命名为"现象学叙述"。而一向倡导形式主义批评的赵毅衡先生，更是直接将叙述形式与文化相联系，超越了结构主义叙事学的封闭文本观，将西方理论应用于中国文学作品的分析。

从论文数量来看，20 世纪 90 年代相比 80 年代，研究重心从俄苏文学转向了英美文学，从 19 世纪文学转向了 20 世纪文学。早在 20 世纪 80 年代，中国知识界已经形成一种共识，认为英美文学与 20 世纪文学是"世界文学"的象征，代表着文学进化的新方向，理应得到更加全面深入的研究。自 20 世纪 80 年代中期开始，学界的研究重心已经开始出现类似转移，但真正在数量上实现颠倒是在 20 世纪 90 年代。从两个时段国别文学研究统计上来看，20 世纪 80 年代，俄苏文学领域的论文位居第一，其中 20 世纪的相关论文少于 20 世纪之前；英国文学两部分比例与之类似，20 世纪之前要远远多于 20 世纪，法国文学也是如此；美国文学则恰好相反，20 世纪文学远远多于 20 世纪之前的，这当然是因美国文学的历史相对最为短暂所致。20 世纪 90 年代，研究美国文学的论文的数量大增，由第四位跃居第一，仍然集中于 20 世纪文学的研究；俄苏文学退至第三位，两部分数量相当；英国文学中 20 世纪部分超越了 20 世纪之前；在各国文学论文普遍增加的同时，法国文学与东方文学论文数量明显减少。简单概括一下，20 世纪 90 年代外国文学文本研究的趋势是"厚今薄古"，20 世纪英美文学独领风骚，其中又以美国文学最受重视。

进入 21 世纪之后，外国经典作家作品研究愈发繁荣。这一时期的个案研究模式不再像 20 世纪八九十年代那样进行整体性评价，而是从某个侧面、某个细节入手进行纵深阐发。研究重点变化不大，表明学界对经典作家的判断已经比较固定。细部的变化表现为：有些作家从名单中消失，如 20 世纪 90 年代还是研究重点的俄苏作家托尔斯泰、屠格涅夫、肖洛霍夫，由于此前的研究已经比较充分，研究热度大幅降低；还有一些作家新晋研究重点名单，包括诺奖得主奈保尔、库切、君特·格拉斯、大江健三郎、多丽丝·莱辛，还有非常活跃的当代作家阿特伍德、村上春树、米兰·昆德拉、汤亭亭，以及地位重要但 20 世纪 90 年代研究不多的康拉德、纳博科夫、贝克特、亨利·詹姆斯。与 90 年代相比，这一时段增加了更多当代作家，折射出学界的研究重心继续向当代转移；另外，重点作家构成显得更加多元化，既有莎士比亚、卡夫卡等大家，也有村上春树这样的当代热门作家和奈保尔这样的离散作家等，还增加了多位女性作家。总体看来，学界的作家研究仍然集中于欧美，对拉美与东方作家涉及不多。

这一时期研究范式开始走向多元化，从各种理论话语的应用到文本分析的成果都很丰富，同时文化批评逐渐成为主流。以托妮·莫里森研究为例，1993 年其获诺贝尔文学奖后，国内学界对其作品的研究开始迅速增长。2000 年至 2010 年，以莫里森为题的论文更是成倍增长。总体而言，研究主要集中于四个方面：一是莫里森作品的女性主义主题，二是其创作中的黑人文化主题，三是莫里森小说中的历史内涵和社会意义，四是莫里森小说的叙事艺术。20 世纪 90 年代的文章中，大部分仍运用传统的社会历史批评方法分析作品主题、人物形象、艺术手法，也有几篇文章运用新批评及叙事学的方法分析作品的艺术形式。21 世纪以来，传统批评模式继续存在，但新的批评方法的运用明显增多，而且渐呈强势。研究者从神话—原型批评、巴赫金对话理论、读者反应批评、新历史主义、后殖民理论、文化研究、女性主义批评等多种视角切入，阐发文本的社会文化历史内涵。不过近几年来，国内莫里森研究中所借鉴的理论变得比较集中，运用后殖民理论对文本进行文化批评渐成趋势，纯粹的审美研究实际非常少，多通过文本细读和艺术形式分析讨论作品蕴含的社会、历史、文化意义，或多或少地表现出文化批评的特点。可以说中国莫里森研究的一个特点就是内部研究与外部研究并重，审美分析与文化批评共存。更准确地说，在莫里森研究当中，我们可以看到学界已经超越了那种传统的内—外、形式—内容二元对立的文本观，开始尝试打通文本分析、形式分析、语言分析与意识形态分析、权力分析，从文本的叙事方式和修辞手段中解读作者的意识形态立场，显示出文化研究的特点。

由中国社会科学院外文所承担、外文所陈众议所长主持的中国社会科学院重大课题"外国文学学术史研究工程·经典作家系列"，是 21 世纪外国经典作家作品研究的代表性成果。该课题立足国情，立足当代，从我出发，以我为主，瞄准外国文学经典作家作品和思潮流派，进行历时和共时的双向梳理，将外国经典作家作品进行了一次归纳性的梳理与评价，为后来者的研究提供了资料支持和理论范式。

四、文学翻译与翻译文学的新增长

文学翻译与翻译文学研究逐步成为比较文学与世界文学学科新的增长点。在新中国成立后很长的时间内，中国学界对文学翻译和翻译文学的概念辨析、方法整理的重视程度不够，更多地聚焦外国具体作家作品的译介与批评。1959 年第 5 期《文学评论》的长文《十年来的外国文学翻译和研究工作》（署名卞之琳、叶水夫、袁可嘉、陈燊）可视为文学翻译研究的萌芽。对学术史来说，此文最大的价值在于建构了新中国外国文学研究的正统模式。由于历史语境的作用，这篇文章所作的学术回顾充满意识形态色彩，表现出明确的话语建构意图。20 世纪 90 年代，学者们注意到翻译文学的存在，认识到翻译文学的功用，并开始耕耘翻译文学的研究土壤。例如，谢天振的《翻译文学——争取承认的文学》《启迪与冲击——论翻译研究的最新进展与比较文学的学科困惑》等多篇文章，从文学翻译的角度出发，对翻译文学观念和以往的外国文学进行澄清，认为翻译文学是经过了译者的翻译处理，从而打上了译者所处的文学文化语境和个人审美倾向的印记，已经不是真正意义上的外国文学，而是经过译者改造过的外国文学。此外，他的《译介学》(上海外语教育出版社 1999 年版)较为深入地论述了文学翻译的创造性，翻译文学的性质、地位、归属，翻译文学史的撰写等方面，对我国的翻译文学作了一个初步的系统介绍。但是，同一时期却鲜有人从理论、学术层面上，对翻译文学作为一个相对独立存在的文学类型的性质、归属等问题进行深入的研究。因此，长期以来，我国学界对翻译文学的认识是比较模糊的。进入 21 世纪，不少专家学者对翻译文学的本体论进一步作了深入探讨，主要表现在翻译文学概念论、翻译文学标准论、翻译文学方法论、翻译文学译者论、翻译文学史论等方面。

(一)翻译文学概念论

不少人认为，"翻译文学"和"文学翻译"两个术语是一个命题的两种说法。其实，文学翻译与翻译文学是两个关系密切但并不相同的概念。郑海凌的《文学翻译学》通过分析前人对文学翻译的定义进而总结归纳："文学翻译是艺术化的翻译，是译者对原作的思想内容与艺术风格的审美的把握。是用另一种文学语言恰如其分地完整地再现原作的艺术形象和艺术风格，使译文读者得到与原文读者相同的启发、感动和美的享受。"①揭示了文学翻译的本质属性，强调了文学翻译的艺术性。余协斌在《澄清文学翻译和翻译文学中的几个概念》中对这两个术语进行了较为详尽的阐述。他认为这两个概念的相同点是"二者都与文学及翻译有关，都涉及原作者与译者；不同点是二者的定义与性质各异：文学翻译定性于原作的性质，即外国(或古代、少数民族)文学作品的翻译，与之相对照的是科学(自然科学与社会科学)作品的翻译。翻译文学则是文学的一种存在形式，定性于译品的质量、水平与影响"，认为"文学翻译强调的

---

① 郑海凌：《文学翻译学》，39 页，郑州，文心出版社，2000。

是再现、再创原作的文学品质、文学性及美学价值，从而使外国文学作品成为我国的翻译文学作品，其意义与价值有时并不下于创作，甚至可以与原作媲美而同时并存"①。同样，王向远在《翻译文学导论》(北京师范大学出版社 2004 年版)第一章就用专节论述了翻译文学和文学翻译的差别。他认为"翻译文学"是一个文学类型的概念，"文学翻译"和"翻译文学"的关系是过程与结果的关系；"文学翻译"作为一种行为，并不必然导致"翻译文学"的结果；"文学翻译"和"翻译文学"学术研究各有其侧重点。应该说佘协斌和王向远的观点总体上是一致的，他们都把翻译文学看成是一种文学类型。王宏印也认为，作为翻译的一个特殊类型，文学翻译历来是翻译实践和研究的中心领域，这种把文学作品单独划分出来的合理性不言而喻。目前，国内把翻译文学归为一种文学类型，是一门独立的学科，不属于外国文学。但值得注意的是，田传茂通过对目前中国学术界对翻译文学的定位，总结出有两种截然不同的观点：一种观点认为翻译文学属于外国文学，如刘耘华的《文化视域中的翻译文学研究》、彭甄的《论译语本文的对话性——翻译文学特质研究之一》等；另一种观点认为翻译文学属于译语民族文学，如葛中俊的《翻译文学：目的语文学的次范畴》、谢天振的《译者的诞生与原作者的"死亡"》等。田传茂对这两种观点表示反驳，并提出自己不同的观点，认为翻译文学是用译入语艺术地再现原作审美特质的世界文学。

(二)翻译文学标准论

对于翻译文学翻译过程中所采用的翻译标准的探讨，主要集中在忠实与不忠实方面，特别是对"信、达、雅"的不断阐释和发展。中国译界谈及文学翻译标准时首先会想到严复的"信、达、雅"、傅雷的"神似"、钱锺书的"化境"。把"信、达、雅"和"神似"说、"化境"说混在一起，是国内翻译界相当普遍的一种认识上的误区。郑海凌先生在"神似""化境"之外，提出了"和谐"说，为文学翻译和翻译文学提供了新的审美角度。但是"和谐"在精神实质上与"神似""化境"说是相通的，其实质就是对"神似""化境"的另外一种表述方式。王向远在《翻译文学导论》第八章的开始就提出，在谈到翻译的原则标准的时候，存在将"原则标准"的概念

---

① 佘协斌：《澄清文学翻译和翻译文学中的几个概念》，载《外语与外语教学》，2001(2)。

与"审美理想"的概念相混淆的错误认识。学者们往往将"信、达、雅"与"神似""化境"共同视为翻译的标准，然而"神似""化境"不是文学翻译的标准，而是翻译文学的理想境界，与"信、达、雅"有着不同的理论价值。王向远的这一区分，对于深化国内译界对翻译标准的探讨具有积极的意义。另外，翻译标准开始从以原文为中心和力求译文与原文对等的模式转向接受美学的翻译标准模式，即阐释翻译标准。该标准把文本看成是开放的，中间充满空白、空缺和不定点的图式框架，这些需要译者在阅读过程中通过自己的前理解去填充和弥补。正由于"阐释"是带有强烈主体性和主观色彩的思维活动，因此传统的翻译标准将被颠覆。关于接受美学对翻译影响的研究成果较为丰富，比较有代表性的有全亚辉的《接受美学对翻译研究的启示》、曹英华的《接受美学与文学翻译中的读者关照》、杨松芳的《接受美学与翻译研究》、董务刚的《接受美学对翻译研究的指导性》、王蒙的《接受美学观照下的翻译策略选择》、李宁与刘宇的《接受美学理论下的文学翻译审美效应》、魏晓红的《接受美学视野下文学作品的模糊性及其翻译》、王辰的《接受美学视域下的儿童文学翻译——〈彼得·潘〉个案研究》等。以上论文都较为深入地论述了接受美学对翻译研究的影响，特别是对传统翻译标准的解构。

(三)翻译文学方法论

翻译文学的方法论研究长期以来一直存在直译、意译之争。乔曾锐在《译论——翻译经验与翻译艺术的评论和探讨》(中华工商联合出版社2000 年版)一书中指出直译和意译是两种不同的翻译方法，不可合为一谈，直译通过保留原作形貌来保持原作的内容和风格，意译在保持原作形貌就要违反译文语言的全民规范的情况下，尽量保持原作的内容和风格，因而要舍弃原作形貌。当然舍弃形貌并非在传译时完全不顾及原作形貌，而是采用或创造与其作用相同和相适应的表达方式。这种看法反映了近年来翻译理论界的共识，具有一定的总结性质。王向远认为，直译的方法主要运用于原文句子的字面意义和句法结构的翻译上，而意译则主要运用于"句群"——构成了一个相对完整意义、相对完整的形象或相对完整的意象的段落——进而运用于原文的整体风格、整体意蕴、神韵的翻译。意译重在"译意"，直译重在"译词""译句"。意译侧重点在"绎"，即在理解原文含义的基础上用译入语正确地阐释出来；直译侧重点在"途"，即在保持译入语的基本规范的前提下尽量平行途译原文字词句法，主要宗旨是忠实地译出原文语句。意译在忠实原文之外，更注意译文本身的晓畅和原文意义的传达。直译方法有相当程度的客观性、普遍有效和可操作性，意译方法则有相当程度的主观性，它在具体操作中往往不得不随翻译家个人之"意"灵活把握。还有不少文章对文学翻译方法探讨提出"归化"和"异化"说法。"归化"和"异化"是对两种翻译策略的称谓。归化指译者采用透明、流畅的风格以尽可能减弱译语读者对外语语篇的生疏感的翻译策略；异化则指刻意打破目的语的行文规范而保留原文的某些异域特色的翻译策略。归化与异化翻译策略和直译与意译有一定的联系，但是归化与异化除了强调对用词、句法等语言层次上面的翻译策略——这些更接近传统的直译与意译的翻译策略，还应包括文化、审美、思维方式、读者期待等宏观方面的因素，即译者在翻译时要考虑到这些因素，这不仅是传统意义上关注的语言忠实与表达问题，而且是对传统译法的进一步外延。

（四）翻译文学译者论

翻译文学对译者的讨论主要表现在两个方面。一是译者的主体性研究。长期以来，人们对翻译家的主体性的认识不足，而过多看到的是其从属性。翻译只是一种模仿性活动，只是传达别人的话语信息；翻译家只是一个中介，只起到"媒"的作用。这种观点长时间占据主流地位。胡庚申认为，从适应与选择的视角可以把翻译定义为"译者适应翻译生态环境的选择活动"。翻译生态环境指原文、原语和译语所呈现的世界，即语言、文化、社会，以及作者、读者等互联互动的整体；译者的适应表现为译者的选择性适应，译者的选择表现为译者的适应性选择。他对翻译的定义突出了译者的重要性。译者从从属性向主体性转变得益于西方阐释学的形成与发展。阐释学是 20 世纪 60 年代后盛行于西方的哲学和文化思潮，是一种探求意义理解和解释的理论。其影响几乎渗透到所有的人文学科，甚至是自然科学之中。美国翻译理论家乔治·斯坦纳将阐释学运用于翻译研究，他以哲学阐释学为理论基础，在代表作《通天塔之后——语言与翻译面面观》（上海外语教育出版社 2001 年版）中提出了一种描述文学翻译过程的模式。以斯坦纳阐释学翻译理论为依据进行译者主体性研究的很多。译者主体性研究还得益于后现代理论，包括解构理论、接受美学理论、后殖民理论和女性主义理论等，这些理论打破了文本中心论，瓦解了作者的权威，确立了译者的主体地位。

(五)翻译文学史论

翻译文学史研究自 20 世纪 90 年代开始兴盛，它是翻译文学纵向综合的研究。最初对翻译文学史的研究并不是进行独立的研究，往往是与一般翻译史的研究融为一体的。陈玉刚的《中国翻译文学史稿》(中国对外翻译出版公司 1989 年版)的出版标志着中国翻译文学史进行独立研究的开始。此后翻译文学史的著作陆续出现，包括孙致礼的《1949—1966：我国英美文学翻译概论》(译林出版 1996 年版)、郭延礼的《中国近代翻译文学概论》(湖北教育出版社 1998 年版)等。21 世纪以来，关于翻译史的研究进一步深入。王向远撰写了两部关于东方文学在中国的译介史，即《二十世纪中国的日本翻译文学史》(北京师范大学出版社 2001 年版)和《东方各国文学在中国——译介与研究史述论》(江西教育出版社 2001 年版)。他在《翻译文学导论》一书中提出翻译文学史编撰的六要素，即时代环境、作家、作品、翻译家、译本、读者。前三种要素以原作为中心，后三种要素则以译作为中心。王向远认为翻译文学史应把重心放在后三种要素上，而其中最重要的是"译本"或称"译作"。是把研究对象"译本"作为一种已然的客观存在，从而对译本加以分析、判断和定位的一种相对静态的研究，一般不深究翻译家的操作过程。上述研究主要是翻译文学专题史，另有比较综合的翻译文学通史研究，是以词典即工具书形式出现的百科性、综合性、集大成的成果。这一研究的代表性成果有《中国翻译家辞典》(中国对外翻译出版公司 1988 年版)，该书收录了古代至 20 世纪 80 年代的翻译家的生平资料，分古代和现代两部分编排，其中现代部分大多数为文学翻译家。另有由林煌天主编的《中国翻译词典》(湖北教育出版社 1997 年版)，其内容涵盖翻译理论、翻译技巧、翻译术语、翻译家、翻译史话、译事知识、翻译与文化交流、翻译论著、翻译社团、学校及出版机构、百家论翻译等各个方面，与文学翻译有关的条目占大部分篇幅，书后还附有《中国翻译大事记》《外国翻译大事记》《中国当代翻译论文索引》等。

第十章
蹄疾步稳的网络文学研究

在新中国 70 年文学的研究版图中，网络文学研究具有即时性和开拓性。网络文学的研究与创作几乎是同时展开的，甚至有部分研究成果在网络文学创作勃兴之前领跑，体现出了一定的超前性。

1991 年，北美留学生创办了第一份中文电子周刊《华夏文摘》，少君的《奋斗与平等》成为第一篇华语网络小说。1994 年 3 月，中国正式加入国际互联网，5 月，全部联网工作完成，为肇始于海外留学生的汉语网络文学在国内萌芽提供了契机。1995 年，王周生于第 4 期的《上海社会科学院学术季刊》上发表了论文《信息时代与文学》，成为中国网络文学研究的滥觞。1996 年，《中国时报·资讯周报》推出"网络文学争议"专栏，这是"网络文学"一词在中国印刷传媒中的首次正式采用，网络文学自此逐渐走进主流媒体视野。网络文学创作与研究工作也由自发走向了自觉，中南大学、西南科技大学、山东师范大学等高校纷纷成立网络文学研究中心（基地），网络文学研究的人才队伍日益壮大，研究成果日益丰富。

综观 20 余年来研究发展历程，网络文学研究的成果不断丰富，深度和广度亦不断增加，呈现出多点突破、纵深推进、蹄疾步稳的发展态势，从考察、反思创作现状到发表研究成果的过程呈现出短、平、快的样态。迄今为止，有两个重点问题贯穿网络文学研究，即网络文学的入史问题和文学理论价值问题，推动了网络文学的学科框架和理论框架的建构。具体研究方面，有关网络文学兴起与发展、写作特质、传播生态、理论体系、与大众文化的联系等问题在学界备受瞩目。其中，网络文学的传播生态方面所涉及的研究热度很高的 IP 和影视改编、海外传播现象，是网络文学研究的最新增长点，也是网络文学研究的巨大潜力和发展前景的展现。

一、网络文学兴起与发展的探讨

网络文学研究起始于王周生 1995 年在《上海社会科学院学术季刊》刊发的《信息时代与文学》。那时中国刚加入互联网不久，网络文学呈现萌芽状态，他在论文中颇具前瞻性地指出，信息时代必将产生属于它的文学。他对网络文学研究的前景进行展望，认为应该对纯文学和俗文学都给以必要的关注和认真的研究，并建立一支使用计算机的文学研究队伍，以适应信息时代。此后，在黄鸣奋的《电脑艺术学刍议》、钱建军的《第 X 次浪潮——华文网络文学》等文章的推进下，中国网络文学研究正式起步，跟进了网络文学在中国的兴起和发展态势，并为引介和反思、引导网络文学的发展提供助力。

2001 年，国家社科规划办首次以"网络文学的迅猛发展及其对策"为题向全社会招标科研立项，教育部人文社会科学研究"十五"规划第一批项目也首次设立了网络文学研究课题，学术界关于网络文学研究的论文纷纷涌现。这一阶段的研究主要是对网络文学这种文类进行概述性的介绍，反映了学界对文学生态场域重大变化的敏锐嗅觉。发表在期刊上的主要成果有南帆的《游荡网络的文学》、王多的《解读网络文学》、杨新敏的《网络文学刍议》、林春田的《网络文学及其发展前景》、金振邦的《网络文学：新世纪文学的裂变》、刘熹的《论现阶段的网络原创文学》、胡燕妮的《在阳光与阴影的街上——网络文学现状初探》、陈定家的《网络时代的文学艺术》、葛红兵的《网络文学：新世纪文学新生的可能性》、王一侬的《网络文学的优势》、欧阳友权的《互联网上的文学风景——我国网络文学现状调查与走势分析》、赵炎秋的《网络文学发展中的二律背反问题》、孙延蘼的《网络文学简论》、欧阳友权的《网络文学研究述评》、黄鸣奋的《网络文学之我见》、敦玉林的《网络文学：文学的新变迁》、舒高的《网络文学发展刍议》等。

什么是"网络文学"？如何界定"网络文学"？"网络文学"的概念厘定是网络文学研究初兴阶段学者们所面临的论题。对此，"榕树下"网站主编朱威廉强调网络文学创作主体的平民化和传播方式的数字化，将"网络文学"定义为新时代的大众文学。李敬泽在《网络文学：要点和疑问》中指出，文学的来源是心灵而非网络，"网络文学"是将网络作为心灵的内容和形式的一种幻觉的产物。李洁非则提出，网络写作并不追求文学性，因此不应该存在"网络文学"的说法，而要用"网络写作"一词替代。2004 年，首届"网络文学与数字文化"学术研讨会在湖南长沙召开，这是国内以"网络文学"为名的第一次学术会议。会上，有学者提出了"层面定义法"，其后的网络文学研究中大体沿用：广义的网络文学是指经电子化处理后所有上网的文学作品，这种网络文学同传统文学仅仅只有媒介和传播方式的区别；从中观层面上看，网络文学是指发布于互联网上的原创文学，即用电脑创作、在互联网上首发的文学作品，这个层面的网络文学有了创作方式、作者身份和文学体制上的改变；从狭义上说，最能体现网络文学本性的是网络超文本链接和多媒体制作的作品，这类作品具有网络的依赖性、延伸性和网民互动性等特征，一旦离开网络就不能生存。

伴随网络文学在中国的起步，相关学术著作陆续出版。2004 年，于洋、汤爱丽、李俊的《文学网景：网络文学的自由境界》由中央编译出版社出版，该书论述了网络文学的兴起、电脑书写与网络文学的关系、网络中的文学批评等内容，语言生动活泼、通俗易懂。2008 年，马季的《读屏时代的写作：网络文学 10 年史》由中国工人出版社出版，该书漫溯网络文学的十年发展历程，在肯定网络文学价值的同时批判了网络文学泥沙俱下的发展现状，凸显了网络文学作为当代文坛新生板块的必要性与重要性。同年，欧阳友权的《网络文学发展史——汉语网络文学调查纪实》出版，该书汇集了丰富而翔实的资料，全面剖析和判断了我国网络文学的发展现状和未来。2009 年 6 月，由中南大学文学院、首都师范大学文学院、中国社会科学院中国文学网、吉首大学文学院联合主办的"网络·网络文学·公共空间"全国学术研讨会在湖南凤凰举行，体现了学界对网络文学关注程度的加深。2013 年出版的《网络文学词典》按网络术语、网络文学概念、网络文学站点、网络写手与群体、网络写作软件、网络文学作品与文类、网络文学语言、网络文学产业、网络文学研究、网络文学事件、网络流行语 11 个大类收录网络文学语汇，条分缕析地直观呈现了网络文学的发展面貌，工具性较强。延续词典式的写作思路，在欧阳友权的组织下，中南大学研究者又出版了一套"网络文学 100 丛书"，包括欧阳友权的《网络文学评论 100》、曾繁亭的《网络文学名篇 100》、欧阳文风的《网络文学大事件 100》、禹建湘的《网络文学关键词 100》、聂茂的《名作家博客 100》、聂庆璞的《网络写手名家 100》和纪海龙的《网络文学网站 100》。同年，欧阳友权还推出了《网络文学五年普查（2009—2013）》，该书作为国家社科基金重点项目"网络文学文献数据库建设"的阶段性成果之一，调研整理了从 2009 年 1 月到 2013 年 12 月五年来网络文学的发展足迹，具有一定的史料价值。李盛涛的《网络小说的生态性文学图景》于 2014 年出版，该书以体制文学作为参照对象，从网络小说的"灌木丛"式发展格局来把握网络文学对当代文学的整体性发展的推动作用。2015 年，欧阳友权与袁星洁合编的《中国网络文学编年史》出版，甄选并记录了 1991 年至 2013 年汉语网络文学诞生及其发展过程中的重要事件、主要人物、代表作品、各项活动、各类事件、重要关键词等，为网络文学的进一步研究保存了完备而真实的原始资料。

随着网络文学逐渐受到主流社会认可，对网络文学的热点问题、发展趋势和局限性的分析也更为深入。重要成果有许苗苗的《网络文学的发展态势及其研究的缺失》、赖大仁的《文学"因何而死"与"因何而生"》、欧阳文风的《博客的兴起与文学创作方式的转型》、欧阳友权的《网络文学：从"草根庶出"到主流认可》、郑崇选的《网络时代文学生产机制的生机与困境》、蒙星宇的《寄生、自生、延伸——全球华文网络文学探源》、马季的《繁花似锦 流云无痕——2011 年网络文学综述》、欧阳友权的《新媒体文学：现状、问题与动向》、贺予飞与欧阳友权的《网络类型小说热的思考》、欧阳友权与邓祯的《多元竞合下的变局与走向——2016 年中国网络文学发展巡礼》、邵燕君等的《媒介融合 世代更迭——中国网络文学 2016—17 年度综述》、欧阳友权的《改革开放视野中的网络文学 20 年》、欧阳友权与邓祯的《我国网络文学的热点、局限和趋势》等。这些论文具有宏观视野，在当代文学转型发展的背景下探讨网络文学诞生带来的文学新变和自身发展特征，并对网络文学的未来进行瞭望。

其中，欧阳友权的《网络文学行进中的四大动势》指出，网络文学在快速裂变与发展中形成多种文本形态和传播形式互补共生、在技术性与艺术性间寻求平衡、文化资本的商业运作介入、理论研究趋于自觉和理性的四大基本动势。《网络文学：前行路上三道坎》指出当前网络文学面临"文学性"匮乏、价值承担虚位、"市场焦虑"三重亟待扫清的发展障碍。《当下网络文学的十个关键词》一文则以作品海量、类型写作、影视改编、互动交流、全版权、反盗版、去草根化、网络批评、排行榜及网络语文十大关键词来表征当下网络文学发展的基本面貌。邵燕君在《传统文学生产机制的危机和新型机制的生成》中指出，网络文学变换的不仅是文学载体，更是文学形态，传统文学生产的老龄化、圈子化、边缘化共同促成了新型文学生产机制的产生，新旧机制之间呈现出断裂而非反叛的形态。另有发表在报纸上的评论文章，呈现了网络文学阶段性发展样貌，如马季的《网络文学：中国当代文学第二次起航》、王颖的《承继和发展中的网络文学——2011 年度网络文学综述》、王晴飞的《网络文学的现状与可能》等。

总体而言，有关网络文学兴起与发展的探讨厘清了重要概念的内涵和范畴，为网络文学研究的推进奠定了概念基础。这一方面研究成果的丰硕体现了学界对新近加入当代文学版图的网络文学的重视与寄望，网络文学学科化的发展前景也初露端倪。

二、网络文学写作特质的关注

关于网络文学写作问题的探讨是网络文学研究的重要构成部分，大量研究成果自网络文学初兴阶段起便不断涌现。2005 年，欧阳友权的《人文前沿——网络文学与数字文化》出版，该书收录了 33 篇围绕网络文学的数字化特质展开论析的学术论文。2007 年，以网络小说语言为研究对象的李国正的《网络文学的语言审美》出版。2008 年，李星辉的《网络文学语言论》出版，该书对网络文学语言的界定和性质进行概说，并从审美特征、文体类型、言语形式和表现风格四个方面介绍了网络文学语言。杨雨的《网络诗歌论》(中国文史出版社 2008 年版)聚焦网络诗歌的构成本体论、创作主体论、功能论、鉴赏论、诗歌中的"第二性"，全面介绍了网络诗歌的发展状况和独特价值。苏晓芳的《网络小说论》(中国文史出版社 2008 年版)则以网络小说为研究对象，在大众文化视野下关注网络小说的书写主题、想象方向、狂欢书写、文体探索。王祥的《网络文学创作原理》(中国人民大学出版社 2015 年版)则从基本理念、世界设定、人物创设、故事创造四个层面介绍网络文学写作方法。

论文方面研究成果丰硕，研究切入口较小，如网络写作特质研究、语言风格、类型与母题、叙事策略、审美取向等。

在对网络小说特质的研究中，网络写作的文学性、商业性、草根性、数字性特质尤为研究者们所重视。文学性作为网络文学安身立命的根本属性受到学者重视，探讨网络创作的文学性的相关成果有李夫生的《网络对文学本体的挑战及对策》、钟虎妹的《网络文学的意义设定与艺术走向》、李自芬的《网络文学与文学本质》、陈献兰的《网络文学：传统文学的泛化和异化》、聂庆璞的《网络文学的文本特征》等。陈果安的《网络文学的电子主体性、文学新样式与诗性自律》认为，网络文学要成为文学，必须充分重视诗性和加强诗性自律。陈定家的《"火焰战争"与"文化垃圾"——关于"网络文学"的几点不合时宜的想法》指出网络给文学带来的种种前所未有的挑战和危机，对网络文学的存在方式及存在的问题作了认真的学理反思。而王汶成的《是文学，还是文学性的"网络游戏"？》认为网络文学是一种文学性的网络游戏，并不具备文学性质。

数字性是网络文学区别于传统文学的最大特质之一，网络文学以网络为平台发表，省却了传统出版的种种门槛与流程，使得网络创作呈现出虚拟性、自由性、即时性、互动性、扁平化等特点。相关研究成果有欧阳友权的《网络写作的主体间性》《数字媒介文学转型及其学术理路》

《网络文学的虚拟真实》《数字图像时代的文学边界》四篇论文，以及陈定家的《"超文本"的兴起与网络时代的文学》、邓荫金的《欣喜与隐忧——论超文本与网络时代的文学》、曾军的《有限包容及其问题——"新世纪文学"视野中的"新媒体文学"》、谢丹华的《数字化出版对内容生产的逆向颠覆——以网络文学为例》、黄曼青的《论新媒体时代的文学形式流变》等。

郭炎武在《试论网络文学的特质及其对传统文学的超越》中指出，由于数学化媒介技术与网络文化的整合作用，网络文学呈现出了双向交流、非线型叙述以及多媒体化传播的新特质。常焕辉、辛朝晖的《颠覆与重构中的网络文学范式——以文本建构为例》认为，网络文学打破、颠覆、重构文本构建者的主体地位，将媒介手段延伸到"语言文字"等更广阔的领域。顾宁的《网络文学特征简论》指出网络文学的特性由其载体互联网的特性决定，具有双向互动性、开放性、共享性。欧阳友权的《网络文学的"比特赋型"》指出，网络文学的存在方式源于"比特赋型"的技术功能，媒介转换催生了文学本体的媒介置换，媒介革命改变了文学的美学呈现，全新的文学家园由此诞生。丁筑兰的《去中心化与双向交流：网络科技对审美文化的重构》指出，网络文学的主要特征是去中心化与双向交流，能够引发文化意义的内爆，同时也伴随着本体缺失和主体混乱的危机。黄大军的《网络文学的祛魅与救赎》则认为，网络文学的品质更多取决于网络文学主体（网络写手）的文学素养与创作态度而非媒介特性与媒介环境，当前的部分作品已经透露出网络文学良性发展的价值诉求与审美情怀。徐忆、宁云中的《卡斯特尔的网络空间理论与"超文本"文学表征》则论证了网络介入文学对文学的生产和消费的彻底改变，其所形成的全新的"超文本"文学类型具有开放、流动、多变、去中心特性，消解了传统文学的权威性和典范性。

关于网络文学商业性特质的相关研究主要有聂庆璞的《网络超长篇：商业化催生的注水写作》、马季的《话语方式转变中的网络写作——兼评网络小说十年十部佳作》、黄发有的《消费寂寞——网络文学的游戏化趋向》、周志雄的《通俗文学版图中的网络小说》及谢冰的《网络文学"超长篇"现象研究——基于马莱茨克大众传播场模式》等。其中，蔡爱国的《论网络文学中被消解的作者》一文论述了商业资本的介入对网络文学生态的不利影响，即类型化的写作导致写作创新力衰微、网络文学作者的写作空间受挤压导致写作标准降低。

草根性，或曰平民性、大众性，是指网络的低门槛使发表在网上的文学作品呈现出平民化、大众化、原生态特点。相关研究成果如李莉的《超现实与网络文学的大众性》、陈远的《论网络文学的基本特征》、赵思奇的《边缘化 匿名性 无中心——网络文学与女性写作异同点分析》、吴宝玲的《网络文学创作自由性与无功利性之辨析》等。其中，欧阳友权的《论网络文学的平民化叙事》指出网络文学具有平民化的叙事模式，表现为民间本位的写作立场、凡俗崇拜的认同范式和感觉撒播的表达视界。钱少青的《论网络文学的特点及相关问题》指出网络文学不同于传统文学的神性主导品格，显示出空前的平民性、通俗性、互动性特点。蓝爱国则在《网络文学的民间性》中提出，网络文学的民间性是它区别于其他文学种属，得以立身文学世界的基本根据，也是它未来发展的文化维度、自我生存的纯真表达，网络文学始终生活在民间并表达着民间。

网络文学语言的新面貌在令读者耳目一新的同时也引起了学界关注。相关研究成果主要有杜慧敏的《以网络语言为基础的新文学冲击》和李星辉的《网络文学语言的四个特性》等。《网络文学语言的四个特性》一文将网络文学语言的特征概括为艺术与技术合而为一、作者和读者交互沟通、大众化与世俗化构成主调、口语化和速食化四点。

故事类型是网络文学研究的重要单位，是由于网络写手与作品浩如烟海，难以穷尽，加之不少网络文学都出现了故事题材、情节与人物等要素类型化、同质化、套路化倾向，因此，以类型为单位进行研究较为相宜。相关研究成果如石娟的《解构历史·自由想象·出世江湖——由风起闲云的〈炼宝专家〉谈当下玄幻小说特色》、吴心怡的《穿越小说的基本模式与特点》、苏晓芳的《试论三种网络小说新类型》、徐从辉的《网络与新世纪城市文学想象》、秦宇慧的《网络武侠小说领域中的女性创作》等。何志钧的《网络文学类型化写作管窥》指出应以网络文学类型化为抓手，基于对网络文学类型化写作产生根因、现实利弊的认识和分析因势利导，推动网络文学产业良性发展。陈彦瑾的《类型文学：热词背后的诉求与隐忧》认为，类型文学的生产机制折射出传统文学无法满足的大众文化诉求，也暗藏价值观方面的多重隐忧。欧阳友权在《网络类型小说：机缘和困局》中指出当前网络类型化长篇小说存在数量与质量落差、低端迎合倾向、"注水写作"严重三块明显的"短板"。对此，要为类型小说拓展更为开阔的创新路径，从创作资源上实现"架天线""接地气""打深井"。

叙事策略方面，主要研究成果有周仲强与孔灵的《异曲而同工——宋话本小说与网络小说比较谈》、李盛涛的《论网络小说叙事中的日常生活图景》、欧阳友权的《网络小说的叙事维度与艺术可能》等。欧阳友权与汤小红的《论网络小说的叙事情境》指出，网络小说在叙事情境上运用的第一人称、零聚焦、讲述的叙事方式与传统文学迥异。韩啸的《试论网络文学文本的叙述策略》一文论述了网络文学在叙事主体、方式、语言等方面对传统文学叙述的突破。

在网络小说的审美取向的研究方面，学者们亦投入了许多精力。主要成果如欧阳友权的《"网络文学前沿问题"笔谈（上）——网络文学的审美设定与技术批判》和《网络文学审美导向的思考》、王哲平和涂苏琴的《网络文学的审美特征》、廖高会的《网络文学的反诗意性》、蒙星宇的《个体与欲望的审美张力——少君网络文学的"个体精神"》、黄发有的《网络文学的可能与限度》、周保欣的《网络写作：文学"常变"的道德与美学问题》、夏烈的《我吃西红柿〈吞噬星空〉：从好故事到好文学，还需要多久？》等。欧阳友权的《网络文学对传统诗性的消解》论证了网络文学的后现代主义文化逻辑对传统诗性的价值消解，具体表现在欲望写作对诗性深度的膜拜价值的取代，技术化演绎对宏大叙事的能指飘浮和审美逻各斯的消弭，以及网络作品对艺术审美体验的心智基础的抽空。罗怀的《试论网络文学审美的特殊性》论述了网络文学存在的与传统文学截然不同的运动的审美方式、快感式的审美体验、生命本真的审美内涵和艺术欣赏的多维审美角度。

总体而言，网络文学写作特质的研究聚焦了网络文学的文学本位，在与传统文学的对比中凸显了网络文学的自身特质。这部分研究思路开阔，涉及对具体网络写手与网络创作的评述，紧扣网络文学在当下的发展，具有理论和实践方面的指导价值。

三、网络文学传播生态的考察

网络文学的传播生态研究，即对网络文学传播链所处的完整动态环境的相关研究，也就是在传播学和新媒介的理论视野中观照网络文学的发展背景、媒介平台、艺术特征、审美取向等方面，广义上还涵括对网络文学与外部生态圈的互动及相互影响的研究。网络文学传播生态研究成果斐然，是近年来网络文学研究的热点议题之一。

具有集成性的著作主要有以下几部：一是柏定国的《网络传播与文学》(中国文史出版社 2007 年版)，该书聚焦网络行为、网络形态、网络社区、网络伦理对文学观念特征、主体动机、关系体系、评价机制的影响，认为网络传播推动了文学的发展进程；二是金振邦的《新媒介视野中的网络文学》(东北师范大学出版社 2008 年版)，该书从不同角度对网络文学这种新媒介进行了阐述；三是厉震林的《网络母题——戏剧影视文学的网络小说改编研究》(上海交通大学出版社 2013 年版)，该书以"戏剧影视文学的网络小说改编研究"为主题辑录了对网络作品影视剧改编等热点话题的论述和批判的多篇论文，具有多元化的人文关怀和学科精神；四是金鑫的《文学与影视、网络传播研究综论》(辽宁人民出版社 2014 年版)，该书以比较的方法探究影视和网络两种媒介在文学进行推介的过程中分别对当下文学走向产生的影响，以及这两种现代传播形式给文学带来的新变。

相关学术论文则主要围绕网络文学传播特点、网络文学的产业问题、网络文学的海外传播态势三方面展开。

网络文学的传播特点研究关注网络文学的传播主体平民化、传播内容类型化与同质化、传播方式自由与个性化、阅读接受多媒体化及网络媒介的开放性、交互性、迅捷性和大容量等特征及其所带来的文学生产方式、存在形态、传播和功能模式的变化，相关论文有赵炎秋的《论网络传播对文学的影响》、马丽荣的《E 时代的网络文学》、曹素华的《网络传媒对公共领域的构建及其对文学的影响》、江冰的《网络文学的传播优势与发展障碍》、张莹的《网络文学的表现形式与传播特征》、范玉刚的《网络文学：生成于文学与技术之间》、杨旭的《网络传媒形态下的文学发展现状》、门红丽的《电子传媒时代文学的碎片化现象解读》、许丽和刘义甫的《从网络文学看当代传媒的文化信念》、兰甲云等的《网络文学传播的伦理困惑与文以载道的传统伦理价值观导向》等。

欧阳友权的《网络文学的媒体突围与表征悖论》对"读屏乌托邦"现状进行警示和剖析，认为网络文学仅有媒体嬗变尚不能建构其历史确证和文学信任，还须开辟更有价值的审美生存空间。他在《数字媒介与中国文学的转型》中指出，数字媒介使文学的审美构成、表意体制和时空观念产生了根本性变化，引发了当代中国文学的转型并限定了转型的内涵，"消解"和"启蒙"了汉语文学的历史演变。聂庆璞的《传播媒介的嬗变与网络文学的发展》认为，媒介传播是文学发展的中枢，深刻影响着文学的样态。互联网是一个以文字符号为主兼容各种符号介质的传播载体，势必带给文学革命性的变化。

以 2003 年起点中文网正式启动 VIP 会员制为界，网络文学从自由表达阶段过渡到商业制造阶段，网络文学的产业化问题也相伴而生。网络文学的产业化问题研究关注的是以文学网站为代表的商业力量对文学的生产机制和传播、文学价值本身的影响，在内容上分为文学网站与网络写手研究、实体出版研究、IP 与影视改编研究等几大模块。

文学网站与网络写手研究以网络文学发表的平台和主体为研究对象，论析当前网站主导的生产机制对网络文学发展的正面与负面效应，相关成果有马汉广的《从"作者"到"写手"——作者：作为精神主体的确立与缺席》、蒋新红的《中国网络写手：特点、类别、困境及动向》、傅其林的《网络文学的付费阅读现象》、马季的《文学网站的历史沿革》、禹建湘的《产业化背景下的文学网站景观》等。

傅其林在《文学网站的产业化与中国网络文学的发展》中指出，原创文学网站逐步产业化，形成了新型的文学制度模式，为网络文学的发展与繁荣提供了前所未有的机遇。然而产业化可能妨害文学发展的内在自律性，因此必须建立产业化与网络文学发展的良性机制。陈奇佳在《网络时代的文学生产》中指出，网络写作是"生产活动"化，和当前各商业文学网站所秉持的文学基本观念紧密相关，这种趋向短时期内对文化产业的发展具有一定意义，从长远的角度看则存在着扼杀想象力、破坏文学自身机制等诸多值得忧虑的因素。白寅的《网络文学产业化的新趋势及其后果》认为网络文学产业化激发了网络写手的创作欲望，扩大了文学创作队伍，提高了网络文学的商业价值和产业地位；也折断了文学自由的翅膀，并用商业价值取代了文学的审美价值，导致了网络文学体裁的单一。曾繁亭的《签约写手：暧昧的身形与尴尬的身份》则聚焦网络文学的创作主体——文学网站签约写手，以其身份定位的暧昧与尴尬映射网络写作的困境。

网络文学实体出版的相关研究主要有强琛的《浅议网络文学的出版》、吴心怡的《互倚互扶　共存共荣——我国网络小说进入纸质实体书出版市场的研究》、周百义和芦姗姗的《传统文学出版企业开展网络文学出版业务路径探析》等。杨会的《网络小说走向实体出版的趋势和问题》认为，网络小说走向实体出版源于出版社在生存危机下的妥协，出版编辑以"点击率"为主要指标对网络写手的非理性追捧，表现出了逐利心态下的失态与失职，作者的急功近利与读者的迷狂更导致了文学创作精神和基本写作道德的失落。王月在《新世纪中国网络写作的产业化》中指出，资本、新媒体技术等多种合力开启了网络写作的产业化运作，影响了传统的文学生产、传播机制，甚至影响了整个文学生态。

IP(Intellectual Property)即知识产权，是 1967 年世界知识产权组织成立后出现的术语，于 2014 年被正式引入中国。网络文学 IP 指由网络原创作品版权延伸出来的形象、故事，以及不同形态的文化艺术样式。网络文学的兴旺发展催生了以网络文学 IP 的开发为核心的产业链，网络文学 IP 的孵化又对网络文学的发展有反作用，而影视改编则是网络文学 IP 开发的重要部分。网络文学的 IP 及影视改编相关研究主要探析网络文学 IP 产生的背景和运营模式，分析其对网络文学产业化的推动作用和对网络文学创作的激励与制约，力图平衡网络文学 IP 的文化价值和商业价值。相关研究成果有刘念的《网络文学电影改编热的原因研究——基于近十年案例的解读》；邱玥的《"IP 热"的冷思考》；何平的《我们在谈文学，他们在谈 IP》；闫伟华的《网络文学 IP 热的成因、本质及影响——一种"注意力经济"的解释视角》；李薇的《我国网络文学 IP 运营及转化模式探析》；欧阳友权与邓祯的《网络文学产业链的竞合与优化》等。

吴琰的《网络文学影视改编热现象探析》指出网络文学的影视改编一

方面具有庞大读者群打下受众基础、文学网站的营销助推、情节故事性暗合影视剧创作规律的优势，另一方面会带来题材内容受限、网络小说剧本化工程量大、影视选角受限的风险。马季的《IP 的实质：网络文学知识产权漫议》指出网络文学 IP 开发带来了市场的高度，但由此产生的 IP 囤积、圈钱套利、跟风创作、作品同质化等问题会制约其良性发展。吉喆的《狂飙：新媒体语境下网络文学 IP 影像化的内驱力探析》介绍了文学 IP 的定义及影像化趋势，分析了文学 IP 影像化内驱力的历史流变，倡议建立文学性与传播范式的双驱动系统。

自 2000 年始，中国的网络文学就已开始向国外市场传播。2014 年 12 月，第一家中国网络文学英译网站建立，中国网络文学在英语世界传播由此开端，引发国内学界对网文海外传播现象的高度关注。学界聚焦海外网络文学传播历程、海外翻译网站/平台、海外读者群体及海外翻译路径等维度对中国网络文学的海外传播态势进行剖析，并常常伴随着如何扩大中国文化的国际影响力、推动中国文化"走出去"的讨论。主要研究成果有吴长青的《中国网络文学的社会影响力及海外传播》、庄庸与安晓良的《中国网络文学海外传播："全球圈粉"亦可成文化战略》、席志武与付自强的《我国网络文学海外传播现状、困境与出路》、邓祯的《网络文学的海外传播与中国文化形象构建》、白冰莹的《探究网络文学的传播与发展》等。

邵燕君、吉云飞、肖映萱的《媒介革命视野下的中国网络文学海外传播》探讨了媒介革命的背景下中国网络文学如何随着海外传播规模的扩大逐渐成为具有国际竞争力、本国特色的文化输出力量。叶雨菁的《中国网络文学的跨文化传播解读》指出，中国网络文学海外翻译热的深层动因在于东方化的审美景观、二次元的内容表达、狂欢式的爽感体验、接近性的题材想象，应加强中国文化元素的国际化表达、实现互动式的文化内容创新、融入多元化的生态格局、寻觅诗意化的网络栖居。尹倩与曾军的《中国网络文学的海外传播：现状及其问题》指出，中国网络文学目前仍未被西方主流文学圈认可，提升翻译质量、加强授权管理和培育付费习惯至关重要。

总体而言，网络文学传播生态的相关研究涉及新闻传播学的相关理论知识与研究方法，体现出了一定的学科间性。其中对近年备受瞩目的

IP 和影视改编、海外传播现象的关注，映射了网络文学研究的即时性和开拓性。

四、网络文学理论体系的建构

面对网络文学这种新生的文学式样，传统文学批评体制已不能对其作出全面、有效的批评，网络文学的勃兴态势呼唤着合适的批评体制的建构，以彰显特色、确认自身价值和发展方向。网络文学理论建构的研究主要围绕两个方面内容展开：一是批评建构，即在当代文学史的续写与增补的语境中，网络文学这种新的文类该如何评价？该以怎样的姿态入史？在文学史中该如何定位？二是文论建构，即网络文学如何兼容于当下文学理论体系。这两方面内容都涉及微观上网络文学的具体作家作品的评价问题和宏观上批评体制建立和完善的问题，也关涉到网络文学学科建构的推进，即学科建构问题。

在网络文学的理论建构方面，欧阳友权贡献突出。2003 年，欧阳友权等人的《网络文学论纲》出版。全书从学理角度探讨了互联网时代的文学生态、话语逻辑、人文批判、生长样态、主体视界、创作嬗变、接受范式、价值趋向、反省与前瞻等学术问题，为网络文学的理论建构拉开序幕。2004 年，欧阳友权的《网络文学本体论》出版，该书运用本体论哲学方法探究网络文学，聚焦文学存在方式与本体价值，解答网络文学的存在形态和意义生成问题，反思其本体的审美构建与艺术导向，探讨构建相关学理范式的可能性。同年，谭德晶的《网络文学批评论》出版，为网络文学的批评建构起到了重要的奠基作用。该书在多维视野下审视网络文学批评，介绍了网络文学批评的主体、美学特征、批评文本的革命，并回顾与展望了网络文学的发展。2008 年，中国第一部普通高校网络文学课程教材——欧阳友权的《网络文学概论》由北京大学出版社出版，该书由网络文学的概念界定出发，对网络文学的产生与发展、媒介与载体、形态与特征、创作与接受、价值与局限进行介绍，同时对21 世纪网络文学的建构提出要求与展望。此外，其《网络文学的学理形态》(中央文献出版社 2008 年版)在数字传媒冲击文学存在方式与表意体制、引发文学技术转型的大背景下探讨网络文学的学理形态建设方向；

《比特世界的诗学——网络文学论稿》(岳麓书社 2009 年版)从本体论、文论转型、诗学反思三个维度尝试建构网络诗学；《网络文学评论 100》(中央编译出版社 2014 年版)编选了网络文学研究理论评论文章 100 篇，包括网络文学的价值评说、批评建构、特征把握、写手剖析、作品解读、文体类说、局限质疑等多层面的内容，力图反映此前中国网络文学研究的概貌；《网络文学研究成果集成》(中国文联出版社 2015 年版)汇编了多年来中国网络文学研究的核心成果，包括学术期刊论文存目 907 篇、网络文学理论批评报纸文章存目 1035 篇、网络文学研究硕博论文题录 229 篇、学术会议网络文学论文存目 143 篇、网络文学研究学术著作存目 83 部、网络文学出版作品存目 1081 部等，为网络文学研究提供了详尽的文献索引。

网络文学理论建构方面的重要论著还有朱凯的《无纸空间的自由书写——网络文学》(华龄出版社 2005 年版)、马立新与邓树强的《中国网络文学概论》(吉林文史出版社 2009 年版)，杨剑虹的《新生　新力　新潮——关于汉语网络文学的审视与思考》(河南大学出版社 2009 年版)、刘克敌的《网络文学新论》(凤凰出版社 2011 年版)、顾宁的《网络文学纵论》(辽宁大学出版社 2013 年版)、周志雄的《网络文学研究》(山东人民出版社 2015 年版)等。这些著作都具有总论性质，以深入浅出的普及性语言对网络文学的概念界定、创作和接受情况、传播特点、问题与前景等方面进行了概述。姜英的《网络文学的价值》(巴蜀书社 2013 年版)在厘清网络文学定义的基础上论述了网络价值的生态背景和形态特征，并对网络文学的价值发出哲学追问。周志雄的《网络文学的兴起——中国网络文学发展文献史料辑》(人民出版社 2014 年版)通过对网络小说发展中重要史料文献、作家自述、历史图片的梳理，展现出网络小说兴起的文学价值和意义，以期推动网络小说研究的深入。浙江省作家协会和浙江省网络作家协会的《华语网络文学研究》(浙江文艺出版社 2015 年版)探讨了网络文学的历史现场、文本理论价值，呈现了一个立体的网络文学家族图谱。邵燕君的《网络时代的文学引渡》(广西师范大学出版社 2015 年版)在网络文学的经典化与"主流文学"的重建的研究视域下，探讨了网络文学及其批评机制的若干问题，阐释了媒体化时代当代文学批评在运作方式、创作过程、传播与接受等方面的嬗变，宏观论述与微观案例分析相结合，兼具理论与实践上的参考意义。张立等编著的《网络文学发展现状及其评价体系研究》(中国书籍出版社 2016 年版)在概述网络文学发展现状的基础上阐释了建立网络文学评价体系的必要性及可行性，对网络文学评价维度、业务需求及方法选择等进行了阐发，以此厘清网络文学评价体系设计与建立的思路。邵燕君主编的《网络文学经典解读》(北京大学出版社 2016 年版)针对网络文学创作的具体案例展开评论，有利于推进网络文学的经典化。唐迎欣主编的《网络文学及其批评研究》(人民日报出版社 2016 年版)在媒体化时代和市场经济体制的背景下探讨网络文学批评特征、审美心理，以情爱伦理叙事作为个案进行了批评实践。周志雄主编的《中国网络文艺作品评论选(网络文学卷)》(中国社会科学出版 2017 年版)汇编网络文学评论，呈现了网络文学创作和评论的基本风貌。西篱主编的《粤派网络文学评论》(广东人民出版社 2018 年版)概述了广东省网络文学的发展全貌及与全国网络文学发展之渊源，尤其侧重于类型研究和广东优秀作家作品评论，是近年来"粤派"网络文学研究成果的集中展示，具有珍贵的史料价值。

此外，还有一批问题意识较为鲜明的网络文学研究著作，这些著作角度新颖不拘，彰显了网络文学在不同理论视野下的独特价值。蓝爱国、何学威合著的《网络文学的民间视野》(中国文联出版社 2004 年版)在民俗学和民间文学的研究视野下观照了网络文学的文化路径、生活形态、文化主题、审美视线以及未来发展，具有文化表意性和学术创新性。许苗苗的《性别视野中的网络文学》(九州出版社 2004 年版)以女性主义为理论依据，不仅将网络文学作为一种文学现象与传统文学相比较，还将其放在大众文化领域内加以审视。杨林的《网络文学禅意论》(中国文联出版社 2004 年版)参照禅宗的哲学思想与审美意趣，揭示了网络文学的七重禅意，角度新颖。王小英的《网络文学符号学研究》(中国社会科学出版社 2016 年版)从自身特征和生产方式出发，探索网络文学，以符号学为理论方法，从形式文化的角度追寻网络文学的意义。该书指出，网络小说单一性别主体的个性张扬与作为写作主体的作者姿态下移形成反比，其价值来源是小说文本本身的文学价值及围绕着小说文本展开的交际和身份认同价值，而后者是网络文学所独有的。

欧阳友权还有一批研究成果发表在期刊上，如《网络文学自由本性的学理表征》《网络文学前沿问题的学术清理》《网络文学研究的视角与热点》《新媒体文艺学的学理结构探析》等。这些论文为网络文学的理论建构扫清了许多学术障碍。《网络文学的本体追问与意义体认》指出，网络文学要使自身成为一个有价值的文学历史节点，需要经受"存在论""本原论"和"文学性"三个追问，达成对它解放话语权、艺术自由精神和改写文学惯例的意义的三重体认，体现了欧阳友权在探寻网络文学与数字技术时代文学转型之间的内在关联、重建第四媒介变革下的文艺美学方面的努力。《重写文学史与网络文学"入史"问题》指出，网络文学具有入史的前提、必然和意义，网络文学是当代文学不可或缺的组成部分，应该构建"网络文学史"。《网络文学批评史的建构逻辑》厘清了网络文学批评史的逻辑、网络文学批评入史的本体依据、网络文学批评的史学价值。《网络文学批评的困境与选择》指出，网络文学批评面临着与网络创作不相适应的格局，破解网络文学批评的困局需要批评家真正进入网络文学现场，建立网络文学批评的通变观，建立网络文学的"批评共同体"。与喻蕾合写的《网络文学批评史的问题论域》认为，网络文学批评史的建构需要进行价值评判和意义分析，需要为这一批评的"史实"找到"史论"的持论逻辑，以问题意识抽绎出学理范式。《网络文学批评的五个焦点问题》将当前网络文学批评所面临的主要问题概括为网络文学的评价体系建设、批评原则设定、批评的特征与方式体认、网络作家作品和类型化创作评论以及正视发展中的问题和局限。《网络文学批评对文论逻辑原点的调适》认为，网络文学批评的职能就在于回应创作实践，以达成对文论逻辑原点的理性调适。欧阳友权与张伟顾的《中国网络文学批评20年》梳理了20年来网络文学所形成的批评力量及其职能、网络文学批评探讨的问题和网络文学批评的局限。

其他重要论文还有姜英的《网络文学及其价值观念的界定》、盛英的《国内网络与文学研究综述》、王岳川的《网络文学：理性视阈中的学理阐释》、黄鸣奋的《网络文学：从理论上证明自己的存在》、阎真的《网络文学价值论省思》、禹建湘的《网络文学，一个新学科的建构预想》、王颖的《从主动"缺席"到被动"失语"？——传统批评如何应对网络时代的文学》、白烨的《有限性与可能性——传统批评与网络文学》、姜春的《现实主义文艺思想观照下的"网络文学"》、宋婷的《网络文学批评研究现状》、陈立群的《网络文学"堕落"论的文艺学反思》、黎杨全的《后现代地理学：数字时代文学批评的困境与策略》、邵燕君的《网络时代，精英何为》等。

蓝爱国的《网络文学的概念观察》从"认同取向""质疑取向"和"技术取向"三种界定角度对网络文学进行了阐述。贺绍俊在《新世纪带给文学的一份厚礼——关于网络文学的革命性和后现代性及其他》中指出，网络文学具有革命性的意义，它的审美形态、语言思维具有后现代性，并以功能提纯的方式重新分配文学的功能承担，从而兼有小说的娱乐化、诗歌的率性化、散文的载道化的特点，对传统文学构成巨大挑战。邵燕君的《面对网络文学：学院派的态度和方法》指出，面对网络文学，学界应以一个更具开放性的文学史视野接纳网络文学的研究，为网络文学分级定位，创建网络批评独立话语。张颐武的《"茅盾文学奖"亟需应对当代中国文学的复杂处境》指出，虽然这些年"茅盾文学奖"力图扩大自己的领域，将网络文学纳入其范围，但缺乏可操作性。周志雄的《关于网络文学入史的问题》指出，网络文学的发展历史和趋势表明，它是一个必然要进入文学史研究的领域，而与网络作家对话、对其中的优秀文学作品展开深入批评、以包容和开放的眼光进行评价，是网络文学入史的当务之急。周才庶的《新时代中国网络文艺的文论话语建构》指出，网络文艺的批评主体、评论对象、话语方式多样，要从分散的网络文艺批评走向系统的网络文艺理论，需以文艺作品为本体、以审美特性为重要准则、以中国特色为指归，从而形成理论合力，提高文论话语的阐释力。

总体而言，网络文学理论建构方面的研究成果颇为丰富，众多学者在这个方向上展开研究，形成了巨大的理论合力，除了将对网络文学的批评与实践推向纵深，也加快了网络文学的学科化进程。这是学界文论话语对网络文学的"收编"，在客观上提高了网络文学的声量。

五、网络文学与大众文化的思辨

网络文学与大众文化方面的研究是在后现代文化语境下谈论网络文学的文化特质，以此生发出对当代中国大众文化与社会心理的批判与反思的相关研究。这部分研究成果相比前几个方面数量较少。

网络文学与大众文化相关的主要成果有许列星的《网络文学及其文化思考》、姚鹤鸣的《法兰克福学派文艺技术化批判的批判——兼论网络文学存在的合理性》、杨延生的《网络文学：后现代文化语境中的自由书写》、陈立群的《网络"古典神话"：现代性症候的中国式救赎》、姚献华的《网络文学的后现代阐释》、欧阳友权与欧阳文风的《网络公共空间的文学反思》、张才刚的《网络文学：存在之思与价值之惑》、李娟的《网络文学的诉求：生命的价值之维》、高辉的《网络文学的消费心理研究》、蔡朝辉的《论网络文学的"自恋情结"》、曾繁亭的《网络文学之商业机制辨识》等。

欧阳友权在《网络文学的后现代文化情结》中指出，网络及其文学中凝聚着解不开的后现代情结（后现代话语的知识态度、边缘姿态、平面化理念等）影响了网络文学的精神建构。赵勇在《新媒介的冲击与文学阅读的式微》中以阅读的式微趋势角度切入网络文学的社会文化影响。蔡朝辉在《网络文学的青年亚文化意义研究》中指出，网络文学与青年亚文化联系紧密，彰显了青年群体对亚文化的旺盛需求和强大的建构能力，同时也意味着它被市场整合和收编，交融到大众文化的生产机制之中。安文军在《后现代主义与网络文学》中分析了网络文学的后现代主义文化逻辑包含的去中心与自由、平面化与游戏、复制性与互文、消费性与狂欢四个方面。黎杨全的《"女扮男装"：网络文学中的女权意识及其悖论》剖析了网络小说中对男女平等的愿望甚至女尊男卑激进诉求的表达与其对男权社会文化逻辑的潜在遵循之间的悖谬。李静的《网络言情小说的"虐恋"模式与消费主义文化的悖谬》指出，网络言情小说中的"虐恋"模式反映了当代女性独立意识的觉醒与传统的集体无意识之间的心理悖谬、唯情主义的时尚倾向与功利主义的追求之间的价值悖谬等多重悖谬，其中最根本的是体现了消费主义文化本身的悖谬：既寻求个体体验的丰富与自足，又不得不把这种体验建立在市场和社会优势资源的基础之上，这种体验主义是先天不足的，无法克服现代性危机。

刊发在报纸上的相关评论文章有桫椤的《流行文艺的现实表达与理想关怀》、欧阳友权的《开掘网络文学的文化价值》及王泽庆的《从网络文学的文化属性认识其时代价值——评〈文化视域中的网络文学研究〉》等。

总之，这部分研究贴近大众生活，体现了网络文学研究的当下性、现实性，具有实践指导意义，为网络文学研究拓展了空间。但成果存量和质量比起前面几个部分稍有不足，研究增长点有待进一步发掘。

后　记

　　经过本书编写团队近一年的反复研讨与认真撰写，《新中国 70 年文学研究》终于和读者见面了。

　　《新中国 70 年文学研究》不仅在新中国成立 70 年这一重要节点上展现了新中国文学学术史上的突破，更立足当下，对中国文学的发展有着重要的指导价值与现实意义。70 年间文学各学科研究的成果可谓硕果盈枝，将之全部罗列无疑是一项浩大的工程，加之篇幅所限，因而书中所呈现的更多的是各学科中较具代表性的研究成果，在一些内容的介绍上点到即止，对一些问题的论述也有待深化，但即使如此，经过选择而罗列的成果同样可以反映出新中国 70 年文学研究上的辉煌成就。通过这部书的顺利出版，我们希望能给文学工作者一些新的启发，更期待相关领域的研究得以更加深入地推进并完善。

　　本书各部分的执笔人列举如下：

　　前　言　刘　勇

　　第一章　谭　望

　　第二章　陶梦真　解楚冰

本书各部分经过刘勇教授统稿、审读和数次修订，最终得以成形。在本书的编写中，我们参考了一些相关领域的研究文献，这些资料对启迪我们的思路、丰富我们的内容起到了积极作用，在此对这些研究者表达感谢与敬意。此外，我们还要感谢北京师范大学出版社，是你们的诚挚关心与大力协助促成了本书的顺利出版。

谨以此书向新中国 70 年献礼！

刘勇　谭望

图书在版编目（CIP）数据

新中国 70 年文学研究 / 刘勇等著 . — 北京：北京师范大学出版社，2021.1
ISBN 978-7-303-25737-9

Ⅰ . ①新…　Ⅱ . ①刘…　Ⅲ . ①中国文学－当代文学－文学研究　Ⅳ . ① I206.7

中国版本图书馆 CIP 数据核字（2020）第 032315 号

新中国 70 年文学研究

XINZHONGGUO 70NIAN WENXUE YANJIU

刘勇等　著

策划编辑：禹明超　责任编辑：王　强　吴纯燕
美术编辑：王齐云　装帧设计：王齐云
责任校对：张亚丽　责任印制：陈　涛

出版发行：北京师范大学出版社	开本：710mm × 1000mm　1/16	版次：2021 年 1 月第 1 版
印刷：鸿博昊天科技有限公司	印张：16.5	印次：2021 年 1 月第 1 次印刷
经销：全国新华书店	字数：260 千字	定价：78.00 元

北京师范大学出版社

http://www.bnup.com
北京市西城区新街口外大街 12-3 号
邮政编码：100088
营销中心电话：010-58805602
主题出版与重大项目策划部：010-58805385